HEYNE <

CHARLOTTE McGREGOR

Island Dreams

DER GARTEN AM MEER

Roman

WILHELM HEYNE VERLAG
MÜNCHEN

MIX
Papier aus verantwortungsvollen Quellen
FSC® C014496

Penguin Random House Verlagsgruppe FSC® N001967

Originalausgabe 05/2022

Dieses Werk wurde vermittelt
durch die Literarische Agentur Michael Gaeb

Redaktion: Julia Funcke
Printed in Germany
Umschlaggestaltung: ZeroMedia GmbH, München,
unter Verwendung von © iStockphoto (Svetlana Vorontsova, ksushsh),
FinePic®, München
Karte auf U2: © Livi Gosling
Satz: Uhl + Massopust, Aalen
Druck und Bindung: GGP Media GmbH, Pößneck
ISBN: 978-3-453-42629-0

www.heyne.de

FERNWEH

»Willst du wirklich den schottischen Frühling gegen den südafrikanischen Herbst eintauschen, Philippa?«

Ich hatte nicht bemerkt, dass mein Chef John Harper ins Büro gekommen war, und sah ertappt von dem Karton auf, in den ich gerade meine restlichen Sachen packte. Der Leiter des *Royal Botanic Garden* lächelte mich an, doch ich konnte die Wehmut in seinem Blick erkennen. Eine Wehmut, die ich sogar ein wenig teilte, schließlich hatte ich fast zwanzig Jahre hier mit ihm zusammengearbeitet, und wir hatten einiges auf die Beine gestellt.

»Hm, der schottische Frühling hat mich noch nie sonderlich reizen können«, entgegnete ich mit einem vielsagenden Blick auf das Dach des angrenzenden Gewächshauses, auf das ein heftiger Regenschauer niederprasselte wie Gewehrsalven. Der ohrenbetäubende Lärm war vermutlich auch der Grund gewesen, warum ich John nicht hatte reinkommen hören.

»Als gäbe es in Kapstadt keinen Regen«, brummte er.

»Längst nicht so viel wie hier jedenfalls.« Ich grinste – auch wenn meine vorherige Aussage dreist gelogen war. Ich liebte den schottischen Frühling nämlich sehr. Wie ich Frühling überhaupt liebte. Es war immer ein Zeichen der Erneuerung und der Hoffnung, wenn die Natur aus ihrer Winterstarre erwachte und neues Leben sprießte. Und, ja, es fiel mir auch schwer, ausgerechnet zu dieser Jahreszeit zu gehen. Viel lieber hätte ich Edinburgh schon im Herbst verlassen, vor den langen dunklen, nasskalten Monaten, doch mein Traumjob startete erst Anfang Mai, in gut einer Woche.

Ich hatte vor mehr als zwanzig Jahren in Kapstadt Biologie studiert und mich während meines ersten Praktikums im Botanischen Garten Kirstenbosch in die einzigartige Flora der Kapregion verliebt. Am liebsten hätte ich gleich nach meinem Studienabschluss angefangen, fest dort zu arbeiten – was für mein weiteres Leben sicher die bessere Entscheidung gewesen wäre. Doch eine kleine innere Stimme hatte mich dazu gebracht, meiner Heimat und meiner Familie noch eine zweite Chance zu geben. Ich schüttelte unmerklich den Kopf, um diesen Gedanken loszuwerden. Er hatte keine Bedeutung mehr. In wenigen Tagen würde ich endlich zurück an meinem Sehnsuchtsort sein und konnte dann einen dicken, endgültigen Schlussstrich unter all das andere Elend ziehen.

»Ein bisschen wirst du uns aber schon vermissen, oder?«, nahm John den Gesprächsfaden wieder auf und schaute zu, wie ich meine heiß geliebte Kaktustasse in den Karton packte. Die hatte mir vor Jahren ein Kollege mit den bitteren Worten »Du bist so stachelig wie ein alter Kaktus« überreicht. Das »Geschenk« war als Beleidigung gedacht gewesen, doch der schreiend grüne Pott hatte sich in mein Herz geschlichen. Jedenfalls deutlich mehr als der verschmähte Verehrer, dessen Namen ich längst vergessen hatte.

»Ein bisschen«, gab ich lächelnd zu. »Aber vielleicht besucht ihr mich einfach mal – im Winter, wenn hier nicht viel zu tun ist, in Afrika aber alles blüht?« Vor meinem inneren Auge sah ich schon, wie ich John und eine Handvoll Kolleginnen und Kollegen, die mir über die Jahre zu engen Freunden geworden waren, über die verschlungenen und üppig blühenden Pfade von Kirstenbosch führte. Ihnen die prächtigen Proteen zeigte, von denen die Königsprotea sicherlich die bekannteste, in meinen Augen aber nicht unbedingt die schönste war. Ich dachte an die winzigen Nektarvögel, die einen Teil der Bestäubungsarbeit übernahmen, wie es bei uns Bienen und Hummeln taten.

»Sag das nicht zu laut, sonst kommen wir tatsächlich und überfallen dich.«

»Ich würde mich sehr freuen.« Mit einem doch erstaunlich melancholischen Seufzer schaute ich mich noch einmal um, ob ich auch wirklich nichts vergessen hatte. Dieser Raum war eine Mischung aus Gemeinschaftsbüro und improvisiertem Gewächshaus. Auf fast jedem Schreibtisch standen Anzuchtschalen, und in einem riesigen Stahlschrank lagerte Saatgut aus aller Herren Länder, das wir von Besuchern bekommen oder aus privaten Urlauben selbst mitgebracht hatten, das aber nicht in die öffentliche Ausstellung passte. Außerdem hatten wir ein Terrarium, in dem eine Kragenechse namens Penny hauste, die wir eines Tages in einem Gewächshaus gefunden hatten. Offenbar hatte ein Besucher sein Haustier loswerden wollen.

Das hier war viele Jahre lang meine berufliche Heimat gewesen und gleichzeitig die Kulisse für allerlei persönliche Dramen. Paare hatten sich gefunden – manche waren Symbiosen eingegangen wie einige unserer Pflanzen, andere hatten sich als so toxisch erwiesen, dass wir sie in unserem Giftschrank hätten lagern können. Kollegen waren gekommen und gegangen, manche waren zu Freunden geworden, andere nicht. Kurz: das pralle Leben auf geschätzt fünfzig Quadratmetern.

»Aber du kommst nachher noch in den Pub, oder?« John hatte mich während meines stummen Abschiednehmens nicht aus den Augen gelassen und erinnerte mich jetzt wieder an die Farewell-Party, die er für mich organisiert hatte.

»Natürlich«, bestätigte ich. Im Feiern waren wir auch immer gut gewesen, deshalb würde ich mir die Fete um keinen Preis entgehen lassen. Auch wenn mich diese gefühlt endlose Verabschiedung zunehmend zermürbte und ich zudem meine kleine Schwester Frances würde enttäuschen müssen. Die hatte mich nämlich zur Vernissage ihrer Ausstellung eingeladen, auf die sie unglaublich stolz war.

Unser Familienküken, das einzige Mitglied meiner dysfunktionalen Sippe, zu dem ich wenigstens etwas Kontakt pflegte, war Künstlerin und hatte es offensichtlich geschafft, eine Galerie von ihrem Talent zu überzeugen. Ich wusste nicht viel über Malerei. Nein, das war noch stark übertrieben, ich hatte nicht die geringste Ahnung davon. Aber ich mochte Frances' Bilder, auch wenn ich die abstrakten, kühnen Pinselstriche nicht verstand. Sie waren mal düster, mal vordergründig lieblich, aber immer lag ein gewisser Subtext darunter, der mich seltsam berührte. Doch das würde er auch morgen oder übermorgen noch tun. Und ich hatte zweifellos mehr davon, wenn ich mir die Ausstellung ohne Gewühl anschaute und mir die Bilder von ihr erklären lassen konnte. Außerdem kannte ich kaum jemanden von ihren Freunden, und in der Kunstszene war ich ungefähr so fremd wie eine Protea in den schottischen Highlands. Frances würde das bestimmt verstehen.

»Gut, dann sehen wir uns nachher.« John rieb sich die Hände und verschwand im Gewächshaus.

Der Regen hatte aufgehört, zumindest momentan, und ich beschloss, die Gunst der Stunde zu nutzen, um es einigermaßen trocken zum Auto zu schaffen. Die Tränen, die sich urplötzlich in meinen Augen sammelten, zählten nicht, oder?

»Pippa, du musst einfach kommen«, flehte mir Frances durchs Telefon ins Ohr. Dieser Tonfall war die letzte Eskalationsstufe bei ihren Bemühungen, mich umzustimmen. Aus Erfahrung wusste ich, dass ich nur noch wenige Augenblicke würde durchhalten müssen, bis sie klein beigab. »Du ahnst gar nicht, wie wichtig dieser Abend für mich ist, und ich würde mich so sehr freuen, wenn wenigstens ein Familienmitglied zur Eröffnung meiner Ausstellung käme«, betonte sie jedoch und hatte mich damit fast weichgekocht.

»Frannie ...« Ich seufzte hilflos und suchte im Geiste schon nach Möglichkeiten, beide Events zu verbinden. Den Pub-Abend mit meinen Kollegen – Pardon: Ex-Kollegen – und die Vernissage, die mich nicht im Geringsten interessierte, aber ... Himmel, sie *war* nun mal meine kleine Schwester und das einzige Mitglied unserer kaputten Sippe, das mir wirklich etwas bedeutete.

»Es haben sich ein paar Journalisten angekündigt, sogar ein TV-Team, und Runa hat Einladungen an ihre komplette Kundenkartei verschickt. Sie hat auch ein tolles Catering bestellt, weil sie mit einem Riesenerfolg rechnet«, sprach Frances weiter, und ich konnte den Stolz in ihrer Stimme hören.

»Das ist wirklich unglaublich toll«, gab ich zu, allerdings mit wieder gestärkten Abwehrkräften. Bei so einem Massenauflauf würde sie mich garantiert nicht vermissen – und ich mich nur unwohl fühlen. »Ich finde, du hast die ungeteilte Aufmerksamkeit der Kunstszene Edinburghs, ach was, von ganz Schottland verdient. Mindestens. Und ich bin auch wahnsinnig gespannt auf deine neuen Bilder. Ich war ja länger nicht mehr bei dir im Atelier und bin gar nicht mehr auf dem aktuellen Stand. Aber ich glaube, ich hätte mehr davon, wenn wir beide morgen in Ruhe durch die Galerie laufen und du mir alles erklären kannst. Heute Abend wäre ich nur fehl am Platz mit meinen ahnungslosen Fragen.«

Ich hörte ein Geräusch durch die Leitung, das wie ein resigniertes Schnauben klang, doch dann sagte Frances mit erstaunlich aufgeräumter Stimme: »Ich musste es versuchen, und es war sehr erhellend, mir deine Argumente dafür anzuhören, dass du nicht kommen willst.«

»Von ›nicht wollen‹ kann gar keine Rede sein«, behauptete ich. »Eher …«

»Von Prioritäten. Ich versteh schon.«

»Nein, das glaube ich nicht. Aber während ich mir morgen oder übermorgen oder die ganze nächste Woche jeden Tag deine Bilder ansehen und mich über die tollen Zeitungs- und Fernsehberichte mit dir freuen kann, ist heute eben die einzige Chance, mich von den Menschen zu verabschieden, mit denen ich fast zwanzig Jahre zusammengearbeitet habe. John hat Andeutungen gemacht, dass sie sich etwas Besonderes überlegt haben.« Es war wirklich vertrackt und eine Entscheidung zwischen Pest und Cholera, aber diesen geschmacklosen Vergleich würde ich ganz sicher nicht aussprechen. »Das alles ändert aber nichts daran, dass ich wahnsinnig stolz auf dich bin und ahne, was für ein großer Moment deine erste eigene Ausstellung sein muss. Ich bin jedoch überzeugt davon, dass noch viele folgen werden.«

»Du redest dich immer mehr um Kopf und Kragen, Schwesterherz«, entgegnete Frances und klang amüsiert. »Mach dir nicht zu viele Gedanken. Ich hätte es schön gefunden, wenn du dabei gewesen wärst, aber ich verstehe auch, dass du lieber mit deinen Freunden feierst. Das ist für dich ja auch ein großer Moment. Wir sehen uns dann morgen.«

»Darf ich dich und Rufus vielleicht zum Brunch einladen, und danach gehen wir in die Galerie und schauen uns deine Bilder an?«, schlug ich als versöhnliche Geste vor.

Nun lachte Frances laut auf. »Klar, dafür ist ein Dreijähriger ja die ideale Begleitung. Erst schick brunchen und dann in eine Kunstausstellung. Weißt du, was? Komm einfach gegen zehn zu mir. Bis dahin habe ich Rufus auch schon bei seinem Kumpel abgeholt, wo er heute übernachtet. Wir frühstücken dann bei mir und überlegen uns anschließend, ob wir Lust auf die Ausstellung haben, ja?«

»Klingt nach einem Plan«, antwortete ich lahm, denn der unausgesprochene Subtext nagte schon wieder an mir. *Du interessierst dich nicht für meine Kunst, nicht für mein Kind und nicht für mein Leben*, hörte ich klar und deutlich zwischen den Zeilen heraus. Das eigentlich Schlimme daran war, dass es stimmte. Also, nicht in dieser Absolutheit, aber eben doch. Frances führte ein völlig anderes Leben als ich. Das war auch vollkommen okay, und ich wusste, dass ich mich deswegen nicht schlecht fühlen sollte, aber ganz kam ich aus meiner Haut eben nicht heraus. Es wurde wirklich Zeit, dass ich das alles hinter mir ließ. »Viel Erfolg heute Abend und bis morgen dann«, verabschiedete ich mich und legte auf.

Frustriert von mir und der ganzen Situation setzte ich mich auf den wackeligen Küchenstuhl, der als einzige Sitzgelegenheit in meiner Wohnung verblieben war. Ich hatte meine gesamte Einrichtung in den letzten Wochen verkauft oder verschenkt, denn es wäre Unsinn gewesen, Möbel nach Südafrika verschiffen zu lassen. In den ersten Wochen dort konnte ich in einem möblierten Zimmer direkt am Park wohnen und mir in Ruhe eine schöne Wohnung suchen, entweder in Kapstadt oder in einem der hübschen kleinen Orte am Tafelberg. Und selbst wenn ich mich dort komplett neu einrichten musste, war das immer noch günstiger, als meine alten Sachen mit einem Container um die halbe Welt zu schicken.

Auch sonst hatte ich gründlich ausgemistet – in meinen Sachen und in meinem Leben. Ich hatte mich von all dem Plunder getrennt, den man im Laufe der Zeit so ansammelt: Nippes, Krimskrams, Bücher, falsche Freunde, erkaltete Lieben und giftige Familienmitglieder. Mein neues Leben sollte ein echter Neuanfang werden – unbeschwert und voller Möglichkeiten, eine jungfräulich weiße Leinwand. Nur noch eine Woche, redete ich mir ein, um gegen das Gefühl der Beklemmung anzukämpfen, das in mir aufstieg. Nur noch eine Woche im düsteren grauen Schottland samt seinen dunklen Geistern und gierigen Zwischenweltwesen. Dann würde alles gut werden, unter der Sonne Südafrikas.

Vor mir standen drei große Kartons, zwei Koffer und zwei Reisetaschen. Selbst das war noch zu viel, also würde ich mich noch von einigen Dingen trennen müssen. Ich schnappte mir ein großes Fotoalbum, das wie ein Relikt aus längst vergangener Zeit wirkte. Wer machte sich heutzutage denn noch die Mühe, Fotos ausdrucken zu lassen und sie in ein Album zu kleben? Das höchste der Gefühle waren Fotobücher von schönen Reisen oder anlässlich irgendwelcher Familienfeiern, doch die meisten Schnappschüsse vegetierten für alle Ewigkeiten auf den Speicherchips von Smartphones dahin.

Mit dem Album hatte ich während meiner Schulzeit begonnen. Meine Mitschülerinnen im Internat hatten alle liebevoll gestaltete Alben gehabt, in denen die denkwürdigen Momente ihrer Familien dokumentiert waren, da hatte ich nicht zurückstehen wollen. Also hatte ich mir selbst ein Album besorgt, als ich ungefähr elf oder zwölf gewesen war, und hatte meine Eltern um Fotos aus meiner frühen Kindheit angebettelt. Sie hatten natürlich keine Zeit gehabt, sich darum zu kümmern, doch Mildred, die langjährige Hausdame unseres Hotels, hatte sich erbarmt und in alten Unterlagen gestöbert.

Meine Eltern hatten das alte Herrenhaus, das formal mein Zuhause war, sich aber nie so angefühlt hatte, schon Jahre vor meiner Geburt zu einem feudalen Luxushotel umgebaut. Auch heute noch, knapp fünfzig Jahre nach seiner Eröffnung, zählte es zu den absoluten Topadressen in Schottland. Für die Gäste war es ein Highlight, dort abzusteigen. Dort aufzuwachsen, war jedoch die Hölle gewesen.

Wobei »aufwachsen« sowieso völlig übertrieben formuliert war. Mit fünf Jahren war ich ins Internat gekommen, meine jüngeren Geschwister ebenso, sodass wir uns praktisch nie gesehen hatten und uns daher bis heute ziemlich fremd waren. Mildred jedenfalls war nicht nur die gute Seele des Hotels gewesen, sondern hatte sich auch immer um uns Kinder gekümmert, wenn wir in den Ferien oder gelegentlich an den Wochenenden zu Hause gewesen waren. Und Mildred hatte ein paar Fotos aufgetrieben. Aus meiner Kindheit, von der Geburt bis ungefähr zu meinem zehnten Lebensjahr, gab es im Album stolze siebzehn ungestellte Schnappschüsse. Die übrigen Motive waren Familienporträts, die meine Eltern zu Weihnachten und Ostern hatten anfertigen lassen, um der restlichen Verwandtschaft einen Hauch von heiler Welt vorzuspielen.

Wenn ich mir diese Bilder heute anschaute, spürte ich eine Mischung aus Groll und Traurigkeit. Formal gesehen hatte ich eine Familie, tatsächlich aber fühlte ich mich selbst der neuesten Praktikantin im *Royal Botanic Garden* näher als meinen Eltern und meinen Brüdern Sean und Dominic. Nur mit Frances lief es etwas besser, obwohl sie fast zehn Jahre jünger war als ich. Vermutlich hatte ich mich für sie verantwortlich gefühlt und hatte ihr eine ähnlich triste Kindheit ersparen wollen, wie unsere Brüder und ich sie gehabt hatten. Natürlich hatte das nicht geklappt, schließlich war ich mit achtzehn zum Studieren nach Südafrika gegangen. Doch als ich vier Jahre später zurückkehrte, hatte sie die Wochenenden lieber bei mir in Edinburgh verbracht als im Hotel meiner Eltern.

Ich entdeckte ein paar Fotos von dem Tag, an dem ich sie und einige ihrer Freundinnen nach der offiziellen Öffnungszeit in ein Exoten-Gewächshaus eingeschleust hatte, für eine improvisierte Geburtstagsparty mit Picknick unter Palmen. Auf wenigen Bildern jenseits der krampfigen Familienfotos waren auch Sean und Dominic zu sehen. Sean, der Zweitjüngste der Familie, war ähnlich künstlerisch talentiert wie Frances und hatte zum Entsetzen unserer Eltern am Central Saint Martins College in London Materialkunde mit Schwerpunkt Keramik studiert. Soweit ich wusste, hatte er mit seinen Skulpturen einige Achtungserfolge erzielt, aber seit ein paar

Jahren lebte er zurückgezogen in einem Nest in den Highlands und stellte neben seinen Objekten nun auch Gebrauchsgegenstände wie Geschirr her. Ob und wie gut man davon leben konnte, war mir ebenso unklar wie meinen Eltern, doch bei unseren seltenen Telefonaten wirkte Sean durchaus zufrieden. Dominic hatte ich seit Jahren nicht mehr zu Gesicht bekommen. Er war wie ich zum Studium ins Ausland gegangen – in seinem Fall Informatik in Berkeley –, aber anders als ich war er geblieben und hatte eine ziemlich imposante Karriere im Silicon Valley hingelegt. Burn-out und Sinnkrise inklusive, wie ich mir aus seinen spärlichen Nachrichten zusammenreimen konnte. Derzeit schien er sich jedoch ebenfalls umzuorientieren und hatte sich in einen kleinen Ort auf Vancouver Island zurückgezogen.

Meine Brüder hatten schon vor Jahren instinktiv das Richtige getan und sich möglichst weit von unserem toxischen Familienleben entfernt. Ich hätte damals einfach auch in Kapstadt bleiben und den Job annehmen sollen, den man mir angeboten hatte. Ich blätterte zurück zu den Fotos aus dieser Zeit. Wir waren eine coole, bunte, internationale Clique gewesen, und so unbeschwert, wie ich auf den Bildern strahlte, hatte ich mich seit vielen Jahren nicht mehr gefühlt, selbst wenn damals auch nicht alles rosig gewesen war. Ob die Leichtigkeit zurückkommen würde? Ich würde es bald herausfinden.

Entschlossen klappte ich das Album zu. Ich würde es auf jeden Fall mitnehmen und hoffentlich einige weitere farbenfrohe Erinnerungen hinzufügen können. Doch nun wartete die Abschiedsparty im Pub auf mich.

»Ihr seid absolut verrückt!« Ich hatte große Mühe, meine Rührung zu verbergen. John und meine Lieblingskollegin Kaya hatten mir und allen Gästen im Pub soeben das Abschiedsgeschenk präsentiert – ein mehrminütiges Video, das auf allen Fernsehbildschirmen der Sportkneipe abgespielt wurde. Sie hatten sämtliche Kolleginnen und Kollegen im *Royal Botanic Garden* dazu gebracht, ein paar warme Worte für mich in die Kamera zu sprechen. Bei manchen war es lediglich die eine oder andere freundliche Floskel, andere hatten sich als wahre Komödianten entpuppt und lustige Anekdoten aus unserer gemeinsamen Zeit zum Besten gegeben. Dazwischen wurden reichlich Fotos von mir in mal mehr, mal weniger schmeichelhaften Posen eingeblendet – und der Clip, in dem ich einer Horde Grundschüler etwas über fleischfressende Pflanzen erzählen wollte, aber ständig von haarsträubenden Kinderfragen aus dem Konzept gebracht wurde, war natürlich auch dabei. Dieses Filmchen war schon bei unserer Weihnachtsfeier vor ein paar Jahren der große Lacher gewesen – vorwiegend für die anderen. Ich erinnerte mich immer noch mit Schaudern an den grauenhaften Vormittag, an dem ich bei der Kinderführung hatte einspringen müssen. Zum ersten und zum letzten Mal.

»Wir wollten sichergehen, dass du dich immer an die Highlights der letzten Jahre erinnerst und uns nicht vergisst«, sagte Kaya grinsend und zog mich dann herzhaft in die Arme. »Du wirst uns fehlen.«

»Ihr mir auch«, schniefte ich und schluckte gegen die Tränen an. »Und ich hoffe, ihr besucht mich alle mal am Kap!«

»Du wirst dir noch wünschen, diese Einladung nicht ausgesprochen zu haben«, warf John mit einem verschmitzten

Grinsen ein. »Meine Frau checkt schon Flüge für November.« Dann überreichte er mir eine winzige Schachtel im Tartanmuster. »Falls du Heimweh nach Schottland bekommst«, erklärte er.

»Was ist da drin?«, fragte ich und wog das Kästchen in meiner Handfläche. Es war federleicht, und als ich es schüttelte, hörte ich ein rieselndes Geräusch.

»Mach's auf«, forderte John mich auf, und die anderen Kollegen versammelten sich um uns.

Ich hob den Deckel hoch und starrte auf ein gutes Dutzend Samenkörner. Nun konnte ich die Tränen nicht mehr zurückhalten. Es waren Distelsamen – die schottische Nationalblume. Auch wenn ich mich im Gegensatz zu vielen meiner Mitmenschen nie sonderlich patriotisch gefühlt hatte und einer südafrikanischen Protea jederzeit den Vorzug vor einer stacheligen Distelblüte geben würde, brachte mich dieses kleine Geschenk vollends aus der Fassung.

»Nur für den unwahrscheinlichen Fall, dass du im Paradies Heimweh nach grauer schottischer Tristesse bekommst«, sagte Kaya betont munter und orderte dann eine weitere Runde. »Und nun lass uns dafür sorgen, dass du heute nicht nüchtern in dein Bett fällst.«

Die Gin Tonics nahmen dem Abschiedsschmerz tatsächlich etwas die Spitze, und ich verbrachte einen ausgesprochen fröhlichen Abend. Der Film wurde noch zwei weitere Male gezeigt, bis auch der letzte unbescholtene Gast des Pubs wusste, was für eine Niete ich im Umgang mit kleinen, wissbegierigen Kindern war und wie gut ich dagegen mit schweigsamen Rhododendren und Kragenechsen konnte. Ich überlegte gerade, ob ich noch einen weiteren Drink bestellen oder lieber aufbrechen sollte, als mein Handy klingelte. Neugierig, wer um alles in der Welt mich gegen Mitternacht anrief, angelte ich mir das Telefon und schaute aufs Display. Es war eine Nummer aus Edinburgh, aber keine, die ich kannte oder einprogrammiert hatte. Vielleicht ein Kollege, der schon gegangen war, aber etwas vergessen hatte? »Hallo?«, meldete ich mich.

»Spreche ich mit Philippa Gordon?«, entgegnete eine etwas unpersönliche Frauenstimme.

»Wer will das wissen?«, fragte ich stirnrunzelnd zurück. Für einen Marketinganruf war es eine ungewöhnliche Zeit.

»Polizei von Edinburgh, mein Name ist Karen McVie. Sind Sie Philippa Gordon?«

Polizei? Mein Mund wurde schlagartig trocken. »Ja«, gab ich knapp zurück.

»Sie sind der Notfallkontakt von Frances Gordon«, sagte die Polizistin. »Zumindest entnehmen wir das der Kontaktliste in Ms. Gordons Telefon. Ich nehme an, Sie sind ihre Schwester?«

Notfallkontakt? Frances? Das Denken fiel mir schwer, und ich hatte Mühe, mir einen Reim auf die Worte der Frau zu machen. Die fröhliche Pub-Kulisse war dabei auch nicht besonders hilfreich. Kaya und John warfen mir fragende Blicke zu, und ich ging ein paar Schritte Richtung Ausgang. »Ja, die bin ich«, krächzte ich schließlich. »Ist etwas passiert?«

»Ihre Schwester hatte einen schweren Unfall. Sie wird gerade in der Notaufnahme des Royal Infirmary behandelt. Es sieht sehr kritisch aus. Wenn Sie ihre nächste Angehörige sind …«

Was die Polizistin weiter von sich gab, hörte ich kaum noch. »Ich komme so schnell wie möglich.«

KATASTROPHENSTIMMUNG

Schrilles Dauerpiepsen, grelles Licht, unglaubliche Hektik – ich nahm das alles wie durch eine dicke Glasscheibe wahr. Ich hatte mal einen Science-Fiction-Film gesehen, da war die Heldin in einer Art Zeit- oder Phasenverschiebung gefangen gewesen. Sie war zwar weiterhin im selben Raum gewesen, aber alles war seltsam verzerrt und verschwommen bei ihr angekommen, und sie hatte sich auch nicht mit anderen Menschen verständigen können. Genau so fühlte ich mich jetzt. Ich stand in dem Raum, in dem zwei Ärztinnen und einige Pfleger um das Leben meiner Schwester rangen, und ich fühlte mich vor allem verwirrt.

Nach dem Anruf der Polizistin hatte ich wie auf Autopilot funktioniert. Ich hatte Kaya kurz Bescheid gegeben, meine Zeche gezahlt, mir ein Taxi gerufen und war zum Krankenhaus gefahren. So reimte ich es mir jedenfalls zusammen, erinnern konnte ich mich nicht daran. Die Polizistin war ebenfalls im Krankenhaus, mit einigen anderen Kollegen. Wegen Befragungen oder so. Es war mir nicht ganz klar – sie hatte es mir erklärt, aber ich hatte es nicht begriffen. In meinem Kopf dröhnte es. Eine Kakofonie von Fragen, die ich nicht verstand. Wie ich überhaupt nichts verstand in diesem Moment.

Hatte ich nicht vor wenigen Stunden erst mit Frances telefoniert? Wir waren doch morgen zum Frühstücken verabredet. Warum war sie nicht in der Galerie, bei ihrer Vernissage? Warum lag sie hier – blutend? Mit mehr gebrochenen Knochen im Leib als unversehrten? Wie war ich hierhergekommen? Warum …? Und was war mit Rufus? Musste ich etwas tun? Konnte ich etwas tun? Wie lange war ich schon hier? Wie viel Zeit war seit dem Anruf vergangen?

»Ms. Gordon.«

Das Piepsen hatte aufgehört. Schon vor einiger Zeit. Das war ein gutes Zeichen, oder?

»Ms. Gordon!«

Jemand legte mir eine Hand auf die Schulter, und ich zuckte erschrocken zusammen. Der Nebel lichtete sich für einen Moment. »Hm?« Mehr brachte ich nicht hervor. Ich versuchte, den Menschen wahrzunehmen, der offensichtlich mit mir sprechen wollte und dessen Hand immer noch auf meiner Schulter lag. Es war eine der Ärztinnen. Der gelbe Plastikkittel, den sie über ihrem OP-Anzug trug, war blutig und … Ich musste wieder wegsehen. Sie schob mich sanft zur Tür hinaus, in einen angrenzenden Wartebereich, und lotste mich zu einem Stuhl.

»Ms. Gordon, es tut mir wahnsinnig leid, aber Ihre Schwester hat es nicht geschafft.«

Hat. Es. Nicht. Geschafft.

Ich verstand die Worte, doch die Bedeutung wollte sich nicht einstellen. Die dicke Glaswand war wieder da. Und Watte. Viel Watte um mich herum. War das normal? »Okay«, murmelte ich, weil ich das Gefühl hatte, irgendwie reagieren zu müssen, und doch keine Ahnung hatte, wie genau.

»Ms. Gordon«, diesmal klang die Ärztin eindringlicher. »Haben Sie mich verstanden? Ihre Schwester ist tot. Sie ist an ihren schweren Verletzungen gestorben. Mein aufrichtiges Beileid.«

»Was?«, krächzte ich und schien auf einmal keine Luft mehr zu bekommen. Die Watte war einer eiskalten, schweren Metallkette gewichen, die sich um meinen Hals und um meinen Brustkorb zusammenzog. Mir wurde schwindlig, aber gleichzeitig begriff ich plötzlich mit vollkommener Klarheit, dass Frances tot war. Meine kleine Schwester war an einem der wichtigsten Tage ihres Lebens gestorben. Ich versuchte aufzustehen, um zu ihr zu laufen, doch meine Beine gehorchten mir nicht, und außerdem nahm die Ärztin nun meine Hand.

»Sie haben einen Schock, Ms. Gordon«, sagte sie mit sanfter Stimme.

»Aber ich muss zu ihr.«

»Wir bringen sie gleich in einen ruhigen Raum, dann können Sie und andere Angehörige Abschied nehmen. Sollen wir für Sie jemanden informieren?«

Ich schüttelte den Kopf und tastete mit fahrigen Fingern nach meinem Telefon. Ich musste meinen Brüdern Bescheid geben und unseren Eltern und … o Gott, was war mit Rufus? Ein Schluchzer entfuhr mir.

»Mein aufrichtiges Beileid, Ms. Gordon«, erklang eine andere Stimme. Es war die Polizistin, die mich vorhin angerufen hatte und die jetzt wieder vor mir stand.

»Ich versteh einfach nicht …« Mir versagte die Stimme. Ich verstand tatsächlich nicht viel, aber das wenige überforderte mich schon völlig. Frances war tot.

»Wir haben den Tathergang inzwischen aufgrund von Zeugenaussagen ziemlich eindeutig rekonstruieren können«, fuhr die Polizistin fort.

»Tathergang? Ich dachte, es war ein Unfall?« Ich sah, wie die Polizistin mit der Ärztin Blicke wechselte.

Die Ärztin drückte meine Hand und stand dann auf. »Ich bin gleich wieder bei Ihnen.«

»Nach allem, was wir bisher wissen, haben Ihre Schwester und ihr Begleiter Kevin Coolidge die Galerie *RunArt* gegen dreiundzwanzig Uhr verlassen. Beide waren ziemlich angetrunken und offenbar im Streit miteinander, der zunehmend handgreiflicher wurde. Mr. Coolidge hat Ms. Gordon geschubst, dadurch kam sie ins Straucheln, ist auf die Fahrbahn gestolpert und wurde dort von einem Taxi erfasst, das nicht mehr bremsen konnte. Mr. Coolidge ist daraufhin ebenfalls auf die Straße gerannt und wurde von einem anderen Fahrzeug leicht gestreift. Alle Unfallbeteiligten wurden in die Klinik gebracht, meine Kollegen haben die Ermittlungen übernommen. Es waren sehr viele Menschen unterwegs, weshalb es kaum Zweifel am Ablauf gibt. Unklar ist uns jedoch noch, in welchem Verhältnis Ihre Schwester zu Kevin Coolidge stand. Können Sie uns da vielleicht weiterhelfen?«

Ich schüttelte den Kopf. Ich hatte keine Ahnung, wer dieser Kerl war. Frances hatte ihn nie erwähnt, wobei das nichts heißen musste bei ihrem enormen Verschleiß an Männern. »Ich weiß es nicht«, sagte ich daher.

»Kevin ist ein einflussreicher Kunstblogger«, mischte sich nun eine andere Stimme ein. Ich blickte nach oben und sah in das kalkweiße Gesicht einer Frau, von der ich, ohne sie zu kennen, wusste, dass es die Galeristin sein musste. Zumindest erfüllte sie jede klischeehafte Vorstellung in meinem Kopf. Sie trug einen schwarzen Rollkragenpullover, hatte einen akkurat geschnittenen, kinnlangen, dunkelrot gefärbten Pagenkopf, und unter dem schnurgeraden Pony dominierte eine schwarz umrandete Brille ihre dunkel geschminkten Augen.

»Und Sie sind?«, erkundigte sich die Polizistin.

»Ich bin Runa Robertson. Ihre Kollegen haben mich die halbe Nacht lang befragt, aber nun möchte ich endlich wissen, was mit Frances geschehen ist. Wie geht es ihr?«

»Ms. Gordon ist vor wenigen Minuten an ihren schweren Verletzungen gestorben«, entgegnete die Polizistin sachlich, wenn auch mit einem Hauch von einstudiertem Mitgefühl in der Stimme. Aber vielleicht spielte mir meine Wahrnehmung auch nur Streiche.

»Was? Nein! O Gott«, japste Runa vollkommen schockiert und ließ sich auf den freien Stuhl neben mir plumpsen.

»Sie sagten, dass Sie Kevin Coolidge kennen«, redete die Beamtin weiter. »Wissen Sie auch etwas über das Verhältnis der Verstorbenen zu ihm? Warum hatten sie Streit?«

Einem kleinen rationalen Teil von mir war klar, dass die Frau nur ihren Job machte. Ich hatte genügend Krimis gesehen, um zu wissen, dass es für Ermittlungsbehörden wichtig war, möglichst schnell an möglichst viele Informationen zu kommen. Doch ich fand es einfach nur unerträglich. Meine kleine Schwester war gestorben, was für sich genommen schon fast nicht zu begreifen war. Ich konnte mir nicht auch noch diese schrecklichen Fragen anhören. »Ich kann das nicht«, murmelte ich und rappelte mich mühsam hoch. Diesmal hielten meine Beine durch. Ich sah, wie die Polizistin den Mund aufmachte – zweifellos, um mich aufzuhalten –, doch da kam ein älterer Pfleger mit einem warmherzigen Lächeln auf mich zu.

»Wenn Sie wollen, bringe ich Sie jetzt zu Ihrer Schwester«, sagte er und wies mir den Weg.

Ich folgte ihm schweigend in einen kleinen, nur spärlich beleuchteten Raum. Darin stand ein Bett, in dem Frances lag. Man hatte ihr das Blut vom Gesicht gewaschen, und sie wirkte beinahe so, als würde sie schlafen. Ich streckte meine Hand aus, um eine ihrer vorwitzigen Locken zur Seite zu streichen, wie ich es früher immer getan hatte, doch dann zuckte ich im letzten Moment erschrocken zurück.

»Sie können sie gerne anfassen«, bemerkte der Pfleger hinter mir. »Vielen Menschen hilft das beim Abschiednehmen. Es ist buchstäblich …«

»… ein Begreifen«, vervollständigte ich leise seinen Satz. Dann setzte ich mich auf den Besucherstuhl und tastete nach Frances' Hand. Sie war kühl, aber längst nicht so eisig wie meine eigene – und dann brachen bei mir alle Dämme.

Ich zuckte zusammen, als mein Telefon läutete, offensichtlich war ich eingenickt. Mein Bruder Dominic rief endlich zurück. Nach der ersten Tränenflut hatte ich es bei meinen Brüdern versucht. Sean hatte ich erfolgreich aus dem Schlaf geklingelt, er hatte sofort ins Auto springen und nach Edinburgh kommen wollen. Doch Dominic war nicht an sein Telefon gegangen. »Frances ist tot«, sagte ich zu ihm, und das schockierte Schweigen schallte lauter als die Worte, die dann folgten: »Ich nehme das nächste Flugzeug!« Keine Fragen, keine Ausflüchte, keine Vorwürfe, nur das Versprechen, dass er kommen würde.

»Wie viele Jahre haben wir ihn nicht mehr gesehen, Frannie?«, fragte ich die leblose Gestalt meiner Schwester. Dominic war schon ewig nicht mehr hier in Schottland gewesen – er hatte noch nicht einmal Rufus, unseren dreijährigen Neffen, kennengelernt. Beim Gedanken an den Kleinen wurde mir erst heiß und dann furchtbar kalt. Was würde jetzt mit ihm geschehen? Und wo war er im Moment?

Dunkel erinnerte ich mich an das Telefonat mit Frances gestern Abend. Unser letztes Telefonat, bei dem wir uns zum Frühstücken verabredet hatten. Rufus sei über Nacht bei einem seiner Freunde und dessen Familie, hatte sie gesagt, doch natürlich hatte ich keine Ahnung, wo und bei wem. O Gott, warum war ich nicht zur Vernissage gegangen, sondern hatte lieber mit meinen Freunden gefeiert? Vielleicht hätte ich das alles hier verhindern können. »Es tut mir so leid, Frannie«, würgte ich hervor und wurde von einer neuen Welle von Trauer und Verzweiflung geschüttelt.

Ihre Haut wirkte inzwischen wächsern und kalt. Meine Schwester war nicht mehr da – und ich musste sehen, wie ich damit klarkam. Mit meinen Schuldgefühlen und …

»Wir haben die Sachen Ihrer Schwester zusammengepackt.« Der Pfleger war zurückgekehrt und reichte mir eine dunkle Plastiktüte und separat ein Smartphone. »Es hat schon ein paarmal geklingelt. Vielleicht sollten Sie …? Und außerdem würde die Polizeibeamtin gerne noch einmal mit Ihnen sprechen, falls Sie sich dazu in der Lage fühlen.« Ich nickte mechanisch und holte ein paarmal tief Luft, um mich zu sammeln. »Wenn Sie sich vorher noch frisch machen wollen, die Damentoilette ist den Gang runter links.« Er reichte mir ein in Folie verpacktes türkisfarbenes Stoffpaket, mit dem ich nichts anfangen konnte. »Ich kann Ihnen auch einen Kaffee oder Tee besorgen.«

»Ein Tee wäre toll«, entgegnete ich und ging dann zur Toilette. Ich fühlte mich entsetzlich – und sah noch schlimmer aus. Mein Make-up war völlig verschmiert, und an meiner hellen Blümchenbluse prangte ein riesiger dunkler Blutfleck. Frances' Blut, das irgendwie dahin gekommen sein musste, als ich bei ihr gewesen war, während die Ärzte noch um ihr Leben gekämpft hatten. Mir wurde übel, und einen Moment lang hatte ich Angst, mich übergeben zu müssen. Doch der Brechreiz klang wieder ab. Ich zog die Bluse aus, stopfte sie in den Mülleimer und wusch mir das Gesicht mit kaltem Wasser. Besser. Aber nur im BH konnte ich wohl kaum unter Leute gehen. Wo war eigentlich meine Jacke geblieben? Mein Blick fiel auf das flache türkisfarbene Paket, das sich bei näherem Hinsehen als OP-Shirt herausstellte. Rasch zog ich es über und raffte meine und Frances' Sachen zusammen, um mich der nächsten Herausforderung zu stellen.

Als ich mich dem Warteraum näherte, in dem ich die Polizistin vermutete, piepste Frances' Smartphone. Mit zitternden Fingern öffnete ich die Nachricht einer gewissen »Ethan-Mum Danielle«. Das Bild eines grinsenden Rufus und eines weiteren kleinen Jungen – beide in Pyjamas – leuchtete mir entgegen. Darunter stand der Text: *Guten Morgen! Hoffe, du hattest einen genauso tollen Abend wie die Jungs. Melde dich, wenn du ausgeschlafen hast. Bei uns gibt's jetzt Pancakes. Bis dann, D.*

Meine Hände begannen, heftig zu zittern. Ich musste jetzt wohl …

»Kommen Sie«, drang eine resolute Stimme an mein Ohr, und eine kräftige Hand nahm meinen Arm und führte mich in den Warteraum. Es war wieder der Pfleger, der mir mehr und mehr wie mein persönlicher Schutzengel erschien. »Trinken Sie einen Schluck Tee, der wird Ihnen guttun.«

Was mir dagegen nicht so guttat, war der neuerliche Auftritt von Sergeant Karen McVie, die herbeieilte und mir in ihrer dunklen Uniform eher wie ein Racheengel vorkam.

»Ich habe wirklich andere Dinge zu tun, als Ihre Fragen zu beantworten«, sagte ich zu ihr und trank einen Schluck von dem starken, heißen Tee. »Zumal ich Ihnen ohnehin nicht helfen kann. Ich kenne diesen Mann nicht, der Schuld an Frances' Tod hat, und ich kann Ihnen auch nichts über das Verhältnis der beiden erzählen. Aber ich muss eine Beerdigung organisieren, und vor allem muss ich mich um Rufus kümmern.«

»Ich hatte eigentlich keine weiteren Fragen mehr«, entgegnete sie matt, und mit einem Mal tat es mir leid, dass ich sie so angefahren hatte. Auch sie hatte eine harte Nacht hinter sich, mit einem Fall, der kaum das Zeug dazu hatte, Freude zu bereiten. »Ich wollte Sie nur darüber informieren, wie es weitergeht. Die Zeugenaussagen waren konsistent. Mr. Coolidge hat Ihre Schwester im Streit geschubst. Ob er damit gerechnet hat, dass sie auf die Straße stürzt, wissen wir nicht. Er macht bislang von seinem Aussageverweigerungsrecht Gebrauch. Es wird auf jeden Fall ein Ermittlungsverfahren gegen ihn geben. Ihre Schwester wird später noch rechtsmedizinisch untersucht, auf irgendwelche Auffälligkeiten …«

»Wollen Sie damit andeuten, dass meine Schwester im Drogenrausch ausgetickt ist?«, fuhr ich die Polizistin an.

»Ich will gar nichts andeuten, das sind die ganz normalen Abläufe in Fällen wie diesem, auch wenn es für die Angehörigen schwer zu ertragen ist«, versuchte sie, mich zu beschwichtigen.

»Da haben Sie recht. Es ist unerträglich. Und ich kann

Ihnen versichern, dass Frances nicht unter Drogen stand. Mag sein, dass sie ein wenig betrunken war, schließlich hat sie ihre erste Ausstellung gefeiert. Aber Drogen nimmt sie nicht. Nahm sie nicht«, korrigierte ich mich selbst und spürte, wie mich die Erkenntnis, dass meine kleine Schwester wirklich tot war, wie eine eiskalte, harte Faust in den Magen boxte.

Sergeant McVie bedachte mich mit einem merkwürdigen Blick und schien mit aller Macht ein Seufzen zu unterdrücken. »Sie standen sich wohl sehr nahe? Wie gesagt, es ist keine böswillige Unterstellung, sondern reine Routine, und aus Erfahrung wissen wir leider, dass auch nahe Angehörige nicht immer über alles Bescheid wissen.«

Der nächste Faustschlag, denn damit hatte die Beamtin leider recht. Ich nickte nur.

»Sie haben einen Rufus erwähnt«, fuhr sie nun fort. »Wer ist das? Ein Partner? Ein Haustier?«

»Rufus ist Frances' dreijähriger Sohn.«

»Oh. Ich… äh…« Das hatte sie offensichtlich aus dem Konzept gebracht. Sie blätterte in ihrem Notizbuch herum, in dem zweifellos alle möglichen Erkenntnisse und Zeugenaussagen standen, doch offensichtlich nichts darüber, dass Frances Mutter war. »Das wusste ich nicht. Gibt es… ähm… einen Vater zu dem Kind?«

»Biologisch ganz sicher, ansonsten nicht«, erwiderte ich schlicht. Frances hatte mir nie erzählt, wer Rufus' Vater war. Gut möglich, dass sie es selbst nicht genau wusste oder dass sie diese Information aus anderen Gründen für sich behalten wollte.

»Und wer wird sich nun um das Kind kümmern?«

Das war in der Tat die große Frage. Mir kam der Tag von

Rufus' Geburt in den Sinn. Frances hatte mich angerufen, als der Kleine frisch auf der Welt gewesen war, und ich hatte die beiden sofort im Krankenhaus besucht. In genau diesem Krankenhaus, wie mir jetzt einfiel, und ich musste schon wieder hart schlucken. Frannie war erschöpft, aber glückselig gewesen, als sie mir das kleine Bündel Mensch gezeigt hatte. Doch dann war sie ganz ernst geworden und hatte zu mir gesagt: »Falls mir irgendwann mal etwas zustößt, Pippa, dann will ich, dass du dich um Rufus kümmerst. Niemand sonst. Ich vertraue keinem anderen Menschen so sehr wie dir.«

»Ich«, antwortete ich daher mit rauer Stimme. »Ich werde mich um ihn kümmern.«

Die Beamtin nickte und machte sich Notizen. »Wir werden diese Information ans Jugendamt weiterleiten, und man wird sich zweifellos mit Ihnen in Verbindung setzen. Aber leibliche Verwandte werden bei der Betreuung immer bevorzugt behandelt. Ich brauche von Ihnen jetzt nur noch Ihre vollständigen Personalien und Ihre Anschrift, dann …« Sie zögerte kurz, und ich hatte das Gefühl, dass sie nach geeigneten pietätvollen Worten suchte. »Dann habe ich für den Moment keine weiteren Fragen mehr an Sie.«

Ich zog meinen Ausweis aus dem Portemonnaie und nannte ihr meine Adresse. »Die gilt aber nur noch bis Ende der kommenden Woche …«

»Ziehen Sie um? Dann brauche ich bitte auch die neue Anschrift.«

»In Südafrika? Mein Flug nach Kapstadt geht am Freitag.«

Sergeant McVie sagte nichts, sondern sah mich nur an – und da wurde mir klar, dass in dieser Nacht nicht nur meine Schwester gestorben war, sondern auch mein Lebenstraum.

»Ich weiß nicht, wie ich das packen soll.« Ich starrte in das Whiskyglas, das mir Dominic in die Hand gedrückt hatte, doch die goldgelbe Flüssigkeit hatte auch keine Lösung für mich parat.

»Ich kann dir nur noch mal anbieten, zu mir in die Highlands zu kommen«, erklärte Sean. »Schon klar, dass das nicht dein Traum ist – und schon gar nicht Südafrika –, aber ich hätte Platz genug, und für Rufus wäre es vielleicht auch ganz schön.« Er schaute vielsagend zur Tür des Kinderzimmers, hinter der unser Neffe vor einer halben Stunde endlich eingeschlafen war.

»Ich weiß das echt zu schätzen«, entgegnete ich. »Aber was soll ich im Norden? Da finde ich im Leben keinen Job und ...« Mir versagte schon wieder die Stimme.

Fünf Tage waren vergangen. Heute hatten wir Frances beerdigt, und langsam wurde mir das Ausmaß des Horrors so richtig bewusst. Bisher war ich vor allem damit beschäftigt gewesen, alles zu organisieren. Meine beiden Brüder hatten mich dabei tatkräftig unterstützt – unsere Eltern nicht. Wenn ich an ihre Reaktionen dachte, wurde mir immer noch ganz übel. Ich hatte immer angenommen, dass es für einen Menschen nichts Schlimmeres geben konnte als den Tod des eigenen Kindes, doch auch da wurde ich wieder eines Besseren belehrt. Sie waren schon seltsam emotionslos gewesen, als ich ihnen am Telefon von Frances' Tod berichtet hatte. Sean war am selben Tag zu ihnen gefahren und ebenfalls nur auf kühle Ablehnung gestoßen. Das Timing sei ungünstig, hatten sie ihn wissen lassen. Am Abend gäbe es ein Charity-Event von nationaler Bedeutung im Haus, und für das kommende Wochenende stünde eine große Hochzeitsfeier an. Da könne man ihnen nicht zumuten, sich auch noch um die Organisation der Beerdigung und der Trauerfeier zu kümmern. Das *Timing*? Ernsthaft?

Also hatten wir alles geplant, zusammen mit einigen von Frances' Freunden und ihrer Galeristin Runa. Das hatte unseren Eltern natürlich auch nicht gepasst, denn schließlich konnte das ja nichts Vernünftiges werden. Vorgestern waren Sean, Dominic und ich noch einmal gemeinsam zum Hotel gefahren und hatten mit ihnen reden wollen, doch das Gespräch mit den beiden war derart haarsträubend und gruselig gewesen, dass es mich regelrecht schüttelte, wenn ich nur daran dachte. Falls sie trauerten, wussten sie auch diese Gefühle gut zu verbergen. Aber eines war mir klar geworden: Ich wollte und würde mit diesen Menschen nichts mehr zu tun haben. Sie waren vorhin bei der Beerdigung gewesen, das immerhin. Aber sie hatten danach nicht mit uns geredet und waren direkt wieder abgefahren. Nicht einmal ihr einziges Enkelkind hatten sie zur Kenntnis genommen.

Was vermutlich auch besser war, denn Rufus war schon durcheinander genug. Ich wusste nicht, ob er verstand, dass seine Mummy tot war. Ob er überhaupt ein Konzept dafür hatte. Ich war völlig überfordert mit der Situation, denn von Kindern hatte ich noch weniger Ahnung als von Kunst. Ja, er war mein Neffe, und ich hatte ihn regelmäßig gesehen, aber ich hatte nie allein Zeit mit ihm verbracht. Ich wusste gar nichts. Nicht, was er gerne aß, nicht, wann er schlafen sollte, nicht, in welchen Kindergarten er ging.

Danielle, die Mutter seines Freundes Ethan, bei dem Rufus in der Unglücksnacht geschlafen hatte, war ein junges Ding von Mitte zwanzig. Sie war natürlich total schockiert gewesen und hatte mir sofort ihre Unterstützung angeboten, aber sie war alleinerziehend und hatte ganz offensichtlich selbst Probleme genug. Frances' übriger Freundeskreis gehörte überwiegend zur Künstlerszene und bestand aus jungen, hippen und kinderlosen Menschen, die zum Teil nicht einmal gewusst hatten, dass Frances Mutter gewesen war.

Das Jugendamt hatte sich tatsächlich sehr schnell bei mir gemeldet und mir mitgeteilt, dass ich das vorläufige Sorgerecht für Rufus bekäme, sie aber versuchen würden, den leiblichen Vater des Kindes ausfindig zu machen. Solange dieser Prozess in der Schwebe hing, durfte ich das Land nicht verlassen. Zumindest nicht mit Rufus. Das war es dann auch offiziell mit meinem Traum, ein neues Leben in Südafrika zu beginnen. Mein neuer Chef hätte sich darauf eingelassen, dass ich zwei oder drei Wochen später anfing. Ich hätte auch Rufus mitbringen können. Aber es war absolut unklar, wie lange es dauern würde, bis die Behörden den Kindsvater ausfindig machten oder mir offiziell die Befähigung zur Betreuung eines verwaisten Kleinkindes bestätigten. Nach meiner Einschätzung würde Letzteres wohl nie passieren, und Ersteres war verdammt unwahrscheinlich. Doch ich hatte Frances mein Wort gegeben, dass ich mich um Rufus kümmern würde.

»Was willst du denn dann machen, wenn du nicht zu Sean in die Highlands ziehen möchtest?«, fragte mich Dominic. »Ich würde dich sofort nach Kanada mitnehmen, aber das geht ja genauso wenig wie Südafrika.«

Ich schüttelte den Kopf. »Ich hab keine Ahnung«, gab ich zu. »Vermutlich werde ich meinen Ex-Boss anrufen und ihn bitten, mich im Park als Aushilfe einzustellen.«

»Aushilfe? Du hast da doch fast zwanzig Jahre gearbeitet!«, rief Sean.

»Ja, aber es gibt natürlich einen Nachfolger für meinen Job. Alle Stellen sind im Moment besetzt, das ist für John auch nicht so einfach. Ich war die letzten Jahre ja vor allem in der Forschung tätig, aber ich würde auch als normale Gärtnerin arbeiten.« Ich seufzte und sah, wie sich meine Brüder besorgte Blicke zuwarfen. »Keine Sorge, ich finde eine Lösung«, behauptete ich.

»Lass mich dich finanziell unterstützen«, sagte Dominic. »Bis alles sortiert ist und du wieder eine eindeutige Perspektive hast. Du musst nicht im Dreck wühlen.«

»Zufällig liebe ich es, im Dreck zu wühlen«, entgegnete ich spitz. »Und ich brauche keine Almosen. Ich finanziere mein Leben seit zwanzig Jahren allein, das schaffe ich auch jetzt.«

»Das weiß ich doch. Aber es geht nicht nur um dich, sondern auch um Rufus. Er ist auch mein Neffe. Und …« Er verstummte, als ich abwinkte.

»Ich krieg das hin!«, beharrte ich. »Ich habe Frannie versprochen, dass ich mich im Notfall um ihren Sohn kümmern werde, und das habe ich auch vor. Egal, wie schwierig es wird. Aber ihr seid beide herzlich eingeladen, echte Onkel zu sein, denn ich habe nicht die leiseste Ahnung, wie man mit Kindern umgeht.«

»Das habe ich von mir auch immer gedacht, aber in Wirklichkeit ist es gar nicht so schwer. Man muss ihnen nur das Gefühl geben, dass man sie ernst nimmt«, behauptete Dominic, und ich meinte ein kleines Lächeln in seinen Mundwinkeln zu erkennen.

»Seit wann bist du denn Kinderexperte?«, fragte ich ihn überrascht.

»Seit er auf Vancouver Island eine komplizierte Geschichte

am Laufen hat«, warf Sean mit einem verschmitzten Grinsen ein, das ihm aber gleich wieder verging. »Wäre das schön, wenn wir jetzt einfach nur über das Liebesleben unseres Bruders spekulieren könnten, was?« Er seufzte wehmütig.

»Das haben wir noch nie gemacht. Warum sollten wir jetzt damit anfangen?«, brummte ich harscher als beabsichtigt. Mir war wirklich nicht nach Klatsch und Tratsch – obwohl es durchaus angenehmer wäre, über triviale Dinge zu sprechen als über die Realität.

»Ist es nicht total traurig, dass wir das noch nie gemacht haben?«, bemerkte Dominic überraschenderweise. »Sean und ich haben vorhin schon festgestellt, wie schade es ist, dass wir so wenig voneinander wissen und uns so fremd sind.«

»Da haben unsere Erzeuger ganze Arbeit geleistet«, erwiderte ich kalt. Ich brachte es nicht mehr über mich, von den beiden als Eltern oder gar als »Mum und Dad« zu sprechen. Nicht angesichts ihres Verhaltens seit Frannies Tod. So wie die beiden ging man nicht mit anderen Menschen um. Schon gar nicht, wenn diese anderen Menschen die eigenen Kinder waren.

Plötzlich wurde mir heiß und kalt. Rufus – für ihn war ich jetzt der Mensch, der einem Elternteil am nächsten kam. War ich in der Lage, dem kleinen Kerl genug Sicherheit und Zuversicht zu geben, dass er zu einem weniger verkorksten Menschen heranwachsen würde, als ich und meine Brüder welche waren? Vermutlich nicht. Ich hatte es ja nie anders gelernt. Ich wusste nicht, wie man liebevoll und warmherzig mit Kindern umging. Ich wusste überhaupt nicht, wie man mit Kindern umgehen sollte. Meine Brüder wussten es auch nicht – okay, Dominic neuerdings angeblich schon. Wäre Rufus nicht besser dran, wenn er zu einer Pflegefamilie käme, zu Menschen, die sich mit den Bedürfnissen von Kindern auskannten? Die nicht in Panik gerieten, wenn ein Dreijähriger weinte? Oder trotzig tobte? Ganz sicher wäre es besser. Aber ich hatte Frances mein Wort gegeben – auch wenn ich damals nicht damit gerechnet hätte, es jemals einhalten zu müssen.

Frances hatte zweifellos ebenfalls nicht damit gerechnet. Sie hatte sich immer schlappgelacht, wenn ich mich mit Rufus ungeschickt und hilflos angestellt hatte. Genauso wie sie sich herzlich über die desaströse Kinderführung im Botanischen Garten amüsiert hatte. Vor diesem Hintergrund wäre es ihr womöglich auch lieber, wenn sich andere, *bessere* Menschen um ihr Kind kümmerten.

»Ja, das haben sie tatsächlich«, bestätigte Dominic meinen Kommentar bezüglich unserer Eltern. »Das bedeutet aber nicht, dass wir diesem Einfluss hilflos ausgeliefert sind. Wir können uns weiterentwickeln und eigene Erfahrungen machen. Genau genommen tun wir das doch schon seit Jahren. Vermutlich müssen wir uns nur noch von den mentalen Fesseln unserer Eltern befreien und endlich so leben, wie es für uns richtig ist. Ich habe echt lange gebraucht, um das zu begreifen. Genau genommen bin ich erst in allerjüngster Vergangenheit darauf gekommen. Aber es lohnt sich. Und ich würde mir wünschen, dass wir uns in Zukunft näherkommen. Ich will alles von euch wissen, und ich will auch mein Leben mit euch teilen.«

Ich starrte ihn fassungslos an, und auch Sean schien beeindruckt zu sein. So eine leidenschaftliche Rede hatte ich aus dem Mund meines sonst leicht verschroben wirkenden Bruders noch nie gehört. Erstaunlicherweise bewegten seine

Worte sogar etwas in mir. Ich war mir nicht sicher, ob ich ihm glauben und vertrauen konnte, aber ich merkte, dass ich es um jeden Preis wollte. Ich *wollte* mich mit meinen Brüdern als Familie fühlen und *wollte* das Gefühl haben, nicht allein auf der Welt zu sein. »Das fände ich schön«, sagte ich daher. »Aber wie soll das gehen? Du wohnst in Kanada. Wäre alles normal gelaufen, wäre ich jetzt auf dem Weg nach Südafrika, und Sean lebt in den schottischen Highlands, was praktisch ohnehin das Ende der Welt ist.«

»Echte Nähe hat nichts mit geografischer Distanz zu tun«, behauptete Dominic und fügte zuversichtlich hinzu: »Wir schaffen das. Wenn wir es wirklich wollen, dann schaffen wir es auch. Genauso, wie du das mit Rufus schaffen wirst. Und wenn du Hilfe brauchst, dann melde dich. Wir sind für dich da.«

HOFFNUNGSSCHIMMER

»Wir sind für dich da.« Der Satz meines Bruders hallte mir immer noch in den Ohren. Es war eine schöne Aussage, aber eben leider auch sehr theoretisch. Faktisch war Dominic längst wieder in Kanada und Sean in seinem Highland-Nest. Ja, wir hatten mehr Kontakt als früher. Wir schickten uns gelegentlich Textnachrichten, und auch telefoniert hatte ich schon mit beiden. Das änderte aber nichts daran, dass ich hier allein in Edinburgh saß – ohne nennenswerte Perspektiven, dafür mit endlos vielen Problemen.

Die begannen bei organisatorischen Dingen wie meinem Umzug in Frances' Wohnung – der zugegebenermaßen kein großes Drama und mit einer Autofahrt erledigt war. Komplizierter waren da schon die Gespräche mit ihrem Vermieter gewesen, der sich noch vorbehielt, ob er das Mietverhältnis, das er mit Frances eingegangen war, so einfach auf mich übertragen wollte. Je nachdem, in welche Richtung sich seine Überlegungen entwickelten, konnte es sein, dass ich demnächst auch noch obdachlos war. Fast noch störrischer war man im Kindergarten: Dort hatte ich Rufus am Montagmorgen nach Frances' Tod zwar hinbringen können, aber beim Abholen später am Tag hatte man ihn mir nicht wieder aushändigen wollen. Schließlich stand ich nicht auf Frances' Kontaktliste für befugte Abholer – und daran änderte auch nichts, dass sie tot war. Danielle hatte mir aus dieser Zwickmühle herausgeholfen, aber ich brauchte eine Bestätigung des Jugendamtes, dass man mir das vorläufige Sorgerecht für meinen Neffen übertragen hatte, damit ich ihn vom Kindergarten abholen durfte.

Womit ich schon bei meinem größten Problem wäre: Rufus selbst. Dominic hatte mir versichert, das Geheimnis bei Kindern sei, ihnen das Gefühl zu vermitteln, man nähme sie ernst. So weit, so gut. Und so unmöglich. Denn wie sollte ich jemanden ernst nehmen, der so … irrational war? Mir war natürlich klar, dass man das einem dreijährigen Kind nicht vorwerfen konnte, aber es schien unmöglich zu sein, Rufus zu vermitteln, dass seine Mum nie wieder zurückkommen würde. Jeden Tag fragte er nach ihr. Jeden Tag weinte er, wenn ich ihn vom Kindergarten abholte, weil er Frances erwartet hatte und doch nur wieder ich auftauchte.

Manchmal war er süß und kuschelte sich zutraulich wie ein junger Hund an mich, aber viel häufiger wechselten sich heftige Wutattacken und verzweifeltes Weinen ab. Danielle hatte einen anderen Rat als Dominic: Ich solle Rufus einfach nur lieben, dann werde sich alles finden. Doch das war fast noch schwieriger als das Ernstnehmen. Ja, er war mein Neffe. Ich kannte ihn seit dem Tag seiner Geburt und hatte ihn immer niedlich und oft auch drollig gefunden. Aber lieben? Er war alles, was von meiner Schwester geblieben war, und damit war mir Rufus wichtig und teuer. Ich würde alles dafür tun, dass es ihm gut ging und er in Sicherheit war – allein schon, um Frances' Vertrauen in mich zu ehren. Aber wie konnte ich diesen kleinen Menschen lieben, der abwechselnd begeistert sein Kackhäufchen in der Toilettenschüssel bewunderte und mir in einem trotzigen Wutanfall »Ich hasse dich! Ich hasse dich! Ich hasse dich!« entgegenschleuderte?

Das Internet war inzwischen mein bester Freund und gleichzeitig mein schlimmster Feind. Die Stunden, die ich nach endlosen Behördengängen oder in meinen schlaflosen Nächten im Netz verbrachte, um nach praktikablen und nachvollziehbaren Gebrauchsanweisungen für den Umgang mit Kleinkindern zu suchen, taten meiner geistigen Gesundheit nicht gut. Wer der Meinung war, dass es schädlich sei, nach Krankheitssymptomen zu googeln, hatte sich noch nie auf Elternseiten getummelt. Da gab es Websites und Foren, die meiner Meinung nach in eine besonders dunkle Ecke des Netzes verbannt werden sollten. Als Wissenschaftlerin war ich es gewohnt, Problemstellungen methodisch und überlegt anzugehen, aber diese Herausforderung war zu groß für mich. Wenn man drei Menschen um eine Meinung in puncto Kindererziehung bat, bekam man mindestens fünf verschiedene – und selbstredend komplett widersprüchliche – Ratschläge zurück. Wie sollte ich mich da zurechtfinden? Wie sollte Rufus das überstehen?

Vorhin war ich so verzweifelt gewesen, dass ich die zuständige Sachbearbeiterin des Jugendamtes hatte anrufen und sie für Rufus um einen Platz in einer Pflegefamilie hatte anflehen wollen. Ich hatte schon das Telefon in der Hand gehabt, als es geklingelt hatte. Meine Kollegin Kaya war dran gewesen. Nein, meine Ex-Kollegin natürlich. Sie hatte eigentlich nur kurz nachfragen wollen, wie es mir ging, hatte sich dann aber eine halbstündige verzweifelte, tränengeschwängerte Tirade anhören müssen.

Sie hatte mich mit einem recht pragmatischen »Jetzt mach dich mal locker« zum Schweigen gebracht. Kaya war Ende vierzig, aber bereits Großmutter und hatte eine erstaunlich lässige Einstellung, was den Umgang mit kleinen Kindern betraf. »So schnell gehen die nicht kaputt!«, war ihre Kernaussage. »Natürlich ist er verzweifelt, verwirrt und unglücklich, was erwartest du? Aber einem Dreijährigen brauchst du nicht mit rationalen Erklärungen zu kommen. Sorg lieber dafür, dass er ein bisschen Spaß hat. Idealerweise mit dir zusammen. Das hilft euch beiden.« Außerdem hatte sie mir noch den guten Rat gegeben, das Internet in nächster Zeit zu meiden. Zumindest die einschlägigen Mamaseiten. Stattdessen hatte sie mir das Versprechen abgenommen, mit Rufus nach dem Kindergarten in den Botanischen Garten zu kommen. Ob das für ihn so spaßig werden würde, wusste ich zwar nicht, aber ich freute mich trotzdem darauf. Womöglich war auch John da, und ich könnte persönlich mit ihm über einen neuen Job sprechen. Vor ein paar Tagen am Telefon hatte er mir zwar keine allzu großen Hoffnungen machen können, aber vielleicht hatte ich ja doch Glück.

Pünktlich um vier Uhr nachmittags stand ich an der Tür des Kindergartens – zusammen mit all den Müttern und Vätern, die mich nach wie vor halb misstrauisch, halb mitleidig beäugten. Nach Rufus' Weinattacken und Wutanfällen in den letzten Tagen war das kein Wunder. Sie gaben mir mit ihren Blicken das Gefühl, keine von ihnen zu sein, nicht dazuzugehören. Zweifellos hatten sie damit recht. Aber unter Umständen bildete ich mir das alles auch nur ein. Danielle, die Einzige aus der Mamariege, die überhaupt mit mir sprach, hatte mir nämlich schon mehrfach versichert, es sei alles eine »Mindset«-Sache. Also musste ich wohl an meiner Einstellung arbeiten. So knipste ich ein hoffentlich fröhlich-warmherziges Lächeln an und fragte Danielle, was sie denn für den restlichen Nachmittag und das Wochenende geplant hatte.

»Wir fahren gleich zu meinen Eltern nach Perth«, erklärte sie mir. »Tut mir leid, dass ich dir Rufus am Wochenende nicht abnehmen kann.«

Ich runzelte die Stirn. Wieso nahm sie an, dass sie mir Rufus am Wochenende abnehmen sollte? Und warum wirkte sie so erleichtert darüber, dass sie eine gute Entschuldigung dafür hatte? »Kein Problem. Ich wünsche euch viel Spaß. Wir gehen gleich in den *Royal Botanic Garden* und überlegen uns dann, was wir die nächsten Tage so anstellen«, sagte ich leichthin. »Ich habe an den Zoo gedacht. Oder vielleicht auch ein Picknick im Grünen. Das Wetter soll ja schön bleiben«, plapperte ich weiter und versuchte, ihren vielsagenden Blick zu ignorieren.

Glücklicherweise wurde in diesem Moment die Tür geöffnet, und wir durften hinein zu unseren Schützlingen. Rufus' Gesicht verfinsterte sich prompt, als er mich sah, doch er überraschte mich, indem er weder weinte noch herumbrüllte, sondern energisch das Kinn nach vorn reckte und verkündete: »Ich hab ein Bild für Mummy gemalt. Damit sie wiederkommt.« Er hielt mir stolz das bunt bekritzelte Stück Papier unter die Nase, und ich versuchte mit aller Macht, den Kloß in meinem Hals hinunterzuschlucken.

»Das hast du sehr schön gemacht, Rufus«, lobte ich ihn und verstrubbelte ihm hilflos die dunkelblonden Haare. Kurz überlegte ich, ob ich ihm zum hundertsten Mal erklären sollte, dass seine Mummy nicht mehr zurückkommen würde, doch ich brachte es nicht übers Herz. »Weißt du, was wir gleich machen?«, fragte ich ihn stattdessen.

Er schüttelte den Kopf und schaute mich mit großen Augen an.

»Wir besuchen Penny.«

»Wer ist Penny?«

»Penny ist eine Kragenechse, die in einem Terrarium im Botanischen Garten wohnt. Sie ist sehr wählerisch und lässt sich nicht von jedem streicheln, aber ich glaube, du könntest Glück bei ihr haben.« Das war ausgemachter Unsinn, denn Penny war ausgesprochen zutraulich – wenn man das bei einem Reptil überhaupt sagen konnte – und genoss es, am Hals gekrault zu werden. Doch das Blitzen in Rufus' Augen bewies mir, dass ich die richtige Formulierung gewählt hatte.

»Echt? Was ist eine Kagen-Exe?«, wollte er wissen.

»Das ist ein kleiner Minidrache.«

»Cool! Spuckt der Feuer?« Nun strahlte er richtig, und mein Herz machte einen irrationalen kleinen Hüpfer.

»Ich bin mir nicht sicher. Bisher hat sie es nicht getan, aber wir können sie ja gleich mal fragen, was meinst du?«

Rufus nickte heftig, zog sich in Windeseile seine Schuhe an und schlüpfte in die Jacke.

»Bye, Rufus«, sagte Danielle lächelnd zu ihm, als wir an ihr und ihrem Sohn Ethan vorbeikamen.

»Wir gehen zu Penny«, verkündete Rufus feierlich. »Die ist ein echter Drache. Mit Feuer und so.« Dann nahm er meine Hand und zog mich zum Ausgang.

Kleine Siege, dachte ich dankbar. Kleine Siege.

Erwartungsgemäß war Rufus begeistert von Penny, die sich ihrerseits gerne von ihm streicheln ließ, seinen Aufforderungen zum Feuerspucken allerdings nicht nachkommen wollte.

»Er macht doch einen ganz fidelen Eindruck«, sagte Kaya zu mir und reichte mir eine Tasse Kaffee.

»Ablenkung scheint tatsächlich das Mittel der Wahl zu sein. Er hat heute zum ersten Mal nicht geweint, als ich ihn vom Kindergarten abgeholt habe.«

»Siehst du, das wird. Ihr gewöhnt euch schon aneinander.« Kaya saß auf ihrem Schreibtischstuhl, ich lehnte an ihrem Tisch und ließ meinen Blick etwas bekümmert durch den großen Raum gleiten, der so lange mein Arbeitsplatz gewesen war.

Ein Seufzer entrang sich mir, und ich war mir nicht sicher, wem oder was er genau galt. Meinem alten Job? Meinem geplatzten Lebenstraum? Oder Rufus? Vermutlich allem. Es gehörte ja auch irgendwie alles zusammen. »Muss ja«, antwortete ich daher, denn was war die Alternative?

»Ich weiß, dass dein Leben komplett aus den Angeln gehoben wurde, aber du kriegst das ganz bestimmt hin. Manchmal sind solche Veränderungen ja auch ein echtes Geschenk«, behauptete Kaya.

»Ich habe nichts gegen Veränderungen. Eigentlich wäre ich jetzt ja seit einer Woche in meinem neuen Job in Südafrika. Viel mehr Veränderung geht doch nicht, oder?« Ich schluckte gegen die Bitterkeit an, die wieder in mir aufstieg. Niemand hatte Schuld daran, dass es anders gekommen war – am wenigsten Rufus –, und irgendwie musste ich jetzt lernen, damit fertigzuwerden.

»Also, ich finde es schön, dass du nicht am anderen Ende der Welt lebst, sondern mir als Freundin weiterhin erhalten bleibst«, stellte Kaya fest. »Und wer weiß, vielleicht sogar bald wieder als Kollegin?«

»Hat John irgendwas gesagt?« Ein zarter Hoffnungsfunke zuckte in mir auf.

»Nicht wirklich, aber er meinte, dass er heute auf jeden Fall vorbeikommen und mit dir reden will, und er hatte so ein Funkeln in den Augen. Da wird was gehen.«

»Ich kann mir bei John eine Menge vorstellen, aber funkelnde Augen?« Ich musste grinsen.

»Funkelnde Augen, die einen Job versprechen!«, beharrte Kaya.

»Warten wir's ab.« Ich sah wieder zu Rufus, der nach wie vor gebannt vor dem geöffneten Terrarium stand und Penny zu drachenähnlichen Aktionen zu motivieren versuchte, doch die Echse war stoisch und ließ sich nicht einmal dazu herab, ihren Kragen aufzuspannen. »Hat Penny schon gefressen?«, fragte ich Kaya.

»Keine Ahnung, da müsste ich im Fütterungsplan nachschauen. Aber ein, zwei Extraheimchen werden ihr auf keinen Fall schaden.«

Ich ging zum Klimaschrank, in dem die Futtertiere für die Echse aufbewahrt wurden, nahm eine Plastikdose mit Heimchen und eine lange Pinzette. Echsenfütterung war nie meine Lieblingsbeschäftigung gewesen, und ich hatte sie meist Kollegen überlassen, doch um Rufus eine Freude zu machen, würde ich jetzt auch Grillen verfüttern.

»Sie will einfach kein Feuer spucken!«, rief Rufus ein bisschen enttäuscht, als ich zu ihm kam.

»Ich habe das schon vermutet«, entgegnete ich. »Aber eigentlich ist es besser, dass sie es nicht tut. Stell dir mal vor, sie würde hier alles abfackeln. Das wäre ja irgendwie auch doof.«

»Hm. Aber auch voll krass.« Er grinste mich spitzbübisch an und machte dann ein furchterregendes Zischgeräusch, das Penny jedoch nicht im Geringsten beeindruckte.

»Kennst du den kleinen Drachen, der Feuerwehrmann werden will?«, fragte ich ihn. Mir war spontan eine Zeichentrickserie eingefallen, die ich als Kind gerne gesehen hatte. Rufus schüttelte den Kopf. »Er heißt Grisu und will auf jeden Fall verhindern, dass er Sachen anzündet.«

»Aber das ist doch cool!«, beharrte er verständnislos. »Drachen müssen Feuer spucken!«

»Wenn wir zu Hause sind, schaue ich mal, ob ich die Serie irgendwo finde, dann können wir uns eine Folge mit Grisu angucken. Was meinst du?«

»Auf dem Tablet?« Seine Augen begannen zu leuchten. Offenbar war das iPad Frances' bevorzugtes Belohnungsinstrument für ihren Sohn gewesen, denn Rufus liebte das Ding und war fasziniert davon. Ich war mir nicht ganz sicher, ob es wirklich okay war, dass ein so kleines Kind Zeit vor einem flackernden Bildschirm verbrachte, aber es war auf jeden Fall eine verführerische Option.

»Wenn du magst, auf dem Tablet«, bestätigte ich also und schob die virtuellen Aufschreie der Supermamis aus dem Internet rasch aus meinem Bewusstsein. »Aber jetzt sollten wir Penny mal fragen, ob sie Hunger hat.«

»Hast du Hunger?«, fragte Rufus die Echse prompt, die sich zwar nicht eindeutig äußerte, aber mit dem Kopf zuckte. Rufus wertete das als Zustimmung. »Sie hat Ja gesagt«, teilte er mir mit.

»Sehr gut. Dann lass sie uns füttern.« Ich öffnete den Deckel des kleinen Plastikterrariums, in dem die Grillen ihre ziemlich traurige Existenz als Echsenfutter fristeten. Mit einer langen Pinzette holte ich ein Heimchen heraus und bot es Penny an. Die zögerte nicht lange, sondern schnappte beherzt zu und verspeiste es mit sichtlichem Appetit.

»Auch!« Rufus war begeistert und teilte offensichtlich weder mein Mitleid mit den Grillen noch meinen leichten Ekel.

Ich gab ihm die Pinzette, doch er hatte Schwierigkeiten, eine Grille damit zu packen. Beinahe rechnete ich schon mit einem Anfall von frustriertem Trotz, aber stattdessen gab er mir die Pinzette zurück und griff sich eins der Heimchen mit bloßen Fingern.

»Schau mal, Penny«, rief er triumphierend und streckte der Echse seine Hand entgegen. Er öffnete die Finger, und Penny pflückte sich die Beute von seiner Handfläche. Rufus quietschte vor Vergnügen, während ich mit Mühe ein Würgen unterdrückte.

»Das nenne ich mal einen unerschrockenen Drachenpfleger«, sagte John, der sich neben uns aufgebaut hatte, und Rufus schien vor lauter Stolz mehrere Zentimeter zu wachsen. »Ich glaube, du bist bereit für die fleischfressenden Pflanzen.« Er zwinkerte mir frech zu, wandte sich dann aber gleich wieder ganz ernsthaft an Rufus, der Penny gerade ein weiteres Heimchen hinhielt: »Hast du Lust, mit Kaya eine Runde zu drehen? Sie kennt die coolsten Pflanzen und Geschichten.«

Es war offensichtlich, dass John allein mit mir reden wollte, und die Hoffnung wuchs weiter in mir. Ein neuer-alter Job würde meine aktuelle Situation dramatisch verbessern.

»Penny hat aber noch Hunger«, behauptete Rufus und schnappte sich die nächste Grille.

»Eine bekommt sie noch, aber danach braucht sie eine

Pause, sonst wird ihr schlecht.« John deutete auf ein besonders stattliches Heimchen, das Rufus mit einem triumphierenden Laut einfing und gleich darauf an die Echse verfütterte. Dann schloss John den Deckel der Grillenbehausung und schob die Glastür des Terrariums zu.

»Bereit für die fleischfressenden Pflanzen?«, fragte Kaya, ehe Rufus überhaupt Zeit hatte zu protestieren. Sie reichte ihm eine Hand und verschwand mit ihm in Richtung Gewächshaus.

Als die beiden außer Hörweite waren, blickte ich John erwartungsvoll an. »Kaya hat behauptet, deine Augen hätten ein Job-Funkeln«, sagte ich und hoffte, dass ich fröhlich und nicht flehend klang. Wobei das auch egal wäre – John kannte mich schon so lange, und ich war bereit, buchstäblich durch den Dreck zu kriechen. »Ich würde wirklich an die Gärtnerfront gehen«, fügte ich daher hinzu, um ihn davon zu überzeugen, wie ernst es mir war.

»Was Kaya alles sieht«, antwortete er mit einem Kopfschütteln. »Ich kann dir hier im Moment leider überhaupt keinen Job anbieten«, fuhr er fort, und die Hoffnung in mir verpuffte wie nichts. »Glaub mir, ich bedauere das mindestens so sehr wie du. Ich würde dich gerne behalten, aber es ist keine Stelle frei, und ich habe kein Budget für eine weitere.« Er seufzte, doch dann entdeckte auch ich ein verräterisches Glitzern in seinem Blick. »Aber vielleicht habe ich doch eine gute Nachricht für dich.«

»Ja?« Puh, selbst in meinen Ohren hörte sich meine Stimme kläglich an.

»Mich hat gestern mein alter Freund Timothy Webb angerufen. Er sucht dringend Unterstützung.« John schaute mich bedeutungsvoll an, als müsste mir allein der Name Timothy Webb etwas sagen. Es dauerte einen Augenblick, doch dann fiel es mir ein.

»Der *Tresco Abbey Garden*?«, fragte ich, und John nickte mit breitem Lächeln.

»Nicht ganz Südafrika, doch gefühlt ebenfalls am Arsch der Welt.« Er lachte. »Warst du schon mal dort?«

»Nein, ich hab bisher nur über den Park gelesen und mal eine Dokumentation gesehen«, entgegnete ich langsam, während mein Gehirn auf Hochtouren ratterte. Der *Abbey Garden* lag auf der kleinen Insel Tresco, die zum Scilly-Archipel gehörte, das irgendwo südwestlich von Cornwall mitten im Atlantik lag. »Arsch der Welt« beschrieb es ziemlich exakt.

»Ich war vor ein paar Jahren mal dort«, sprach John weiter. »Es ist wirklich traumhaft – und aus botanischer Sicht extrem eindrucksvoll. Sie haben da Pflanzen aus achtzig Ländern der Welt – unter anderem auch etliche Proteen-Arten. Timothy hat mich gefragt, ob ich jemanden kenne, der einerseits fachlich versiert ist und andererseits bereit wäre, sich mit der besonderen Lage des Parks dauerhaft anzufreunden. Da habe ich gleich an dich gedacht.«

»Die ›besondere Lage des Parks‹ klingt etwas ominös«, entgegnete ich.

»Nun ja, ›abgelegen‹ würde es eher treffen. Abgelegen und relativ einsam. Aber das Klima ist mild, und das Beste ist, du verlässt nicht das Land – das wäre doch ideal in deiner aktuellen Situation.«

Das waren unleugbar gute Argumente, gab ich innerlich zu. Außerdem käme ich so auch aus Edinburgh weg und könnte all die traurigen Erinnerungen hinter mir lassen. Hinter *uns*, korrigierte ich mich. *Wir* könnten die traurigen Erinnerungen hinter *uns* lassen. Wie lange würde es wohl dauern, bis ich Rufus und mich selbst als Einheit betrachtete? Vermutlich sehr lange, denn wenn ich mir einer Sache in meinem Leben immer absolut sicher gewesen war, dann war das der Umstand, dass ich um keinen Preis Kinder haben wollte. Ich schüttelte den Kopf, dieses explosive Gedankenpulverfass wollte ich jetzt nicht öffnen.

»Heißt das, dass du kein Interesse hast?«, wollte John leicht irritiert wissen, der mein Kopfschütteln offensichtlich falsch interpretierte.

»Nein, das heißt es nicht. Ich wollte nur nicht auf dunkle Pfade abschweifen, gedanklich«, beeilte ich mich ihm zu versichern. »Ab wann wäre die Stelle denn zu haben?«

»Ich schätze mal, so schnell es geht, aber da Timothy schon seit letztem Herbst sucht, kommt es ihm auf ein, zwei Wochen oder Monate wahrscheinlich nicht an. Deine Wohnung hast du aber doch schon aufgelöst, oder?«

»Meine schon. Aber im Moment wohne ich ja mit Rufus in Frances' Wohnung. Wobei es da mit dem Vermieter potenziell Probleme gibt …« Ich winkte ab, das musste ich John nicht erzählen. Entscheidend waren ganz andere Dinge. »Ich würde mir gerne gründlich überlegen, ob das für mich – für uns – infrage kommt.«

John nickte. »Mach das. Das ist tatsächlich keine Entscheidung, die man leichtfertig treffen sollte. Ich richte Timothy aus, dass du grundsätzlich Interesse hast. Vielleicht könnt ihr in den nächsten Tagen einfach mal telefonieren oder eine Videokonferenz abhalten.«

»Danke, John, so machen wir's.« Ich fühlte etwas in mir,

das ich nicht genauer definieren konnte. Erleichterung? Hoffnung? Auf jeden Fall war es ein besseres Gefühl als alle Gefühle der letzten Tage.

Am übernächsten Tag saß ich an Frances' Küchentisch an meinem Computer und las alles, was ich über die Scilly-Inseln und den *Abbey Garden* auf Tresco finden konnte. Rufus lag bäuchlings auf dem Sofa und starrte mit entzückter Miene auf das iPad. Ich hatte tatsächlich die Serie *Grisu, der kleine Drache* gefunden, und mein Neffe schien von dessen Abenteuern ähnlich begeistert zu sein wie ich damals. Vermutlich würde ich im Eltern-Fegefeuer landen, weil ich den Dreijährigen jetzt schon seit einer knappen Stunde auf die Mattscheibe starren ließ, aber sonst hätte ich keine Gelegenheit gehabt, gründlich zu recherchieren. Mein Bewerbungsgespräch mit Timothy war nämlich bereits für morgen Vormittag eingeplant, und bis dahin wollte ich mir sicher sein, ob ich mir vorstellen konnte, auf die Scilly-Inseln zu ziehen.

Den gestrigen Samstag hatten Rufus und ich tatsächlich komplett im Zoo verbracht, und ich musste zugeben, dass es mir fast so viel Spaß gemacht hatte wie ihm. Besonders fasziniert war er von den Pinguinen und den beiden Pandas gewesen, auf die der Tierpark auch ausgesprochen stolz war. Ich selbst war zwar kein besonders großer Fan von Zoos und hielt es für falsch, Tiere einzusperren, nur damit Menschen etwas zum Schauen hatten, doch trotzdem hatte ich den Tag genießen können. Rufus' Begeisterung und Faszination waren auf mich übergesprungen, und am Abend war ich genauso müde gewesen wie er und war schon um halb neun auf dem Sofa eingeschlafen, statt über Scilly zu recherchieren, wie ich es eigentlich vorgehabt hatte.

Inzwischen wusste ich aber mehr. Der Scilly-Archipel lag gut fünfundvierzig Kilometer südwestlich von Land's End, der westlichsten Spitze Englands. Von den etwa hundertvierzig winzigen Inseln waren nur fünf große bewohnt. Wobei »groß« ein eher relativer Begriff zu sein schien, denn insgesamt lebten nur rund zweitausend Menschen das ganze Jahr über auf der Inselgruppe. Auf Tresco, unserem potenziellen neuen Domizil, waren es sogar nur hundert. Hundert – das waren echt ziemlich wenige. Ich war nun alles andere als eine ausgelassene Partykönigin, die ständig auf Achse war, aber ich genoss es schon sehr, mich mit Freunden zum Essen oder für einen Film im Kino zu verabreden. Ich liebte es, am Sonntag ausgiebig in einem netten Café zu frühstücken, und ging auch ganz gerne mal ins Theater oder in ein Konzert. Das alles konnte man auf den Scillys vergessen. Dafür gab es da Natur pur, ein supermildes Klima mit einer Temperaturschwankung von nur neun Grad im Jahr, sodass auch viele exotische Pflanzen gediehen, die man in Großbritannien sonst höchstens aus Gewächshäusern kannte. Und der *Abbey Garden* klang wirklich nach dem Traum aller Botaniker. Über zwanzigtausend Pflanzen aus aller Herren Länder wuchsen dort – was fast noch spannender war als Kirstenbosch, wo man sich auf die zugegebenermaßen faszinierende südafrikanische Flora beschränkte.

Ich fing an, Listen zu schreiben. Auf der Pro-Seite vermerkte ich neben dem guten Wetter und dem mutmaßlich spannenden Job vor allem die Tatsache, dass wir nach wie vor in Großbritannien sein würden. Ich musste, sobald Rufus morgen früh im Kindergarten war, als Erstes beim Jugendamt anrufen und fragen, ob ein Umzug innerhalb des Landes okay wäre. In der Kontra-Spalte standen lediglich zwei Wörter: »Verdammt einsam!« So würde ich mich als mittelalte Singlefrau mit Kleinkind dort wohl fühlen.

Es war jedoch nicht so, als hätte ich massenhaft Alternativen. Ich musste Geld verdienen, und die Aussicht auf einen Tapetenwechsel klang trotz allem sehr verführerisch. Und wie oft ging ich denn tatsächlich ins Theater oder zu einem Konzert? Eben.

Ich blickte von meiner Liste auf, als Rufus sich halb totlachte. Offenbar hatte Grisu wieder versehentlich ein Feuer gelegt, statt eines zu löschen. Ob es für Rufus ebenfalls gut wäre, woanders zu leben? Seine Mum war tot, aber wenigstens war er hier in seiner vertrauten Umgebung und traf im Kindergarten seine Freunde. Ich erinnerte mich daran, wie schlimm ich es als Kind gefunden hatte, mit fünf Jahren ins Internat geschickt zu werden. Doch war das vergleichbar? Vielleicht sollte ich das ebenfalls mit der Jugendamtsfrau besprechen.

Abgesehen von der Fülle an Pflanzen und den wenigen Menschen gab es nicht viel wirklich Bemerkenswertes über die Scilly-Inseln zu erfahren – außer dass sie die kleinste Molkerei und die kleinste Fußball-Liga des Königreichs ihr Eigen nannten. Und dass es verdammt schwierig war, überhaupt dorthin zu gelangen. Der Golfstrom sorgte zwar für das subtropische Klima, aber offensichtlich auch für gefährliche Strömungen. Mehr als achthundert Schiffe sollen an den Klippen der Scillys schon gesunken sein – was tollkühne Wracktaucher aus der ganzen Welt anlockte und mir ein ziemlich unangenehmes Gefühl in der Magengrube bereitete. Ich war gerne am und auf dem Meer, aber ich hatte es lieber, wenn es sich sanft und freundlich zeigte und nicht voll archaischer Urgewalt. Andererseits lag das letzte große Schiffsunglück schon lange zurück, der heutige Fährverkehr vom Festland und zwischen den Inseln galt als sicher – und wurde bei schlechtem Wetter ohnehin eingestellt.

Ich las einiges über Festivals und Sport-Events und über den angeblich spektakulärsten Sternenhimmel des Landes – und ignorierte geflissentlich alle Hinweise auf die »ruhigen« Wintermonate. Es war Anfang Mai, und der nächste Winter lag in weiter Ferne. Warum also über ungelegte Eier reden oder nachdenken?

Rufus kicherte schon wieder laut. Es wurde Zeit, dass ich ihn von der Mattscheibe trennte. Auf Tresco würde er sicher ziemlich unbeschwert durch die Gegend toben können. Es gab dort so gut wie keine Autos, nur elektrische Golfcarts. Mein Mail-Postfach meldete sich, und ich entdeckte eine Mail von Timothy Webb:

Hallo, Philippa,
vermutlich grübeln Sie gerade darüber nach, ob Tresco etwas für Sie sein könnte. Um Ihnen die Entscheidung zu erleichtern, schicke ich Ihnen ein paar Fotos von dem Häuschen mit, das wir Ihnen zur Verfügung stellen würden.

Noch einen schönen Sonntag. Ich freue mich auf unsere Videokonferenz morgen.
Herzliche Grüße, Timothy

Ich klickte mich durch die Fotos. Das Cottage war wirklich bezaubernd und schien einen ziemlich großen Garten zu haben. Noch ein Pluspunkt auf meiner Liste, denn einen eigenen Garten hatte ich noch nie gehabt. Sofort kamen mir Ideen dafür, was ich dort alles anpflanzen könnte.

»Rufus? Kommst du mal bitte?«, rief ich meinen Neffen, und tatsächlich ließ er das Tablet und Grisu auf dem Sofa zurück und kam zu mir gewackelt. Ich hob ihn auf meinen Schoß und deutete auf den Bildschirm meines Laptops. »Ich muss dir was zeigen. Was würdest du davon halten, Schafe, Hühner und einen Esel als Haustiere zu haben?«

AUFBRUCH

Alles begann zu vibrieren, als der Motor der *Scillonian* zum Leben erwachte und der Kapitän die Fähre aus dem Hafen von Penzance hinausmanövrierte. Die Vibration löste seltsamerweise den Knoten in meinem Magen, der dort seit Wochen Dauergast gewesen war und heute am frühen Morgen verhindert hatte, dass ich mehr als eine Tasse Tee zu mir nehmen konnte.

Mein neues Leben begann … jetzt. Das kornische Küstenstädtchen wurde immer kleiner, während sich das strahlend weiße Schiff in Richtung offenes Meer vorarbeitete. Seit meinem ersten Kontakt mit Timothy Webb waren gerade mal zwei Wochen vergangen. Zwei Wochen, in denen ich vorwiegend damit beschäftigt gewesen war, nicht völlig den Verstand zu verlieren zwischen all den endlosen Telefonaten mit dem Jugendamt, den Diskussionen mit Frances' Vermieter und der Entscheidung, welche von ihren Habseligkeiten mit nach Tresco sollten und was mit dem Rest geschehen sollte. Gut, dass ich beim Ausmisten inzwischen einige Routine hatte. Rufus hatte das Chaos nicht allzu gut aufgenommen – kein Wunder, seine kleine Welt war endgültig aus den Angeln gehoben. Er tat mir von Herzen leid, denn in einer derart existenziell bedrohlichen Lage ausgerechnet mit jemandem wie mir geschlagen zu sein, musste für einen Dreijährigen die

Hölle sein. Doch es war nicht zu ändern, und ich hoffte, dass er keinen bleibenden Schaden davontrug. Und dass die Tierschar, die uns in unserem neuen Zuhause erwartete, tatsächlich so freundlich war, wie ich sie ihm in täglich schillernderen Farben beschrieben hatte.

Vorgestern Abend hatten Möbelpacker die wenigen Sachen aus Frances' Wohnung in Edinburgh abgeholt, und ich hoffte, dass sie tatsächlich schon gestern auf der Insel gelandet waren. Rufus und ich waren gestern Morgen in den Zug gestiegen und nach einer schier endlosen Fahrt in Cornwall an der südwestlichen Spitze unseres Landes angekommen. Mein Auto hatte ich bereits vor ein paar Tagen verkauft, dafür würde ich auf den Scilly-Inseln ohnehin keine Verwendung haben. Die geringen Distanzen konnte man notfalls zu Fuß oder eben mit dem Golfcart überbrücken.

Ich merkte, wie ich mich etwas entspannte. Die würzig-frische Meeresluft half mit Sicherheit dabei und auch Rufus, der vor mir an der Reling stand und fröhlich jede Möwe begrüßte, die uns umschwirrte. Erstaunlicherweise hatten sich seine Ängstlichkeit und seine Verzweiflung, die sich in den letzten Wochen abwechselnd in Wut- und Weinanfällen gezeigt hatten, bereits während der Zugfahrt gestern verabschiedet. Er war absolut fasziniert davon gewesen, wie sich die Landschaft hinter den Fenstern veränderte, wie sie immer sanfter und lieblicher wurde, je weiter wir uns vom rauen Norden entfernten und vorankamen in den milderen Süden. Er hatte bei jedem entdeckten Tier gejubelt und sich zwischen Sheffield und Birmingham erschöpft ein Mittagsschläfchen gegönnt, nur um dann für die restliche Fahrt wieder zu Hochform aufzulaufen.

In dieser Stimmung war er absolut zauberhaft – und wahnsinnig anstrengend. Aber es war besser als die genauso anstrengenden Trotz-Wut-Wein-Phasen. Würde ich mich je daran gewöhnen? Kaya hatte es mir versichert, genau wie die Sachbearbeiterin vom Jugendamt und Danielle, die Mama von Rufus' Kindergartenkumpel Ethan, die netterweise noch ein paarmal auf meinen Neffen aufgepasst hatte, damit ich den Organisationsmarathon überhaupt geregelt bekam.

Ich hatte nie Kinder haben wollen, hatte nie das sehnsüchtige Ticken meiner biologischen Uhr gehört – und nun war ich mit Anfang vierzig für einen Dreijährigen verantwortlich, der sich sein Leben sicher auch ganz anders vorgestellt hatte – falls Dreijährige solche Überlegungen überhaupt schon anstellten. Ich hatte keine Ahnung, und dieses Gefühl von Hilflosigkeit und Inkompetenz machte mich total irre. Eigentlich sollte ich in einem der schönsten Gärten der Welt arbeiten und in einer der schönsten Städte des Planeten leben. Ich sollte einen Job machen, für den ich gut ausgebildet und qualifiziert war, und meine Freizeit mit erwachsenen Vergnügungen verbringen. Ich hatte mir ausgemalt, wie ich die Wochenenden mit Freunden auf den zahllosen wunderbaren Weingütern verlebte und coole Konzerte besuchte. Stattdessen beobachtete ich mich nun dabei, wie ich selbst den Möwen zuwinkte und einem Dreikäsehoch zum wiederholten Mal versicherte, dass sich die Schafe Rosebud, Mina und Greybelly sowie Esel Alfie schon wahnsinnig auf ihn freuten. Der Gedanke daran, welch unvorhergesehene Wendung mein Leben in den letzten Wochen genommen hatte, schnürte mir den Hals zu. Es war einfach nicht fair. Nichts daran. Vor allem nicht für Frannie und den kleinen Rufus – aber auch nicht für mich.

Drei Lebensträume waren zerschmettert, in Frances' Fall sogar buchstäblich, doch ich war es meiner kleinen Schwester und meinem eigenen Gewissen schuldig, dafür zu sorgen, dass wenigstens der Junge eine Chance und eine gute Perspektive bekam. Ich selbst konnte mich wenigstens an den neuen Job halten. Der fand zwar an einer etwas fragwürdigen Location statt, dürfte aber ebenso anspruchsvoll und bereichernd sein wie die Position in Kapstadt oder meine bisherigen Aufgaben in Edinburgh. Und über alles Weitere würde ich bei einer anderen Gelegenheit nachdenken.

»Fische!«, kreischte Rufus und deutete auf die Wellen. »Große Fische!«

»Das sind keine Fische, das sind Delfine«, korrigierte ich ihn lächelnd. Tatsächlich wurde unsere Fähre von einem geschätzten Dutzend der hübschen Meeressäuger begleitet.

»Die sind lustig«, befand er und lachte laut auf, als ein besonders vorwitziger Delfin einen großen Satz machte.

»Ja, das sind sie«, gab ich zu. »Delfine haben zwar eine ähnliche Form wie manche Fische, aber es sind Säugetiere, wie Hunde und Esel. Sie atmen auch nicht mit Kiemen, wie Fische, sondern mit Lungen, wie wir Menschen. Siehst du die Löcher auf ihren Köpfen? Damit atmen sie. Das sind praktisch ihre Nasenlöcher«, erklärte ich ihm.

Rufus sagte nichts, sondern beobachtete weiterhin fasziniert das Spektakel.

»Finden Sie nicht, dass Ihr Sohn zu jung für solche Erklärungen ist?«, mischte sich stattdessen eine ältere Frau neben uns ein und warf mir einen missbilligenden Blick zu.

Mir lagen einige mögliche Erwiderungen auf der Zunge, angefangen damit, dass der Kleine nicht mein Sohn war. Doch ich kam gar nicht dazu, denn Rufus funkelte die Frau herausfordernd an und entgegnete mit empörter Stimme: »Ich bin doch nicht dumm!«

»Nein, das bist du ganz und gar nicht.« Ich wuschelte ihm durch die Haare und spürte ein warmes, weiches Gefühl in mir. Stolz auf den smarten Jungen, der die besserwisserische Kuh in ihre Schranken gewiesen hatte, und eine lächerliche Dankbarkeit dafür, dass er sie nicht über unser Verwandtschaftsverhältnis aufklären wollte.

»Fische, Delfine – wo ist da schon der Unterschied?«, brummte die Frau und ging davon.

Rufus sah mich fragend an.

»Es gibt viele ganz große Unterschiede zwischen Fischen und Delfinen«, fuhr ich fort. »Die wichtigsten sind sicher die unterschiedliche Atmung und die Fortpflanzung …« Ich kam etwas ins Stocken. Das dürfte für einen Dreijährigen tatsächlich zu komplex sein. »Aber eines musst du dir merken: Nur weil jemand erwachsen ist, heißt das noch lange nicht, dass er oder sie auch recht hat.«

»Okay«, sagte Rufus nach einem Moment des Nachdenkens und wandte seine Aufmerksamkeit dann wieder den Delfinen zu.

Ich dagegen fragte mich, wie lange es dauern würde, bis ich die letzte Aussage bereute. Aber wenigstens folgte für den Moment kein Nachbohren zum Sexleben von Fischen und Delfinen. Kleine Siege, redete ich mir ein. Kleine Siege.

Die knapp drei Stunden Fahrt verflogen regelrecht, denn es gab so viel zu sehen. Jedenfalls dann, wenn man drei Jahre alt war und die Welt ganz neu entdeckte. Erstaunlicherweise steckte mich Rufus' Enthusiasmus an. Es war wirklich etwas dran an der Binsenweisheit, dass Kinderaugen neue Perspektiven aufzeigen.

Glücklicherweise war das Meer auch einigermaßen ruhig. Ich hatte im Internet abenteuerliche Berichte darüber gelesen, wie rau die See sein konnte – wohl ziemlich – und wie hoch die Wahrscheinlichkeit war, auf der Überfahrt seekrank zu werden – erheblich. Meine eigene Seefestigkeit hatte ich bislang noch nicht oft getestet, daher war mir meine morgendliche nervöse Appetitlosigkeit ganz recht gewesen, doch nun knurrte mein Magen, und Fragen ploppten in meinem Kopf auf. Wie stand es auf den Inseln mit Einkaufsmöglichkeiten? Ob es auf Tresco einen Supermarkt gab? Oder einen Lieferservice? Wohl eher nicht. Nun ja, verhungern würden wir schon nicht. Genauso wenig wie die Bewohner der Inselgruppe und die zahlreichen Besucher, die sich jetzt, kurz vor dem Anlegen an der Hauptinsel St. Mary's, aufgeregt an der Reling drängelten. Den Gesprächsfetzen um mich herum konnte ich entnehmen, dass die meisten von ihnen nur für eine Tagestour oder maximal zwei Übernachtungen hergefahren waren. Auf Rufus und mich dagegen wartete mutmaßlich das größte Abenteuer unseres Lebens.

Ein Gefühl wie Lampenfieber machte sich in mir breit, und auch Rufus schien den Stimmungswechsel zu spüren. Er zupfte seinen Plüschfuchs Foxy aus meiner großen Umhängetasche, in der ich ihn beim Einsteigen in Sicherheit gebracht hatte, und presste ihn sich an die Brust. Ich schluckte. Moralischen Beistand dieser Art hätte ich mir jetzt auch gewünscht, und mir fiel auf, dass ich nicht einmal sicher wusste, wie wir von St. Mary's nach Tresco kommen sollten. Timothy hatte bei unserem letzten Telefonat zwar erwähnt, dass er eine Abholung für uns organisieren wollte, aber ob das klappen würde?

Es ruckelte, als die *Scillonian* am Pier festmachte, und ich hielt Rufus an der Kapuze seines Hoodies fest, damit er durch die Menschenmassen, die wie die Lemminge in Richtung Ausgang drängten, nicht von mir getrennt wurde. »Lassen wir erst die anderen Leute vom Schiff gehen. Wir haben doch noch unser Gepäck.«

»Wohnen wir jetzt wirklich hier?«, fragte er und sah mich mit seinen graublauen Kulleraugen groß an. Er schien es – genau wie ich – erst jetzt so richtig zu begreifen.

»Ja. Aber nicht auf St. Mary's, sondern auf einer anderen Insel namens Tresco. Da müssen wir noch mit einem anderen Boot hinfahren.«

»Zu Alfie und den Schafen?«

»Genau.« Ich nickte und schickte zum wiederholten Mal ein Stoßgebet an eine höhere Instanz, dass Esel Alfie wenigstens ansatzweise so wundervoll war, wie ich ihn Rufus geschildert hatte. »So, jetzt können wir«, fügte ich hinzu. Die Ausflügler hatten das Schiff rasch verlassen. Ich nahm Rufus' Hand, wandte mich in Richtung Ausgang und hielt Ausschau nach unserer großen Reisetasche.

»Ihr Gepäck wartet am Pier«, sagte ein Schiffsmitarbeiter, der meinen fragenden Blick richtig gedeutet hatte. »Schöne Ferien auf den Scillys!«

»Wir wohnen jetzt hier!«, klärte Rufus den Mann resolut auf. »Ich bekomme sogar einen eigenen Esel.«

»Noch besser. Dann herzlich willkommen!« Er zwinkerte meinem Neffen verschwörerisch zu und lächelte mich freundlich an. »Man sieht sich.«

Ich nickte nur, weil ich nicht wusste, was ich darauf erwidern sollte, und ging dann mit Rufus die Gangway hinab. Neben meiner riesigen Reisetasche in patriotisch schottischem Blau-Weiß-Muster stand ein breit grinsender Mann mit wirrem grauem Haar und einem freundlichen Lächeln. Es war nicht Timothy Webb, den ich ja von unseren Videokonferenzen her kannte.

»Ihr seid bestimmt Philippa und Rufus, was?«, rief er uns fröhlich entgegen, als wir uns näherten. »Ich bin Gavin Whittaker«, stellte er sich vor. »Timothy hat mich gebeten, euch abzuholen. Paula ist gerade noch einkaufen, damit wir für die nächsten Tage versorgt sind. Habt ihr Hunger? Dann lasst uns ins *Mermaid Inn* gehen und zu Mittag essen. Paula kommt dann nach.«

Ohne eine Antwort abzuwarten schnappte sich Gavin die schwere Tasche und lief voran. Okay, dann hatten sich gleich drei der drängendsten Fragen geklärt: Essen, Einkaufsmöglichkeiten und Transfer. Allerdings hatte ich keine Ahnung, wer dieser Gavin war. Oder die erwähnte Paula.

»Ähm«, begann ich, doch Rufus fiel mir lautstark ins Wort. »Treffen wir wirklich eine Meerjungfrau?«

Gavin blieb stehen und lächelte ihn an. »Ich fürchte nicht. Es ist lange her, dass in diesem Pub eine Meerjungfrau gewesen ist. Aber man munkelt, es könnte Piraten geben.«

»Echt?« Das schien den Kleinen noch viel mehr zu beeindrucken.

»Ganz echt«, behauptete Gavin. »Aber nur nette Piraten, keine bösen. Sonst würde ich da nicht mit euch hingehen.«

»Wie beruhigend«, entfuhr es mir leicht gereizt, ehe ich mir auf die Zunge beißen konnte.

»Tut mir leid, wenn ich euch überrumpelt habe«, sagte Gavin und wirkte zu meiner Überraschung ein wenig zerknirscht. »Wir freuen uns nur alle so sehr, euch hierzuhaben. Wir haben lange gesucht, um die Stelle im Park besetzen zu können, und jetzt sind wir so glücklich darüber, dass wir dich gefunden haben, dass ihr beide in den letzten Tagen das große Gesprächsthema bei uns wart. Aber du hast ja keine Ahnung, wer ich bin, oder?«

Ich schüttelte den Kopf und fragte mich, ob Gavin immer so eine Plaudertasche war. Die meisten älteren Männer waren ja eher wortkarge Gesellen. Zumindest die Schotten.

»Ich bin der Chefgärtner im *Abbey Garden* und außerdem dein direkter Nachbar«, klärte er mich auf. »Und Paula ist meine Frau«, fügte er noch hinzu.

»Freut mich«, erwiderte ich – und meinte es auch so.

»Können wir jetzt zu den Piraten?«, unterbrach uns Rufus, der soziale Konventionen offenbar für überbewertet hielt.

»Aber sicher.« Gavin lächelte verschmitzt und ging voraus.

Der Pub lag direkt am Hafen und sah im Barbereich tatsächlich wie eine Seemannsspelunke aus, doch Gavin lotste uns in den hellen, freundlichen Restaurantbereich und führte uns an den einzigen freien Tisch, auf dem ein »Reserviert«-Schild prangte. »Wenn mittags die Fähre anlegt, ist hier immer die Hölle los«, erklärte er und deponierte meine Reisetasche an der Wand hinter dem Tisch.

Wir orderten Fish & Chips aus fangfrischem Kabeljau und Getränke. Wasser für Rufus und mich, ein Ale für Gavin.

»Sollen wir vielleicht noch auf Paula warten?«, fragte ich, auch wenn mein Magen vernehmlich knurrte.

Gavin schüttelte den Kopf. »Sie kommt, wenn sie alles erledigt hat – und ich wage keine Prognose, wie lange das dauern wird.«

»Ich muss aufs Klo«, meldete sich Rufus und rutschte schon von seinem Stuhl.

Toilettengänge mit einem dreijährigen Jungen waren für mich immer noch eine Herausforderung, auch wenn er dankenswerterweise recht präzise Anweisungen dazu gab, was genau anlag und wann ich wo abzuwischen hatte. Zu Hause waren wir inzwischen ein einigermaßen eingespieltes Team, aber öffentliche Toiletten stellten mich stets vor die Frage, ob ich mit ihm in eine Männer- oder eine Frauenkabine gehen sollte – und ob es genug Klopapier gab. Jedenfalls steckte ich neuerdings immer reichlich Taschentücher ein. Das *Mermaid Inn* verfügte jedoch glücklicherweise über tadellose sanitäre Einrichtungen, und nach vollbrachter Tat marschierten wir mit frisch gewaschenen Händen wieder in Richtung unseres Tischs.

»Bist du ein echter Pirat?«, platzte Rufus heraus, als wir gerade durch den schummrigen Barbereich gingen. Er war abrupt stehen geblieben und starrte mit großen Augen einen Mann an, der am Tresen stand und tatsächlich eine schwarze Augenklappe trug.

Ansonsten wirkte er nicht besonders piratenmäßig, denn er trug eine Jeans und ein sauberes Hemd. Seine dunkelblonden Haare hatten schon länger keinen Friseur mehr gesehen, sein markantes Kinn zuletzt vor schätzungsweise einer Woche einen Rasierer, aber insgesamt machte er einen recht gepflegten Eindruck, und ich fragte mich, warum mir das überhaupt auffiel. Sein unversehrtes blaues Auge blitzte amüsiert auf. »Ich fürchte nicht«, sagte er zu Rufus.

»Warum hast du dann dieses Ding an?« Der Kleine deutete auf die Augenklappe.

»Ich hatte eine unangenehme Begegnung mit einer Kegelrobbe«, entgegnete der Mann und verzog das Gesicht.

So viele Fragen poppten in meinem Kopf auf, aber ehe ich auch nur eine davon stellen konnte, grätschte Rufus schon wieder dazwischen – und zwar reichlich sensationslüstern: »Hat sie dir das Auge rausgebissen?«

Der Mann lachte und schüttelte den Kopf. »Glücklicherweise nicht. Eigentlich kann die Robbe auch nichts dafür, ich war selbst schuld. Ich habe mit dem Feldstecher aufs Meer geschaut und nicht mitbekommen, wie sie neugierig herangerobbt ist. Sie hat mich angestupst, und ich habe mir vor Schreck das Fernglas ins Auge gerammt.«

»Autsch«, sagte ich.

»Allerdings.« Er schenkte mir ein warmherziges Lächeln, wurde jedoch gleich wieder von Rufus in Beschlag genommen.

»Ist das Auge trotzdem futsch?«, bohrte er nach.

»Nein, aber ich muss es in den nächsten Tagen schonen«, erklärte der Mann und hob dann zu Rufus' Entzücken und meinem Entsetzen die Augenklappe an. Sein rechtes Auge war dick verschwollen und schillerte schwärzlich blau.

»Puh«, japste ich und tastete unwillkürlich nach einem meiner eigenen, intakten Augen.

»Doc sagt, es ist halb so wild. In ein paar Tagen kann ich wieder richtig sehen. Nur tauchen darf ich erst einmal nicht.« Er seufzte, und wieder lagen mir viele Fragen auf der Zunge, doch dann entdeckte ich eine Kellnerin, die gerade ein Tablett mit drei Portionen Fish & Chips aus der Küche trug.

»Das scheint unser Mittagessen zu sein. Komm, Rufus.«

Ich nahm ihn an der Hand und fügte noch ein »Alles Gute« für den vermeintlichen Piraten hinzu.

»Danke. Und viel Spaß in deinen Scilly-Ferien, Rufus«, rief er uns hinterher. »Vielleicht findest du ja noch einen echten Piraten.«

»Wir wohnen jetzt hier«, informierte mein Neffe den Augenklappenmann in einer Lautstärke, dass es auch die übrigen Gäste im Pub mitbekamen. Dann kletterte er auf seinen Stuhl und stopfte sich zwei krosse Pommesstäbchen auf einmal in den Mund.

Ich setzte mich ebenfalls und probierte ein Stückchen von dem frittierten Fisch. Er schmeckte köstlich, und ich merkte, wie hungrig ich tatsächlich war.

»Rufus hat einen Piraten kennengelernt«, sagte ich nach ein paar hastig heruntergeschlungenen Bissen, um das Tischgespräch wieder in Gang zu bringen.

»Er ist gar kein Pirat, aber sein Auge ist Matsche«, mischte sich Rufus schmatzend ein. »Sieht cool aus.«

»Dann habt ihr wohl Harry getroffen.« Gavins Mundwinkel zuckten schon wieder verdächtig. »Sein ›Unfall‹ gestern ist Inselgespräch.«

»Kann ich mir vorstellen. Wobei ich vermutlich einen Herzinfarkt bekäme, wenn mich eine Robbe einfach so anstupsen würde. Ich wusste gar nicht, dass es hier Robben gibt.« Genau genommen wusste ich nur so viel über diese Inselgruppe, wie der Wikipedia-Eintrag hergegeben hatte. Nur über den *Abbey Garden* hatte ich mich ausführlicher informiert.

»Sogar in rauen Mengen. Ich bin mir sicher, wir sehen nachher welche auf unserer Fahrt nach Tresco.«

»Vielleicht wusste Harry das auch nicht?«, mutmaßte ich

und kam mir nur minimal schäbig vor, weil ich mit dieser ziemlich dummen Frage weitere Informationen über den attraktiven Piraten erhaschen wollte. Wenn ich meine nähere Zukunft schon in dieser abgelegenen Einsamkeit verbringen musste, dann schadete es ja wohl nicht, sich mit den Nachbarn bekannt zu machen, oder?

»Das wäre jedenfalls ein Armutszeugnis«, grunzte Gavin amüsiert. »Harry Chapman ist Meeresbiologe und lebt schon seit fünf Jahren hier. Vermutlich kennt er von allen Robben die Vornamen.«

»Die haben Namen?«, blökte Rufus dazwischen.

»Aber sicher doch«, behauptete Gavin und wackelte mit den Brauen. »Du wirst sie früher oder später bestimmt alle kennenlernen.«

Ich sagte dazu nichts, aber Rufus' strahlendes Gesicht gab mir die Zuversicht, dass es die richtige Entscheidung gewesen war hierherzukommen. Zumindest für ihn.

PARADIESDEPRESSION

»Es ist wunderschön«, platzte ich verblüfft heraus, als wir am frühen Nachmittag unser Cottage betraten.

Gavins Frau Paula war bald zu uns gestoßen, hatte uns mit einer warmherzigen Umarmung begrüßt und mit dem aktuellsten Inseltratsch versorgt. Demnach war der Robben-Zusammenstoß schon wieder ein alter Hut. Letzte Nacht hatte die örtliche Polizei einen Hund in Gewahrsam nehmen müssen, der offenbar von Tagesausflüglern zurückgelassen worden war, und ein paar Taucher hatten ein vielversprechendes Wrack entdeckt. Ich persönlich fand es ja bemerkenswert, dass es auf diesen paradiesischen Inseln überhaupt eine Polizeistation gab, aber wenn die Beamten nur dafür zuständig waren, streunende Hunde festzunehmen, stand es wohl nicht allzu schlecht um den Inselfrieden. Und Wracktauchen schien eine große Sache zu sein. Unter den wenigen Dingen, die ich auf die Schnelle über die Scilly-Inseln in Erfahrung gebracht hatte – die Kegelrobbenpopulation gehörte nicht dazu –, waren die vielen Schiffswracks gewesen, die es hier gab und die reichlich selbst ernannte Schatzsucher auf den Plan riefen.

Nach dem Mittagessen waren wir mit dem kleinen Motorboot von Paula und Gavin nach Tresco übergesetzt. Auf der etwa zwanzigminütigen Fahrt hatten wir tatsächlich die

Köpfe von ein paar Robben im Wasser gesehen, die uns aus blanken schwarzen Augen neugierig beobachteten. Von dem kleinen Hafen in New Grimsby bis zu unserem neuen Domizil war es nur noch eine kurze Fahrt mit einem elektrischen Golfcart. Paula hatte berichtet, dass unsere Sachen gestern wohlbehalten angekommen wären und sie das Nötigste für uns vorbereitet hätte, damit wir uns gleich heimisch fühlten. Womit ich nicht gerechnet hatte, war, in ein Zuhause zu kommen. Auf den Fotos, die mir mein neuer Chef geschickt hatte, waren teilmöblierte Zimmer zu sehen gewesen. Praktikabel, aber etwas unpersönlich. Ich war davon ausgegangen, dass unsere paar Möbelstücke und Umzugskartons einfach irgendwo abgeladen worden waren, doch fleißige Heinzelmännchen – mutmaßlich unter Paulas Führung – hatten alles bereits sinnvoll verteilt.

Frances' rotes Cordsofa stand vor dem Kamin. Darauf lag neben einigen bekannten Kissen auch eine ganze Reihe mir bislang unbekannter. Auf dem Esstisch, der zum Häuschen gehörte, thronte ein wunderschöner Blumenstrauß neben einer mit Obst gefüllten bunten Keramikschale. Rufus' Kinderzimmer war komplett eingerichtet. All seine Möbel hatten Platz gefunden, sein Bett war frisch bezogen und seine Spielsachen und Bilderbücher ordentlich im Regal aufgereiht. Mit meinen Sachen war Paula diskreter umgegangen. Meine wenigen Habseligkeiten fanden sich im Schlafzimmer, in dem aber auch ein einladendes Bett auf mich wartete.

»Ich hab mir gedacht, dass es für euch netter wäre, wenn du nicht erst langwierig auspacken musst«, sagte Paula mit einer Mischung aus Stolz und Vorsicht in der Stimme. »Ich hoffe, du findest das nicht übergriffig, aber mit dem kleinen

Wirbelwind bist du ...« Sie ließ den Satz verklingen und setzte neu an: »Für ihn ist es bestimmt auch schöner, wenn es sich gleich heimisch anfühlt, was?«

»Das ist sehr vorausschauend«, entgegnete ich – wenn auch mit etwas gemischten Gefühlen. Einerseits war ich wirklich sehr dankbar dafür, dass ich nicht noch mehr Tage mit endlosem Packen und Räumen verbringen musste, andererseits machte mir die Vorstellung, dass fremde Leute, so gutherzig sie auch sein mochten, in meinen Sachen herumwühlten, schon zu schaffen. Doch ich beschloss, die Angelegenheit auf sich beruhen zu lassen, und wollte lieber davon ausgehen, dass Paula tatsächlich ein durch und durch netter Mensch war und nicht etwa eine neugierige und distanzlose Tratschtante.

»Timothy hat mich außerdem gebeten, das Nötigste einzukaufen, damit ihr erst mal über die Runden kommt.«

»Muss man zum Einkaufen immer nach St. Mary's übersetzen?«, erkundigte ich mich und sah mich vor meinem geistigen Auge schon bei Sturm auf rauer See, weil ich keine Milch mehr im Haus hatte.

»Nein, keine Sorge. Wir haben auch auf Tresco einen kleinen Lebensmittelladen, in dem es alles gibt, was man fürs tägliche Leben braucht. Auf St. Mary's ist die Auswahl nur größer«, erwiderte Paula und wuchtete eine schwere Einkaufstasche auf die Arbeitsfläche der blitzblank geputzten, aber etwas altmodischen Holzküche.

»Gut zu wissen.« Ich spähte in die Küchenschränke und entdeckte eine bunte Mischung von Geschirr. Viele von Frances' Sachen hatte ich nicht mitgenommen, aber die von ihr selbst bemalten Teetassen und Müslischalen hatten hier bereits eine neue Heimat gefunden. »Und vielen Dank für alles.

Ich weiß das wirklich zu schätzen.« Mit einem Mal fühlte ich mich unglaublich müde und erschöpft und konnte einen tiefen Seufzer nicht unterdrücken. Undeutlich nahm ich das Geplapper von Rufus wahr, der mit Gavin durch den Garten lief – zweifellos auf der Suche nach den angekündigten Tieren.

»Das kann ich mir vorstellen«, sagte Paula und drückte mitfühlend meine Hand. »Timothy hat uns erzählt, was deiner Schwester zugestoßen ist, dass du dich jetzt um Rufus kümmern musst und deine eigenen Pläne… nun ja…« Sie räusperte sich und fuhr dann fort: »Mein aufrichtiges Beileid. Es muss schwer sein, seine Schwester zu verlieren. Aber ich gebe zu, dass wir trotzdem wahnsinnig froh sind, dass du hierhergekommen bist. Trotz der traurigen Umstände. Für das Parkteam ist es wichtig.«

»Man ist hier zweifellos auch sehr gut ohne eine leitende Botanikerin ausgekommen«, wandte ich ein und rang mir ein sparsames Lächeln ab. Ohne es genau zu wissen, ahnte ich, dass die Inselgärtner nicht nur viel Sachverstand hatten, sondern insgeheim der Meinung waren, dass sie den Park auch allein gut im Griff hatten. So war es zumindest in meinem alten Job gewesen. Und was die öffentliche Ausstellung betraf, stimmte das auch, da kam es vor allem auf versierte Praktiker an.

»Sag das nicht«, wehrte Paula jedoch überraschenderweise ab. »Die wissenschaftliche Arbeit lag viel zu lange brach. Darauf war und ist man hier sehr stolz, und dafür ist der Garten weltweit angesehen. Außerdem hat Gavin erzählt, dass du als Proteen-Expertin giltst, und da gibt es wohl einiges zu tun.« Sie lächelte. »Keine Sorge, du wirst hier zwar viel Arbeit finden, aber mit dem Festland dürfte es nicht vergleichbar sein. Du wirst auch reichlich Zeit für deinen Kleinen und für Hobbys haben.«

»Hm«, gab ich unbestimmt zurück. Wirkliche Hobbys hatte ich nicht. Meine Freizeit in Edinburgh hatte ich vorwiegend mit meinem Freundeskreis verbracht und mit der einen oder anderen aufregenden Bekanntschaft. Ich wagte allerdings zu bezweifeln, dass der Datingmarkt auf den Scilly-Inseln besonders umfangreich war – zumal für Frauen in meinem Alter. Und was die Zeit mit Rufus betraf, da war ich bislang noch froh, wenn ich die Tage ohne größere Katastrophen überstand. Mein Blick fiel auf den Garten hinter dem Fenster, und meine Stimmung hellte sich schlagartig auf. »Es klingt vielleicht seltsam, aber ich hatte noch nie einen eigenen Garten. Ich denke, das könnte mir viel Spaß machen.«

»Ist das nicht so, wie Arbeit mit nach Hause zu bringen?« Paula lachte und schüttelte dann den Kopf. »Nein, ich weiß schon, was du meinst. Gavin hat sich bisher auch um den Garten des Cottages hier gekümmert. Unserer schließt ja gleich daran an – ohne Zaun dazwischen. Nur mit dem Stall.«

Gutes Stichwort. »Auch wenn die Tiere zweifellos euch gehören, habe ich Rufus gesagt, dass sie … Also, dass er sich …« Warum war mir das plötzlich so peinlich?

Paula lächelte. »Die Tiere gehörten tatsächlich den vorherigen Bewohnern dieses Häuschens, aber als sie vor anderthalb Jahren nach Wales gezogen sind, haben sie nur ihren Hund mitgenommen und die Hühner, die Schafe und den Esel einfach hiergelassen. Seitdem haben wir uns um die Biester gekümmert, aber diesen Job treten wir euch gerne ab.«

»Oder wir teilen uns die Aufgaben«, warf ich ein. Mir war

nämlich gerade in den Sinn gekommen, dass tägliches Stallausmisten die Frage nach etwaigen Hobbys oder Verabredungen nichtig machen würde.

»Wir finden eine Lösung, die für uns alle funktioniert«, erwiderte sie, und ich meinte ein keckes Blinzeln in ihren Augen zu erkennen. Offensichtlich schätzte sie mich ganz richtig ein. »Wollen wir mal nach den Jungs und den Tieren schauen? Und dann lassen wir euch allein, damit ihr euch in eurem neuen Reich zurechtfinden könnt. Wann fängst du im Park an?«

»Am Mittwoch, aber ich habe Timothy versprochen, dass ich morgen oder übermorgen schon mal vorbeikomme, um mir alles anzusehen. Und dann muss ich mich ja noch um das Thema Kinderbetreuung kümmern. Timothy meinte zwar, dass das kein Problem sein dürfte, aber einen Kindergarten gibt es hier auf Tresco wohl eher nicht, oder?«

»Wir haben sogar eine kleine Grundschule«, entgegnete Paula. »Und eine Kleinkindergruppe, die ich betreue. Meist bei uns zu Hause, aber ich mache auch viele Ausflüge mit den Kleinen. Derzeit sind es drei. Mit Rufus wären es dann vier.«

Ernsthaft? Ich starrte sie an – wahrscheinlich mit einem vollkommen fassungslosen Blick. Konnte es so einfach sein? »Ernsthaft?«, sprach ich meinen Gedanken schließlich auch aus.

»Absolut. Für Parkmitarbeiter ist der Service sogar kostenlos, denn ich werde von der Verwaltung bezahlt. Die Kinder können von acht Uhr morgens bis drei Uhr nachmittags bei mir sein. In Ausnahmefällen auch mal länger, aber normalerweise bist du um drei sicher mit deiner Arbeit fertig.«

Ich wusste nicht, was ich auf diese Ankündigung antworten sollte. Es klang alles zu gut, um wahr zu sein. Allerdings war um drei Uhr nachmittags noch verdammt viel Zeit vom Tag übrig, in der ich nach Lage der Dinge wohl mit Kinderbespaßung beschäftigt sein würde. Nicht meine bevorzugte Form von Entertainment – es hatte schließlich Gründe, dass ich nie eigene Kinder gewollt hatte. Aber andererseits hatte sich Rufus sein Schicksal ja auch nicht selbst ausgesucht.

»Was haben die Kinder denn heute gemacht?«, wollte ich wissen, denn schließlich war Paula ja bereits am Vormittag mit Gavin nach St. Mary's gefahren.

»Ich nehme an, sie verbringen die Zeit mit ihren Eltern und Geschwistern«, entgegnete sie lachend. »Heute ist Samstag.«

Samstag? Ich hatte anscheinend ein größeres Problem, als ich es mir bislang eingestanden hatte, wenn ich nun nicht mal mehr die Wochentage im Kopf hatte. »Auweia«, murmelte ich leise und schämte mich, als ich Paulas halb amüsierten, halb mitfühlenden Blick auf mir spürte. Doch als ich mit ihr den Garten betrat, schob ich diese düsteren Gedanken mit aller Macht beiseite, und unwillkürlich stahl sich ein Lächeln auf meine Lippen. Dieser gepflegte Flecken Erde würde mir wirklich viel Spaß machen. Es gab ein Stück Bienenwiese, einige Rosenbüsche und Lavendel. Außerdem ein großes, frisch umgegrabenes Beet, in dem man Salat, Gemüse und Kräuter ziehen könnte. Am Ast eines knorrigen alten Apfelbaums war eine Schaukel befestigt, auf der, so wie sie aussah, schon einige Generationen von Kindern ihren Spaß gehabt hatten. Rufus dagegen hatte keinen Blick dafür. Der stand mit Gavin auf einer umzäunten Koppel, die sich an den kleinen Stall anschloss, und umarmte ein Schaf mit schwarzem Kopf. Das war so niedlich, dass ich mein Handy aus der Jeans zog und ein paar Fotos knipste.

»Na, hast du schon neue Freunde gefunden?«, fragte ich ihn, als ich näher kam.

»Das ist Rosebud«, stellte er mir das schwarzköpfige Schaf vor. »Aber ich darf Rosie zu ihr sagen. Sie ist sehr kuschelig.«

»Das ist sie zweifellos.« Ich schlüpfte ebenfalls auf die Koppel und tätschelte dem wolligen Tier den Kopf. »Dann müssen die anderen beiden Mina und Greybelly sein, oder?« Ich deutete auf ein weißes und ein graues Schaf, die gemütlich grasten und kaum Notiz von uns nahmen – ganz im Gegensatz zu dem kleinen grauen Hausesel, der neugierig an Rufus' Hals schnupperte, was den Kleinen zum Kichern brachte. Das war dann wohl Alfie, und er schien genauso freundlich zu sein, wie ich ihn beschrieben hatte. Ich machte erneut ein paar Fotos.

»Das sieht doch schon nach ganz großer Liebe aus«, bemerkte Paula mit einem kleinen Lächeln und zupfte dann an Gavins Ärmel. »Lassen wir die beiden jetzt mal richtig ankommen«, sagte sie zu ihm und deutete auf das Haus auf der anderen Seite der Koppel. »Wenn ihr was braucht, kommt einfach vorbei.« Letzteres war wieder für uns bestimmt.

Ich winkte den beiden und streichelte Alfie, der sich nun an mich ranwanzte – offensichtlich auf der Suche nach Leckereien. Es war friedlich hier. Und ruhig. Ganz anders als in der Stadt. Die einzigen Geräusche, die man hörte, waren das Gackern der Hühner, das mahlende Graskauen der Schafe, das leise Schnauben des Esels. Man konnte summende Insekten wahrnehmen und das Kreischen der Möwen, dazwischen fröhliches Gezwitscher aus den umliegenden Büschen und entferntes Meeresrauschen. Eigentlich ganz schön viele Höreindrücke, aber eben ganz andere als in der Großstadt. Hier konnte man zur Ruhe kommen – aber war es das, was ich wirklich wollte? Ganz auf mich zurückzufallen? Ja, ich hatte mir ein komplett neues Leben gewünscht. Weg aus Edinburgh, weg von den Schreckgespenstern meiner Kindheit und Jugend, weg von meiner Familie. Weg von mir selbst?

Woher war dieser Gedanke plötzlich gekommen? Niemand konnte vor sich selbst weglaufen, denn egal, wohin man ging, man hatte sich immer dabei. Ich hatte die Gründe für meinen Wunsch nach einem radikalen Neuanfang immer im Außen gesehen, vorwiegend in der toxischen Verbindung zu meinen Eltern und der kaum vorhandenen Beziehung zu meinen Geschwistern. Das miese Wetter nicht zu vergessen. Ich war mir so sicher gewesen, dass ein Neuanfang am anderen Ende der Welt, zwölftausend Kilometer entfernt, die Lösung für mich sein würde. Nicht nur, weil ich die Pflanzenwelt Südafrikas so sehr liebte und mich bereits während meines Studiums in Kapstadt so wohlgefühlt hatte, sondern auch weil die schiere Distanz Linderung versprach. Doch mit einem Mal kamen mir Zweifel. Hätten diese Äußerlichkeiten tatsächlich einen Unterschied gemacht?

Trotzdem wünschte ich mir, ich hätte es ausprobieren können. Denn das würde bedeuten, dass Frances noch lebte, Rufus eine Mutter hätte und nicht seiner hilflosen Tante ausgeliefert wäre und dass ich nicht über so viele grundsätzliche Dinge nachdenken müsste. Und mein zukünftiges Leben nicht hier auf dieser zwar zweifellos zauberhaften, aber verdammt abgelegenen Insel fristen würde. Fast musste ich über meine eigenen Gedanken lächeln. Die Scilly-Inseln waren nicht mal tausend Kilometer von meiner alten Heimat entfernt, und doch fühlte es sich viel weiter an als Kapstadt.

Ich kletterte auf den Koppelzaun und beobachtete, wie Rufus mit den Tieren sprach. Es war wirklich niedlich, wie er ihnen Dinge in die Ohren flüsterte. Allerdings fragte ich mich, was er ihnen wohl anvertraute. Für ihn mussten die letzten Wochen noch viel schlimmer gewesen sein als für mich, und auch wenn er momentan einen ruhigen und fröhlichen Eindruck machte, hatte ich Angst, die Erkenntnis, dass sein Leben nie wieder so sein würde wie früher und dass er seine Mama nie wieder würde sehen können, würde ihn irgendwann völlig umhauen. Ich hatte keine Ahnung, wie Kinder trauerten. Ob Dreijährige schon verstanden, wie endgültig der Tod war? Er war ein pfiffiges Kerlchen und bekam zweifellos mehr mit, als man ihm zutraute, aber konnte er das alles begreifen und einordnen? Wohl nicht. Ich konnte es ja auch nicht, obwohl ich fast vierzig Jahre älter war als er. Wie so häufig in den letzten Wochen raunte mir meine innere Stimme zu, dass er in einer erfahrenen, liebevollen Pflegefamilie bestimmt besser aufgehoben wäre als bei mir. Was konnte ich ihm schon bieten? Außer Schuldgefühlen und unterdrückten Vorhaltungen, dass ich nur wegen ihm auf mein neues Leben verzichten musste.

Der Signalton meines Handys riss mich aus diesen vollkommen destruktiven Gedanken. Kaya hatte mir eine Nachricht geschickt: *Na, wie läuft der Start ins neue Leben?*

War das Zufall, oder konnte sie Gedanken lesen? Recht hatte sie ja auch – es war ein neues Leben. Völlig neu und radikal anders als mein bisheriges. Vielleicht hätte ich meinen Wunsch nach einem Neustart gegenüber dem Universum etwas präzisieren sollen.

Ich schickte Kaya eins der Fotos von Rufus mit den Tieren und schrieb dazu: *Wusstest du, dass heute Samstag ist? Ich nicht. Das sagt eigentlich schon alles über meinen Geisteszustand. Abgesehen davon ist das hier das absolute Idyll, aber du kennst mich: Das Paradies ist nichts für mich. Dafür habe ich viel zu oft von verbotenen Äpfeln genascht …*

Ich sah vor meinem inneren Auge, wie Kaya auf diese Nachricht reagierte. Mutmaßlich mit ihrem lauten, kehligen Lachen und einem passenden Kommentar. Und wie aufs Stichwort flackerten Pünktchen auf dem Display. Sie war schon dabei, eine Antwort zu formulieren.

»Pippa?«, rief in diesem Moment Rufus und kam zu mir an den Zaun gestapft. »Pippa, Alfie und Rosie haben mir gesagt, dass sie Hunger haben.«

»So?«

»Ja! Großen Hunger sogar.«

»Und haben sie dir auch verraten, worauf?«, erkundigte ich mich.

»Karotten!« Er stemmte seine Ärmchen in die Seiten und schaute mich mit einem herausfordernden Blitzen in den Augen an.

»Dann sollten wir wohl mal nachsehen, ob Paula uns welche besorgt hat.« Ich schwang mich vom Zaun, während Rufus unter der Mittellatte durchkroch und vor mir in Richtung Cottage flitzte. Vor der geöffneten Terrassentür, die zum Wohn-Ess-Zimmer führte, blieb er stehen und drehte sich zu mir um. »Geh ruhig rein, das ist jetzt unser neues Zuhause.« Er zögerte einen kleinen Moment, sagte aber nichts und lief dann, ohne groß auf die Einrichtung zu achten, durch den Raum, der in einer halb offenen Küche mündete. Dort wartete er ungeduldig darauf, dass ich den Kühlschrank öffnete und einen Bund Karotten aus dem Gemüsefach zog. »Ich glaube, es ist besser, wenn wir die ein bisschen klein schneiden«, erklärte ich und suchte in den Küchenschränken und Schubladen nach einem Brett und einem Messer.

»Erst schälen!«, rief Rufus empört, als ich anfing, die erste Karotte in kleine Stücke zu schneiden.

»Alfie und die Schafmädels fressen die Schale sehr gern mit«, entgegnete ich.

»Echt?« Er klang misstrauisch.

»Ganz echt. Wirst ja gleich sehen.« Ich packte die Karottenstücke in eine Plastikbox und drückte sie Rufus in die Hand, der damit umgehend zurück in den Garten und in Richtung Weide rannte.

Ich folgte ihm und nahm wieder meine Position auf dem Zaun ein. Dort schaute ich auf mein Handy. Kayas Antwort war inzwischen eingetroffen: *Haha, ich wette, die nächste Versuchung lauert schon auf dich … Aber im Ernst: Du kriegst das hin! Auch das mit den Wochentagen. Ich bin übrigens wahnsinnig froh, dass du nicht nach Südafrika gezogen bist. Ich habe mit Ned vereinbart, dass wir unseren Sommerurlaub dieses Jahr in Cornwall verbringen und mindestens für drei Tage auf die Scillys kommen! Knutscher, K.*

Eine Versuchung? Unwahrscheinlich. Kurz wanderten meine Gedanken zurück zu unserer Piratenbekanntschaft im Pub, doch dann riss ich mich zusammen und konzentrierte mich auf die Realität. Die jetzt gerade darin bestand, mit einem kleinen Jungen über die Ernährungsvorlieben von Eseln und Schafen zu diskutieren. Der Rest würde sich finden. Irgendwann. Irgendwie.

Ein paar Stunden später hatte sich mein Wechselbad der Gefühle leider wieder in die andere Richtung verschoben. Nachdem Rufus völlig erschöpft um sieben ins Bett geschlüpft und mit seinem Plüschfuchs im Arm sofort in tiefen Schlaf gefallen war, hatte ich die restlichen Kisten und Schachteln ausgepackt. Mit jedem Stück von meinen Sachen, das einen neuen Platz im Kleiderschrank, in der Kommode oder im Regal fand, wurde mir klarer, dass das hier jetzt meine Realität war. Hier würde in der nächsten Zeit mein Zuhause sein – auf einem winzigen, vergessenen Eiland im Atlantik, von dem der überwiegende Teil der Menschheit und sicher die Hälfte meiner Freunde noch nie gehört hatten. Vermutlich würde ich auch bald vergessen sein.

Ich merkte, wie sich ein dicker Kloß in meinem Hals bildete, weil ich mir so verloren vorkam wie selten zuvor in meinem Leben. Ich kroch ins Bett, das sich fremd anfühlte, zog mir die Decke, die nach einem ungewohnten Waschmittel duftete, über den Kopf und weinte all die Tränen, die ich mir in den letzten Wochen versagt hatte. Zuletzt hatte ich im Krankenhaus geweint, aber selbst bei Frances' Beerdigung waren meine Augen trocken geblieben – zu überwältigt war ich in dieser Zeit von dem Schock und den ganzen neuen Herausforderungen gewesen. Doch nun konnte ich mich nicht länger zurückhalten. Ich beweinte den Tod meiner Schwester, die ungewisse Zukunft ihres Sohnes und mein völlig aus den Fugen geratenes Leben.

Am nächsten Morgen kitzelten mich Sonnenstrahlen wach. Ich blinzelte und stellte fest, dass es nicht die Sonne war, die meinen Schlaf auf dem Gewissen hatte, sondern die Plüschschnauze von Foxy. Neben meinem Bett stand Rufus im Schlafanzug, und als er merkte, dass ich wach war, grinste er mich an und verkündete: »Alfie hat mich gerufen. Darf ich zu ihm gehen?«

Mein verschlafenes Hirn brauchte ein Weilchen, um sich zu sortieren. »Was?«, murmelte ich.

»Alfie hat mich gerufen«, wiederholte Rufus und hüpfte neben meinem Bett auf und ab.

»Ich glaube, das hätte ich gehört. So ein Iah ist doch sehr laut.« Ich war ziemlich beeindruckt von mir selbst, weil ich erstens zu Logik und zweitens zu vollständigen Sätzen in der Lage war, doch beides prallte an Rufus ab.

»Dohoch!«, beharrte er und verzog sein Gesicht zu einer ärgerlichen Fratze.

Ich tastete nach meinem Handy und stellte fest, dass es erst kurz vor fünf war – und damit vermutlich selbst für den eifrigsten Hahn zu früh. Ganz sicher aber für mich.

»Komm mal her«, bat ich meinen Neffen und zog ihn ins Bett. »Ich glaube, du hast nur geträumt, dass Alfie dich gerufen hat. Der schläft noch ganz fest. Es ist ja noch mitten in der Nacht.«

»Es ist Tag. Die Sonne scheint«, entgegnete er, durchaus ebenfalls mit einer kaum zu widerlegenden Logik.

»Es ist Frühling, da kommt die Sonne schon ganz früh raus. Aber es ist wirklich noch Schlafenszeit. Ich hab nur vergessen, die Fensterläden zu schließen.« Ich gähnte herzhaft.

»Was sind Fensterläden? Kann man da einkaufen?«

Mir entfuhr ein Geräusch, das halb Kichern, halb Stöhnen war, doch woher sollte Rufus wissen, was ein Fensterladen war? Er war in einer kleinen dunklen Wohnung in Edinburgh aufgewachsen, in der ein simpler Vorhang die Sonne selbst im Hochsommer erfolgreich von den Zimmern fernhielt. »Das sind so Holzdinger außen an den Fenstern, die man zuklappen kann, damit es im Zimmer dunkel ist«, versuchte ich mich an einer Erklärung.

»Zeig's mir!« Er wand sich wie ein Aal aus dem Bett und lief zu meinem Schlafzimmerfenster.

Seufzend stand ich auf, öffnete das Fenster, beugte mich nach draußen und klappte die rot lackierten Fensterläden zu. Schlagartig war es schummrig-dunkel in meinem Zimmer.

»Cool. Wie in einer Höhle«, befand Rufus und schielte dann unschlüssig zwischen dem Fenster und meinem Bett hin und her.

»Genau. Wie in einer Bärenhöhle«, bekräftigte ich, weil mir eine Geschichte eingefallen war, die ich ihm schon ein paarmal vorgelesen hatte. »Du weißt doch, dass Bären gerne lange schlafen.« Er nickte, und ich fuhr fort: »Dann spielen wir jetzt, dass wir zwei Bären sind, und verkriechen uns noch ein bisschen zusammen in unserer Höhle. Okay?«

»Okay. Und Foxy ist auch ein Bär?«

»Foxy ist das Bärenbaby. Du bist das Bärenkind, und ich bin …«

»Du bist die Bärenmama!«, sagte er mit einer Bestimmtheit, die mich bis auf die Knochen ergriff. Ich hätte gewettet, dass er »Bärentante« sagen würde.

»Genau. Eine sehr müde Bärenmama, also los, in die Höhle«, überspielte ich meine Rührung mit einer forschen Ansage. Ich schnappte mir den kleinen Kerl und legte mich mit ihm und seinem Plüschfuchs unter die Decke.

Rufus kuschelte sich eng an mich, schmiegte seinen Kopf

an meine Brust und hielt sein Stofftier fest im Arm. Es war wahnsinnig unbequem für mich, und ich war mir sicher, dass ich keine Sekunde würde schlafen können, und doch flutete mich eine überraschende Welle der Zärtlichkeit für den warmen Kinderkörper an meiner Seite. Ich nahm an, dass Rufus oft bei Frances im Bett geschlafen hatte, aber zu mir war er bisher nie gekommen – und ich hatte es auch nicht vermisst, schlicht, weil ich es gar nicht kannte.

»Gute Nacht, Bärenmama«, flüsterte er schläfrig.

»Schlaf gut, Bärenkind«, gab ich ebenso leise zurück und drückte ihm einen kleinen Kuss auf den Kopf. Dann zog ich die Decke enger um uns und hielt ihn fest in meinen Armen. Sein Atem wurde tiefer, und dann fielen auch mir die Augen zu.

»Iaaaah!«, dröhnte es gefühlte fünf Minuten später aus dem Garten. Ich fuhr zusammen wie vom Blitz getroffen.

»Alfie?«, nuschelte Rufus ganz verschlafen.

»Ich glaube, jetzt ruft er uns wirklich.« Ein Blick auf mein Handy sagte mir, dass wir gut dreieinhalb Stunden geschlafen hatten. Es war inzwischen fast halb neun. Von wegen fünf Minuten.

Wie der Blitz sprang er aus dem Bett, und ich fragte mich, wie man so schnell von Tiefschlaf auf »hellwach« umstellen konnte. Ich hatte damit mehr Probleme und kämpfte mich mühsam unter der schlafwarmen Decke hervor. Rufus trampelte mit nackten Füßchen die Treppe hinunter, während ich noch nach einer Strickjacke suchte, die ich mir rasch über das kurze Nachthemd ziehen konnte.

»Pippaaaaa!«, rief er laut von unten, weil er die Terrassentür offensichtlich nicht allein öffnen konnte.

»Bin schon unterwegs.« Das ganze Haus war in strahlenden Sonnenschein getaucht, was mich über Gebühr verwunderte. Gestern hatten wir bereits schönes Wetter gehabt und heute schon wieder? Als echte Schottin war ich geneigt, dieses Phänomen rot im Kalender zu vermerken, aber womöglich war das hier ganz normal. Ich machte die Terrassentür auf, und Rufus rannte barfuß und im Schlafanzug zur Weide, wo Alfie seinen Kopf in einen Futtertrog gesteckt hatte und offenbar sein Frühstück verzehrte. Die Schafe grasten, und die Hühnerschar pickte nach Körnern. Ich musste unbedingt mit Paula und Gavin besprechen, wie wir das mit der Tierversorgung künftig fair aufteilen konnten. Rasch sah ich mich nach Schuhen um, stellte aber fest, dass ich erst wieder ins Schlafzimmer würde gehen müssen, um welche zu holen. Also lief ich ebenfalls barfuß über das weiche, noch leicht feuchte Gras zur Koppel.

Verblüfft blieb ich auf halber Strecke stehen. Was für ein seltsames, aber gleichzeitig schönes Gefühl. Ich konnte mich nicht erinnern, wann ich das letzte Mal ohne Schuhe unterwegs gewesen war. Bei einem Urlaub am Strand sicherlich, aber das musste schon länger her sein, und ob ich jemals barfuß über eine Wiese gelaufen war? Zuletzt vermutlich als Kind, und selbst das war fraglich.

»Na, habt ihr gut geschlafen?«, fragte mich eine ausgehfertig gekleidete Paula, die gerade von ihrem Haus in meine Richtung kam. Sie musterte mich mit einem seltsamen Blick. Mein Aufzug war mir etwas peinlich – das Nachthemd war verdammt kurz, und ich wollte gar nicht erst darüber spekulieren, wie wüst meine Haare aussehen mussten.

»Sehr gut. Wir haben sogar verschlafen. Nachdem Rufus

um Viertel vor fünf der Meinung war, Alfie hätte nach ihm gerufen.« Ich lächelte verlegen und knöpfte die Strickjacke zu. Nicht, weil mir kalt war, sondern um wenigstens einen Hauch von Würde wiederherzustellen. Ich wusste ja nicht, wie konservativ meine ältere neue Nachbarin war. Ihrem adretten, etwas matronenhaften Outfit nach zu schließen: ziemlich.

»Gavin hat die Tiere bereits gefüttert«, erklärte sie unnötigerweise und zwinkerte mir zu. »Hast du schöne Träume gehabt? Du weißt doch, was man in der ersten Nacht im neuen Zuhause träumt, wird wahr.«

Ich schluckte, weil mir bei ihren Worten verworrene Traumbilder in den Sinn kamen, die ich nicht recht fassen konnte, bei denen aber eindeutig ein dunkelblonder Pirat die Hauptrolle gespielt hatte. »Ich kann mich nicht genau erinnern«, entgegnete ich daher und wechselte rasch das Thema. »Vielleicht können wir nachher mal über die Tiere reden? Ich kann gern die Versorgung übernehmen, aber das müssten wir absprechen und …« Ich klappte den Mund zu, weil ich mir mit einem Mal unsagbar dämlich vorkam und nicht mal genau wusste, warum eigentlich.

»Das findet sich alles«, winkte Paula ab. »Mach dir keine Gedanken. Für die Streicheleinheiten ist ab sofort Rufus zuständig«, sagte sie und blickte lächelnd zu meinem Neffen, der gerade nacheinander alle Tiere begrüßte und unerschrocken durch die Schafköttel stiefelte. »Und vielleicht mag er auch die Eier einsammeln, die die Mädels letzte Nacht gelegt haben?«

»Das macht er bestimmt gern.«

»Was sind eure Pläne für heute?«

Ich zuckte mit den Schultern. »Ich möchte noch die restlichen Sachen auspacken und dann vielleicht mal in den *Abbey Garden* gehen. Als normale Besucherin. Das finde ich immer ganz spannend für einen ersten Eindruck.« Außerdem plante ich, einen Kuchen zu backen, als Dankeschön für Paulas und Gavins Hilfe, aber das sollte eine Überraschung werden.

»Gavin und ich wollen gleich in die Kirche und anschließend in den hiesigen Pub zum Mittagessen. Wir dachten, dass ihr vielleicht mitkommen wollt, damit ihr schon ein paar Leute kennenlernt.«

»Ähm ...« Wieder spürte ich ihren Blick und wie sie mich von oben bis unten taxierte. Mal abgesehen davon, dass ich noch mein Nachthemd trug, war ein Kirchgang so ziemlich das Letzte, wonach mir der Sinn stand. »Das ist lieb, aber ...«, setzte ich zu einer Erklärung an, doch Paula unterbrach mich.

»Kein Druck. Wirklich. Kommt erst einmal an. Für Gavin und mich ist der Kirchgang eher ein soziales Event – vor allem, weil wir anschließend immer ins *New Inn* gehen und unsere Freunde treffen. Aber dafür habt ihr noch Zeit genug.« In diesem Moment kam auch Gavin aus dem Haus, ebenfalls vergleichsweise schick in sauberen Chinos und einem blütenweißen Hemd.

»Guten Morgen und danke fürs Tiereversorgen«, begrüßte ich ihn und fühlte mich noch eine Spur unbehaglicher. Eigentlich hatte ich es mir komplett abgewöhnt, mir darüber Gedanken zu machen, was andere Leute von mir dachten – im Fall meiner Eltern war es ohnehin immer nur das Schlechteste –, doch irgendwie war es mir gerade unglaublich unangenehm, dass Paula und Gavin mich für eine verlotterte Großstädterin halten mussten, die keine Ahnung von den örtlichen Gepflogenheiten hatte. Was beides irgendwie auch stimmte.

»Das mache ich gern«, erwiderte er mit einem gutmütigen Lächeln. Dann legte er seiner Frau den Arm um die Schultern und verabschiedete sich mit den Worten: »Habt einen schönen Sonntag, bis später.«

»Bis später«, murmelte ich und sah ihnen hinterher, wie sie zur Straße spazierten. Und obwohl überhaupt nichts passiert war und sich die beiden absolut liebenswürdig verhalten hatten, schien es mir, als hätte ich bei einer wichtigen Prüfung versagt: Philippa Gordon – Einführung ins Paradies – Note Ungenügend.

»Schau mal, was ich gefunden habe!« Rufus kam strahlend angerannt und hielt mir seine Hände entgegen. Ein fetter Regenwurm und Schafköttel.

»Toll«, lobte ich ihn. »Weißt du, was wir damit machen?« Er schüttelte den Kopf. »Wir bringen es zum Gemüsebeet. Das ist super Dünger. Und danach kannst du im Hühnerstall Eier suchen, damit wir etwas zum Frühstücken haben und einen Kuchen backen können. Was hältst du davon?«

Seine Augen leuchteten, und er drückte mir seine müffelnde und kreuchende Beute in die Hand, ehe er umgehend zurück zur Weide und zum Stall lief, um sich der nächsten Herausforderung zu stellen. Der Regenwurm ringelte sich zwischen den Kotbröckchen auf meiner Handfläche, und mir kam absurderweise die Redewendung mit dem Spatz in der Hand in den Sinn, der besser war als die Taube auf dem Dach. Womöglich waren Wurm und Schafkacke in der Hand auch besser als … Mir fiel kein passender Vergleich ein, aber das war auch nicht wichtig. Meine Laune hatte sich schlagartig wieder gebessert. Im Fach »Paradies« war ich vielleicht durchgefallen, aber mit der buchstäblich erdigen Realität kam ich zurecht.

ANKOMMEN

»Erdige Realität« stand sinnbildlich für den restlichen Sonntag. Aus meinen hochfliegenden Plänen, die einen Besuch im *Abbey Garden*, das Auspacken der letzten Sachen und Kuchenbacken umfasst hatten, wurde nichts. Mein minderjähriger Mitbewohner hatte nämlich seine eigene Agenda und vor allem sein eigenes Tempo.

Die sechs Eier, die unsere Hühnerschar gelegt hatte, trug er einzeln aus dem Stall auf die Terrasse, wo ich ein Körbchen bereitgestellt hatte, um zu verhindern, dass er mit schmutzigen Füßen durch das ganze Haus rannte. Er gestattete mir zwar großzügig, Frühstück zu machen, war jedoch nicht dazu zu bewegen, den Schlafanzug durch normale Kleidung zu ersetzen – und irgendwie war es auch egal. Zumindest bei ihm. Ich hätte mir gerne etwas anderes angezogen – nach einer ausgiebigen Dusche –, aber ich wollte Rufus für die zwanzig Minuten, die mich meine Morgenroutine gekostet hätte, nicht unbeaufsichtigt im Garten und bei den Tieren lassen. Also schlüpfte ich lediglich in Shorts und band mir meine wirre Mähne zu einem Pferdeschwanz zusammen. Schließlich frühstückten wir am späten Vormittag picknickmäßig auf einer Decke in unserem Garten und in Gesellschaft der Hühner, die neugierig von der Tierkoppel herbeigeeilt waren. Entweder weil sie sich etwas zu fressen erhofften oder weil sie überprüfen wollten, wie wir ihren potenziellen Nachwuchs verzehrten. Eine Vorstellung, die mich leicht verstörte und die ich rasch wieder aus meinem Kopf vertrieb.

Anschließend half mir Rufus, weitere Schaf- und Eselshinterlassenschaften in einem Eimer zu sammeln und auf dem potenziellen Gemüsebeet auszubringen. Für eine Neuansaat war es höchste Zeit, und ich nahm mir vor, noch vor meinem Arbeitsbeginn am Mittwoch Karotten, Zucchini, Bohnen und Salat zu säen. Und vielleicht konnte ich auch noch irgendwo Tomatensetzlinge auftreiben, die ich jedoch lieber in große Blumenkübel direkt an der Hauswand pflanzen wollte. Die Vorstellung, selbst Lebensmittel anzubauen, fand ich mit einem Mal ausgesprochen reizvoll. Die Gartenhecke an der Bienenwiese war mit Himbeersträuchern durchsetzt, und ich freute mich schon auf die erste Ernte. Ein paar Erdbeerpflanzen gab es auch, die sogar schon erste Früchte zeigten. Und mit jeder Minute, die ich mich im Garten aufhielt, fielen mir noch andere Dinge ein, die ich realisieren wollte. Für einige Obst- und Gemüsepflanzen war es in dieser Saison schon zu spät, das musste ich auf nächstes Jahr …

Jäh hielt ich in meinen Gedanken inne: Plante mein Unterbewusstsein ernsthaft schon so weit voraus? Ich hatte Timothy Webb vom *Abbey Garden* klar und deutlich gesagt, dass ich mich zunächst nur bis zum Herbst festlegen würde, denn womöglich war die Frage des Sorgerechts für Rufus bis dahin geklärt, und ich konnte doch noch nach Kapstadt ziehen.

Ich sah zu Rufus, der soeben noch einmal mit dem leeren Eimer abgezogen war, um im Stall weiteren Naturdünger zu holen. Ich sollte froh sein, wenn ich diesen Tag überstand.

Warum sich also Gedanken machen, die den Herbst oder einen noch weiter entfernten Zeitpunkt betrafen?

Mein Handy vibrierte, und auf dem Display erschien das Gesicht meines Bruders Sean, der sich zu unserem sonntäglichen Videochat meldete. Seit Frances' Beerdigung zogen wir das tatsächlich durch: Mindestens einmal pro Woche hatte ich seitdem Kontakt zu meinen Brüdern. Manchmal nur telefonisch, aber oft auch per Video. Ich nahm das Gespräch an und setzte mich dann neben dem Beet ins Gras.

»Boah, ich brauch ja fast eine Sonnenbrille, so hell ist es bei dir«, rief Sean statt einer Begrüßung.

Ich lachte. »Ja, die viele Sonne verstört mich auch etwas. Gestern war's hier schon genauso schön, und meine Wetter-App behauptet, dass es auch in den nächsten Tagen so bleibt. Wie ist das Wetter bei dir?«

»Schottisch.« Er drehte das Telefon zum Fenster seiner Werkstatt, das gerade eine Starkregenwaschung abbekam. »Ich beneide dich glühend.«

»Was machst du an einem Sonntag in deiner Werkstatt?«, fragte ich, ohne auf seine letzte Bemerkung einzugehen. Ich machte mir Sorgen um meinen kleinen Bruder, der meiner Meinung nach viel zu wenig Sozialkontakte pflegte. Zumindest hatte ich das aus den Gesprächen der letzten Wochen rausgehört.

Er zuckte mit den Schultern. »Ich war vorhin schon im Stall und bin ausgeritten, aber bei dem Wetter macht das auch keinen Spaß. Außerdem muss ich einen Auftrag fertig kriegen. Was machst du gerade?«

»Scheiße ins Beet rühren«, antwortete ich salopp, wenn auch wahrheitsgemäß.

»Was?«

Nun hielt ich meinerseits das Handy so, dass er das umgegrabene Gemüsebeet sehen konnte, und schwenkte dann zu Rufus, der mit einem halb gefüllten Eimer und roten Wangen angewackelt kam. »Die neue Ladung trifft ein«, sagte ich und fügte an unseren Neffen gewandt hinzu: »Schau mal, dein Onkel Sean ist am Telefon.«

»Hallo«, rief Rufus flüchtig in die Kamera und schüttete dann den frisch gesammelten Dung auf das Beet, nur um gleich wieder in Richtung Stall zu verschwinden.

»Das nennt man Kinderarbeit«, bemerkte Sean grinsend.

»Es war seine Idee«, behauptete ich. »Wenn es nach mir gegangen wäre, würden wir jetzt wie gute Touristen durch den *Abbey Garden* spazieren und anschließend Kuchen backen. Und ginge es nach meinen Nachbarn, wären wir um neun in die Kirche marschiert und anschließend zum Socializing in den Pub.«

Sean lachte. »Ich seh schon, der Kleine hat dich bereits voll um den Finger gewickelt. Wie läuft es denn inzwischen mit ihm?«

Ich zuckte mit den Schultern. »Ich bin immer noch froh, wenn wir einen weiteren Tag geschafft haben, aber seit wir vorgestern in Edinburgh in den Zug gestiegen sind, hat er nicht mehr geweint oder getobt. Das werte ich als kleinen Sieg.«

»Ich schätze, das darfst du sogar als großen Sieg betrachten.« Er kratzte sich am Kinn. »Ehrlich, Sis, ich finde das wirklich toll, wie sehr du dich für ihn engagierst und dich um ihn kümmerst. Das ist keine Selbstverständlichkeit.«

»Nicht? Was wäre denn die Alternative? Hättest du ihn

nehmen sollen? Oder eine Pflegefamilie? Versteh mich nicht falsch, darüber habe ich mehr als einmal nachgedacht, aber ich habe es Frannie versprochen und …«

»Was ich damit sagen will«, fiel er mir ins Wort, »ich finde es großartig, wie du mit der Situation umgehst. Ich meine, du hattest doch ganz andere Pläne für dein Leben. Kinder waren darin ja nicht vorgesehen, oder?«

»Ganz sicher nicht. Aber wenn ich eines inzwischen gelernt habe, dann dass Pläne sowieso für den Arsch sind. Hättest du mich vor sechs Wochen gefragt, was meine Pläne für diesen Sonntag wären, hätte ich eine eindeutige Antwort gehabt: dass ich mit meinen Kapstädter Freunden zu einem der schicken Weingüter fahren würde, um ein dekadentes Menü mit Weinbegleitung zum Mittagessen zu genießen und anschließend auf einer geschützten Terrasse in der Frühwintersonne zu dösen, bis einer von uns wieder nüchtern genug für die Heimfahrt wäre. Das war mein Plan.« Ich lachte auf, und es klang selbst in meinen Ohren eher verwundert als verbittert. »Stattdessen verbringe ich den Sonntag nun mit einem Kleinkind im Exkrementerausch auf einer absurd abgelegenen Insel. Ach ja, und es ist zwar schon früher Nachmittag, aber ich habe immer noch mein Nachthemd an, weil ich es noch nicht geschafft habe, mich zu duschen und anzuziehen. Und meine netten Nachbarn halten mich zweifellos für eine durchgeknallte Hippietante, die ihr Leben nicht im Griff hat.«

»›Exkrementerausch‹ ist wirklich ein toller Begriff.« Sean grinste. »Was den Rest betrifft, bin ich froh, dass du nicht in Südafrika, sondern vergleichsweise nah bist, und sollen sie dich doch für einen Hippie halten. Was kümmert es dich, was diese Menschen über dich denken? Ich finde, dass du nach den letzten Wochen ein bisschen Lockerheit verdient hast, und, ganz ehrlich, ein Sonntag im Nachthemd ist doch nicht das Schlechteste. Vor allem, wenn man darin draußen nicht friert.«

»Das ist in der Tat sehr angenehm«, gab ich zu. »Aber es wäre mir schon lieber, wenn Paula und Gavin einen guten Eindruck von mir hätten. Er ist der leitende Gärtner im Park, sie die Kindergärtnerin auf der Insel. Hier wohnen nur hundert Menschen, das sind echt verdammt wenig. Dagegen ist dein Highland-Kaff eine regelrechte Metropole.« Ich seufzte.

»Man braucht nicht viele Menschen, um sich heimisch zu fühlen«, beharrte er jedoch.

»Sagt der Eigenbrötler, der auch gut als Eremit leben könnte.«

»Ganz so schlimm ist es auch nicht. Ich habe Freunde in Kirkby. Und du wirst auf deiner kleinen Insel sicherlich auch Freunde finden. Die Leute da werden ganz schnell erkennen, was für ein wundervoller Mensch sich hinter den wirren Haaren und den vielen Sommersprossen versteckt.«

»Ich bin mir nicht sicher, ob das jetzt ein Kompliment oder ein versteckter Hinweis auf mein etwas ungepflegtes Äußeres war«, brummte ich, freute mich insgeheim aber doch über seine Worte.

»Eindeutig Ersteres«, behauptete er. »Gib deinem neuen Leben eine Chance. Wer weiß, was für Überraschungen es noch bereithält?«

»Wenn ich ehrlich sein soll, hätte ich in nächster Zeit lieber etwas weniger Überraschungen.« Mir entfuhr ein kleiner Seufzer, doch es brachte gar nichts, in Selbstmitleid zu versinken. Das hatte ich gestern Abend schon ausführlich getan. Es war vielmehr so, wie ich zu Sean gesagt hatte: Ich nahm einen Tag nach dem anderen. Weiterführende Pläne machten überhaupt keinen Sinn.

»Es könnten ja auch schöne Überraschungen sein.« Mein Bruder gab nicht auf.

»Es könnte auch sein, dass es auf den Scillys schneit«, entgegnete ich trocken. »Aber das ist in den letzten zwanzig Jahren angeblich nur fünfmal passiert. Außerdem weiß ich gar nicht, was eine schöne Überraschung sein könnte. Vermutlich sollte ich dankbar sein, wenn sich eine gewisse vorhersehbare Routine einstellt.«

»Vorhersehbare Routinen können auch tückisch sein – und einsam machen.« Ich glaubte einen wehmütigen Zug auf Seans Gesicht zu erkennen, der mich stutzig machte.

»Wie meinst du das?«

Er zuckte mit den Schultern. »Mach dir keine Gedanken. Ich bin nur gerade dabei, meine liebevoll etablierten Routinen aufzubrechen, um wieder zu leben und nicht nur zu existieren. Das ist verdammt anstrengend – wenn auch lohnend.« Er lächelte schief. »Also vertrau der Weisheit deines kleinen Bruders, und wünsch dir lieber keine Routinen. Aber ich schätze mal, mit einem Kleinkind dürfte das ohnehin schwierig werden. Das sieht man sehr schön an Dominic.«

»Der hat ja wohl die krasseste Metamorphose überhaupt durchgemacht.« Ich dachte kopfschüttelnd an das letzte Telefonat mit unserem mittleren Bruder. Dominic hatte sich in Kanada in eine Frau verliebt, die ein Walbeobachtungsunternehmen führte und zwei kleine, gehörlose Kinder hatte. Seitdem war er kaum wiederzuerkennen. Er ging voll in seiner neuen Rolle als Ersatzvater auf und versorgte mich mit den merkwürdigsten Ratschlägen, von denen ich nicht wusste, was ich davon halten sollte. Sein wichtigster lautete, man solle Kinder ernst nehmen und als vollständige Persönlichkeiten betrachten. Das klang gut, war in Bezug auf Rufus jedoch nicht hilfreich. Mir wären konkrete Tipps à la »Was tun, wenn der Dreijährige einen Trotzanfall hat?« jedenfalls deutlich lieber gewesen.

»Ich will auf Folgendes hinaus«, fuhr Sean fort. »Man gewinnt eigentlich immer, wenn man sich auf neue Dinge und Herausforderungen einlässt. Deine Herausforderung heißt Rufus, und ich gebe zu, das ist eine enorme Verantwortung. Aber ansonsten hat es das Schicksal doch gar nicht so schlecht mit dir gemeint, oder? Ich meine, du sitzt im Paradies und …«

In diesem Moment hörte ich Rufus begeistert auflachen und nach mir rufen. »Ich schätze, die Herausforderung verlangt nach mir«, sagte ich daher zu meinem Bruder. »Wir hören uns ganz bald wieder. Pass auf dich auf.«

Rasch beendete ich das Gespräch, dann rappelte ich mich hoch und ging eilig ums Haus herum in Richtung Stall, wo ich meinen Neffen vermutete. Tatsächlich war er da – doch er war nicht allein.

»Pippa, Pippa!«, rief er. »Schau mal, wer da ist.«

Es war niemand Geringerer als der vermeintliche Pirat – alias Meeresbiologe – Harry. Er lehnte lässig am Koppelzaun und sah in den Shorts und dem verwaschenen T-Shirt, die er heute trug, verwegen gut aus. Schlagartig wurde mir mein unkonventionelles Outfit aus fadenscheinigem Nachthemd und Jeansshorts bewusst. Meine Strickjacke lag auf der Bank neben dem Gemüsebeet, mir war beim Umgraben vorhin viel zu warm geworden. Harry schien es auch aufzufallen, denn das gutmütig-freundliche Lächeln, das er für Rufus hatte, wich einem fast unverschämten Grinsen, als er mich beim Näherkommen unverhohlen taxierte.

»Wenn das mal nicht der Pirat mit dem Matscheauge ist«, überspielte ich meine Verlegenheit mit einer flapsigen Bemerkung.

»Wenn das mal nicht die neue Pflanzenflüsterin ohne BH ist«, entgegnete er ungerührt, und sein Grinsen wurde noch breiter.

Ich merkte, wie meine Wangen heiß wurden – zweifellos ein optisch ansprechender Effekt in Kombination mit meinen ungekämmten rotbraunen Haaren. Rufus schaute aufmerksam zwischen uns hin und her, und ich beschloss, mich wie eine Erwachsene zu benehmen. Also zwang ich mir ein hoffentlich freundliches Lächeln auf die Lippen und streckte meine Hand aus. »Hi, ich bin Philippa Gordon.«

»Harry Chapman«, erwiderte er und zögerte für einen kurzen Moment, ehe er meine schmutzige Hand nahm. Sein Griff war fest, seine Haut ein wenig rau und warm. »Es ist mir ein Vergnügen.«

Ich räusperte mich. »Ebenso. Was können wir für Sie tun, Mr. Chapman?«

Er stutzte kurz, zweifellos ob meiner Förmlichkeit. »Harry bitte. Und ich wollte eher wissen, ob ich etwas für euch tun kann.«

»Er ist mit seinem Schiff hergekommen«, klärte Rufus mich auf, der offensichtlich schon besser im Bilde war.

»Und ich wollte fragen, ob ihr Lust auf einen Ausflug habt«, übernahm Harry wieder das Gespräch. »Wir könnten eine kleine Tour machen und …«

»Und Robben besuchen!«, krähte Rufus dazwischen und kletterte auf die oberste Zaunsprosse.

»Robben beobachten«, korrigierte ihn Harry.

»Ist das nicht zu gefährlich? Ich meine, du hast ja nur noch ein intaktes Auge.« Aus irgendwelchen Gründen konnte ich mir den ironischen Seitenhieb nicht verkneifen.

»Ich mag Frauen mit einem gesunden Sinn für Sarkasmus.« Er schmunzelte. »Und mit unkonventionellen Bekleidungsvorlieben.« Sein Blick glitt zum weiten Ausschnitt meines Schlafshirts.

»Was ist Sakasmus? Sowas wie Apfelmus?« Rufus kam in seiner wackeligen Position gefährlich ins Schwanken, doch Harry hielt ihn an der Schulter fest.

»So was Ähnliches. Nur nicht ganz so süß wie Apfelmus, sondern sogar ziemlich scharf«, erklärte er Rufus und zwinkerte mir dabei mit seinem gesunden Auge zu.

Unverschämt. Aber witzig. Und irgendwie auch ziemlich ... Ich schob die unerwünschten Gedanken beiseite und versuchte, mich auf das Wesentliche zu konzentrieren. »Ich fürchte, wir sind nicht ganz ausgehbereit für einen Ausflug«, sagte ich und musste mein Bedauern nicht einmal spielen. Die Vorstellung, einen kleinen Bootsausflug mit diesem gut aussehenden Kerl zu unternehmen, war eindeutig reizvoller als die, weiterhin Schafköttel und Eselsäpfelchen in Erde einzuarbeiten.

»Hm.« Harry tat so, als müsse er ernsthaft nachdenken, und legte dafür seine Stirn in tiefe Falten.

»Was?«

»Ich frage mich nur, wie aufwendig es wohl ist, Sonnenschutz aufzutragen und vielleicht etwas anderes anzuziehen.

Wobei du meinetwegen gerne so bleiben könntest.« Wieder folgte ein aufreizender Blick in mein Dekolleté, und nun fiel mir auch auf, dass er mit einem schottischen Akzent sprach, der breiter wurde, je länger er sich mit uns unterhielt.

»Du bist Schotte!«, stellte ich daher wenig originell fest.

»Schuldig«, gab er zu. »Aber ich kenne meine Landsleute eigentlich als recht entscheidungsfreudig. Also, wie sieht's aus? Sollen wir eine kleine Tour machen? Wir könnten auch nach St. Agnes fahren, da gibt's die mutmaßlich kleinste Molkerei des Königreichs. Und zweifellos das beste Eis.«

»Eis essen!«, rief Rufus enthusiastisch. »Eis mag ich lieber als Apfelmus.«

»Ich glaube, ich habe gar keinen Sonnenschutz«, sprach ich das Erstbeste aus, was mir in den Sinn kam. Dämlich, aber auch wahr. Ich betrachtete Rufus und hoffte, dass seine geröteten Wangen der Aufregung geschuldet waren und nicht etwa schon die ersten Anzeichen von Sonnenbrand. An Sonnencreme hatte ich überhaupt nicht gedacht. Blöd von mir. Wie so vieles.

»Braucht man in Schottland ja auch nicht so oft«, bemerkte Harry tröstend. »Aber das ist kein Problem. Erstens habe ich bestimmt noch welchen in meinem Boot, und zweitens kann man ihn hier in jedem Kiosk kaufen. Also, was meinst du?«

»Ich will Eis!« Für Rufus zumindest war die Sache sonnenklar.

»Na schön, dann machen wir einen Ausflug«, gab ich mich geschlagen. »Fünf Minuten, okay?«, sagte ich zu Harry und pflückte Rufus vom Zaun. »Oder so lange, wie es eben dauert, den kleinen Piraten zum anständigen Matrosen zu machen.«

Wie sich herausstellte, konnte sich mein Neffe durchaus

beeilen, wenn es um spannende Dinge wie Bootsausflüge und Eiscreme ging. Innerhalb weniger Minuten hatte ich ihn dazu gebracht, seinen verdreckten Schlafanzug durch eine saubere Hose und ein frisches T-Shirt zu ersetzen und sogar seine Zähne zu putzen. Eine Baseballkappe als Sonnenschutz auf dem Kopf rannte er wieder nach draußen. Zeit, mich um mein eigenes Erscheinungsbild zu kümmern.

Ich bürstete rasch meine langen Haare, flocht sie zu einem lockeren Zopf und versuchte tapfer, mein restliches Erscheinungsbild zu ignorieren. Ich hatte so viele Sommersprossen wie lange nicht im Gesicht und außerdem einige Flecken, von denen ich hoffte, dass sie Erde waren und keine Schafshinterlassenschaften. Eine Minikatzenwäsche und Zähneputzen mussten reichen, auf Make-up verzichtete ich. Stattdessen setzte ich mir einen Strohhut auf, den ich vor Jahren mal in einem Ibiza-Urlaub gekauft hatte. Genau wie die bunt bestickte weiße Leinenbluse, die ich anstelle des Nachthemds anzog und die den Hippielook perfekt machte. Kurz überlegte ich, ob ich statt Unterwäsche einen Bikini drunterziehen sollte, doch da ich erstens nicht vorhatte zu schwimmen und dem Piraten zweitens keine weiteren Ausblicke auf meine Anatomie bieten wollte, entschied ich mich für einen schlichten weißen BH. Rasch stopfte ich noch ein Wechseloutfit für Rufus, eine Flasche Wasser und eine Packung Kekse in meine Tasche. Ich war zwar sicher längst noch nicht auf alle Kleinkinder-Notfälle eingestellt, aber ein bisschen hatte ich in den letzten Wochen schon dazugelernt.

»Das ging wirklich schnell«, lobte mich Harry, als ich kurz nach Rufus ebenfalls wieder in den Garten kam. »Ich glaube, du hättest das Haus nicht so feierlich abschließen müssen.

Hier passiert nichts.« Er grinste schon wieder. »Nettes Outfit übrigens.«

»Ich kann doch nicht alles offen stehen lassen«, entgegnete ich, ohne auf sein Kompliment einzugehen.

Harry zuckte mit den Schultern. »Du wirst dich an die hiesigen Gepflogenheiten schon noch gewöhnen. Bei mir hat es auch ein bisschen gedauert.«

Wir liefen die Abbey Road entlang in Richtung New Grimsby, auf demselben Weg, auf dem wir gestern mit dem elektrischen Golfcart hergekommen waren, und ich spürte, wie sich Vorfreude in mir breitmachte. Ich hatte es immer gehasst, mich fremdgesteuert zu fühlen, den Eindruck zu haben, dass jemand oder irgendwas mein Leben bestimmte. Daher war ich groß im Planen und Organisieren. Das hatte mir ein Gefühl von Kontrolle gegeben, von Selbstbestimmtheit und auch von Sicherheit. Doch all diese Dinge waren mit dem Tod meiner kleinen Schwester verpufft. Was nutzten mir meine schönen Pläne, wenn das Schicksal andere Vorstellungen hatte? Der heutige Tag war im Kleinen ein Spiegelbild des großen Kontrollverlusts der letzten Wochen. Ich hatte ganz andere Dinge vorgehabt, Unternehmungen, die vielleicht schlauer oder zielführender gewesen wären, als stundenlang in Nachtwäsche im Dreck zu wühlen oder einen Bootsausflug mit einem praktisch Fremden zu machen. Aber hätte ich mehr Freude gehabt? Auf diese Frage würde ich wohl nie eine Antwort bekommen, doch zumindest für heute wollte ich den Tag genießen.

Auf dem kurzen Weg zum Hafen quasselte Rufus nonstop und erzählte Harry ganz unbefangen von unseren Tieren und davon, wie sehr er sich auf die Robben und das Eis freute.

Ich war erstaunt, wie zutraulich er dem unbekannten Mann gegenüber war. Es hatte viel länger gedauert, bis er mit mir so warm geworden war – und das, obwohl ich ihn seit dem Tag seiner Geburt kannte. Es war wohl wirklich so, dass manche Menschen ein Händchen für Kinder hatten und andere eben nicht. Und einige sollten definitiv keine eigenen Kinder haben. Das galt eindeutig für meine Eltern, und in welche Kategorie ich mich selbst einordnen würde …

»… hier besorgen«, unterbrach Harry meine Gedanken.

»Bitte was?« Ich sah ihn verwirrt an. Er deutete auf einen kleinen Kiosk am Hafen, und ich hatte keine Ahnung, was er eben gesagt hatte.

»Sonnencreme. Für Rufus und für dich«, wiederholte er betont langsam. »Du meintest, du wolltest welche besorgen. Hier gäbe es die Möglichkeit dazu.«

»Natürlich«, murmelte ich und war dankbar für den breitkrempigen Hut, der vermutlich den Großteil meines Gesichts verbarg. Offenbar hatte ich es heute darauf angelegt, mich bei jeder passenden Gelegenheit zu blamieren. Ich stellte mich in die kurze Schlange und kaufte schließlich eine Tube Sunblocker mit Lichtschutzfaktor 50, laut der Verkäuferin das Mittel der Wahl für zarte Kinderhaut.

Rufus sah das allerdings vollkommen anders und bekam einen mittleren Tobsuchtsanfall, als ich ihn mit der klebrigen Paste einreiben wollte. Doch ich wollte nicht klein beigeben. »Zu viel Sonne ist gefährlich«, versuchte ich, ihm zu erklären. »Sie verbrennt die Haut, und das tut dann sehr weh.«

»Ich will aber nicht!«

»Das steht nicht zur Diskussion, ich will auch viele Sachen nicht und muss sie trotzdem machen«, entgegnete ich mit ruhiger, aber bestimmter Stimme und appellierte an seine Vernunft.

»Nein!«

»Was nein?«

»Will nicht!« Er verschränkte die Ärmchen vor der Brust, während ihm Tränen über die Wangen liefen, und ich musste mit aller Macht ein genervtes Stöhnen unterdrücken. Warum waren kleine Kinder so verdammt irrational? Wie half es mir in so einer Situation weiter, ihn als vollständige Persönlichkeit zu sehen, wie Dominic meinte? Und was war so schlimm daran, sich mit Sonnencreme einschmieren zu lassen?

Ich sagte nichts – vor allem, weil mir kein gutes Argument einfiel, das durch den kleinen Dickschädel dringen würde – und verteilte die Creme stattdessen auf meinen eigenen Beinen, Unterarmen, dem Dekolleté und schließlich auch im Gesicht. Wenn ich mit gutem Beispiel voranging, half das vielleicht. Ich ignorierte die Blicke, mit denen mich Harry beobachtete, und auch das vergnügte Grinsen in seinen Mundwinkeln. Wenigstens einer hatte offensichtlich Spaß an der Sache.

»So, ich bin fertig«, wandte ich mich schließlich wieder an Rufus. »Es ist gar nicht schlimm. Darf ich dich jetzt auch eincremen?«

»Nein!« Er blieb weiterhin bockig.

»Aber …«

»Echte Piraten schützen sich gegen die Sonne«, sagte nun Harry. »Und das solltest du auch, denn ich fürchte, sonst kann ich dich nicht mit auf mein Schiff nehmen. Deine Mum hat sich schon eingeschmiert und darf an Bord, aber dich müssen wir wohl zurücklassen.«

»Hm.« Rufus' Widerstand schien zu schmelzen.

»Erpressung?«, entfuhr es mir mit einigem Entsetzen. Ich war sicher keine Expertin in Pädagogik, aber das fand ich jetzt doch ziemlich fragwürdig.

Harry grinste nur und sah Rufus an, der offenbar nach wie vor seine Optionen abwägte.

»Pippa ist nicht meine Mum«, antwortete er schließlich, doch die Klärung unseres Verwandtschaftsverhältnisses trug nichts zur Lösung des aktuellen Problems bei.

Harry hob fragend eine Braue. »Ich bin seine Tante«, klärte ich ihn auf. »Lange Geschichte.«

»Mummy ist im Himmel«, fügte Rufus hinzu, und in meinem Hals bildete sich ein dicker Kloß, denn es war das erste Mal, dass er das laut ausgesprochen hatte.

Harry blickte uns betroffen an. »Das tut mir sehr leid, Kumpel.« Er tätschelte dem Kleinen mit einer etwas hilflosen Geste die schmale Schulter. »Aber ich bin mir sicher, deine Mummy schaut jetzt auf dich runter und würde sich wünschen, dass du dich vor der Sonne schützt. Meinst du nicht?«

»Hm.« Man konnte buchstäblich die Zahnräder hinter Rufus' Stirn arbeiten sehen. Schließlich streckte er mir die Arme entgegen und sagte: »Okay.«

Kleine Siege, dachte ich erneut und verteilte rasch die Creme auf seiner Haut, eher er es sich wieder anders überlegte. »So, jetzt sind wir bereit!«, verkündete ich und richtete mich wieder auf.

»Du auch!«, forderte Rufus jedoch und deutete auf Harry. Diesmal war ich diejenige, die vergnügt grinste, während sich der stattliche Seebär die Pampe auf seine wettergegerbte Haut rieb. Immerhin musste ich ihm zugestehen, dass er sich klaglos darauf einließ.

»Wer ist jetzt bereit für ein Abenteuer?«, fragte er, als er mir die Tube mit der Sonnencreme reichte und mir dabei einen rätselhaften Blick zuwarf. In früheren Zeiten hätte ich seine Frage in Kombination mit dem Glitzern in seinem gesunden Auge als Flirt interpretiert, aber mit Rufus?

»Ich!!«, krähte der Kleine und hüpfte aufgeregt herum. Von seinem Wutanfall und den Tränen war nichts mehr zu bemerken.

»Dann los, ihr Landratten. Lasst uns in See stechen und auf St. Agnes den Eiscreme-Schatz bergen.«

Harry führte uns zu einem ziemlich kleinen, altmodischen Holzboot, das himmelblau angestrichen war und auf den vollkommen absurden Namen *The Flying Walrus* hörte.

»Das fliegende Walross«, kicherte ich und zeigte auf den verschnörkelten Schriftzug am Bug des Bötchens.

»So hat der Vorbesitzer diese Schönheit getauft, und ich habe es nicht übers Herz gebracht, sie umzubenennen«, entgegnete er nonchalant und hob Rufus vom Anleger an Bord.

»Was ist ein Walross?«, wollte der Kleine wissen und setzte sich auf eine schmale Bank.

»Eine riesengroße Robbe«, erklärte ich ihm. »Sogar größer als die Delfine, die wir gestern auf der Überfahrt gesehen haben.«

»Kann die fliegen?« Rufus klang eher sensationslüstern als skeptisch, und ich fragte mich, was für bunte Bilder wohl gerade durch seinen Kopf liefen.

»Nein, das kann sie nicht«, antwortete ich und zuckte zusammen, als Harry meine Hand nahm, um auch mich auf das wacklige Wassergefährt zu lotsen. Wieder fühlte ich seine warme, raue Haut auf meiner, aber irgendwie …

»Du müsstest schon einen Schritt gehen«, unterbrach er mich. »Oder soll ich dich auch hineinheben?« Ehe er Anstalten machen konnte, mich tatsächlich hochzuheben, machte ich einen großen Schritt und war dabei wohl zu schwungvoll, denn das Boot schwankte gefährlich. Nur dank Harrys eisernem Griff gelang es mir, das Gleichgewicht zu halten. Rufus lachte sich halb tot.

»Pippa, du kannst das nicht«, freute er sich und hielt sich den Bauch vor lauter Lachen.

Ich setzte mich kommentarlos neben ihm auf die Bank und kitzelte ihn an den Seiten, was ihn noch mehr kichern ließ.

Harry sah zu uns, und ich rechnete damit, dass er nun ebenfalls einsteigen würde, doch er drehte sich abrupt um. »Ich hab was vergessen«, sagte er und lief rasch den Anleger hoch in Richtung Ort.

Rufus hatte sich von seinem Lachflash erholt und diskutierte mit mir über die Flugfähigkeit von Riesenrobben, als Harry mit zwei orangefarbenen Schwimmwesten zurückkam. Mit einer geschmeidigen Bewegung kletterte er ins Boot, reichte mir eine Weste und zog Rufus die kleinere Kindervariante an. »Ich glaube, das ist mir sonst zu unsicher mit euch Landratten«, kommentierte er knapp. Dann löste er die Anbindetaue und startete den Motor.

»Besteht denn die Gefahr, über Bord zu gehen?«, wollte ich wissen, als wir langsam aus dem Hafen tuckerten.

»Normalerweise nicht, aber bei euch beiden gehe ich lieber kein Risiko ein.« Er schenkte uns wieder sein unverschämtes Zahnpastagrinsen, das in Kombination mit seiner Augenklappe wirklich verdammt verwegen aussah. Dann deutete er auf die Insel, die direkt gegenüber von Tresco lag – nur durch einen schmalen Wasserarm davon getrennt. »Da wohne ich übrigens«, erklärte er. »Auf der wunderschönen Insel Bryher.«

»Nicht auf St. Mary's?«, fragte ich überrascht, weil wir ihn doch gestern Mittag dort im Pub zum ersten Mal getroffen hatten.

»Nein, da war ich nur beim Arzt, wegen meines Auges«, entgegnete er. »Ich arbeite unter anderem für ein meeresbiologisches Institut, und die haben mir das Häuschen auf Bryher zur Verfügung gestellt.«

»Unter anderem?«

»Die meisten Scilly-Bewohner haben mehrere Jobs. Das Leben hier ist teuer. Ich habe glücklicherweise noch ein paar andere Auftraggeber, die ich mit meinen Beobachtungen glücklich machen kann. Außerdem bin ich Mitglied in einem internationalen Netzwerk für Wal- und Delfinsichtungen und mache noch ein paar andere Sachen. Wenn ich dazu komme, drehe ich auch kleine Filme.«

»Wow«, gab ich beeindruckt zurück. »Etwa für die BBC oder National Geographic?« Ich liebte die großen Naturdokumentationen und stellte mir vor, wie Harry endlos auf der Lauer lag, um scheue Tiere vor die Kamera zu bekommen.

Er lachte. »Nein, leider nicht. Dafür reicht mein Filmemacher-Talent nicht aus – vom Budget mal ganz zu schweigen. Ich mache nur kleine Clips, die ich auf YouTube veröffentliche, die aber von einigen Schulen und sogar von zwei Universitäten empfohlen werden.«

»Toll. Wir haben das im *Royal Botanic Garden* in Edinburgh auch eine Weile gemacht. Kleine Filmchen, in denen wir Pflanzen vorgestellt haben, nur waren die Zugriffszahlen so schlecht, dass wir damit wieder aufgehört haben. Es hat mir aber großen Spaß gemacht.«

»Ich kann mir überhaupt nicht vorstellen, dass das keiner sehen wollte. Mit dir als Moderatorin würde ich mir sogar Gras beim Wachsen anschauen«, behauptete er, und nun war ich mir absolut sicher, dass er flirtete.

Leider würde ich nicht darauf eingehen können. Nicht unter den aktuellen Umständen. »Pflanzen können mehr, als man denkt«, antwortete ich daher unbestimmt. »Hui!« Der Fahrtwind rüttelte an meinem Strohhut, und ich setzte ihn mir fester auf den Kopf und legte sicherheitshalber einen Arm um Rufus. Wir hatten die Meerenge zwischen Tresco und Bryher verlassen, und Harry gab auf dem freien Meer ordentlich Gas. Rufus und ich saßen mit dem Rücken zur Fahrtrichtung, mit Blick auf Harry im Boot. Eine durchaus erfreuliche Aussicht, doch ich konzentrierte mich lieber auf die beiden Inseln hinter ihm, die zügig kleiner wurden.

»Leben auf Bryher mehr oder weniger Menschen als auf Tresco?«, wollte ich von ihm wissen.

»Das ist ja wie auf allen Inseln hier ziemlich relativ. Im Moment sind die Inseln recht gut besucht, und während der Sommermonate leben hier auch etliche Saisonkräfte. Im Winter schrumpft die Einwohnerzahl auf Bryher dann auf rund achtzig, auf Tresco sind es ein paar mehr, also etwa hundert.«

Das waren wirklich lächerlich wenig Menschen. Vielleicht zwei Reisebusladungen voll. Ich schluckte, weil mir langsam bewusst wurde, wie einsam es hier tatsächlich war. Da konnte mein Bruder Sean noch so viel darüber spekulieren, dass man in Wirklichkeit nur ganz wenige Leute brauchte, um ein ausgefülltes und glückliches Leben zu führen. Was, wenn ich hier niemanden fand?

Es dauerte nur ein paar Minuten, bis Harry die Geschwindigkeit bereits wieder drosselte, und ich blickte ihn fragend an.

»Die See ist hier ganz schön tückisch«, erklärte er mir, weil er meinen Blick offensichtlich richtig interpretiert hatte. »Hier ist es ganz flach. Schaut mal«, forderte er uns auf. Rufus und ich guckten folgsam über den Bootsrand.

»Fische!«, rief der Kleine, und er hatte recht. Das Wasser war kristallklar, und man konnte bis hinunter zum weißen Sandboden sehen. Schwärme von kleinen und etwas größeren Fischen schossen aufgeregt unter uns hin und her – gefolgt von einer Robbe, die sich einen der Fische geschnappt hatte und ihre Beute umstandslos verzehrte, nur um gleich das nächste Opfer ins Visier zu nehmen.

Einige weitere Kegelrobben kamen dazu und jagten ebenfalls die Fischlein, die sich nun zu einem dichten Schwarm zusammengerottet hatten und sich wie ein einziger großer Organismus bewegten. Ich hatte solche Szenen schon oft gesehen – zu Hause auf dem Sofa, wenn ich mir eine Tierdoku angeschaut hatte. Es hautnah mitzuerleben, hatte eine ganz besondere Qualität. Rufus war derart fasziniert, dass er keinen Ton mehr von sich gab, und mir ging es ähnlich. Das gehörte also auch zu unserem neuen Zuhause.

»Wahnsinn«, murmelte ich, als sich das Getümmel unter uns langsam beruhigte. Die meisten Robben zogen ab, nur eine versuchte weiterhin ihr Glück. Ich blickte zu Harry, der mich warmherzig und diesmal vollkommen flirtfrei anlächelte.

»Ja, es ist wirklich besonders hier«, sagte er leise. »Deshalb lebe ich auch schon seit fünf Jahren auf den Inseln.«

»Hallo, Robby!«, rief Rufus und winkte enthusiastisch der letzten verbliebenen Robbe zu, die nun ihren Kopf aus dem Wasser streckte und neugierig in unsere Richtung schaute.

»Richtig scheu sind die nicht«, stellte ich fest.

»Das kann man wohl sagen«, entgegnete Harry und klopfte leicht gegen seine Augenklappe. »Mit dir und deinesgleichen habe ich noch ein Hühnchen zu rupfen«, wandte er sich an das Tier, das diese Drohung jedoch herzlich wenig zu beeindrucken schien.

»Aber nicht unsere Hühner!«, mischte sich Rufus wieder ein und sah besorgt zwischen Harry und der Robbe hin und her.

»Keine Sorge, eure Hühner sind sicher. Und alle anderen auch. Kegelrobben fressen keine Hühner, sondern nur Fische«, beteuerte Harry. »Das sagt man nur so, wenn man mit jemandem noch eine Rechnung offen hat.«

Ich lachte, weil ich bezweifelte, dass diese Redewendung für Rufus mehr Sinn ergab, doch den schien allein schon das Versprechen zu beruhigen, dass unser Geflügel in Sicherheit war. Zumindest vor rachsüchtigen Teilzeitpiraten und Robben.

»Weiter geht's«, kündigte Harry an und gab wieder etwas mehr Gas.

Wir passierten Schiffe verschiedener Größen und Gattungen und grüßten in alle Richtungen. Harry schien die meisten Leute darauf zu kennen, und ich bemerkte die neugierigen Blicke, die mich und Rufus streiften.

»Einiges los hier«, bemerkte ich, als wir an St. Mary's vorbeifuhren und Kurs auf unser Ziel St. Agnes nahmen.

»An einem perfekten Sonntag wie diesem hält es fast niemanden an Land.« Harry winkte einem weiteren Bootsführer zu, der mit zwei Teenagerjungs und mehreren Angeln unterwegs war. »Ich wette, heute Abend gibt es in den meisten Familien hier frischen Fisch.«

»Was machen die da?« Rufus hatte ein bunt bemaltes, schlankes Holzboot entdeckt, in dem ein halbes Dutzend Frauen saß, die in einem gleichmäßigen Takt und mit ziemlich rasanter Geschwindigkeit ruderten.

»Das ist eines der Gigs von St. Agnes«, erklärte Harry. »Die trainieren für das Gig-Boote-Rennen.«

Davon hatte ich schon gelesen. Offensichtlich war das eine beliebte Freizeitbeschäftigung auf den Inseln. »Die sind ganz schön schnell«, stellte ich beeindruckt fest. Allerdings musste es auch verdammt anstrengend sein, wenn das Mienenspiel der Ruderinnen ein Indiz dafür war.

»Wenn ich mich richtig erinnere, sind das die Titelverteidigerinnen vom letzten Jahr. Die wollen ihren Triumph ganz bestimmt wiederholen. Die Tresco-Frauenteams waren eher mies in letzter Zeit. Aber vielleicht willst du ja bei einem einsteigen?«

»Ähm … Mal sehen«, entgegnete ich vage, doch er lachte nur.

»Ich wette, du wirst bis Ende der Woche mindestens ein halbes Dutzend Anfragen haben. Es macht Spaß und ist eine tolle Gelegenheit, Leute kennenzulernen. Ich rudere natürlich auch, in einem der Männerteams von Bryher. Nicht besonders erfolgreich, wie ich zugeben muss.«

Ich ließ das so stehen und sah mich weiter um. Harry gab nun ordentlich Gas, und die *Flying Walrus* machte ihrem

Namen alle Ehre. Erstaunlich, wie flott dieses Holzboot über die sanften Wellen gleiten konnte. Wenige Minuten später erreichten wir St. Agnes und dockten in Piratenmanier nicht etwa in einem Hafen an, sondern drifteten an einen schmalen Sandstrand.

»Wir müssen ein bisschen die Gezeiten im Auge behalten«, erklärte Harry, als er meinen fragenden Blick bemerkte. »Bei Ebbe liegen wir sonst erst mal ein Weilchen auf dem Trockenen. Aber innerhalb der nächsten zwei Stunden müssten wir auf der sicheren Seite sein.« Er zog sich die Schuhe aus und deutete auf meine und Rufus' Füße. »Wenn ihr keine nassen Schuhe haben wollt …«

Ich schlüpfte aus meinen Sneakern und schälte mich auch aus der Schwimmweste, während Harry Rufus half, der vor lauter Begeisterung wild herumhampelte. Eine Minute später stand Harry im seichten Wasser, hob den Kleinen aus dem Boot und reichte mir dann galant eine Hand.

Rufus quiekte vor Aufregung, als Harry ihn ins Wasser stellte.

»Ich glaube, er war noch nie im Meer«, erklärte ich und freute mich selbst über das Gefühl von weichem Sand und kaltem Meerwasser. »Und ich viel zu lange nicht mehr.«

»Dann brechen mit einiger Sicherheit neue Zeiten für euch an«, entgegnete Harry lächelnd. »St. Agnes ist für Strandabenteuer aber vielleicht nicht der beste Ort. Es ist eine der wilderen Inseln. Aber Tresco und Bryher sind traumhaft«, erklärte er und deutete dann in Richtung Landesinneres. »So, wer will jetzt ein Eis?«

Es war nicht weit bis zur Troytown Farm, und selbst wenn wir keinen ortskundigen Guide an unserer Seite gehabt hätten, wären wir ohne Probleme ans Ziel gekommen, denn die vielen fröhlichen Sonntagsausflügler mit Eiswaffeln in den Händen waren ein sicheres Indiz. Wir stellten uns in die lange Schlange und überlegten während der Wartezeit, auf welche der zahllosen köstlich klingenden Sorten wir Lust hatten. Es fühlte sich fast an wie Ferien. Rufus schien einigermaßen überwältigt zu sein von all den Eindrücken – die Tiere zu Hause, die Gartenarbeit, die Bootsüberfahrt und jetzt schon wieder eine völlig neue Umgebung, dazu noch die Aussicht auf Eis. Wenn ich ehrlich war, ging es mir ganz ähnlich. Es würde wohl länger dauern, bis ich das alles begriffen und verarbeitet hatte, aber bis dahin genoss ich einfach das sündhaft leckere Salzkaramell-Eis in meiner Hand und den milden Wind auf meiner Haut.

FREUNDSCHAFTSBANDE

Am nächsten Morgen schlummerte Rufus auch um sieben Uhr noch tief und fest in seinem Bett – Plüschfuchs Foxy fest im Arm. Der Sonntag hatte ihn geschafft. Schon auf der Rückfahrt von St. Agnes war er eingenickt, hatte zu Hause nur noch ein Sandwich gegessen und sich um kurz vor halb acht endgültig ins Reich der Träume verabschiedet. Doch nun war es Zeit aufzustehen, um zur Kinderbetreuung bei Paula zu gehen.

Mit ihr hatte ich gestern noch vereinbart, dass Rufus gleich heute bei ihr starten sollte, damit ich ein bisschen mehr Zeit und Ruhe hatte, alles vorzubereiten, ehe ich übermorgen mit dem neuen Job anfing. Außerdem wollte ich heute Vormittag meinen Besuch im *Abbey Garden* nachholen – mutmaßlich das einzige Mal, dass ich meinen neuen Arbeitsplatz mit den unvoreingenommenen Augen einer Besucherin würde erleben können. Darauf freute ich mich schon sehr, aber zunächst musste ich die kleine Schlafmütze wach bekommen.

Ich öffnete Fenster und Fensterläden, um Sonne und frische Luft ins Kinderzimmer zu lassen, und kitzelte Rufus dann leicht am Hals. Er klappte verschlafen die Augen auf. »Aufwachen«, sagte ich zu ihm. »Das nächste Abenteuer wartet.«

»Wieder Eis essen?« Mit einem Schlag war er hellwach.

Ich musste mir ein Lachen verkneifen. Die Prioritäten eines

Dreijährigen waren zu schön. »Erst mal der neue Kindergarten. Der ist aber gleich nebenan bei Paula und Gavin, und ich habe gehört, dass ihr am Vormittag zusammen einen Kuchen oder Waffeln backen werdet.«

»Waffeln mit Eis?«

»Keine Ahnung«, gab ich zu. »Notfalls schmecken Waffeln ja auch ohne Eis. Aber jetzt mal schnell aufstehen, anziehen, frühstücken und Zähne putzen.«

»Ich will zu Alfie und den Schafen.«

»Nach dem Aufstehen, Anziehen, Frühstücken und Zähneputzen.«

»Jetzt.«

»Später.«

»Jetzt.« Er funkelte mich trotzig an, und seine Unterlippe bebte verdächtig.

Ich hatte wirklich keine Lust auf einen Tobsuchtsanfall um sieben Uhr morgens, aber ich wollte auch nicht nachgeben. Gewisse Grundregeln mussten wir einfach etablieren, der junge Mann und ich.

»Ich glaube, die Tiere schlafen noch. Aber Gavin hat gesagt, dass du sie später zusammen mit den anderen Kindergartenkindern füttern darfst. Und vielleicht macht Paula mit euch und Alfie nachher sogar einen kleinen Spaziergang zum Strand.« Das hatte Paula gestern tatsächlich angekündigt, insofern war es nur eine halbe Lüge, denn wach waren die Biester auf jeden Fall schon. Mich hatte um kurz nach sechs das Krähen des Hahns geweckt, und ich hatte mich gefragt, ob der wusste, dass heute Montag war. Gestern hatte er nämlich die Klappe gehalten.

Rufus nahm mir das mit den schlafenden Tieren offenbar

auch nicht so ganz ab, denn er runzelte die Stirn, was derart niedlich aussah, dass ich fast schon wieder lachen musste. »Hm«, murmelte er und schien zu überlegen. »Ich muss aufs Klo«, kündigte er dann an und schlüpfte aus dem Bett.

Tatsächlich schafften wir es, um acht Uhr bei Paula und Gavin im Garten zu stehen, wo bereits drei weitere Kinder über die Wiese tollten.

»Alle mal herhören«, rief Paula die Zwerge zur Ordnung. »Das ist Rufus, und er ist ab heute in unserer Gruppe. Rufus, das sind Keira, Chloe und Jasper«, stellte sie die Kinder einander vor. »Ich bin mir sicher, ihr werdet viel Spaß miteinander haben.«

Rufus tastete nach meiner Hand und sah mich etwas verunsichert an.

Ich hockte mich vor ihn und streichelte ihm über den Kopf. »Das wird bestimmt total toll. Ihr werdet im Handumdrehen beste Freunde sein.« Dann drückte ich ihm impulsiv ein Küsschen auf die Wange und stand wieder auf. »Viel Spaß!« Paula lächelte mir wissend zu, und ich drehte mich rasch um und lief die paar Schritte bis in unseren Garten, wo ich hinter einem der vielen Büsche außer Sichtweite war. Das Herz schlug mir bis zum Hals, und ich wusste gar nicht so genau, warum. Wobei, das war eine Lüge. Die Art, wie Rufus eben bei mir Schutz gesucht hatte, als sei das total natürlich und normal, hatte mich sehr berührt, auch wenn mir nicht klar war, was an dieser kleinen Geste anders sein sollte als unsere Interaktion in den letzten Tagen. Es war doch sicher nur natürlich, dass er sich instinktiv an mich wandte – schließlich hatte er sonst niemanden mehr. Eine kleine Stimme in mir flüsterte jedoch etwas anderes: *Du bist jetzt seine Mum!*

Vor lauter Schreck entfuhr mir ein kleiner Japser. Konnte das sein? Frances war genau vor einem Monat gestorben. Ein lächerlich kurzer Zeitraum, wenn man über vierzig war. Mit gut drei Jahren jedoch sah es vermutlich ganz anders aus. Aber konnte es sein, dass Kinder so schnell vergaßen? Wie konnte ich die Erinnerungen an seine Mutter lebendig halten? Wollte ich das? Und war das überhaupt sinnvoll?

»Iaahhh!« Der markerschütternde Eselsruf holte mich glücklicherweise aus meiner Gedankenspirale. Ich wandte mich um und verfolgte, wie Gavin, der zwei große Eimer trug, zur Weide lief, die vier kleinen Kinder im Schlepptau. Offenbar war jetzt Frühstückszeit für das Tiervolk. Rufus schien seine Scheu bereits abgelegt zu haben. Er machte große Gesten und erzählte den drei anderen Kindern wohl von seiner Bekanntschaft mit Alfie und den Schafdamen. Ich hoffte, dass er sich auch als guter Zuhörer für das Trio entpuppte, das die Tiere zweifellos viel länger und besser kannte als er. Nun ja, sie würden schon klarkommen, hoffte ich.

Bis der *Abbey Garden* um zehn Uhr für Besucher öffnete, hatte ich noch ein bisschen Zeit. Timothy Webb hatte zwar gesagt, dass er immer schon ab spätestens acht Uhr da war, doch ich wollte ja zunächst einen ungefilterten ersten Eindruck genießen. Gestern hatte ich in einem kleinen Geräteschuppen neben dem Cottage nicht nur ein großes Arsenal von Gartenwerkzeugen entdeckt, sondern auch ein altes Fahrrad, das ich mir jetzt genauer ansah. Es schien ganz gut in Schuss zu sein und hatte gleich zwei Körbe – einen am Lenker, einen auf dem Gepäckträger. Das wäre ideal für Einkäufe. Die leicht schlappen Reifen pumpte ich auf und lief dann rasch zurück ins Haus, um meine Tasche zu holen.

Kurz darauf radelte ich die Abbey Road entlang in Richtung New Grimsby. Die Strecke bis zum Hafen kannte ich inzwischen, denn da waren wir vorgestern nach der Überfahrt von St. Mary's angekommen und gestern mit Harry Richtung St. Agnes gestartet. Auf dem Rückweg am frühen Abend waren wir dann aber nicht im Hafen angelandet, sondern am Strand in der Nähe unseres Cottages. Ich dachte daran zurück, wie Harry den schläfrigen Rufus nach Hause getragen und sich dann ein wenig unschlüssig von mir verabschiedet hatte. Ich war mir nicht sicher, ob er sich vielleicht erhofft hatte, ich würde ihn zum Abendessen einladen oder irgendwas Bedeutungsschwangeres sagen. Tatsächlich hatte ich über beides nachgedacht. Doch die viele Sonne hatte wohl die letzten meiner Gehirnzellen durchgebraten, die für vieldeutige Konversation zuständig waren, sodass mir keine charmantere Bemerkung über die Lippen hatte kommen wollen als »Danke für den schönen Ausflug«. Und was Einladungen zum Abendessen betraf… Nein, so weit war ich noch nicht. Er hatte mir dann eine etwas zerknitterte Visitenkarte von sich in die Hand gedrückt, mit seiner Handynummer und Mail-Adresse drauf, und mich aufgefordert, mich jederzeit bei ihm zu melden, sollten Rufus oder ich Bedarf an Eiscreme oder Robben haben. Dann war er verschwunden.

Ich schob die Erinnerung an den gestrigen Nachmittag gleich wieder aus meinem Kopf. Es gab schließlich wichtigere Dinge, auf die ich mich konzentrieren musste, als Augenklappen tragende Meeresbiologen mit gutem Humor und frechem Grinsen. Am wichtigsten war zweifellos, mich so schnell wie möglich mit unserer neuen Heimat vertraut zu machen. Daher sollte meine erste Station auch der kleine Supermarkt

Tresco Stores & Deli sein, der mir gestern aufgefallen war. Als ich dort stoppte, stand ich allerdings vor verschlossenen Türen und stutzte, als ich die Öffnungszeiten sah: Montag bis Samstag von neun bis fünf Uhr. Ich schüttelte den Kopf. Der *Abbey Garden* war von zehn bis vier Uhr für Besucher geöffnet, und die Arbeitszeiten der Mitarbeiter schienen, wenn man Paula Glauben schenken durfte, noch entspannter zu sein. Was machten die Menschen hier bloß mit der restlichen Zeit des Tages?

Ich stieg wieder auf meinen Drahtesel und radelte weiter. Harrys Aussage von gestern fiel mir wieder ein, dass die meisten Bewohner der Inseln mehrere Jobs hätten, um sich das teure Leben hier leisten zu können. Mein Gehalt im *Abbey Garden* war nicht schlecht. Zwar bekam ich nicht so viel wie in Edinburgh, aber dafür konnte ich das Cottage mietfrei nutzen, und auch der Kindergarten war gratis. Für mich klang das eigentlich nach einem erfreulichen Deal – zumal ich auch kein Auto mehr hatte, das ja einiges an Geld für Unterhalt und Benzin geschluckt hatte. Wenn ich die Ausgaben für meinen Lebensunterhalt in Schottland zugrunde legte, müsste ich locker über die Runden kommen – selbst mit den Extrakosten für Rufus, denn wie teuer konnte ein Kleinkind sein? Allerdings begann plötzlich ein ungutes Gefühl an mir zu nagen. Was, wenn ich viel zu naiv an die Sache rangegangen war? Ich hatte keine Ahnung, ob Lebensmittel hier wirklich sehr viel teurer waren. Und welche Kosten könnte es sonst noch geben? Mir fielen die Ticketpreise für die Fähre ein, die durchaus sportlich waren, doch wie oft musste ich schon aufs Festland? Und die Bootsverbindungen zwischen den Inseln? Ich wusste es nicht.

Inzwischen war ich in Old Grimsby angekommen – nach nicht einmal drei Minuten Fahrtzeit. Hier gab es die Grundschule, das Gemeindezentrum und ein paar kleine Läden. Direkt an der Küstenlinie sah ich einige hübsche Häuschen – wohl zum großen Teil Ferienhäuser oder Bed & Breakfasts. Eine Handvoll unerschrockene, sonnenhungrige Urlauber hatte sich schon am Strand eingefunden, und ich folgte den Schildern zum *Ruin Beach Café*, weil ich die Vorstellung reizvoll fand, mit einer Tasse Kaffee auf die Wellen zu schauen. Doch ich hätte es ahnen können: Das Café war erst ab Mittag geöffnet – und dann auch nur für zweieinhalb Stunden. Genau wie abends. Wie konnte man überleben, wenn man nur fünf Stunden am Tag geöffnet hatte?

Immerhin war der Ausblick schön. Ich sah auf zahllose kleine Inselchen in unmittelbarer Nähe, und ein Stück dahinter konnte ich eine etwas massivere Landmasse erkennen. Wobei »massiv« hier ein relativer Begriff war. Ich schätzte, dass dieses größere Eiland St. Martin's sein musste. Harry hatte uns gestern erzählt, dass es dort eine große Blumenfarm gab, eine Rum-und-Wodka-Brennerei und sogar ein ambitioniertes Winzerpaar, das einem kleinen Weinberg ein paar erstaunliche Tropfen abrang. Das klang spannend, half mir bei meinem akuten Kaffeedurst aber auch nicht weiter. Ich nahm mir jedoch vor, die Insel so schnell wie möglich zu besuchen. Vor allem das mit der Blumenfarm fand ich interessant und würde Timothy Webb nach den Betreibern fragen.

Immer noch war es nicht mal neun Uhr, und ich überlegte, was ich jetzt sonst noch tun könnte. Hinter dem geschlossenen Café begann ein Wanderpfad, der laut Beschilderung zu einigen Ruinen und reichlich spektakulären Aussichten führte. War mir nach einem Spaziergang? Eigentlich nicht, aber andere Dinge hatte ich auch nicht zu tun. Also ließ ich mein Fahrrad stehen – natürlich ohne Schloss, aber derartige Vorkehrungen waren auf den Scillys laut Harry ja ohnehin unnötig – und stiefelte los. Es war wirklich idyllisch, und mir ging von Minute zu Minute mehr das Blumenmädchenherz auf. Das hier war die normale Natur auf Tresco, und doch hatte ich schon zahllose seltene Arten gesehen. Ich wusste nicht, ob diese Pflanzen hier schon immer heimisch gewesen waren oder ob sie aus Anflugsaat aus dem *Abbey Garden* entstanden waren, aber das war im Grunde fast egal.

Ich blieb stehen und schloss die Augen, um die Umgebung mit allen anderen Sinnen wahrzunehmen und meinen sonst dominierenden wissenschaftlichen Blick für einen Moment auszuschalten. Ein Rest Feuchtigkeit aus der vergangenen Nacht sorgte für eine erdige Note, die durch frische grüne Kräuteraromen besonders betont wurde. Der Wind streichelte warm und trocken meine Haut und würde zweifellos bald dafür sorgen, dass die süßen Blütendüfte die Oberhand gewannen. Sonnen- und nektarliebende Insekten würden spätestens zur Mittagszeit in großen Mengen umhersummen. Fast schien es mir, als könnte ich schon die Vibrationen der zarten Flügel spüren. Ich seufzte glücklich und öffnete leicht verlegen wieder die Augen. Hoffentlich hatte mich niemand bei meiner Naturkindschwärmerei gesehen.

Ich liebte meine schottische Heimat, aber gerade im kargen Norden war es mit der Artenvielfalt nicht so furchtbar weit her – zumindest nicht, was dekorative Gewächse anbelangte. Wobei das natürlich immer im Auge des Betrachters lag. Es gab mit Sicherheit Menschen, die der Kargheit der Highlands den Vorzug vor dieser opulenten, duftenden Pracht geben würden. Aber ich gehörte eindeutig nicht zu dieser Gruppe. Ich fand es wunderbar, an den bunten Blüten vorbeizuspazieren, dem emsigen Summen der Insekten zu lauschen und … »Autsch!«

Aus den Augenwinkeln hatte ich zwei Schatten wahrgenommen, die sich rasend schnell auf mich zubewegten. Der eine entpuppte sich als Kaninchen, das mir fast über die Füße lief, der andere als Hund, der nicht mehr ausweichen konnte und mich frontal rammte.

Vorwurfsvolle braune Augen starrten mich aus einem lustigen Hundegesicht an, als wäre unser Zusammenstoß meine Schuld. »Sorry, dass ich im Weg gestanden habe«, sagte ich trotzdem zu dem Tier, das nun zu überlegen schien, ob es Sinn machte, die Kaninchenspur noch einmal aufzunehmen.

»Toby!«, hörte ich in der Ferne eine energische Frauenstimme. Toby hörte sie auch, denn er spitzte kurz die Ohren, entschloss sich dann jedoch, das Rufen zu ignorieren und stattdessen in meiner Nähe herumzuschnüffeln. Irgendwo musste der rasende Rammler ja wohl noch sein.

»Toby!« Der Ruf wurde lauter und kam auch näher.

»Ich schätze mal, du kriegst gleich Ärger«, bemerkte ich und schaute mich nach der Hundebesitzerin um. Die kam wenige Augenblicke später hinter einem dichten Gebüsch hervor und sah zerzaust und verdammt wütend aus.

»Toby, du dämliche Misttöle …« Ihre Stimme erstarb, als sie mich entdeckte, und ihre ohnehin schon geröteten Wangen wurden noch eine Nuance dunkler. »Oh.«

Mir fiel auf, dass sie einen weißen Overall trug und in einer Hand einen Imkerhut hielt. »Vielleicht ist er vor den Bienen geflohen«, entfuhr es mir spontan, und ich deutete auf den Hund, der nun wie die fleischgewordene Unschuld drei Meter neben mir in der Wiese saß und seine erboste Besitzerin mit herzerwärmendem Blick anschmachtete.

»Er hat…«, setzte sie an und schüttelte dann den Kopf. »Tut mir leid. Hat er…?«

Ich schielte zu dem mittelgroßen schwarz-weißen Mischling und beschloss, ihn nicht zu verpetzen. »Er hat sich wie der perfekte Gentleman benommen.« Dann ging ich auf die Frau zu und stellte mich vor. »Hi, ich bin übrigens Philippa.«

»Hazel«, entgegnete sie und schenkte mir ein freundliches Lächeln und ihrem Hund einen argwöhnischen Blick. »Aber dass er sich wie ein Gentleman benommen hat, wage ich zu bezweifeln. Dieser Hund ist die reine Katastrophe.« Sie seufzte melodramatisch, und mir wurde klar, dass ihre Worte wohl nicht allzu ernst gemeint waren.

»Was hat er denn angestellt?«

»Ich war gerade dabei, meine Bienenstöcke zu kontrollieren, da hat er ein Karnickel aufgestöbert, mich über den Haufen gerannt und ist abgehauen.« Sie rieb sich die rechte Hüfte, die ihr offensichtlich wehtat. »Und die Bienen sind jetzt so sauer, dass ich mich in der nächsten Zeit gar nicht in ihre Nähe zu wagen brauche.«

»Angriff der Killerbienen? Honigkrise auf Tresco?« Keine Ahnung, woher diese dummen Sprüche kamen. »Sorry, nur…« Nun war es an mir, den Kopf zu schütteln. »Ich bin neu hier, und das alles ist noch reichlich bizarr für mich. Aber mir tut's wirklich leid, wenn die Bienen sich unkooperativ zeigen.« *Und dass das wahrscheinlich der größte Aufreger auf der Insel ist*, fügte ich in Gedanken noch hinzu.

Hazel, die ungefähr in meinem Alter sein mochte, musterte mich mit einem leichten Stirnrunzeln, dann grinste sie. »Du bist die Neue im *Abbey Garden*, was?«

»Bin ich. Und ich gebe zu, ich habe noch ein paar Akklimatisierungsprobleme.«

Sie lachte. »Ich weiß genau, was du meinst. Als ich vor zwei Jahren hergekommen bin, habe ich mich in der ersten Zeit wie Alice im Wunderland gefühlt. Aber man gewöhnt sich daran.«

»Ich bin gespannt, wie lang es dauert. Du bist also die Inselimkerin?«, fragte ich.

»Unter anderem«, kam die vorhersehbare Antwort. »Ich biete auch geführte Wanderungen für die Touristen an, jobbe zweimal in der Woche im Supermarkt und bin in dieser Saison außerdem für die *Hope* zuständig.«

»Verstehe«, entgegnete ich, auch wenn das nur die halbe Wahrheit war. »Wer oder was ist die *Hope*?«

Ein mitleidiger Blick traf mich. »Du bist wirklich noch ganz frisch hier, was?«

»Hm.«

»Die *Hope* ist eines von vier historischen Gig-Booten auf Tresco, und wir treten regelmäßig bei Rennen gegen die Boote der anderen Inseln an. Die letzten Jahre waren eher nicht so erfolgreich für uns, aber für diese Saison habe ich große Pläne. Leider ist unsere Topruderin hochschwanger und fällt aus. Wir bräuchten also dringend Ersatz.« Nun musterte sie mich unverhohlen von Kopf bis Fuß. »Hast du schon mal gerudert?«

»Nur im Fitnessstudio«, gab ich zu.

»So was gibt's hier nicht, aber wenn du in Form bleiben

willst, dann gibt es nichts Besseres als Gig-Rennen. Die Frauenwettbewerbe sind immer mittwochs, trainiert wird montags ab fünf.«

»Ähm.« Ich fühlte mich etwas überrumpelt, und mir fiel Harrys Prophezeiung von gestern wieder ein. »Ich wette, du wirst bis Ende der Woche mindestens ein halbes Dutzend Anfragen haben«, hatte er gesagt. Das war dann wohl die erste.

»Wir treffen uns in New Grimsby, trainieren, und manche von uns gehen anschließend in den Pub zum Essen. Kann ich dich einplanen?«

»Klingt verführerisch, aber ich fürchte, ich muss passen. Ich bin ja nicht allein hier, sondern muss mich um Rufus kümmern.«

»Kind oder Haustier?«

»Kind. Mein dreijähriger Neffe, um genau zu sein.«

»Und es gibt keinen Onkel, der auf den Neffen aufpassen könnte?«

Ich schüttelte den Kopf und stellte fest, dass ich es bedauerte. Also, nicht die Tatsache, dass es keinen Mann in meinem Leben gab, sondern dass ich deswegen nicht beim Rudern dabei sein konnte. Hazel war wirklich sympathisch. Ein bisschen schräg vielleicht, aber witzig und nett. Und wenn die anderen Frauen ähnlich gestrickt waren, hätte ich bestimmt viel Spaß. Doch alleinerziehende Tanten waren in diesem Kontext wahrscheinlich nicht vorgesehen.

»Dann bring ihn mit. Es sind immer Frauen da, die ihre Kinder dabeihaben, und es gibt immer jemanden, der ein Auge auf die Brut hält, während wir auf dem Wasser sind. Da passiert nichts.«

Ein besonders ausgeprägtes Glucken-Gen hätte mir sicher

niemand unterstellt, aber diese lässige Art fand ich schon etwas merkwürdig. Ich konnte ein kleines Kind doch nicht einfach mit zum Hafen nehmen, im Vertrauen darauf, dass sich irgendjemand schon darum kümmern würde, während ich auf dem Wasser herumpaddelte. »Ich weiß nicht«, entgegnete ich gedehnt. »Außerdem habe ich das noch nie gemacht. Also in einem echten Boot auf echtem Wasser gerudert. Und schon gar nicht im Team.«

»Ach, das lernst du ruckzuck. Ich hatte auch keine Ahnung davon, als ich das erste Mal ins Boot gestiegen bin. Komm, gib dir einen Ruck. Was hast du zu verlieren?«

Was hatte ich zu verlieren? Streng genommen nichts. Blieb trotzdem die Sorge um Rufus. »Ich hätte wirklich Lust darauf, aber ich mach mir auch Gedanken wegen Rufus. Seine Mutter ist vor einem Monat gestorben, sein ganzes Leben hat sich seitdem dramatisch geändert, und ich will einfach nicht, dass er irgendwelche Ängste entwickelt, weil ich ihn gleich am dritten Tag hier nicht nur in den Kindergarten abschiebe, sondern ein paar Stunden später auch noch in die Obhut von … von irgendwem.«

Hazel lächelte mich warmherzig an, und ich stellte fest, dass ihr Name überhaupt nicht zu ihrem Erscheinungsbild passte. An ihr war nichts haselnussbraun. Sie hatte langes hellblondes Haar, einen klaren, blassen Teint und hellblaue, fast türkisfarbene Augen. »Ich kann deine Sorgen wirklich nachvollziehen, Philippa«, begann sie nach einer kurzen Denkpause, in der sie offensichtlich alle Argumente sortiert hatte. »Für jemanden, der aus der Großstadt kommt, sind die Gepflogenheiten auf den Scilly-Inseln erst mal ganz schön schwer zu begreifen. Mir ging es nicht anders. Ich habe in London gelebt und …« Sie klappte den Mund zu und schloss kurz die Augen. Offensichtlich wollte sie sich an ihr altes Leben nicht so gerne erinnern. »Jedenfalls habe ich mich hier in der ersten Zeit wie in einem ziemlich unwirklichen Vergnügungspark gefühlt. Ich habe sogar monatelang mein Haus abgeschlossen – kannst du dir das vorstellen?«

Konnte ich, und ich fand auch nichts Befremdliches daran. Aber ich brummte nur etwas Undeutliches vor mich hin.

»Um es kurz zu machen, wir sind hier eine eingeschworene Gemeinschaft – und das hat nichts mit kitschiger Inselromantik zu tun, und es bedeutet auch nicht, dass wir uns alle mögen, es ist schlicht eine Notwendigkeit, wenn man hier gut leben will. Überleben will. Jeder hilft jedem. Und es ist wirklich sicher hier, dem Kleinen wird nichts passieren«, betonte sie eindringlich.

»Nun, er könnte ins Wasser fallen und ertrinken«, gab ich zu bedenken, und mir wurde gleich ganz heiß und kalt bei dieser Vorstellung. »Oder …« Weitere offensichtliche Gefahren fielen mir auf die Schnelle nicht ein. Es gab keinen Auto- oder sonstigen motorisierten Verkehr, und auch sonst schien es hier tatsächlich unfassbar friedlich zu sein. Doch allein das Meer war in meinen Augen schon Argument genug.

»Er könnte auch vom Blitz getroffen werden«, erwiderte Hazel und wirkte nicht so, als scherzte sie. »Das ist alles denkbar, aber sehr, sehr unwahrscheinlich. Und das Kind möchte ich erleben, das es schafft, hier auf der Insel unbeobachtet ins Wasser zu fallen. Wie gesagt, wir halten die Augen füreinander offen. Das ist manchmal ziemlich unangenehm, weil man sich Privatsphäre komplett abschminken kann, aber es hat auch Vorteile.«

»Also schön.« Mein Widerstand schmolz zusehends. Ich konnte es ja mal versuchen. Rufus würde von einem Abend in fremder Obhut sicher nicht traumatisiert werden – jedenfalls nicht schlimmer, als es womöglich schon geschehen war –, und ich hatte mir vielleicht auch ein kleines bisschen Spaß verdient. »Ich werde es ausprobieren, aber wenn ich feststelle, dass es für mich oder Rufus nicht gut ist, darfst du mir nicht böse sein, wenn ich direkt wieder aufhöre.«

Das freche Blitzen in Hazels Augen gab mir zu denken, doch ihre Worte beruhigten mich: »Einverstanden. Wenn du denkst, das ist die richtige Entscheidung, dann werden wir das natürlich akzeptieren.«

Ich nickte und zog mein Handy aus der Hosentasche. »Magst du mir eine Telefonnummer geben, falls mir irgendwas dazwischenkommt?«, bat ich und stellte mit einem Blick aufs Display fest, dass es inzwischen kurz nach neun war und ich in den Supermarkt gehen konnte.

»Klar. Ich wüsste zwar nicht, was dazwischenkommen könnte – glaub mir, so viel passiert hier nicht –, aber wir können sehr gerne Nummern austauschen.« Sie diktierte mir ihre, und ich speicherte sie ab und drückte kurz für den Verbindungsaufbau, damit sie auch meine Kontaktdaten hatte.

»Super, dann hätten wir das. Ich muss jetzt los. Bis später, Hazel. Und Toby, keine Hasen mehr jagen.« Ich winkte den beiden zum Abschied und ging zurück zu meinem Fahrrad, das immer noch an der Mauer lehnte, an der ich es vor einer halben Stunde abgestellt hatte. Ich grinste vor mich hin – hatte ich am Ende gerade eine neue Freundin gefunden?

Ohne Hast fuhr ich zurück nach New Grimsby, parkte mein Rad vor dem Supermarkt – und stand wieder vor verschlossener Tür. Irritiert starrte ich erst auf das Schild mit den Öffnungszeiten und dann auf mein Handy. Es war Viertel nach neun, und der Laden sollte bereits geöffnet haben. Es war nicht so, dass ich dringend etwas einkaufen wollte, Paulas üppiger Erstausstattung sei Dank, aber ich hätte mir gerne einen Überblick darüber verschafft, was es hier überhaupt gab. Während ich noch ratlos dastand und überlegte, was ich tun könnte, hörte ich ein Bellen hinter mir und sah, wie der gescheckte Toby mit fliegenden Ohren angerast kam. Instinktiv drückte ich mich gegen die Tür, damit mich das ungestüme Tier nicht wieder ummähte, doch diesmal stoppte er rechtzeitig ab und musterte mich erwartungsvoll. »Lange nicht gesehen«, sagte ich zu ihm, und er wedelte mit dem Schwanz. »Ich hab leider nichts für dich, aber ich schätze mal, dein Frauchen findet es nicht witzig, dass du schon wieder abgehauen bist. Vielleicht solltest du nach Hause laufen?« Gerade als mir auffiel, wie idiotisch es war, mit einem Hund zu reden, bremste ein Fahrrad neben mir, und eine wieder reichlich rotwangige Hazel stieg ab.

»Ich bin ja so eine Idiotin«, schimpfte sie mit sich, grinste aber dabei. »Ich habe nach Tobys Stunt vorhin und unserer Plauderei völlig vergessen, dass ich heute Schicht im Supermarkt habe. Wolltest du was einkaufen?« Während sie sprach, kramte sie einen Schlüsselbund aus ihrem Rucksack, schloss den kleinen Laden auf und knipste die Beleuchtung an. Toby drängte sich an ihr vorbei, und auch ich trat ein.

»Ich wollte mich hauptsächlich mal umschauen und vielleicht eine Kleinigkeit kaufen«, entgegnete ich leicht abwesend und sah mich fasziniert um. Trescos Supermarkt war ein echter Tante-Emma-Laden, der von der Feinstrumpfhose bis hin zu frischem Fisch alles anbot, was man sich wünschen konnte. Wobei ich für Ersteres keine nennenswerte Verwendung hatte – und Letzteres schien eher eine Option als eine Tatsache zu sein, denn die Frischetheke war komplett leer geräumt, ebenso wie die Gemüseabteilung.

Hazel schien meinen Blick richtig zu interpretieren. »Wurst- und Fleischwaren sind im Kühlhaus, genau wie Obst und Gemüse, so was muss ich erst rausholen. Über das Wochenende räumen wir die Sachen immer in die Kühlung. Außerdem bekommen wir am Montag erst gegen Nachmittag eine frische Lieferung vom Festland.«

»Ach so«, murmelte ich und wanderte dann durch die Gänge. In den Regalen erkannte ich die übliche Markenware, die es in jedem Supermarkt gab. »Und einheimische Produkte?«, fragte ich. »Dein Honig zum Beispiel. Oder die Weine und Spirituosen von St. Martin's? Und Gemüse wird auf den Inseln doch ebenfalls angebaut, oder nicht?«

»Doch, und ein paar lokale Sachen haben wir auch. Butter, Joghurt, Clotted Cream und Eis von der Troytown Farm beispielsweise. Aber die meisten Produzenten verkaufen ihre Sachen an die Inselrestaurants und den Rest im Direktvertrieb, das lohnt sich mehr. Wenn du meinen Honig probieren willst, kann ich dir aber heute Nachmittag ein Glas mitbringen.«

»Gerne«, entgegnete ich und sah mich weiter um. Die Preise für die Lebensmittel waren wirklich abenteuerlich. Ich hatte in Edinburgh nie groß darauf geachtet, was wie viel kostete, aber manche Sachen hier erschienen mir fast doppelt so teuer wie auf dem Festland.

»So habe ich auch geächzt, als mir zum ersten Mal die

Preise aufgefallen sind«, sagte Hazel, die mein entsetztes Japsen richtig gedeutet hatte. Ich musste dringend an meinem Pokerface arbeiten, wenn ich so leicht zu lesen war. »Das sind alles die Transportkosten, die da draufkommen. Schau dir diese Nudeln an. Die werden aus Italien ins britische Zentrallager geliefert, von dort per Fähre nach St. Mary's und dann mit einem kleineren Schiff zu uns.«

»Puh«, entfuhr es mir.

»Was frisches Obst und Gemüse angeht, lohnt es sich tatsächlich, direkt mit den hiesigen Farmern zu sprechen und dort einzukaufen. Das ist günstiger und schmeckt auch besser. Allerdings ist die Auswahl nicht so groß.«

»Ich wollte in meinem Garten selbst ein bisschen Gemüse ziehen. Weißt du, wo ich gutes Saatgut oder vielleicht sogar ein paar Setzlinge herbekommen könnte?«

Hazel lachte. »Na, du sitzt doch an der Quelle. Timothy Webb kann dir auf jeden Fall weiterhelfen oder auch Gavin. Der hat ja selbst eine Menge Gemüse im Garten. Oder du fragst heute Nachmittag Amelia, die mit ihrem Mann eine kleine Farm betreibt. Sie hat die mit Abstand besten Tomaten auf der Insel.«

»Das werde ich machen«, sagte ich leicht geistesabwesend. Mein Blick war auf das Kosmetikregal gefallen, in dem neben völlig überteuerten Cremetiegeln und Duschgelflaschen, die in Festlanddrogerien fast nichts gekostet hätten, auch ein paar Seifenstücke lagen, die handgemacht wirkten. Ich nahm eines davon und schnupperte daran. Es roch nicht besonders gut und sah auch nicht hübsch aus, aber offenbar wurde es für fünf Pfund verkauft. Tief in meinem Unterbewusstsein formte sich plötzlich eine Idee, die ich vor wenigen Tagen noch für vollkommen abwegig gehalten hätte. Ich erinnerte mich an einen Naturkosmetik-Workshop, den es vor einigen Jahren im *Royal Botanic Garden* gegeben hatte. Ich hatte zwar nicht selbst daran teilgenommen, sondern nur einen kleinen Vortrag über pflanzliche Wirkstoffe gehalten, aber ich würde Kaya fragen, ob sie noch die Rezepte hatte, die damals zusammengerührt worden waren. Denn eins war klar: Optisch und bestimmt auch inhaltlich hochwertigere Seifen und andere Kosmetika würde ich zweifellos herstellen können. Und dann wäre ich auch nur noch »unter anderem« die leitende Botanikerin des *Tresco Abbey Garden*.

Pünktlich zur Öffnung des Parks stand ich vor dem Tor – zusammen mit einigen Ausflüglern, die vor wenigen Minuten von einem Boot an Trescos Küste gespült worden waren. Das war durchaus wörtlich zu verstehen, denn ein paar von ihnen sahen aus, als wären sie durch tieferes Wasser gewatet. Seit dem gestrigen Ausflug nach St. Agnes wunderte ich mich kaum noch über unkonventionelle Landungen, und auch die betreffenden Leute waren fröhlich und nahmen es sportlich.

Plötzlich hörte ich das ohrenbetäubende Knattern eines Hubschraubers im Landeanflug.

»Ob Charles und Camilla zu Besuch kommen?«, spekulierte eine junge Frau neben mir.

»Eher Tagestouristen, die sich den Helikopter-Trip leisten können«, brummte ein älterer Mann, dem diese Art des Transports offensichtlich missfiel.

»Ich habe aber gehört, dass Charles und Camilla gerne hier sind«, beharrte die Frau. »Wäre das nicht cool, wenn wir gleich in royaler Gesellschaft durch den Park laufen könnten?«

Ich persönlich wagte es zu bezweifeln, dass der Park für das gemeine Fußvolk geöffnet hätte, wenn der britische Thronfolger zu Besuch käme. Allerdings hatte ich gelesen, dass es auf den Scilly-Inseln so gut wie keinen privaten Grundbesitz gab, sondern alles dem Herzog von Cornwall gehörte – also Prinz Charles. So gesehen war er im Grunde sowohl mein Arbeitgeber als auch mein Vermieter. Ziemlich schräge Vorstellung, die ich jedoch nicht weiter vertiefte, denn endlich konnten wir eintreten. Da ich ja inkognito unterwegs war, kaufte ich mir wie alle anderen ein Ticket – und war Momente später verzaubert. In der verfallenen Anlage einer Benediktiner-Abtei aus dem zwölften Jahrhundert hatte Parkgründer Augustus Smith im neunzehnten Jahrhundert diese florale Schatztruhe geschaffen. Ich wusste, dass auf einem knappen Hektar Land mehr als zwanzigtausend Pflanzen aus über achtzig Ländern der Welt wuchsen, aber ich hatte keine Vorstellung davon gehabt, welchen Zauber diese sehr bunte und scheinbar willkürliche Pflanzenmischung ausstrahlen würde. Kein Wunder, dass die Royals hier gerne flanierten.

Ich ließ mich zwei Stunden lang einfach treiben, spazierte an stattlichen Palmen vorbei, an südafrikanischen Proteen und Strelitzien, an Kauri-Bäumen aus Neuseeland und zahllosen Blühpflanzen, von denen ich einige spontan nicht eindeutig identifizieren konnte. Es gab lauschige Arkaden, umrankte Rosenbögen, versteckte, schattige Nischen mit Sitzgelegenheiten, Brunnen mit Wasserpflanzen und sogar ein kleines Museum, das rund dreißig antike Galionsfiguren von Schiffen zeigte, die vor den Inseln gesunken waren – ein morbides Zeugnis der unbeherrschbaren, wilden Natur, die die Scillys im Wortsinn umspülte. Hier im Park und auch auf der übrigen Insel wirkte alles so friedlich und paradiesisch, dass man die gewaltige Macht des Meeres fast vergessen konnte. Aber vielleicht ging es nur mir als Neuankömmling so? Ich nahm an, dass die Inselbewohner sich dieses Spannungsfelds sehr wohl bewusst waren. Ein leichter Schauder fuhr mir über den Rücken, und ich beschloss, mich lieber wieder auf die lieblichen Aspekte zu konzentrieren.

Es war so, wie ich vor ein paar Stunden am anderen Ende der Insel vermutet hatte: schwere, sinnliche Blumendüfte hingen in der Mittagsluft und sorgten für betriebsamen Flugverkehr. Zahllose Bienen waren unterwegs und summten emsig von Blüte zu Blüte, flankiert von pummeligen Hummeln und wunderschönen Schmetterlingen. Ich entdeckte sogar ein paar bunte Vögel, die ich eher in den Tropen vermutet hätte als hier, mitten im Atlantik.

Vermutlich war das tatsächlich das erste und letzte Mal, dass ich den Park auf eine Art genießen konnte, wie ihn sonst nur die Besucher erlebten. Sobald ich mit meiner Arbeit begann, würde ich unweigerlich durch meine Wissenschaftsbrille auf alles blicken, doch noch nahm ich das Ganze in all seiner Pracht wahr.

»Was machst du denn hier?«, sprach mich gegen Mittag ein ziemlich verwunderter Gavin an, während ich gerade an prächtig blühenden Duftrosen schnupperte.

»Wonach sieht es aus?«, konterte ich grinsend. »Ich besuche meinen neuen Arbeitsplatz.«

»Aber warum hast du denn nichts gesagt? Ich hätte dich rumgeführt und Timothy zweifellos auch. Wie bist du überhaupt reingekommen?« Mein Nachbar schien wirklich irritiert zu sein.

»Durch das Haupttor«, entgegnete ich trocken.

»Hast du etwa Eintritt bezahlt?« Nun wirkte er regelrecht entsetzt.

»Natürlich.«

»Aber das wäre doch nicht nötig gewesen. Wie sieht das denn aus, wenn unsere neue Botanikerin ein Ticket kaufen muss, um …«

Ich hob eine Hand und unterbrach ihn. »Ich wollte es so. Mein erster Eindruck sollte der einer normalen Besucherin sein. Ich wollte erleben, was die Gäste empfinden, die durch die Anlage laufen. Sobald man hinter den Kulissen unterwegs ist, hat man keinen neutralen Blick mehr auf das große Ganze.«

»Hm«, brummte er, und es war klar, dass er diese Idee reichlich merkwürdig fand. Er kratzte sich am Kopf und machte dann eine ausladende Geste, die das ganze Areal einschloss. »Und was sagt dein neutraler Blick?«

»Dass der *Abbey Garden* wirklich ein paradiesisches Kleinod ist und ich mich sehr freue, hier arbeiten zu dürfen.«

Gavin strahlte mich bei diesen Worten an wie ein Kind den Weihnachtsmann, aber ich hatte es vollkommen ernst gemeint. Es war eine außergewöhnliche Parkanlage, die sichtbar hingebungsvoll gepflegt und ziemlich einzigartig kuratiert wurde. Für Puristen zweifellos ein Albtraum, für Menschen wie mich ein Füllhorn an Möglichkeiten. Die bunte Mischung der Pflanzen aus so vielen unterschiedlichen Lebensräumen mochte in erster Linie dazu dienen, die Besucher mit allen Sinnen zu erfreuen, aber die Wissenschaftlerin in mir konnte es kaum erwarten, alle hier wachsenden Arten zu erforschen und vielleicht sogar Raritäten zu entdecken. Und wie ich wusste, lagerte im »Samen-Safe« noch jede Menge Saatgut, teils aus historischen Sammlungen, teils von den gesunkenen Schiffen, teils von anderen botanischen Gärten rund um den Globus. Zu meinen Aufgaben würde es gehören, die Samenkörner eindeutig zu identifizieren und Pflanzen daraus zu ziehen. Ich hatte schon in Edinburgh mit uraltem Saatgut experimentiert und war fasziniert davon, dass nach Jahrzehnten, womöglich sogar Jahrhunderten immer noch Leben in den Körnern steckte.

»Ich hatte schon Angst, dass du unseren Ansatz ›zu dekorativ‹, ›nicht wissenschaftlich‹ oder ›zu chaotisch‹ finden könntest, wie andere Kandidaten den Park kritisiert haben. Vor allem, weil du ja als Expertin für südafrikanische Flora giltst und wir noch reichlich andere Pflanzen haben.« Er schien tatsächlich erleichtert zu sein.

»Ich habe nichts gegen dekorative Gartengestaltung«, beruhigte ich ihn lächelnd. »Und ich denke, dass mein Forscherinnentrieb hier nicht zu kurz kommen wird.«

»Das freut mich«, entgegnete er. »Willst du dich weiter auf eigene Faust umsehen, oder soll ich dir ein paar geheime Plätze zeigen? Ich kann dich auch in die Gewächshäuser und zu deinem Arbeitsplatz bringen.«

»Das hat Zeit, bis ich übermorgen offiziell anfange, aber ich wollte dich fragen, ob es hier auch Nutzpflanzen gibt. Gemüse, Kräuter, Heilpflanzen – solche Dinge. Ich wäre an Setzlingen oder auch Saatgut für meinen Cottage-Garten interessiert. Im Supermarkt habe ich zwar ein paar Samentüten entdeckt, aber ich möchte keine niederländischen Hochleistungszucchini und -tomaten pflanzen, sondern lieber hiesige Varianten.«

»Du hast einen Blick auf die Preise gewagt, was?«, sagte Gavin mit einem verschmitzten Lächeln. »Jeder, der hier einen kleinen Garten zur Verfügung hat, baut selbst etwas Gemüse an. Es ist einfach günstiger, und da hier fast alles wächst, kommen auch Ungeübte klar. Nicht, dass ich dir unterstellen würde, du seist ungeübt«, fügte er noch rasch hinzu.

»Es ist tatsächlich schon Jahre her, dass ich mal für den kompletten Wachstumszyklus einer Pflanze verantwortlich war. Ich hab im Job ja meist nur mit Details davon zu tun, aber ich denke, dass ich es schon schaffen werde, Salat und Möhren zu ziehen. Außerdem habe ich gehört, dass mein Nachbar der beste Gärtner des Archipels sein soll. Da bekäme ich bestimmt ein paar wertvolle Tipps.«

Bei den letzten Sätzen wuchs Gavin gefühlt um einige Zentimeter, und ich musste ein Grinsen unterdrücken. Für Schmeicheleien waren auch knorrige ältere Herren immer zu haben. »Ich habe zu Hause einige Gemüsesorten, mit denen ich dich versorgen kann. Nur bei Tomaten bin ich raus. Ich mag sie nicht essen, und ich mag sie nicht pflanzen. Wenn du an Gewürz- und Heilkräutern interessiert bist, haben wir hier im Park eine große Auswahl, da kannst du auf jeden Fall auch haben, was du möchtest.«

»Darauf komme ich gerne zurück«, freute ich mich. »Und was die Tomaten betrifft, hat mir Hazel eine gewisse Amelia empfohlen, die ich heute beim Rudern treffe.«

»Ich merke schon, du bist angekommen.« Gavin legte mir freundlich eine Hand auf die Schulter und kündigte feierlich an: »In spätestens einem Monat wird es dir vorkommen, als hättest du schon immer hier gelebt und wärst schon immer eine von uns gewesen.«

BEGEGNUNGEN

Gut drei Wochen später klangen mir Gavins weise Worte wieder in den Ohren. »Als wärst du schon immer eine von uns gewesen«, hatte er mir prophezeit. Ganz so fühlte ich mich noch nicht, aber ich musste zugeben, dass ich mich geradezu erschreckend schnell eingelebt hatte. Mein Job im *Abbey Garden* war ausgesprochen abwechslungsreich, was sicher daran lag, dass ich mich selbst, vor allem aber das Gartenlabor immer noch sortierte. Viel zu lange waren Neuerwerbungen dort nicht sinnvoll dokumentiert und katalogisiert worden, sodass ich für den überwiegenden Teil meiner Arbeitstage damit beschäftigt war, alles zu systematisieren. Dabei assistierten mir zwei Biologiestudentinnen, die hier ein Praktikum machten. Ich saß aber längst nicht die ganze Zeit im Büro oder im Labor, sondern war oft in den Gewächshäusern oder auch im Park unterwegs, in dem ich tagtäglich neue Dinge für mich entdeckte. Nach Feierabend ging es fast nahtlos in meinem eigenen Garten weiter – mit tatkräftiger Unterstützung von Rufus, der nach wie vor eine Schwäche fürs Düngen hatte. Vermutlich würden wir in einigen Wochen wahre Mutanten ernten können.

Zweimal in der Woche ruderte ich mit dem Team der *Hope* – auch wenn mir der Name unseres störrischen Gig-Boots weiterhin wie eine Verhöhnung vorkam. Oder wie der letzte Strohhalm, an dem man sich festhalten konnte. Hoffnung war nämlich wirklich unser Leitmotiv: Hoffnung, dass ich es irgendwann fertigbringen würde, länger als zehn Minuten den Takt zu halten, Hoffnung, dass der Dauermuskelkater mit der Zeit abklang, und Hoffnung, dass wir in dieser Saison einen Platz in den Top fünf erreichen konnten. Realistisch betrachtet lagen alle drei Ziele in weiter Ferne. Ich war im Grunde nicht völlig unsportlich, aber diese Ruderei auf offenem Meer killte mich. Am Morgen nach dem ersten Training hatte ich kaum meine Tasse halten können, und meine Hände hatten am ersten Arbeitstag derart gezittert, dass ich versehentlich ein Tütchen mit wertvollen Orchideensamen verschüttet hatte. Grandioser Einstieg! Glücklicherweise war mein Boss cool geblieben und hatte wissend genickt, als ich von meinem ersten Gig-Training berichtet hatte. Gestern waren wir sogar von einer Seniorinnen-Mannschaft aus St. Martin's vermöbelt worden. Wenn das so weiterging …

Trotzdem bereitete mir die Quälerei auf perverse Weise Vergnügen. Wir waren eine lustige Truppe, und mit Hazel und Amelia hatte ich mich inzwischen richtig angefreundet. Sie waren beide in meinem Alter, doch während Amelia verheiratet war und drei Kinder zwischen fünf und dreizehn hatte, war Hazel Single wie ich – und sie machte mir keinen Mut, was den lokalen Datingmarkt betraf. Angeblich konnte man die eingeborenen oder eingebürgerten Singlemänner in der Altersklasse von dreißig bis fünfzig an maximal zwei Händen abzählen, und außerdem, so Hazel, hätten sie alle schwer einen an der Klatsche oder sonstige Defizite. Wie sie freimütig berichtete, hielt sie sich mit gelegentlichen kleinen Affären mit Urlaubern über Wasser und genoss ansonsten mit dem ungezogenen, aber zauberhaften Toby ihre Amazonen-Existenz zwischen Bienenstöcken und Supermarktjob. Ich war mir sicher, dass sie eine interessante Geschichte zu erzählen hatte, und hätte einen lieb gewonnenen Körperteil darauf verwettet, dass sie ursprünglich einen ganz anderen Beruf ausgeübt und ein ganz anderes Leben geführt hatte. Doch sie hielt sich bedeckt, was ihre Vergangenheit anging, und das war mir ganz recht, denn so fühlte ich mich selbst nicht verpflichtet, zu viel von mir preiszugeben.

Ein erstaunliches Phänomen auf den Scilly-Inseln war, dass die Bewohner zwar ziemlich genau über das Leben ihrer Nachbarn Bescheid wussten und tatsächlich aufeinander achteten, aber nicht neugierig in der Vergangenheit anderer herumbohrten. Neuankömmlinge wurden freundlich aufgenommen, doch es zählte nur, wie man sich vom ersten Tag an in der Inselgemeinschaft benahm, und nicht, was vorher gewesen war. Womöglich weil die meisten Einwohner eigene Leichen im Keller hatten – selbstverständlich nur im übertragenen Sinn, denn die Kriminalitätsrate auf der Insel war wirklich überschaubar, wie mir regelmäßig von allen möglichen Seiten versichert wurde. Egal was der Hintergrund genau war, ich fand es angenehm, nicht ständig nach meiner Vergangenheit und meiner Familie befragt zu werden, wie es in Schottland zum guten Ton gehörte. Hier waren wir einfach Philippa und Rufus von Tresco. Punkt. Dass ich Rufus' Tante und nicht seine Mutter war und warum wir hierhergekommen waren, wussten natürlich viele, aber es war ihnen im Grunde egal.

Paula beäugte mich manchmal etwas skeptisch – der erste »Hippie-Sonntag« hatte wohl bleibenden Eindruck bei ihr hinterlassen – und blickte, zweifellos zu Recht, mit Misstrauen auf meine nicht vorhandenen Mutterinstinkte. Gelegentlich konnte sie sich auch eine entsprechende Bemerkung nicht verkneifen, doch wie Hazel neulich so treffend festgestellt hatte: Man musste nicht jeden mögen, und man musste auch nicht mit allem einverstanden sein, aber letztlich hielt man zusammen. Und es war ein wirklich gutes Gefühl, dass man sich hier aufeinander verlassen konnte.

Harry hatte ich seit ebenjenem Hippie-Sonntag und dem schönen Ausflug nach St. Agnes nicht mehr gesehen. Das hatte mich zunächst irritiert und ehrlich gesagt auch etwas enttäuscht – auch weil Rufus sich häufig nach ihm erkundigte. Harry hatte mir zwar die Visitenkarte mit seiner Handynummer gegeben, doch ich hatte nicht anrufen wollen. Mir war kein richtiger Grund dafür eingefallen, und nachzufragen, warum er sich nicht mehr gemeldet hatte, kam auch nicht infrage. Was total dämlich war, denn erstens hatte er sich gar nicht bei mir melden können, weil er meine Nummer nicht hatte, und zweitens wäre es nach Scilly-Gepflogenheiten völlig normal für mich gewesen, einfach mal Hallo zu sagen. Ganz ohne Hintergedanken. Doch irgendwie war ich noch so in meinen alten Dating- und Flirtmustern verhaftet, dass ich gar nicht auf die Idee gekommen war, mich rein freundschaftlich bei ihm zu melden.

Wofür ich mich inzwischen ziemlich schämte, denn letzte Woche hatte ich zufällig von Gavin erfahren, dass sich Harrys verletztes Auge kurz nach unserem Ausflug so übel infiziert hatte, dass ihn der Inselarzt zu einer Augenklinik auf dem Festland hatte überweisen müssen. Eine Zeit lang war sogar zu befürchten gewesen, dass er erblinden oder das Auge verlieren könnte, eine Option, die wohl nur Rufus gut gefunden hätte. Daraufhin hatte ich Harry direkt eine Nachricht geschrieben. Er hatte Glück gehabt. Das Auge war endgültig auf dem Weg der Besserung und er seit einigen Tagen wieder zurück auf Bryher – und nachher würden wir uns wahrscheinlich sehen. Zumindest hoffte ich das.

Heute stand nämlich eine rare Extrem-Ebbe an, wie sie höchstens zweimal im Jahr vorkam. Dann war die schmale Meerenge zwischen Tresco und Bryher vollständig wasserfrei, sodass man zu Fuß zwischen den Inseln hin- und herlaufen konnte. Gefeiert wurden diese Tage mit einem kleinen Pop-up-Festival in der Mitte. Es gab Essen, Trinken, Verkaufsstände und Musik, bis man sich rechtzeitig vor der nächsten Flut wieder in Sicherheit bringen musste. Es spielte auch keine Rolle, dass heute ein ganz normaler Wochentag war, denn sämtliche Geschäfte auf beiden Inseln und auch der *Abbey Garden* machten rechtzeitig dicht, damit nicht nur Touristen und Tagesausflügler, sondern auch alle Einwohner an diesem Event teilnehmen konnten.

Hazel und ich hatten Honig und Erdbeermarmelade zusammengepackt, die wir verkaufen wollten. Leider waren meine ersten Seifenversuche noch nicht »reif« genug, um verkauft zu werden. Seifensieden war zwar wirklich relativ einfach, doch es dauerte fünf bis sechs Wochen, bis man die Stücke unbesorgt benutzen konnte. So viel Zeit musste im Schnitt vergehen, bis die Natronlauge vollständig verseift war und nicht mehr reizte. Das war aber nicht weiter schlimm, denn die Erdbeeren in meinem Garten waren in den letzten Tagen regelrecht explodiert, sodass ich wie eine Bekloppte Marmelade eingekocht hatte. Einen Teil ganz klassisch, dann hatte ich angefangen, mit Gewürzen und Kräutern zu experimentieren, um überraschende Aromen zu erzeugen. Nun hatte ich Erdbeer-Vanille, Erdbeer-Minze, Erdbeer-Ingwer, Erdbeer-Basilikum und ein herzhaft-süßes Erdbeer-Chili-Chutney im Angebot und war gespannt, ob sich überhaupt Abnehmer dafür finden würden.

Hazel würde sich darum kümmern, den kleinen Stand mit unseren Leckereien aufzubauen, dafür hatte ich ihr heute Morgen bereits ihren Hund Toby abgenommen. Rufus liebte den lustigen Mischling, und auch ich kam gut mit ihm klar, aber die Stunden mit ihm im Park hatten sich als mittleres Desaster herausgestellt. Toby hatte in Windeseile mehrere wertvolle Pflanzen ausgebuddelt, andere ausgiebig markiert und obendrein versucht, eine Hündin zu begatten, die mit ihren Besitzern durch die Anlage streifte. Im Labor hatte er dann zwei Anzuchtschalen von einem Tisch gefegt, und jetzt war er gerade dabei, das Cover eines ledergebundenen Notizbuchs aus der Zeit der Gartengründung mit malerischen Gebissabdrücken zu verzieren. »Toby, das geht eindeutig zu weit!«, fuhr ich ihn empört an und entwand ihm das wertvolle Stück, ehe er es auch noch schreddern konnte.

»Vielleicht machst du jetzt schon Feierabend«, sagte Timothy, der, zweifellos von dem Getöse angelockt, mein Büro betreten hatte. »In einer Stunde machen wir ohnehin dicht, und mit deinem charmanten Begleiter bekommst du vermutlich nicht mehr viel geregelt.« Das war eine höfliche Umschreibung für »Sieh zu, dass du mir und meinen Pflanzen diese Höllenbrut vom Leib hältst«, aber so ausfallend würde mein Boss nie werden.

»Tut mir echt leid«, murmelte ich zerknirscht. »Ich dachte, er benimmt sich nur bei Hazel so wild.«

Timothy schüttelte mit einem milden Lächeln den Kopf. »Nein, dieser Hund ist...« Er winkte ab. »Ist ja auch egal. Deine Arbeit läuft nicht davon, aber wenn Toby noch länger hierbleibt, wird sie nicht weniger.«

»Okay. Danke.« Ich speicherte die Tabelle, die ich gerade bearbeitet hatte, und fuhr meinen Rechner runter. »Treffen wir uns nachher beim ... ähm ... ›Ebbe-Event‹?«

»Selbstverständlich. Das lässt sich hier keiner entgehen. Bis gleich.« Er scheuchte mich mit einer Handbewegung aus dem Büro. »Ach, Philippa? Nimm doch bitte den Personaleingang.«

»Natürlich.« Nichts anderes hatte ich vorgehabt. Der Seiteneingang lag von unseren Büroräumen aus viel näher, und ich wollte auf keinen Fall riskieren, dass Toby sich noch einmal losriss und weiteres Unheil anrichtete. Ich hielt ihn an der kurzen Leine, was ihn vorhin allerdings auch nur wenig beeindruckt hatte. Der Mischling war ein wahrer Houdini und Befreiungskünstler, der sich vermutlich auch aus einer Zwangsjacke hätte herausschälen können. Immerhin schafften wir es ohne weitere Zwischenfälle aus dem Park hinaus, und ich atmete erleichtert auf, als sich das Tor hinter uns schloss. »Das war das erste und einzige Mal, dass du mich in den Park begleiten durftest, mein Freund«, schimpfte ich mit ihm. »Dir müsste man wirklich mal Manieren beibringen.«

Toby legte den Kopf schief und sah mich treuherzig an.

»Tu nicht so unschuldig, du hast es doch faustdick hinter deinen süßen Öhrchen.« Ich bückte mich und löste die Leine vom Halsband. Vorwiegend um mir die Schmach zu ersparen, dass er sich selbst wieder von mir befreite. Ich rechnete schon damit, dass er gleich abhauen würde, um an anderer

Stelle für Unruhe zu sorgen, doch erstaunlicherweise blieb er an meiner Seite und lief auf dem kurzen Weg zu meinem Häuschen brav neben mir her.

»Willst du mir damit beweisen, dass du doch kein hoffnungsloser Fall bist?« Ich musste schon wieder lächeln, denn er war zu niedlich und erinnerte mich in vielerlei Hinsicht an Rufus, der es nach seinen Trotz- oder Wutanfällen auch immer im Handumdrehen schaffte, mich mit einem zuckersüßen Lächeln oder einem absurden Kommentar völlig zu entwaffnen. Wie konnte man da noch böse sein? Vermutlich musste ich dringend an meiner Durchsetzungsfähigkeit arbeiten. Im Umgang mit Erwachsenen hatte ich damit keine Probleme, aber Kinder und Tiere konnten mich offensichtlich nach Belieben manipulieren, und das konnte irgendwann zum Problem werden. Allerdings war es keines, das ich heute angehen musste.

Wir waren inzwischen bei meinem Cottage angekommen. Nebenan bei Paula wurden gerade zwei ihrer Kindergartenkinder abgeholt. Toby rannte hin und umkreiste den Trupp mit fröhlichem Schwanzwedeln. »Na, seid ihr schon aufgeregt wegen der Ebbe?«, fragte ich die Kinder, erhoffte mir insgeheim aber ein paar Antworten von den Erwachsenen. Mir hatten zwar schon unzählige Leute von dem Event vorgeschwärmt, aber so richtig konnte ich den Reiz der Veranstaltung nicht nachvollziehen. Okay, das Meer ging so weit zurück, dass man sich ein paar Stunden lang auf dem nassen Sandboden zwischen zwei Inseln aufhalten konnte. Das mochte ein seltenes Phänomen sein, warum man daraus jedoch eine so große Sache machen musste, erschloss sich mir nicht.

»Unser Neuzugang übt sich in Skepsis«, sagte Paula in Richtung der beiden Mütter mit einem ironischen Lächeln, in dem ich eine kritische Note wahrzunehmen meinte.

»Warte es einfach ab«, wandte sich Keiras Mutter Bree mit einem verschmitzten Grinsen an mich. »Vor fünf Jahren hatten wir ein besonders romantisches Event. Es war Ende Juli, Anfang August, die Sonne ging gerade unter. Ich kam von Bryher und …«

Lindsay, Jaspers Mum, rollte mit den Augen und unterbrach ihre Freundin. »Wir kennen die Story: John hat dich mit seinem gegrillten Seafood verführt, dich hinter seinem Grill um den Verstand geküsst und anschließend in seinem Boot vernascht. Das war nicht romantisch, das war triebhaft.«

»Jedenfalls bin ich nach dieser Nacht bei John geblieben und nie wieder nach Bryher zurückgekehrt.« Brees Wangen glühten, und ihre Augen leuchteten, aber nicht, weil ihr Lindsays Zusammenfassung peinlich war, wie ich vermutet hätte, sondern vor sichtbarem Stolz. »Was ich damit sagen will: Bei Extrem-Ebbe ist alles möglich. Es ist absolut magisch.«

Rufus sah Bree plötzlich mit einem sehr konzentrierten Blick an und griff dann nach einer ihrer Hände.

»Alles klar, Schätzchen?«, fragte sie ihn leicht verwundert.

»Was hat er denn von dir genascht?«, wollte Rufus wissen und überprüfte die ordnungsgemäße Anwesenheit aller Finger.

»Ich will auch naschen«, quengelte nun Keira. »Warum darf Daddy naschen und ich nicht?«

»Ähm …« Dazu fiel Bree kein guter Kommentar ein, und ich machte mir eine geistige Notiz, dass ich zukünftig noch vorsichtiger mit dem sein musste, was ich in Rufus' Anwesenheit sagte. Es war mir schon aufgefallen, dass der Junge viel gewitzter war, als man es ihm zutraute.

»Nachher gibt's jedenfalls Erdbeercupcakes«, half ich Bree aus der Patsche. »Die sind auch ganz toll zum Naschen.«

»Erdbeeren sind ja auch wahnsinnig erotisch.« Bree hatte sich ruckzuck von ihrer vorübergehenden Erklärungsnot erholt und grinste mich wieder an. »Männer stehen ja voll drauf, wenn Frauen in saftige Erdbeeren beißen und …«

Paula räusperte sich vernehmlich. »Wie auch immer. Wir treffen uns alle gleich am Strand wieder, aber vorher müssen wir noch Alfie bürsten, damit er ordentlich aussieht. Helft ihr mir?«, fragte sie Chloe und Rufus, die gleich begeistert loskrähten.

»Alfie darf mit?« Rufus schien sein Glück gar nicht fassen zu können, und mir erschien es so, als wäre das eine recht spontane Entscheidung von Paula gewesen. »Darf ich auf ihm reiten?«

»Ihr dürft beide auf ihm reiten, und, ja, er darf mit, denn er hat auch noch keine Extrem-Ebbe mitgemacht.«

»Die Schafe müssen auch mit«, warf Chloe ein, ein Mädchen mit schwarzen Locken und ausdrucksstarken Augen, das mir bisher immer ein wenig scheu vorgekommen war und das seine Eltern offenbar erst am Strand treffen würde.

»Und die Hühner!«, kam es von Rufus.

Lindsay und Bree lachten und verließen mit ihren widerspenstigen Kindern das Grundstück. Vermutlich wären Keira und Jasper auch gerne auf dem Esel zum Strand geritten, aber immerhin war die Aufmerksamkeit der Kleinen wieder auf unverfänglichere Themen gerichtet.

»Die Schafe und die Hühner bleiben hier«, bestimmte

Paula energisch. »Es reicht, wenn wir mit dem Esel und dem Hund unterwegs sind.« Sie warf mir einen vielsagenden Blick zu.

»Okay.« Rufus klang enttäuscht. Er zog die Stirn kraus, und ich rechnete fast schon mit einem neuen Trotzausbruch, doch dann fragte er: »Was ist erotisch?«

Paula schnappte nach Luft, und ich war mir nicht sicher, ob sie empört war oder ein Lachen unterdrückte.

»Ich habe nicht die leiseste Ahnung«, behauptete ich. Dieses schlüpfrige Terrain wollte ich auf keinen Fall betreten und erst recht nicht mit Kleinkindern darüber diskutieren. »Ich finde Erdbeeren nur lecker.«

»Ich auch«, bestätigten Rufus und Chloe wie aus einem Mund.

»Dann sollte ich wohl rasch mal die Cupcakes fertig machen«, sagte ich. »Oder kann ich noch was helfen?«

»Wir kommen klar. Aber bitte nimm den Hund mit, sonst legen die Hühner morgen keine Eier vor lauter Panik«, bat mich Paula. »Treffen wir uns dann in einer Stunde und gehen gemeinsam an den Strand?«

Ich lockte Toby ins Haus, damit er die anderen Tiere nicht aufscheuchte, und machte mich seufzend an die Arbeit. Die Backerei war nicht geplant gewesen, aber dank Tobys Eskapaden im Park hatte ich ein bisschen Extrazeit gewonnen, die ich jetzt mit Küchenzauber füllen konnte. Ein simpler Rührteig war schnell zusammengemixt, und während die Küchlein im Ofen backten, rührte ich aus Quark, Frischkäse, Zucker und pürierten Erdbeeren eine rosafarbene Creme an. Gerade als ich die Cupcakes aus dem Backrohr holte, piepste mein Handy. Ich vermutete irgendwelche Last-Minute-Bitten von

Hazel, doch die Nachricht stammte von Harry: *Sehen wir uns gleich auf der Party?*

Mein Herz machte einen irrationalen Hüpfer. Ich war mir ja ziemlich sicher gewesen, dass er auch zu dem Event kommen würde – einfach weil laut all meinen neuen Bekannten sämtliche Bewohner beider Inseln anwesend sein würden. Doch dass er mich explizit fragte, freute mich mehr, als ich gedacht hätte.

Selbstverständlich, antwortete ich schlicht und fügte nach kurzem Überlegen noch hinzu: *Das kann ich mir doch nicht entgehen lassen. Außerdem habe ich zusammen mit Hazel einen kleinen Verkaufsstand. Ich hoffe, du magst Erdbeeren.*

Ich starrte auf das Display, während im Nachrichtenfeld drei Punkte tanzten. Er schien eine Antwort zu verfassen, doch sie kam nicht – und ich fühlte mich wie ein frustrierter Teenager. Energisch legte ich das Telefon weg und holte die Cupcakes aus ihrer Form, damit sie schneller abkühlten und ich sie nachher noch mit dem Topping und frischen Erdbeeren verzieren konnte. Toby sonnte sich ein paar Meter entfernt und döste offensichtlich – kein Wunder, dass er nach seinem aufregenden Vormittag erschöpft war. Aus einem Impuls heraus lief ich hoch in mein Schlafzimmer und zog mich um. Eigentlich wäre ich mit meinem üblichen Jeans-T-Shirt-Outfit, das ich bei der Arbeit trug, auch für einen Aufenthalt auf nassem Meeresboden angemessen gekleidet gewesen – hier auf den Inseln war man ohnehin eher leger unterwegs –, doch das Wort »Party« hatte das dringende Bedürfnis in mir ausgelöst, mich hübscher aufzumachen. Das und die Erinnerung daran, wie mich Harry gemustert hatte, als er an unserem zweiten Tag hier aufgekreuzt war.

Ein fast bodenlanges Blümchenkleid verwarf ich, weil es

am Strand sicher zu unpraktisch wäre, doch die türkisfarbene, knapp knielange Tunika, die mit orangeroten Korallen bestickt war und einen tiefen Ausschnitt hatte, könnte gehen. Ich hatte mir das Teil vor Jahren gekauft und bislang so gut wie nie getragen, aber jetzt schien es regelrecht nach mir zu rufen. Ich schlüpfte hinein und wollte gerade ins Bad wechseln, um wenigstens etwas Wimperntusche und Lipgloss aufzutragen, als ich ein merkwürdiges Geräusch hörte. Ein leises Klackern? Ich lauschte am Treppenabsatz, doch alles war wieder ruhig. Hatte ich mir sicher nur eingebildet. Kopfschüttelnd ging ich ins Badezimmer und gönnte mir ein minimales Beautyprogramm. Viel geschminkt hatte ich mich ohnehin nie, und zu einer Strand- oder eben »Ebbe«-Party passte ein aufwendiges Make-up nicht, aber gegen glänzende Lippen und strahlende Augen konnte ja wohl niemand etwas haben, oder? Ich machte das schließlich nicht für Harry, sondern um den besonderen Anlass zu würdigen. Redete ich mir jedenfalls einigermaßen erfolgreich ein.

Als ich wenige Minuten später wieder nach unten kam, lag Toby immer noch im selben Sonnenfleck auf dem Boden und atmete tief und gleichmäßig. Auf dem Grund seiner Hundeseele war er eben doch ein Guter.

»Was zur Hölle!«, entfuhr es mir jedoch, als ich die Küche betrat. »Du bist das unmöglichste Mistvieh, das …« Ich starrte fassungslos zwischen dem Kuchengitter und dem nur scheinbar unschuldig schlummernden Hund hin und her. Von den vierundzwanzig Cupcakes waren nur noch achtzehn intakt. Zwei waren angebissen und weitere vier ganz verschwunden. »Ich fasse es nicht«, schimpfte ich und fragte mich, wie der Hund überhaupt an die Leckereien hatte rankommen können. Er war gerade mal kniehoch, und ich hatte das Gitter bis an die Wand geschoben, sodass er es von seiner Position aus unmöglich hatte sehen können. Doch offensichtlich war er einfach auf die Arbeitsfläche gesprungen und hatte sich gütlich getan. Ob das warme Gebäck wohl schädlich für einen Hundemagen war?

Viel wichtiger war allerdings die Frage, ob ich die achtzehn intakten Küchlein noch nutzen konnte. Was, wenn er alle abgeleckt hatte? Als ich mir jedoch vorstellte, dass Paula mit wissendem Blick und kaum verbrämter Missbilligung reagieren würde, wenn ich mit leeren Händen aus dem Haus kam, beschloss ich, das Risiko einzugehen. Ich holte die Frischkäsecreme aus dem Kühlschrank und schnitt dann die Oberseite von den Cupcakes ab – sicher war sicher. In meiner Küche gab es eine altmodische Tortenspritze. In die füllte ich die rosa Creme und verzierte damit meine Kreationen. Auf jeden Kuchen setzte ich noch eine frische Erdbeere und war ziemlich zufrieden mit der Optik. Allerdings hatte ich keine Ahnung, wie ich die kleinen Köstlichkeiten unbeschadet an den Strand schaffen sollte. Womöglich wäre es schlauer gewesen, Creme und Erdbeeren erst an Ort und Stelle aufzubringen.

»Bist du fertig?«, rief in diesem Moment Rufus, der durch die angelehnte Terrassentür hereingepoltert kam. Seine Augen leuchteten voller Vorfreude und Aufregung.

»Fast. Ich weiß nur noch nicht, wie ich die Cupcakes transportieren soll«, entgegnete ich ratlos und kratzte mich am Kopf.

»Kommst du, Rufus?«, rief Paula von draußen, und der Kleine schien hin- und hergerissen zu sein, was er tun sollte.

»Geh ruhig zu Paula, Chloe und Alfie«, sagte ich zu ihm.

»Ich komm gleich nach, und wir treffen uns am Strand. Aber vielleicht könnt ihr Toby mitnehmen?« Ich befestigte die Leine am Halsband des dreisten Mischlings und drückte sie Rufus in die Hand. Vermutlich würde sich der vierbeinige Ganove ohnehin gleich wieder befreien und auf Extratouren gehen. Doch das war mir im Moment auch egal. Wie ich ihn einschätzte, würde er seinen Weg zur Party garantiert finden, und dann konnte Hazel ihn zähmen.

Als die beiden nach draußen verschwunden waren, nahm ich ein Tablett, rollte zwei Küchenhandtücher zu länglichen Würsten und formte damit drei Abteilungen, in die ich jeweils sechs Cupcakes setzte. So müsste es eigentlich klappen. Rasch stopfte ich noch Wechselklamotten für Rufus in meine Tasche, schulterte das Ungetüm, setzte mir den Sonnenhut auf und nahm das Tablett. Glücklicherweise waren es bis zum Strand nur ein paar Minuten Fußweg, und schließlich kam ich unfallfrei dort an.

Der Anblick war tatsächlich besonders. Man konnte zwar beinahe täglich bei Ebbe zwischen Tresco und Bryher hin- und herlaufen, doch musste man dabei immer durch etwa hüfthohe Wasserflächen waten, ein Spaß, den ich mir bislang verkniffen hatte. Doch jetzt war die Meerenge komplett wasserfrei – und voller Menschen. Alles, was Beine hatte, schien sich eingefunden zu haben – gefühlt die Gesamtbevölkerung beider Inseln, ergänzt um zahlreiche Touristen. Genau auf halber Strecke waren kleine Buden und Stände aufgebaut, die gastronomische Genüsse und Selbstgemachtes feilboten, und aus Lautsprechern schallten Reggae-Klänge, die ich nicht erwartet hatte, die aber perfekt zur Szenerie passten. Es wurde getanzt, gelacht, man grüßte Freunde und Bekannte und tauschte mit Sicherheit auch allerlei Tratsch aus. Alfie stand, umringt von einer größeren Kinderschar, mitten im Geschehen, und auch der schwarz-weiße Toby wuselte herum – mit etlichen anderen Hunden, die sich die Party wohl genauso wenig entgehen lassen wollten wie ihre Zweibeiner.

»Das ist ja mal ein Anblick!«, rief mir Hazel grinsend entgegen, als ich mich unserem Stand näherte, den sie mit einer kunstvoll geflochtenen Girlande aus frischen Blumen und Seegras ganz zauberhaft dekoriert hatte. Auch die anderen Stände in Sichtweite waren liebevoll geschmückt.

»Meinst du mich oder meine Cupcakes?«, fragte ich und war insgeheim froh, dass ich mich umgezogen hatte. Sie selbst trug nämlich ein hübsches zitronengelbes Sommerkleid, und auch viele der anderen Inselbewohner und Touristen hatten sich in Schale geworfen.

»Beides.« Ihr Lächeln wurde noch eine Spur breiter, als sie auf unserem Verkaufstresen rasch Platz für mein Tablett machte. »Captain Hook hat sich schon nach dir erkundigt.«

»Wer?«

»Harry Chapman«, sagte sie und warf mir einen vieldeutigen Blick zu. »Du hast nie was erwähnt.«

»Was hätte ich denn erwähnen sollen?« Ich hatte wirklich keine Ahnung, worauf sie hinauswollte.

»Dass Bryhers Inselhottie ein Auge auf dich geworfen hat. Und ›*ein* Auge‹ meine ich wörtlich …« Sie kicherte albern. »Wenn ich mir dein Outfit so ansehe, hast du auch Pläne, die übers Marmeladeverkaufen hinausgehen.«

»Also erstens weiß ich nichts davon«, behauptete ich und versuchte, das freudige Flattern in meinem Bauch zu ignorieren. »Wir haben uns nämlich erst zweimal gesehen. Zweitens ist mein Kleid ausschließlich dem Anlass geschuldet, und außerdem hast du gesagt – und ich zitiere wörtlich –, dass hier alle Singlemänner zwischen dreißig und fünfzig einen an der Klatsche hätten.«

»Ja, und? Wo ist der Widerspruch?«

Ich fühlte mich auf unangenehme Art ertappt, doch das wollte ich natürlich auf keinen Fall zugeben. »Ich …«, begann ich kühl, aber ehrlich gesagt hatte ich keine stichhaltigen Argumente.

»Ha, du bist wirklich leicht aus der Fassung zu bringen.« Hazel freute sich unbändig, zog mich dann aber in eine freundschaftliche Umarmung. »Immerhin habe ich jetzt die Information, die ich wollte: Du bist an ihm interessiert!«

»Das habe ich nie behauptet!«

»Das war auch nicht nötig.« Sie zwinkerte mir verschwörerisch zu und winkte dann ein paar Frauen aus dem Gig-Team von Bryher, die gerade auf einen Stand zusteuerten, der Häkeltiere verkaufte. »Und nur fürs Protokoll«, raunte sie mir ins Ohr, »Harry hat keinen an der Klatsche. Er ist ein guter Typ, nur nichts für mich. Meinen Segen hättest du.« Und damit wandte sie sich mit strahlendem Lächeln einem Besucherpaar zu, das eben an unseren Stand getreten war. »Was können wir für Sie tun?«

Unsere überschaubare Warenauswahl aus Honig, Marmeladen und Cremetörtchen fand reißenden Absatz – selbst zu den Fantasiepreisen, die Hazel aufrief. Ich war völlig schockiert, dass sie die Cupcakes für fünf Pfund das Stück unter die Leute brachte. Für die Marmeladen- und Honiggläser verlangte sie von den Inselbewohnern ebenfalls fünf Pfund, von offensichtlich auswärtigen Gästen acht Pfund. Und als einer der Touristen sie auf diese Ungerechtigkeit ansprach, erzählte sie ihm ganz selbstverständlich und mit bezauberndem Lächeln etwas von einem »Nachbarschaftsrabatt«.

»Du hast echt Nerven«, murmelte ich, als der Kunde weg war.

»Glaub mir, das machen hier alle so. Das lernst du schon noch. Wir nutzen hier jede Gelegenheit, um an ein bisschen Extra-Cash zu kommen.«

Ich war mir nicht sicher, ob ich wirklich wollte, dass mir diese spezielle Mentalität in Fleisch und Blut überging, doch ich hatte in den letzten paar Wochen begriffen, wie kostspielig das Leben auf den Inseln war. Also sagte ich nichts mehr, sondern freute mich über den netten Umsatz.

»Ich liebe Erdbeeren«, hörte ich plötzlich die dunkle Stimme hinter mir, die mir seit dem ersten Sonntag hier nicht mehr aus dem Kopf ging. Trotzdem fand ich diesen Satz als Einstieg etwas merkwürdig.

Ich fuhr herum und war ein wenig erschrocken, als ich mir Harry genauer ansah. Sein Teint wirkte fahl, und er hatte offensichtlich einiges abgenommen, außerdem trug er immer noch seine Augenklappe. Anscheinend war der Krankenhausaufenthalt doch belastender gewesen, als ich angenommen hatte. Aber er lächelte, und sein gesundes Auge hatte wieder dieses Blitzen, das mir neulich schon so aufgefallen war. »Ähm …«, krächzte ich.

»Du hast mich doch vorhin gefragt, ob ich Erdbeeren mag. Das ist meine Antwort«, raunte er an meinem Ohr, und ich konnte seinen warmen Atem auf der Haut spüren.

»Das war eher eine rhetorische Frage, denn schließlich mag jeder Erdbeeren«, erwiderte ich hastig und vermied es, in Hazels Richtung zu schauen. Ich hatte eine ziemlich präzise Vorstellung davon, wie sie mich gerade betrachtete.

»Ich kann nicht für jeden sprechen, aber ich mag Erdbeeren ganz besonders. In jeder Darreichungsform«, sagte Harry, blickte dabei aber nicht auf die beiden letzten Cupcakes oder die verbliebenen vier Marmeladengläser, sondern sah mir unverwandt in die Augen. Es war irritierend. Und aufregend. Durch meine Gedanken spukte der Spruch von Bree – der mit den erotischen Erdbeeren. Nicht gut.

»Vielleicht solltest du Philippa dann auf einen Cupcake einladen?«, schlug Hazel frech vor. Nicht hilfreich.

»Mit dem allergrößten Vergnügen.« Er zog sein Portemonnaie aus der Hosentasche, doch ich wehrte ab.

»Auf keinen Fall! Du bist natürlich mein Gast.« Ich warf Hazel einen Blick zu, der sie hoffentlich den zweideutigen Kommentar vergessen ließ, der zweifellos auf ihrer Zungenspitze tanzte, und reichte Harry dann das vorletzte Erdbeerküchlein.

»Danke schön.« Er lächelte mich an. »Darf ich dich entführen?«

»Ähm …« Ich schaute auf die vier letzten Marmeladengläser.

»Ich würde sie auch kaufen, damit du Feierabend machen kannst.« Harry hatte meinen Blick offenbar richtig interpretiert.

»Nun haut schon ab«, scheuchte uns Hazel weg. Ich nahm mir meine Umhängetasche und den letzten Cupcake und spazierte mit Harry davon. Musikfetzen und fröhliche Menschen umgaben uns, die Party schien gerade erst richtig in Fahrt zu kommen.

»Wie geht es dir?«, fragten wir gleichzeitig.

»Du zuerst«, forderte er mich lachend auf.

»Nein, du zuerst«, beharrte ich. »Ich war total schockiert, als ich von den Komplikationen mit dem Auge erfahren habe. Ich hoffe, jetzt ist alles wieder gut?«, plapperte ich. Das hatte er mir zwar eigentlich alles schon geschrieben, aber angesichts seines Aussehens war ich mir nicht sicher.

»Ja, ich bin fast wieder der Alte«, entgegnete er eine Spur zu schnell und schien noch etwas hinzufügen zu wollen.

»Was?«, bohrte ich nach.

»Nichts.« Er schüttelte den Kopf. »Der sieht wirklich köstlich aus«, sagte er und biss in seinen Cupcake.

Ich tat es ihm nach. Nicht weil ich hungrig war, sondern weil ich dadurch verhindern konnte, dass mir unüberlegte Worte aus dem Mund sprudelten, denn es war klar, dass er mir etwas verschwieg. Die improvisierte Frischkäsecreme war wirklich lecker, und ich aß meinen Kuchen mit wachsender Begeisterung. »Was?«, fragte ich erneut – diesmal, weil er mir einen merkwürdigen Blick zuwarf. »Habe ich mir irgendwo was hingeschmiert?«

»Nein, du bist nur ganz …« Er schüttelte den Kopf und schob sich dann hastig den letzten Bissen in den Mund. Fast hatte ich den Eindruck, als wollte er ebenfalls unüberlegte Worte zurückhalten.

»Ich glaube nicht, dass Toby die Kuchen abgeleckt hat«, sprach ich den dümmsten Satz aus, der mir in den Sinn kam, und fühlte, wie mir die Farbe in die Wangen schoss. Was war nur los mit mir?

Harry lachte laut auf. »Muss ich das verstehen?«

»O Gott, hör nicht auf mich. Ich habe wirklich keine Ahnung, wo das jetzt herkam. Also, schon, weil Toby vorhin tatsächlich ein paar der frisch gebackenen Cupcakes geklaut und gefressen hat. Aber selbst wenn er die anderen auch abgeleckt haben sollte – was ich nicht glaube –, wäre es nicht schlimm, weil ich die Oberseiten alle abgeschnitten habe und … Scheiße, ich rede immer noch, oder?«

»Tust du. Und ich würde sehr gerne glauben, dass es an mir liegt. Dass ich dich nervös mache und du deshalb unverständliche Dinge plapperst. Aber ich denke nicht, dass ich eine Frau wie dich nervös machen kann. Insofern ist es wohl was Ernstes.« Er seufzte gespielt dramatisch.

»Was meinst du mit ›eine Frau wie dich‹?«

»Nun ja, stark und unabhängig. Wissenschaftlerin und Backqueen. Klug, fürsorglich, schön und sexy – eine unwiderstehliche Mischung eben. Warum sollte sich eine Frau wie du von einem angeschlagenen Waldschrat wie mir nervös machen lassen?«

»Das kann ich dir leider nicht erklären. Tatsache ist aber, dass es so ist«, gab ich zu.

»Ich habe mich übrigens sehr über deine Nachricht gefreut, als ich im Krankenhaus war«, wechselte er das Thema.

»Es tut mir leid, dass ich mich erst nicht gemeldet habe, aber ich dachte, du … Das ist total albern, das weiß ich inzwischen auch, aber ich war irritiert, weil ich dich nach dem schönen Ausflug nach St. Agnes erst mal nicht wiedergesehen habe. Ich dachte, du gehst mir aus dem Weg oder so.«

»Selbst wenn man das will, kann man sich hier auf den Inseln nicht aus dem Weg gehen«, entgegnete er.

»Das ist mir mittlerweile auch klar, aber anfangs war ich noch voll in meinem Großstadtdenken verhaftet, und da sind die Date-Dynamiken eben anders. Also, nicht dass ich annehme, wir hätten ein Date gehabt oder so, sondern …«

»Ich finde schon, dass es sich wie ein Date angefühlt hat«, unterbrach er mich und blieb stehen. »Nur dass wir uns nicht geküsst haben.«

»Hm.«

»Ich hätte dich aber gern geküsst.«

Ich schluckte und wusste nicht, wie ich auf diese überraschende Aussage reagieren sollte. »Wie geht es dir wirklich?«, fragte ich nach einer viel zu langen Pause. »Du siehst nämlich ziemlich fertig aus.«

»Einer der Sätze, die man von seinem potenziellen Date unbedingt hören will«, erwiderte er trocken und seufzte dann. »Mir geht's viel besser, und in ein paar Wochen bin ich auch wieder ganz auf dem Damm. Aber es war eine knappe Kiste, und der Krankenhausaufenthalt war echt kein Vergnügen. Und ich darf mindestens ein halbes Jahr lang nicht tauchen.«

»Das tut mir sehr leid. Warum ist das mit dem Tauchen so blöd für dich? Ich meine, so ein tolles Tauchrevier ist das hier doch bestimmt nicht, oder?«

Dafür kassierte ich ein ungläubiges Schnauben. »Es ist der Wahnsinn hier!«

»Na ja, aber es gibt doch kein Korallenriff oder so was Ähnliches.« Ich hatte vom Tauchen keine Ahnung, aber ich hätte es bestimmt schon mitbekommen, wenn die Scilly-Inseln unter Wasser etwas zu bieten gehabt hätten – außer den vielen Schiffswracks. »Du bist doch nicht etwa nebenbei Wracktaucher, oder?«

»Nein, bin ich nicht, obwohl ich es schon ein paarmal gemacht habe und sehr spannend finde. Aber für mich als Meeresbiologe ist es schon ein wichtiger Teil des Jobs, auch im Meer und unter Wasser unterwegs zu sein.«

»Das leuchtet ein. Warum darfst du denn so lange nicht tauchen?«

»Wegen des Drucks. Ich hatte wirklich Glück, dass die Quetschung zurückgegangen und auch die Infektion unter Kontrolle ist, aber den Wasserdruck würden die feinen Gefäße momentan nicht gut verkraften. Fliegen darf ich auch nicht. Jedenfalls nicht in großer Höhe. Mit den kleinen Maschinen von und zum Festland geht es schon. Daher kann ich auch nicht zu der großen Konferenz in Kanada fliegen, wie ich es für August eigentlich vorhatte. Aber ich sehe es positiv. So habe ich in den nächsten Wochen nämlich mehr Zeit für andere erfreuliche Dinge. Vielleicht sogar dafür, einer gewissen Botanikerin die Schönheiten ihrer neuen Heimat näherzubringen. Wenn sie das denn will.«

»Flirtest du mit mir?«, fragte ich nach, obwohl es mehr als offenkundig war.

»Wäre das schlimm?«, kam prompt die Gegenfrage.

»Ich bin mir ehrlich gesagt nicht sicher.« Das war die Wahrheit – und ich bedauerte sie zutiefst. In meinem alten Leben wäre ich sofort auf diesen Flirt eingestiegen. Doch ich hatte mein altes Leben hinter mir gelassen, es existierte nur noch dieses brandneue. Eins, in dem es keine wirkliche Privatsphäre gab, kein Entkommen aus peinlichen Situationen und keine Möglichkeit, sich aus dem Weg zu gehen. Nicht, dass ich Harry aus dem Weg gehen wollte. Ganz im Gegenteil, meine Fantasie hatte eine Standleitung bis in meinen Unterleib gelegt und funkte nun eindeutige Signale. Doch für unverbindliche Vergnügungen war das hier nicht der richtige Ort, und für Verbindlichkeit war ich nicht die richtige Frau. Nicht in Beziehungsdingen jedenfalls. Im Job und bei

Freundschaften wahrscheinlich schon. Und dann war da auch noch … »Rufus!« Ich hatte den Kleinen völlig vergessen und hatte nicht die leiseste Ahnung, wo er war, was er machte und ob es ihm gut ging. Was, wenn ihm nun was zugestoßen war?

»Er ist da drüben und spielt mit ein paar anderen Kindern und eurem Esel«, beruhigte mich Harry und deutete auf eine Stelle am Rande des Partypulks, gut hundertfünfzig Meter von uns entfernt. Ich hatte gar nicht mitbekommen, dass wir so weit gelaufen waren.

Erleichterung machte sich in mir breit, wurde aber gleich darauf von einer Welle der Scham verdrängt. Was sagte es über mich aus, dass Rufus' Existenz so vollständig aus meinem Kopf verschwunden war? Seit fast zwei Monaten war ich für ihn verantwortlich, seit dreieinhalb Wochen lebten wir hier auf Tresco, aber ich hatte immer noch nicht vollkommen verinnerlicht, dass ich nicht mehr nur für mich allein sorgen musste. Sondern außerdem für einen kleinen Jungen, der sicherlich Besseres verdient hatte, als von einer Tante abhängig zu sein, die ihn bei erstbester Gelegenheit vergaß und die drauf und dran gewesen war, sich einem Kerl an den Hals zu werfen, nur weil er ein paar nette Worte fand. Und anziehend war. Sehr anziehend. Doch das durfte keine Rolle spielen. Meine wichtigste Aufgabe war, für Rufus da zu sein – und bisher hatte ich da einen verdammt schlechten Job gemacht.

Ich blickte mich hektisch nach einem Fluchtweg um. In meinem Kopf herrschte das Chaos, und ich hatte das Gefühl, dass mir jeder am Gesicht ansehen konnte, was für eine Versagerin ich war. Dazu kam die Verwirrung, in die mich meine komplizierten Empfindungen für Harry gestürzt hatten. Ich musste hier weg.

OFFENBARUNGSEID

»Ich fasse es nicht, dass du die Krabbenburger verpasst hast und die Livemusik, und wusstest du, dass John so spektakulär mit Makrelen jonglieren kann, dass er damit auch im Zirkus auftreten könnte?« Sarah, eine der beiden Biologiestudentinnen, starrte mich mit einem derart schockierten Gesichtsausdruck an, dass ich beinahe lachen musste.

»Ich bin mir nicht sicher, wie gut eine Makrelen-Jonglage im Zirkus ankäme«, erwiderte ich, ohne auf das eigentliche Thema einzugehen: dass ich die Ebbe-Party gestern nämlich relativ fluchtartig mit Rufus und Alfie verlassen hatte. Aus schierer Angst vor meinen noch nicht näher definierten Gefühlen für Harry und aus Sorge, ich würde als vollkommen unfähig eingeschätzt werden, für ein kleines Kind zu sorgen. Was ich faktisch war. Jedenfalls aus Sicht von Rufus – und den meisten anwesenden Eltern. Also praktisch der gesamten Inselbevölkerung.

Als ich gestern mit Harry ein wenig abseits der Partymeute gestanden und vergeblich um Worte und Erklärungen gerungen hatte, war mir der Zufall zu Hilfe gekommen. Rufus war beim Spielen in eine schlammige Pfütze geraten und hatte sich von Kopf bis Fuß eingesaut. Ich hatte die Chance ergriffen und war mit ihm und dem Esel rasch nach Hause gelaufen, offiziell aus Angst, dass er sich erkälten könnte, weil ich keine Wechselklamotten dabeihätte. Das war gelogen, denn ich hatte ja wie immer frische Sachen für das kleine Ungetüm eingepackt, das jede Gelegenheit nutzte, sich dreckig oder nass zu machen. Ich hatte auch die Angebote der anwesenden Mütter abgelehnt, mich aus ihrem Fundus zu bedienen, und war mit dem wütend weinenden Rufus und dem störrischen Alfie abgezogen. Zweifellos unter größter »Anteilnahme« aller Umstehenden. Schon auf halber Strecke war ich mir selbst unfassbar dämlich vorgekommen, aber ich war zu stolz – oder zu stur – gewesen, um wieder umzudrehen.

»Die Makrelen hat er danach übrigens gegrillt und verschenkt«, sprach Sarah weiter, unbeeindruckt von meiner Aufgewühltheit – von der sie hoffentlich auch nichts mitbekam. »Hach, es war einfach so toll, dass wir das Glück hatten, während unseres Aufenthalts eine Extrem-Ebbe mitzuerleben, stimmt's, Lilly?«, fragte sie ihre Studienkollegin, die sich bislang dankenswerterweise nicht zum Thema geäußert hatte, sondern konzentriert handschriftliche Notizen in eine Tabelle übertrug.

»Hmm«, entgegnete Lilly einsilbig.

»Warum bist du denn so früh abgehauen?«, bohrte Sarah wieder bei mir nach. »Es war doch auch für dich das erste Event dieser Art, oder? Das lässt man sich doch nicht entgehen.«

»Rufus hat sich dreckig gemacht, und ich wollte nicht, dass er sich erkältet«, spulte ich die lahme Ausrede ab, die ich mir ja selbst nicht glaubte.

»Bree hätte dir trockene Klamotten gegeben«, behauptete Sarah.

»Aber dann hätte Rufus in rosa Leggins und einem Einhorn-T-Shirt rumlaufen müssen«, verteidigte ich mich halbherzig.

»Und das kann man einem echten Kerl wohl nicht zumuten, was?« Sarah verdrehte die Augen. »Echt, deine Generation muss dringend mal ihre Einstellung zu Geschlechterstereotypen überdenken. Ich bin mir sicher, dass Rufus kein Problem damit gehabt hätte, in Mädchenklamotten rumzulaufen.«

Der Meinung war ich auch, konnte das aber natürlich nicht zugeben, daher zuckte ich nur mit den Schultern. »Nun, ich kann's nicht mehr ändern. Passiert ist passiert. Es freut mich, dass du einen schönen Nachmittag hattest, doch jetzt würde ich vorschlagen, dass wir uns alle auf unsere Arbeit konzentrieren.«

Das war jedoch leichter gesagt als getan, vor allem für mich selbst. Mein Unterbewusstsein war nämlich so freundlich, mir die Highlights des gestrigen Tages in Dauerschleife abzuspielen. Tobys ungebührliches Verhalten war dabei noch das Charmanteste gewesen, das konnte man ihm nachsehen, weil er ein putziger Hund war. Aber ich? Für mein ähnlich unangemessenes Auftreten konnte ich keine mildernden Umstände vorbringen. Das hatte ich in vollem Bewusstsein selbst verbockt. Rufus war untröstlich gewesen und so aufgebracht, dass er sich abends in den Schlaf geweint hatte. »Ich will meine Mummy«, hatte er verzweifelt geschluchzt. Zum ersten Mal seit Wochen. Es brach mir das Herz, wenn ich nur daran dachte, doch ich konnte es ihm nicht verübeln. Er hatte das nicht verdient. Hatte vor allem mich nicht verdient, denn es gab gute Gründe dafür, dass ich niemals eigene Kinder oder Haustiere hatte haben wollen. Ich konnte das einfach nicht.

Paulas Gesichtsausdruck heute Morgen, als ich Rufus in den Kindergarten gebracht hatte, war auch sehr beredt gewesen. Und was ich darin gelesen hatte, war wenig schmeichelhaft für mich. Und das alles nur – warum? Weil ich unerwartete und ungewollte Gefühle für einen Mann hatte, der vermutlich schlicht freundlich zu mir sein wollte und keine Hintergedanken hatte. Oder noch schlimmer, der womöglich ernsthafte Absichten hegte. »Ernsthaft« und »Mann« in einem Satz, das war für mich kategorisch ausgeschlossen. Das funktionierte bei mir genauso wenig wie vierbeinige oder minderjährige Schutzbefohlene. Ich hatte längst akzeptiert, dass ich mein Leben als unabhängiger Single verbringen würde – wobei, nein, das war falsch. Akzeptanz klang zu sehr nach einem unausweichlichen Schicksal. Ich hatte mich jedoch ganz bewusst dafür entschieden, allein zu leben und von niemandem abhängig zu sein. Nicht finanziell und schon gar nicht emotional. Und ich hatte auch nie gewollt, dass jemand anders abhängig von mir war.

»Dein Handy klingelt«, sagte Sarah, und mir fiel auf, dass ich während der letzten Minuten gedankenverloren aus dem Fenster gestarrt und nicht auf meine unmittelbare Umgebung geachtet hatte.

Nicht mal auf mein Telefon, das in Griffweite neben mir lag. Was womöglich damit zusammenhing, dass ich die Anrufe von Hazel und Harry bislang ignoriert hatte und auch jetzt kein gesteigertes Interesse verspürte, mit ihnen zu reden. Doch ein Blick auf das Display zeigte eine Nummer aus Edinburgh – allerdings keine, die ich eingespeichert hatte. »Hallo?«, meldete ich mich.

»Ms. Gordon?«, drang eine mir unbekannte Frauenstimme

aus der Leitung. »Ich bin Mrs. MacKenzie vom Jugendamt. Ihr Fall wurde mir zugeteilt. Können wir kurz sprechen?«

»Einen Moment bitte.« Ich spürte Sarahs neugierige Blicke, also ging ich aus dem Büro und in den Wirtschaftshof der Gärtnerei, wo im Moment glücklicherweise niemand war. Gavin und seine Leute schienen im Park unterwegs zu sein. »Nun bin ich ganz Ohr, Mrs. MacKenzie«, meldete ich mich schließlich und fragte mich kurz, warum die Jugendamtsdame mir ihren Vornamen verschwieg, aber offensichtlich großen Wert darauf legte, ihren Familienstand kundzutun. Doch diese kleine Irritation wurde gleich von einem anderen Gefühl verdrängt: Nervosität, gepaart mit ein wenig Angst.

»Ich wollte mich erkundigen, wie es Ihrem Neffen Rufus geht, und Sie über den Stand unserer Vaterschaftsermittlungen informieren«, entgegnete Mrs. MacKenzie knapp.

»Rufus? Ihm geht's gut«, versicherte ich und hoffte, dass ich überzeugender klang, als ich mich fühlte. Heute früh hatte er mich kaum angesehen und nur wenige Worte gesprochen. »Er hat hier schon einige Freunde gefunden und fühlt sich in der Kindergruppe auf Tresco sehr wohl.« Das immerhin war nicht gelogen.

»Gibt es irgendwelche Verhaltensauffälligkeiten? Nächtliches Einnässen?«

»Ähm …« Ich zögerte. »Nein. Ich würde sagen, er verhält sich normal. Gelegentliche Trotz- und Wutanfälle sind bei Kindern in seinem Alter wohl üblich, oder?«

»Sicher, wenn es nicht ständig dazu kommt.«

Puh, was hieß das denn nun? Was war schon »ständig«? Rufus tat seinen Unmut über gewisse Dinge durchaus lautstark kund, aber dann war er normalerweise auch recht schnell wieder friedlich und lieb. Das gestern war hoffentlich eher eine Ausnahme gewesen. Aber was wusste ich schon?

»Ich glaube, es ist alles im Normalbereich«, antwortete ich daher vorsichtig. »Man darf ja nie vergessen, dass er kürzlich seine Mutter verloren hat und dieses Ereignis sicher ein großer Schock für ihn war. Für uns alle.«

»Natürlich«, bestätigte sie mir in einem eher geschäftsmäßigen als mitfühlenden Tonfall, und ich hörte, wie sie auf ihrer Tastatur tippte. »In Rufus' Geburtsurkunde ist kein Vater angegeben, aber Sie hatten meiner Kollegin beim Erstgespräch gesagt, es sei Ihnen wichtig, dass das Kind seinen Vater kennenlernen kann. Ist das immer noch der Fall?«

Ich hatte an dieses erste Gespräch nur noch sehr diffuse Erinnerungen – und keine allzu positiven. Statt konkrete Hilfestellung zu bekommen, hatte ich mich wie in einem Verhör und in die Enge getrieben gefühlt. Was genau ich zur Vaterfrage gesagt hatte, wusste ich nicht mehr – und wie ich jetzt dazu stand, konnte ich auch nicht wirklich benennen. »Ich finde, dass jeder das Recht hat, über seine Herkunft Bescheid zu wissen«, erklärte ich daher ausweichend und fügte dann hinzu: »Ich möchte Rufus die bestmöglichen Lebensumstände bieten. Sollte sein biologischer Vater ihm ein intaktes und liebevolles Zuhause geben können, dann ...« Ich merkte, wie sich ein Knoten in meinem Hals bildete.

»Verstehe«, erwiderte die Jugendamtsfrau. »Ich kann Ihnen diesbezüglich jedoch keine allzu großen Hoffnungen machen. Unsere Recherchemöglichkeiten sind begrenzt – sowohl finanziell als auch vom Zeitaufwand her. Aber vielleicht finden wir etwas heraus. Wollen Sie parallel die Frage der vollen Vormundschaft und des alleinigen Sorgerechts weiterverfolgen?«

»Was würde das alles beinhalten?«

»Sie hätten in allen Fragen das alleinige Bestimmungsrecht. Wo das Kind lebt, welche medizinische Behandlung es erhält, welche Schule es besucht et cetera. Rechtlich wären sie natürlichen Eltern damit weitgehend gleichgestellt«, erläuterte sie.

»Weitgehend?«

»Solange Sie mit ihm in Großbritannien bleiben, dürfte der Status quo sicher sein. In anderen Ländern könnte es anders aussehen. Ich lese in Ihren Unterlagen, dass Sie vorhatten, nach Südafrika zu ziehen. Gibt es diese Pläne noch?«

»Im Augenblick liegen sie auf Eis. Ich habe eine andere Stelle angenommen und hege für den Moment keine Auswanderungspläne.« Ich unterdrückte ein Seufzen, denn ganz akut wäre ich liebend gern am anderen Ende der Welt gewesen – in einer Großstadt wie Kapstadt, wo man neugierigen Nachbarn und uneindeutigen Männerbekanntschaften aus dem Weg gehen konnte.

»Sollte der Vater des Kindes im Ausland leben, könnte er dort Ihren hier im Königreich etablierten Status infrage stellen. Wenn Sie Rufus behalten und mit ihm ins Ausland gehen wollen, wäre eine Adoption die sicherste Wahl, aber dafür könnte das Familiengericht die Zustimmung des leiblichen Vaters fordern – womit wir wieder am Anfang unserer Überlegungen wären. Haben Sie wirklich keine Anhaltspunkte dazu, wer von den Partnern Ihrer Schwester als Vater in Betracht kommt?«

Das klang alles sehr unerfreulich und kompliziert, aber vor allem missfiel mir der Tonfall dieser Frau. »Ich habe Ihnen alle Informationen gegeben, die ich hatte«, entgegnete ich kühl. »Gibt es noch andere Optionen?«

»Selbstverständlich könnten wir Rufus in eine Einrichtung oder eine Pflegefamilie geben, wenn Sie sich überfordert fühlen oder wir zu der Erkenntnis gelangen sollten, dass Sie nicht geeignet sind, das Kind zu betreuen. Auch in diesem Fall würden wir uns bemühen, den leiblichen Vater zu finden. Wäre Ihnen das lieber?«

Was für eine Frage. Natürlich fühlte ich mich überfordert, und ganz sicher gäbe es geeignetere Menschen dafür, Rufus großzuziehen. Die Aussicht war verführerisch. Ich wäre wieder frei und könnte mein Leben so führen, wie ich wollte, an einem Ort, den ich mir ausgesucht hatte. Doch vermutlich könnte ich mich dann nie wieder im Spiegel betrachten, ohne die Schuld in meinen Augen zu lesen. Ich hatte Frances versprochen, mich um ihr Kind zu kümmern.

»Wäre Ihnen das lieber, Ms. Gordon?«, wiederholte die Frau ihre Frage.

»Nein, das wäre mir nicht lieber!«, sagte ich mit betont fester Stimme. »Wir gewöhnen uns aneinander, und es läuft von Tag zu Tag besser. Ich werde ihm auf keinen Fall zumuten, dass er wieder in ein fremdes Umfeld kommt. Falls sein Vater zu finden ist und er seinen Sohn kennenlernen möchte, können wir weitersehen, aber bis dahin würde ich mich gern um das alleinige Sorgerecht für ihn bemühen. Muss ich da irgendwelche Anträge stellen, oder wie läuft das?«

In den folgenden Minuten erklärte Mrs. MacKenzie, was wie in welcher Reihenfolge zu tun war, und empfahl mir dringend juristischen Beistand. Denn auch wenn die Familiengerichte des Landes in Fällen wie dem von Rufus das Sorgerecht bevorzugt nahen Familienangehörigen übertrugen, gab es doch einige Fallstricke, über die Laien gerne stolperten.

Nach dem Gespräch fühlte ich mich ausgelaugt und noch demoralisierter als vorher. Wie konnte das alles gut werden?

Da ich keine Lust auf Büroarbeit und meine neugierigen Praktikantinnen hatte, schnappte ich mir ein Probenset, Handschuhe und mein Notizbuch und kündigte an, einige Proben nehmen zu wollen. Dann lief ich auf den versteckten Pfaden, die nur die Parkmitarbeiter nutzten, zur Schmetterlingswiese und setzte mich in einen winzigen, dicht umrankten Pavillon, den die meisten Besucher übersahen. Ich brauchte dringend ein paar Minuten Zeit für mich, um meine Gedanken zu ordnen und Klarheit zu finden.

Theoretisch hatte ich Wahlmöglichkeiten, das hatte mir diese Mrs. MacKenzie erneut aufgezeigt. Ich musste nicht hier sein und die Mutterrolle für ein Kind übernehmen, das nicht darum gebeten hatte, mit mir geschlagen zu sein. Eine Rolle, die sich für mich auch nach fast zwei Monaten derart fremd und unnatürlich anfühlte, dass ich zu bezweifeln wagte, dass ich mich je daran gewöhnen würde. Ich hatte Rufus gestern eine Zeit lang einfach vergessen – nicht zum ersten Mal. War das nicht die Grundvoraussetzung für eine Mutter, dass sie immer zuerst an ihr Kind dachte? In diesem Punkt war ich offensichtlich eine genauso große Versagerin wie meine eigene Mutter. Die hatte uns auch nur dann zur Kenntnis genommen, wenn es ihr gerade in den Kram gepasst hatte. Wäre es – entgegen meinen markigen Worten – für Rufus nicht vielleicht doch besser, wenn er in ein anderes, ein kompetenteres Umfeld käme?

Ich drehte mich im Kreis. Diese Frage hatte ich mir schon etliche Male gestellt, und immer wieder fiel ich auf das zurück, was ich Frances versprochen hatte. Doch waren die Wünsche einer verstorbenen Frau, die sie im Glücksrausch nach der Geburt ihres Kindes geäußert hatte, wichtiger als meine eigenen Bedürfnisse? Oder die ihres Kindes? Ich hatte keine Antworten, außer denen, die ich der Jugendamtsfrau gegeben hatte.

Ich fuhr zusammen, als mich eine kalte Hundeschnauze anstupste. »Was machst du denn hier?«, fragte ich Toby, der freudig wedelnd vor mir stand. »Bist du etwa wieder abgehauen?«

»Nein, er ist mit mir hier«, sagte Hazel, die zu meiner Überraschung plötzlich in ihrer Imkerinnenkluft vor mir stand und mich verschmitzt angrinste. »Eigentlich wollte ich mir hier gerade ein entspanntes Päuschen gönnen, aber mein Geheimplatz ist besetzt.«

»Ich wusste gar nicht, dass du dich auch um die Bienenstöcke hier im Park kümmerst.« Ich rückte etwas zur Seite, damit Hazel Platz in dem kleinen Refugium fand.

»Keine Biene auf der Insel ist vor mir sicher. Und wer sonst sollte den Parkhonig herstellen?«

Ich zuckte mit den Schultern, weil ich mir darüber noch nicht im Geringsten Gedanken gemacht hatte. Aber es war vermutlich total logisch, denn wie viele Leute sonst konnten schon imkern? »Macht Sinn«, gab ich zu. »Ist viel zu tun?«

»Nein, ich wollte heute nur nach dem Rechten sehen und schauen, wie fleißig die Mädels sind. Nächste Woche komme ich dann für meine erste Parkernte in diesem Jahr her. Ich wurde eben von einem Trupp Rentner der Klugscheißer-Fraktion belagert, die alles ganz genau wissen wollten und großzügig mit ihren guten Ratschlägen waren.« Sie winkte augenrollend ab. »Deshalb haben wir uns hierhergeflüchtet. Und was ist deine Ausrede?«

»Ich … ähm … ich wollte Proben sammeln.«

»Hier im Pavillon?«

»Nein.« Ich schüttelte den Kopf. »Um der Wahrheit die Ehre zu geben, bin ich vor meinen Studentinnen geflohen, die mir entweder von Makrelen jonglierenden Fischern vorschwärmen oder indiskrete Fragen stellen. Außerdem muss ich nachdenken.« Das war erheblich mehr, als ich vor Hazel eigentlich offenbaren wollte, doch nun war es raus, und natürlich ging meine neue Freundin voll darauf ein.

»Nachdenken? Über deinen spektakulären Auftritt gestern? Oder soll ich besser ›Abtritt‹ sagen? Was zur Hölle war denn los mit dir?« Sie fixierte mich mit ihren türkisblauen Augen und wirkte erstaunlicherweise weniger sensationslüstern als aufrichtig interessiert.

»Wenn ich dir das so einfach beantworten könnte, wäre ich ein paar Schritte weiter«, erwiderte ich daher wahrheitsgemäß.

»Hat Harry sich danebenbenommen?«

»Nein, mit ihm hat es nichts zu tun. Also jedenfalls nicht ursächlich.«

»Lass mich raten, du wurdest einst von einem Piraten böse verlassen und hast jetzt ein Problem damit, Einäugigen zu trauen?«

»Und ich dachte, dich interessiert es wirklich«, seufzte ich. Offensichtlich war Hazel doch nur auf oberflächliche Gags aus.

»Das war nur die plakative Hülle, die den ernsthaften Kern meiner These besonders deutlich herausstellen sollte«, entgegnete sie schlagfertig. »Ich habe die Erfahrung gemacht, dass sich manche Menschen mit bunten Metaphern leichter tun als mit der grauen Wahrheit.«

»Da könnte was Wahres dran sein«, stellte ich leise fest und versuchte, meine Gedanken zu sortieren und eine ebenso treffende Analogie zu finden, mit der ich mein Unwohlsein angemessen knallig darstellen konnte. Doch das war gar nicht so einfach. »Sagen wir's so: Mit Piraten und Einäugigen habe ich kein grundsätzliches Problem. Als Kind von Cruella De Vil und Donald Trump habe ich mir nur ein paar Vorsichtsmaßnahmen überlegen müssen, um ein sozialverträgliches Leben führen zu können.«

Hazels Augen wurden riesig und drohten fast aus ihren Höhlen zu kullern, so verblüfft starrte sie mich an. Für einen Moment war diese spitzzüngige und scharfsinnige Frau sprachlos. »Ich glaube, das ist mir nun wieder zu plakativ«, gab sie dann zu. »Soll das heißen, dass deine Mutter aus Dalmatinerwelpen Mäntel genäht hat und dein Vater … ich weiß nicht … eine Weile die Atomcodes der USA hatte?«

»Nicht ganz, obwohl ich ihnen beides jederzeit zutraue.« Ich holte tief Luft. Wollte ich wirklich davon erzählen? Ich kannte die Reaktionen, wenn ich über meine Familie sprach. Es fing mit Ungläubigkeit an, gefolgt von Entsetzen und schließlich Mitleid. Nichts, wonach mir aktuell der Sinn stand. Andererseits konnte ich meine Aussage jetzt auch nicht unkommentiert stehen lassen. »Lass es mich so formulieren: Meine Eltern sind die egoistischsten, unnachgiebigsten, lieblosesten und gleichzeitig schillerndsten Menschen, die ich kenne. Ich werde wohl nie begreifen, warum sie sich überhaupt Kinder angeschafft haben – und dann auch noch vier. Ich bin in der Gewissheit aufgewachsen, dass es keine bedingungslose Liebe gibt und dass Kinder sich nicht auf ihre Eltern verlassen können. Später, als ich alt und reflektiert genug war, um es zu erkennen, habe ich gelernt, dass das nicht normal ist und die meisten Menschen andere Erfahrungen machen. Doch da war mir selbst dieses Verhalten schon zutiefst in Fleisch und Blut übergegangen. Ich bin unfähig, bedeutungsvolle Beziehungen zu führen und mich um Schutzbefohlene zu kümmern.«

Hazel sah mich lange nachdenklich an, ehe sie schließlich fragte: »Das glaubst du wirklich, was?«

»Das hat nichts mit Glauben zu tun. Als Kind hatte ich ein Meerschweinchen, das verhungert ist, weil ich mich nicht darum gekümmert habe. Später wurde mein Hund überfahren, weil ich nicht daran gedacht hatte, ihn rechtzeitig an die Leine zu nehmen und …«

»Moment«, unterbrach sie mich. »Wie alt warst du, als das mit dem Meerschweinchen passiert ist?«

»Sieben oder acht«, entgegnete ich. »Ich hatte es von einer entfernten Tante zum Geburtstag bekommen und habe es heiß geliebt. Es hieß Snoopy. Aber dann musste ich wieder ins Internat und konnte Snoopy nicht mitnehmen. Als ich nach zwei Wochen zum Wochenende heimkam, lag er tot in seinem Käfig, völlig abgemagert.«

»Was?«, kreischte Hazel so entsetzt, dass Toby erschrocken aufsprang und sich nervös umschaute. »Deine Eltern haben sich während deiner Abwesenheit nicht um das Tier gekümmert? Mal abgesehen davon, dass ich es regelrecht pervers finde, ein derart kleines Kind ins Internat zu stecken.«

»Meine Eltern haben sich nicht nur nicht um Snoopy gekümmert, sie haben sogar unserer Nanny und dem Hauspersonal verboten, es zu tun – als Lektion für mich. Ich hatte es nämlich versäumt, das Kindermädchen darum zu bitten, ihn zu versorgen«, berichtete ich ruhig. Ich wusste, welche Wirkung diese Geschichte auf andere, auf normal empfindsame Menschen hatte, für mich war sie jedoch nur eine von vielen Anekdoten über die alltäglichen Grausamkeiten, die ich und meine Geschwister in unserer Jugend erlebt hatten.

»Ich weiß nicht, was ich sagen soll«, krächzte Hazel schockiert. »Solche Leute gehören hinter Schloss und Riegel.«

»Von mir aus gern«, murmelte ich. »Aber sie achten grundsätzlich sehr genau darauf, sich nichts strafrechtlich Relevantes zuschulden kommen zu lassen. Und falls doch, haben sie genug einflussreiche Freunde, die für ein Wochenende im Golf-Resort Probleme einfach verschwinden lassen.«

»Hast du noch Kontakt zu ihnen?«

Ich schnaubte angewidert. »Seit dem Tod meiner Schwester endgültig nicht mehr. Und davor auch nur äußerst sparsam.«

»Gut für dich. Solche Menschen braucht niemand in seinem Leben. Hast du mal eine Therapie gemacht?«

Ich schluckte. Das war noch ein Punkt, über den ich nicht gerne sprach.

»Tut mir leid, wenn das zu persönlich war. Ich kann mir nur vorstellen, dass niemand seelisch unbeschadet aus so einer Kindheit hervorgeht und …« Sie klappte hastig den Mund zu, doch ich hatte den Eindruck, dass das nicht wegen mir und einer etwaigen Grenzüberschreitung geschah, sondern wegen ihr selbst. Interessant. Aber leider kein Thema, um das ich mich jetzt kümmern konnte.

»Ich habe mit siebzehn eine kurze Therapie gemacht. Das war nach dem Tod meines Hundes. Da habe ich eine massive Essstörung entwickelt, die ich zwar einigermaßen schnell wieder in den Griff bekommen habe, aber die Therapie … Sagen wir's so, in der Rückschau war es wohl nicht der beste Therapeut für mich. Mein Bruder macht gerade ganz andere Erfahrungen, also würde ich das nicht grundsätzlich verteufeln, nur für mich …« Ich erwartete Gegenwind von Hazel, doch sie nickte nur traurig.

»Es gibt leider einige sehr schwarze Schafe in diesem Berufsstand.«

»Wie überall«, bestätigte ich. »Mir geht's gut. Ich bin gerne mit Menschen zusammen, habe Wegbegleiter, die ich mag, und keine Probleme in meinem Alltag. Bis vor Kurzem jedenfalls – bis mein Leben mit dem Tod meiner Schwester eine neue, krasse Wendung genommen hat. Ich habe gestern für einen Moment vergessen, dass es Rufus gibt. Ich habe einfach nicht mehr an ihn gedacht, ihn nicht im Blick gehabt, und das hat mich derart schockiert, dass es zu einer Kurzschlussreaktion und unserem uneleganten Abgang geführt hat. Jetzt hasst er mich, und außerdem habe ich mich damit zweifellos zum Gespött der Insel gemacht.«

»Ach Quatsch«, winkte sie ab. »Morgen wird die nächste Sau durchs Dorf getrieben. Und was Rufus betrifft, der hasst dich bestimmt nicht. Der hat sich doch wie ein ganz normales Kleinkind verhalten.«

»Ich bin ja keine Expertin, aber ›Ich hasse dich, ich hasse dich, ich will meine Mummy‹ klingt nicht gerade nach einem normalen Wutausbruch, oder?«

»Keine Ahnung. Ich hab ja auch keine Kinder, aber ich finde nicht, dass der Kleine einen grundlegend unglücklichen Eindruck macht. Er ist doch meistens ganz fröhlich und aufgeweckt. Wahrscheinlich war er wirklich nur sauer, weil du ihm den Spaß versaut hast.«

»Vielleicht.« Es war offensichtlich, dass Hazel mit der unerfreulichen Gemengelage etwas überfordert war, aber erstaunlicherweise taten mir ihre tröstenden Worte gut – auch wenn sie ähnlich wenig Ahnung von Kindern hatte wie ich. »Danke jedenfalls, dass ich mich ein bisschen auskotzen konnte. Auch wenn es nicht das war, was du hören wolltest.« Ich lächelte schief.

»Ach«, entgegnete sie großzügig, »wer Fragen stellt, muss mit Antworten rechnen. Das ist schon okay. Auch wenn mir heiße Piratengeschichten lieber gewesen wären.«

»Wem nicht?« Ich dachte an Harrys irritierten Blick, als ich gestern fluchtartig das Weite gesucht hatte, ohne die Dinge anzukratzen, die unausgesprochen zwischen uns standen: seine eindeutigen Flirtereien, meine eindeutigen Reaktionen darauf und die Unmöglichkeit, entsprechend zu agieren. Ich mochte mir gar nicht ausmalen, was er von mir dachte.

»Ich könnte mir schon vorstellen, dass Harry Chapman nicht abgeneigt wäre«, spann Hazel den Faden weiter.

»Und genau das ist das Problem. Ich wäre es auch nicht, aber darüber habe ich Rufus vergessen, und das geht nicht. Der Kleine muss für mich Priorität haben. Ob ich es will oder nicht.«

Hazel stand auf. »Ich hab ja die Erfahrung gemacht, dass es in den seltensten Fällen um eindeutige Schwarz-Weiß-Entscheidungen geht. Meist gibt es eine ganze Menge Graustufen dazwischen. Oder bunte Farben – ganz, wie du es interpretieren willst. Und du musst ja nichts überstürzen, sondern kannst ein Problem nach dem anderen lösen. Ich geh jetzt wieder zu meinen Bienen. Hoffentlich haben sie den Redeschwall der Rentnerbrigade unbeschadet überstanden. Wir sehen uns.« Sie hob die Hand und pfiff dann Toby, der wie der Blitz lossauste und es offensichtlich auch nicht erwarten konnte, von mir wegzukommen. Ich verstand ihn nur zu gut.

Leider konnte ich vor mir selbst nicht davonlaufen, aber ich beschloss, wenigstens meinem Arbeitstag noch etwas Sinn zu geben. Also stand ich auf und ging zurück in mein Büro. Am Nachmittag, wenn ich Rufus bei Paula abgeholt hatte, würde ich versuchen, die Wogen zwischen ihm und mir zu glätten.

VERZEIHEN

Ich hatte Glück. Heute war ich die erste Abholerin, und ich war froh, dass ich nicht auf Bree oder Lindsay traf, die zweifellos einige Kommentare zum gestrigen Nachmittag parat gehabt hätten. Auch ein Gespräch mit Paula blieb mir erspart, weil sie ein Auge auf ihre Kinderschar haben musste. Erfreulicherweise war Rufus sofort bereit, mit mir mitzukommen, und das ganz ohne Tränen und Trotzreaktionen.

»Hattet ihr einen schönen Tag?«, fragte ich ihn, als wir zusammen in unseren Garten gingen. Ich wollte die heutige Erdbeerration ernten und hielt ihm ein Schälchen hin.

»Ja. Wir waren sogar auf dem Spielplatz«, erwiderte er stolz und begann dann, die ersten reifen Früchte abzuzupfen.

Es gab nur einen einzigen Spielplatz auf Tresco – in Old Grimsby –, was bedeutete, dass ich mir einen neuen Plan ausdenken musste, denn ich hatte eigentlich vorgehabt, mit ihm dorthin zu gehen. »Das hat bestimmt viel Spaß gemacht. Sollen wir nachher vielleicht mal mit Alfie an den Strand gehen? Wir könnten eine Sandburg bauen oder Muscheln suchen«, schlug ich vor.

»Hm.« Er konzentrierte sich wieder ganz auf die Erdbeeren, und ich war mir nicht sicher, ob er mir nicht zugehört hatte oder ob er mir bewusst auswich. Waren Dreijährige dazu überhaupt in der Lage?

»Es tut mir leid, dass wir gestern so schnell heimgegangen sind. Ich weiß, dass du gerne länger geblieben wärst.« Ich hockte mich vor ihn hin, nahm ihm die Erdbeerschale aus der Hand und hielt ihn an den Armen fest, sodass er nicht mehr an die Erdbeeren herankonnte. Allerdings vermied er es nach wie vor, mich anzusehen. »Ich weiß, dass dich das traurig gemacht hat, Rufus, und es war wirklich dumm von mir.«

Nun schaute er mich überrascht an, und ich schämte mich gleich noch mehr. Ich hatte ihm nämlich gestern gesagt, dass wir deshalb gehen müssten, weil er sich nass und dreckig gemacht hatte.

»Erwachsene machen manchmal komische Sachen und behaupten Dinge, die nicht stimmen. Du hattest keine Schuld daran. Es war allein mein Problem, und es tut mir ehrlich leid.«

»Okay«, sagte er, und ich ahnte, dass ihn meine Entschuldigung verlegen machte. Es war mir schon häufiger aufgefallen, dass er nicht gut damit umgehen konnte, wenn ich einen Fehler zugab. Vielleicht sollte man das nicht tun? Vielleicht wollten Kinder in der Illusion aufwachsen, dass ihre Eltern oder überhaupt alle Erwachsenen immer recht hatten? Gab ihnen das Sicherheit? Ich hatte keine Ahnung, fand aber, dass sich dieser Ansatz grundfalsch anfühlte.

»Sind wir wieder Freunde?«, fragte ich daher und legte meine Hand an seine Wange. Ich hoffte, er glaubte mir, dass ich es aufrichtig meinte.

Er nickte nur, aber dann kam er einen Schritt näher, schlang mir die Arme um den Nacken und vergrub sein Gesicht an meinem Hals. Vollkommen gerührt und mehr als nur ein bisschen erleichtert zog ich ihn fest an mich und küsste ihn auf den Kopf. Dabei verlor ich das Gleichgewicht und plumpste auf die Wiese, wo ich wie ein Käfer auf dem Rücken lag, einen vor Vergnügen quietschenden Rufus auf dem Bauch. Alles war wieder gut zwischen ihm und mir. Wenn es doch bloß auch mit allen anderen Dingen so leicht gewesen wäre.

Ich kitzelte ihn und fiel in sein ansteckendes Kinderlachen mit ein, bis mir der Bauch wehtat und ich nach Luft japste. »Also, wie sieht's aus? Hast du Lust auf einen Ausflug zum Strand? Wir könnten schnell noch ein paar Muffins backen und die Erdbeeren als Proviant mitnehmen.«

Nun war seine Begeisterung eindeutig. Er rollte sich von mir herunter und setzte das Erdbeerpflücken fort. »Aber Alfie kommt mit!«

»Ja, wie versprochen«, bestätigte ich und stand dann ebenfalls auf, wenn auch deutlich weniger elegant.

In Windeseile hatten wir die reifen Erdbeeren geerntet und gingen in die Küche, wo ich den Teig für die Muffins zusammenrührte. Rufus durfte Rührbesen und Schüssel ablecken, auch wenn ich mich dunkel daran erinnerte, dass roher Teig für kleine Kinder schädlich war, aber ich wollte ihm das Vergnügen nicht nehmen. Es würde schon gut gehen.

»Habe ich dir eigentlich erzählt, dass Toby gestern ein paar der frisch gebackenen Cupcakes geklaut und gefressen hat?«

»Echt? Der ist ja frech.« Rufus kicherte und sah mir dabei zu, wie ich die Muffinform in den Ofen schob.

»Ganz echt. Er muss dafür auf die Arbeitsfläche gesprungen sein. Hätte ich nicht gedacht, dass er das schafft.«

»Toby kann so hoch springen.« Rufus stellte sich auf die Zehenspitzen und reckte seine Arme nach oben. »Er ist auch schon mal auf Alfie raufgesprungen. Und auf Greybelly, aber die fand das doof.«

»Kann ich mir vorstellen. Das fände ich auch nicht witzig. Toby ist wirklich superfrech.«

»Können wir auch einen Hund haben?«

»Wir haben doch schon so viele Tiere«, wich ich aus. »Einen Esel, drei Schafe, sieben Hühner, und bei Paula kannst du auch immer mit ihren Katzen spielen. Außerdem kommt Toby ja oft genug zu Besuch.«

»Aber er schläft nicht bei mir im Bett.« Eine Tatsache, über die ich sehr erleichtert war, aber das sprach ich nicht aus. »Jaspers Hund darf immer bei ihm im Bett schlafen und der von Keira auch«, behauptete er.

»Na ja, aber Jasper und Keira haben dafür keinen Esel und keine Schafe«, entgegnete ich sachte und hoffte, dass ich eine weitere Krise abwenden konnte. »Außerdem würde es Foxy sicher nicht gefallen, wenn ein Hund seinen Platz einnimmt. Meinst du nicht?«

»Hm. Vielleicht«, gab er zu, doch dann hellte sich sein Gesicht wieder auf. »Aber der Hund könnte dann ja bei dir im Bett schlafen!«

Kinderlogik. Haarsträubend, aber bezwingend und irgendwie niedlich, doch ein Hund in meinem Bett war so ziemlich das Letzte, wonach mir der Sinn stand. »Ich glaube, ich möchte keinen Hund in meinem Bett haben, denn das ist ja meine Bärenhöhle, und da ist der Platz immer für das Bärenkind reserviert.« Keine Ahnung, woher das jetzt gekommen war. Seit der ersten Nacht war Rufus nicht mehr zu mir ins Bett geklettert, was ein unbewusster Teil von mir offensichtlich bedauerte.

Rufus schien darüber nachdenken zu müssen, und ich nutzte die Pause für einen Themenwechsel. »Was wollen wir alles an den Strand mitnehmen? Muffins, Erdbeeren, etwas zu trinken, Sandspielsachen. Sonst noch was? Wir könnten das alles in zwei Taschen packen, damit Alfie die auf dem Rücken tragen kann. Was meinst du, würde er das tun?«

»Alfie ist superstark! Der schafft das. Darf ich auch auf ihm reiten?«

»Natürlich. Er hat mir nämlich verraten, dass du sein Lieblingsreiter bist. Magst du schon mal alles zusammensuchen, was du mitnehmen willst? Wir warten noch drauf, dass die Muffins etwas abkühlen, und dann machen wir uns auf den Weg.«

Das ließ sich Rufus nicht zweimal sagen. Er lief in den Garten, zweifellos um Eimer, Schaufeln und Sandförmchen aus dem Schuppen zu holen, und ich war froh, dass ich das Hundethema für den Moment elegant umschifft hatte.

Eine gute halbe Stunde später waren wir bereit. Ich hatte Alfie seinen Bauchgurt umgeschnallt, der nicht nur einen Haltegriff für den kleinen Reiter hatte, sondern auch zwei Karabinerhaken, in die ich die Griffe der beiden Rucksäcke einklinkte, die wir gepackt hatten. Ich hob Rufus auf den Esel und schnappte mir den Führstrick. Das Langohr lief fröhlich neben mir her – offensichtlich hatte auch er mir mein ungebührliches Verhalten von gestern verziehen, oder er erhoffte sich regelmäßige Bestechung in Form von Karottenstückchen.

Wir wanderten zur Appletree Bay, einem wunderschönen weißen Sandstrand, der nur ein paar Minuten von unserem

Cottage entfernt war, und dort bereitete ich unser Picknick vor, während Rufus sein Spielzeug auspackte und sich nach einem geeigneten Platz für die Sandburg umsah.

Wir hatten uns gerade auf die Decke gesetzt, als auf dem Wasser ein himmelblaues Holzboot in Sichtweite kam. »Das ist Harry!«, rief Rufus und sprang winkend auf. Tatsächlich war es unser Pirat, der prompt den Kurs änderte und sein »Fliegendes Walross« zum Strand steuerte.

»Na, ihr zwei, macht ihr ein Picknick?«, fragte er, als er näher kam. Er sah besser aus als gestern, sein Teint war nicht mehr ganz so fahl und sein Lächeln … Nein, darauf wollte ich gar nicht achten.

»Wir wollten gerade anfangen. Möchtest du dich zu uns setzen?«, lud ich ihn ein. Aus reiner Höflichkeit, redete ich mir ein, denn alles andere wäre ja albern gewesen, doch mein Herz schlug irrationalerweise schneller.

»Mit dem allergrößten Vergnügen. Wie du weißt, liebe ich Erdbeeren.« Er deutete auf die Schale mit den knallroten, saftigen Früchten, und sein gesundes Auge blitzte schon wieder auf diese vielsagende Weise. »Eine Leidenschaft, die wir gestern leider nicht mehr … vertiefen konnten.«

»Ähm …«

»Harry, hilfst du uns bei der Sandburg?«, mischte sich Rufus glücklicherweise ein.

»Natürlich, aber erst würde ich gerne ein paar von den Erdbeeren kosten und vielleicht einen der Muffins.«

Rufus hob eifrig die Kuchendose hoch und bot sie Harry an.

»War der Hund heute wieder in der Küche?«, fragte er, als er sich einen Muffin nahm, und ich merkte, dass ich wieder knallrot wurde. Dieser Mann legte seine Finger mit schlafwandlerischer Sicherheit immer mitten in die Wunde.

»Toby hat gestern vier Cupcakes gefressen. Er hat sie von der Arbeitsfläche geschnappt, weil er sooooo hoch springen kann«, berichtete Rufus eifrig und hüpfte selbst in die Höhe, um Harry zu demonstrieren, wie beeindruckend die Sprungkraft des unseligen Köters war. Dabei rutschte sein T-Shirt hoch und legte einen Streifen Kinderhaut am Bauch frei, die Harry prompt kitzelte.

»Soooo hoch? Das ist ja sehr beeindruckend.« Er lachte, und Rufus quietschte vor Vergnügen. »Aber heute war er nicht da, also kann ich den Muffin unbesorgt essen, oder?«

»Ich hab aufgepasst«, betonte Rufus, ließ sich wieder auf die Decke plumpsen und begann selbst zu mampfen.

Es war wirklich erstaunlich, wie natürlich Harry mit dem Kleinen umging. Er schien nicht die geringsten Berührungsängste zu haben, sondern reagierte vollkommen instinktiv. Das war mir schon bei unserem ersten Ausflug aufgefallen, und ich bewunderte ihn dafür. Diese Leichtigkeit hätte ich auch gerne gehabt, aber davon war ich meilenweit entfernt.

»Gut, dass ich euch zufällig treffe«, begann Harry, nachdem er seinen ersten Muffin und eine Handvoll Erdbeeren vertilgt hatte. »Ich wollte euch nämlich fragen, ob ihr am Wochenende Lust auf Robben habt?«

»Du meinst, im Sinne von ›Robben beobachten‹?«, erkundigte ich mich. »Oder eher im Sinne von Herumrobben?«

»Eigentlich Ersteres«, entgegnete er lachend. »Denn ich habe keine Vorstellung davon, was genau du mit Herumrobben meinen könntest, außer …« Der Blick, den er mir nun zuwarf, löste prompt wieder ein unwillkommenes Kribbeln in mir aus. Was war nur los mit mir? »Also darauf würde ich mich auch einlassen.« Er hob eine Braue. »Aber vielleicht beschränken wir uns fürs Erste auf einen Ausflug nach St. Martin's. Dort bietet eine Freundin Schnorchelausflüge zu den Kegelrobben an, und ich wollte mit ihr besprechen, ob sie meine geplanten Tauchgänge für die nächsten Wochen übernehmen kann.« Er seufzte und deutete auf seine Augenklappe. »Du könntest mit der Gruppe schnorcheln, und Rufus und ich beobachten alles vom Boot aus.«

»Ich? Im Wasser? Mit den Robben?«

»Wenn du Glück hast, ja.«

»Ähm …« Ich rang schon wieder um Worte, dieses Mal allerdings aus anderen Gründen. Ich hatte keinerlei Erfahrung mit Schnorcheln, hatte es nur zweimal im Urlaub ausprobiert, und es hatte mich nicht nachhaltig begeistert. Und das war im warmen Mittelmeer gewesen und nicht im arschkalten Atlantik. »Ist das nicht ein bisschen frisch? Und die Robben sind ja auch ziemlich groß und irgendwie ja auch Wildtiere.«

»Du würdest natürlich einen dicken Neoprenanzug tragen, darin friert man nicht. Und die Robben sind freundlich und neugierig, ganz sicher nicht aggressiv. Wenn sie keine Lust auf die Schnorchler haben, dann kommen sie erst gar nicht. Aber sie finden es ziemlich witzig, an den Flossen zu nagen, und einige von ihnen sind derart zutraulich, dass man sie auch streicheln kann.«

»Unter Wasser?«, fragte ich erneut stupide. Ich konnte das alles nicht so recht begreifen, aber allein die Vorstellung, dass mich eine riesige Kegelrobbe annagte oder unter Wasser mit mir kuscheln wollte, fand ich beängstigend.

»Ja klar, das ist der Sinn der Übung. An Land lassen wir sie völlig in Ruhe, da könnten sie sich von uns bedrängt fühlen, aber im Wasser ist es unproblematisch. Komm schon, das ist ein Riesenspaß.« Er lächelte so breit, dass meine Innereien zu Brei wurden. Meine Gehirnzellen hatten sich ja bereits längst verabschiedet.

»Ich will auch mit den Robben spielen!«, mischte sich nun Rufus ein.

»Sorry, Buddy, da musst du noch ein paar Jahre warten und vorher noch einige Muffins essen, bis du groß genug bist. Aber es ist auch sehr lustig, das alles vom Boot aus zu beobachten, und Philippa kann uns anschließend erzählen, was sie erlebt hat.«

»Ja, Pippa! Du musst mit den Robben spielen und ihnen sagen, dass sie auf mich warten sollen, bis ich auch darf! Bitte, Pippa!«, beschwor mich Rufus.

»Genau! Bitte, Pippa«, pflichtete ihm Harry in ähnlichem Tonfall bei, und ich gab kopfschüttelnd auf.

»Okay, warum nicht? Aber wenn mich eine von ihnen beißt, dann …«

»Zeugt das von gutem Geschmack.« Harry lachte. »Keine Sorge, dir wird nichts passieren. Ich wette, du wirst nicht genug davon bekommen können.«

Darauf wollte ich lieber keine Wetten abschließen, aber was hatte ich schon zu verlieren? Außer meiner Gesundheit und meiner Würde. Doch für Erstere schien die Gefahr überschaubar zu sein, und Letztere war seit gestern Nachmittag ohnehin hinüber.

Wir aßen noch einige Muffins – die Jungs mit erheblich größerem Appetit als ich, was dem schwer zu ignorierenden Kribbeln und Flattern in meinem Bauch zu verdanken war – und plauderten mit ein paar Bekannten, die ebenfalls am Strand unterwegs waren. Erstaunlicherweise kannte ich die meisten Leute inzwischen, beispielsweise zwei Frauen aus meinem Ruderteam und einen der jungen Gärtner aus dem *Abbey Garden*, der mit seiner Freundin da war.

»Du hast dich gut eingelebt«, stellte Harry fest, als ich mich von Amelia verabschiedet hatte. Zuvor hatte ich ihr noch versprechen müssen, bei nächster Gelegenheit zu ihr auf die Farm zu kommen und die erste Ernte ihrer raren Tomatensorten zu testen.

»Ich glaube, die Bewohner von Tresco kenne ich mittlerweile alle zumindest vom Sehen, aber ich war immer noch nicht auf Bryher und St. Martin's.«

»Das müssen wir unbedingt ändern«, entgegnete Harry. »Nach unserem Robbenausflug lade ich euch zu mir nach Hause zum Essen ein.« Täuschte ich mich, oder hatte seine Stimme eine noch dunklere Note angenommen?

»Sehr gerne.« Ich räusperte mich, weil meine Worte so dünn und atemlos klangen. War ich mit beinahe zweiundvierzig nicht langsam in dem Alter, in dem man sich nicht mehr wie ein nervöser Teenager benehmen sollte? Zumal ich das von mir gar nicht kannte. Die Männer, mit denen ich in den letzten Jahren ausgegangen war, hatten nie für Bauchkribbeln und Piepsstimme bei mir gesorgt oder dafür, dass ich mich aufführte wie die letzte Idiotin. Nicht einmal die Kerle, mit denen ich heiße Affären gehabt hatte … Ich schob diesen Gedanken mit aller Macht beiseite, denn ich wollte jetzt ganz sicher nicht über Ursache, Wirkung und Konsequenzen nachdenken. Das schien mir viel zu dünnes Eis zu sein und viel zu gefährlich. »Wie sieht's aus, Jungs?«, fuhr ich betont munter fort. »Seid ihr satt, oder soll ich die Burg allein bauen?« Alfie, der die ganze Zeit dösend neben der Decke gestanden hatte, spitzte bei meinem Ausruf die Ohren. »Willst du etwa auch mitmachen?«, fragte ich ihn und schob ihm ein Karottenstück zwischen die Lippen, froh, dass ich gerade nicht in Harrys Richtung schauen musste.

»Schlaf gut, Bärenkind«, sagte ich leise und drückte Rufus einen Kuss auf die Wange, auch wenn er das vermutlich gar nicht mehr mitbekam. Der Strandausflug hatte ihn endgültig geschafft. Wir hatten eine riesige Sandburg gebaut, und er hatte mit seinem Eimer unermüdlich feuchten Sand angeschleppt und schließlich noch Treibgut und Muscheln für die Verzierung gesucht. Es hatte erstaunlich viel Spaß gemacht, und das Foto von ihm und Alfie neben der fertigen Burg würde ich ausdrucken und gerahmt an die Wand hängen. Als schöne Erinnerung an diesen tollen Nachmittag. Vielleicht auch das Selfie, das Harry von uns dreien und der Burg geknipst hatte.

Ich ging leise aus dem Zimmer, lehnte die Tür an und lief dann runter ins Wohnzimmer. Kaum saß ich auf der roten Couch, als mein Telefon klingelte. Kurz durchfuhr mich die irrationale Sorge, dass es Harry sein könnte, der unseren Ausflug absagen wollte, auf den ich mich über Gebühr freute. Doch es war ein Videocall, und auf dem Display erkannte ich das Gesicht meiner Freundin und ehemaligen Kollegin Kaya aus Edinburgh. Das war erstaunlich, denn wir hatten erst vorgestern telefoniert und vereinbart, dass sie und ihr Mann Ende nächster Woche zu Besuch kommen würden.

»Hi, schon wieder Sehnsucht nach mir?«, erkundigte ich mich scherzend.

»Und wie«, erwiderte sie. »Aber leider keine, die ich ausleben kann.« Ihr Lächeln trübte sich sichtlich ein. »Neds Mutter ist gestern gestürzt und liegt mit einem Oberschenkelhalsbruch in der Klinik. Das heißt, wir können nächste Woche leider nicht zu dir fahren, sondern werden unseren Urlaub in den Highlands verbringen, um täglich an Schwiegermamas Krankenbett in Inverness treten zu können.« Sie versuchte erst gar nicht, die Bitterkeit aus ihrer Stimme herauszuhalten.

»Ach du Schande«, sagte ich voller Mitgefühl. Ich wusste, dass Kayas Verhältnis zu ihrer Schwiegermutter nicht das beste war.

»Ich weiß, es ist eine Sünde, aber ich bin mir sicher, die alte Hexe hat das absichtlich gemacht, um uns die Ferien im Süden zu versauen«, schimpfte sie.

»Hm, aber dafür einen gebrochenen Oberschenkelhals riskieren?«, warf ich ein. »Das scheint mir doch ein bisschen übertrieben.«

»Wahrscheinlich ist sie übers Ziel hinausgeschossen, weshalb sie jetzt noch ätzender ist als ohnehin schon«, stöhnte Kaya.

»Das tut mir echt sehr leid«, murmelte ich und ließ dabei diplomatisch offen, ob ich meine Freundin oder die alte Frau bedauerte. »Aber warum schickst du Ned nicht allein zu seiner Mutter und kommst stattdessen zu mir? Das wäre doch ein Riesenspaß. Du könntest die Inseln erkunden, dich im Park umsehen, und abends machen wir's uns nett.« Ich fand, das klang nach einer schönen Idee, doch ich ahnte schon, wie die Antwort ausfallen würde.

»Du kennst doch Ned…« Ihr gequälter Gesichtsausdruck sprach Bände. »Ohne moralische Unterstützung von mir hält er es mit seiner Mutter keine fünf Minuten aus. Aber andererseits fühlt er sich als Einzelkind verpflichtet und will sie nicht alleinlassen.«

»In guten wie in schlechten Zeiten…«

»Mach du nur Witze«, brummte sie. »Ehrlich, wenn ich den Kerl nach siebenundzwanzig Jahren nicht immer noch so lieben würde, käme ich sofort zu dir.«

»Ich finde es schön, dass du zu deinem Mann hältst«, sagte ich und meinte es auch. »Und was seine Mutter betrifft – die wird ja nicht ewig… ähm… unter uns sein.«

»Ich wette, die alte Kuh wird mich noch überleben.« Ein weiterer tiefer Seufzer, dann riss Kaya sich wieder zusammen. »Aber zurück zu erfreulicheren Dingen. Ich habe alle Zutaten für deinen Beauty-Nebenerwerb bekommen und auch noch ein paar tolle Rezepte ergattert. Ich pack das jetzt zusammen und schick es dir mit der Post. Aber nur, wenn du mir versprichst, dass du mir ein paar Pröbchen schickst, wenn du so weit bist.« Sie lächelte und schüttelte dann den Kopf. »Das hätte ich im Leben nicht gedacht, dass du dich für Naturkosmetik interessierst. Fehlt nur noch, dass du mit Stricken und Nähen anfängst.«

»Glaub mir, das hätte Vorteile«, entgegnete ich. »Hier ist alles abenteuerlich teuer, und wer weiß, wann ich das nächste Mal aufs Festland komme? Ich selbst brauche so schnell keine neuen Klamotten, aber Rufus wächst wie Unkraut. Da wäre es gut, wenn ich selbst nähen könnte.«

Kaya winkte ab. »Quatsch. Das ist viel zu viel Arbeit. Ich wette, es gibt irgendwelche Kinderklamotten-Basare auf der

Insel. Da kannst du die Sachen, aus denen er rausgewachsen ist, weitergeben und holst dir ein paar Teile eine Nummer größer. So läuft das auch hier in der Stadt. Man wird ja sonst bekloppt und arm, wenn man alles ständig neu kaufen muss. Ich hör mich mal im Kollegenkreis um. Da gibt's auch ein paar Leute, die noch kleinere Kinder haben. Ich schick dann einfach was mit.«

»Das wäre echt toll, aber es ist trotzdem schade, dass wir uns nicht sehen.«

»Und wie. Ich hätte dein kleines Inselparadies gerne kennengelernt, aber na ja, vielleicht klappt's ja im Herbst. Aber jetzt mal zu dir. Abgesehen davon, dass du abseitige Hobbys entwickelst und dich immer mehr in deine Ersatzmutterrolle reingroovst, wie läuft es in der Einsamkeit? Wie war denn dieses Ebbe-Dingens, das du neulich erwähnt hast? Gibt's da irgendwas, das ich wissen müsste?«

»Eher nicht«, antwortete ich ausweichend. »Außer dass das mit dem ›Reingrooven‹ noch ziemlich zu wünschen übrig lässt.« Ich erzählte ihr von meinem Aussetzer gestern, als ich Rufus einige Minuten lang einfach aus meinem Bewusstsein gestrichen hatte. Von dem Schreck und der Scham, die ich verspürt hatte, und dem peinlichen Abgang, der danach gefolgt war. »Ich habe mich selten so mies gefühlt wie in dieser Situation. Höchstens noch später, als er mir weinend mitgeteilt hat, dass er mich hasst und seine Mummy haben will.«

Kaya runzelte die Stirn und versuchte anscheinend, sich einen Reim auf meine Worte zu machen. »Ich glaube, mir fehlen bei der Geschichte ein paar elementare Informationen, aber ich würde Rufus' Verhalten nicht überbewerten. Er ist drei Jahre alt, da leben alle Kinder ihre Trotzphasen aus.

Das ist normal. Wenn ich daran denke, was ich mir von meinen beiden alles anhören musste …« Sie schüttelte den Kopf. »Wirklich, mach dir keine zu großen Sorgen. Ich wette, heute war alles wieder gut.«

»Ich habe mich bei ihm entschuldigt – was er ziemlich seltsam gefunden hat, glaube ich, aber danach war tatsächlich alles wieder gut. Wir waren mit dem Esel am Strand, haben ein Picknick gemacht und mit Harry eine Sandburg gebaut.«

»Harry? Ist das der Esel?«

»Nein, der heißt Alfie. Harry ist ein Meeresbiologe von der Nachbarinsel, den wir bereits an unserem ersten Tag hier kennengelernt haben. Ich hab dir doch von unserem Ausflug nach St. Agnes erzählt, oder?«

»Nein, hast du nicht. Aber ich wittere eine Geschichte. Dieser Harry ist also …?«

»Harry ist ein Nachbar. Punkt. Er ist vorhin rein zufällig mit seinem Boot am Strand vorbeigeschippert, hat uns gesehen und wollte nur ein paar Muffins und Erdbeeren schnorren. Rufus hat ihn dann zum Sandburgenbauen verdonnert.«

»Dir ist schon klar, wie absurd sich das anhört?« Kaya kicherte. »Nachbarn, die zufällig vorbeischippern und …«

Ich unterbrach sie. »Ich weiß, wie es sich anhört, aber das ist hier die Realität, und, ja, ich habe manchmal auch noch Schwierigkeiten damit, das alles zu begreifen.«

Kaya machte eine abwehrende Handbewegung. »Keine Inselfolklore bitte, mich interessiert jetzt vorwiegend dieser Harry. Ich glaube dir nämlich kein Wort. Dafür, dass er nur ein normaler Nachbar sein soll, hast du viel zu rote Wangen bekommen, als du ihn erwähnt hast.«

»Quatsch, das liegt an der Couch«, behauptete ich und

deutete auf den knallroten Cordbezug des Sofas. »Die strahlt auf mein Gesicht ab. Und wahrscheinlich habe ich auch einen leichten Sonnenbrand. Ehrlich, seit ich hier auf den Scillys bin, habe ich schon mehr Sonnenstunden gehabt als in einem durchschnittlichen Jahr in Edinburgh.« Ich hatte keine Ahnung, warum ich so vehement vom Thema Harry ablenken wollte. Kaya hatte es immer geliebt, mit mir über meine Männergeschichten zu quatschen. Aber das mit Harry war keine Männergeschichte, und es würde auch keine werden, daher gab es da nichts zu reden. »Heute Vormittag hat mich übrigens das Jugendamt angerufen, um mit mir zu besprechen, wie es mit Rufus weitergehen könnte.« Dieser Themenwechsel sollte hoffentlich funktionieren.

»Tatsächlich? Sag bloß, sie haben seinen Vater gefunden?« Kaya warf mir einen skeptischen Blick zu.

»Nein. Und sie rechnen auch nicht damit. Offen gestanden habe ich das Gefühl, dass sie gar nicht wirklich nach ihm suchen.« Ich zuckte mit den Schultern. »Jedenfalls meinte die Mitarbeiterin, die sich übrigens allen Ernstes mit ›Ich bin Mrs. MacKenzie‹ vorgestellt hat, dass ich mich offiziell vor dem Familiengericht um die Vormundschaft und das vollständige Sorgerecht für Rufus bemühen sollte und außerdem eine Adoption in Erwägung ziehen könnte.«

»Macht ja auch Sinn«, bekräftigte Kaya und sah mich dann prüfend an. »Oder hast du Zweifel?«

Ich seufzte. »Keine Ahnung. Ein kleiner Teil von mir wünscht sich eindeutig mein entspanntes, freies Singleleben zurück. Und derselbe Teil wäre jetzt auch viel lieber in Südafrika als hier. Aber die Realität ist eine andere. Rufus und ich, nun ja, wir haben uns das beide nicht ausgesucht, aber es ist nun mal so. Ich wünschte mir nur, ich hätte ein besseres Gefühl ihm gegenüber. Ich habe einfach Angst, dass ich ihm nicht das bieten kann, was er wirklich braucht.«

»Ein Kind braucht Liebe, Geborgenheit und eine Bezugsperson, der es vertrauen kann. Das ist für den Anfang alles«, behauptete Kaya.

»Aber was ist, wenn ich ihm das eben nicht geben kann?«, fragte ich leise. »Wenn ich ihn einfach minutenlang komplett vergesse, wenn ich tagsüber bei der Arbeit überhaupt nicht an ihn denke? Das spricht ja wohl kaum für Geborgenheit und Vertrauenswürdigkeit. Und Liebe? Du weißt, wie schwer ich mich damit tue. Ich weiß einfach nicht, ob ich überhaupt in der Lage bin zu lieben. Vor diesem Hintergrund wäre er in einer Pflegefamilie wohl tatsächlich besser aufgehoben. Das sind wenigstens Menschen, die wissen, was sie tun.«

»Pippa, du hast echt einen Sonnenstich!« Kaya starrte mich fassungslos an. »Es ist normal, wenn sich eine Mutter nicht in jeder wachen Minute um ihre Kinder sorgt und sie gelegentlich auch mal aus ihrem Bewusstsein streicht. Genau genommen ist es sogar überlebenswichtig, sonst dreht man ja irgendwann völlig durch. Also hör bitte auf, dir solche absurden Gedanken zu machen! Und natürlich kannst du lieben. Du redest dir nur immer ein, dass du es nicht könntest, aber jeder Mensch ist zu Liebe fähig. Vielleicht liebst du Rufus noch nicht mit jeder Faser deines Herzens, aber so, wie du von ihm sprichst, ist auf jeden Fall viel Zuneigung da. Das wird, da bin ich mir absolut sicher.«

Ich seufzte und wusste nicht, was ich dazu sagen sollte. Der Zuspruch meiner Freundin tat mir gut, aber er vertrieb nicht die Zweifel, die ich tief in mir spürte.

»Was das Thema Pflegefamilie betrifft …« Kaya holte tief Luft. »Dass es sich dabei um Menschen handelt, die wissen, was sie tun, ist eine Vorstellung, die ins Reich der Märchen gehört. Klar, es gibt bestimmt einige Idealisten, die Pflegekinder aufnehmen, weil sie ihnen wirklich helfen und ihnen eine weiche Zwischenlandung bieten wollen. Aber vielfach sind es eben auch nur Leute, die damit ein Einkommen erwirtschaften. Denen geht es nicht um die Kinder, die ja ohnehin meist nur für eine gewisse überschaubare Zeit bei ihnen leben, sondern um ihren Lebensunterhalt. Das willst du Rufus sicher nicht antun!« Sie sah mich eindringlich an.

»Natürlich nicht. Außerdem habe ich es Frances ja versprochen, aber …« Ich drehte mich gedanklich schon wieder im Kreis.

»Philippa, jetzt reiß dich mal zusammen und hör auf, dir so viele dumme Gedanken zu machen. Und hör vor allem auf der Stelle damit auf, so streng mit dir zu sein! Du bist praktisch über Nacht zur Mutter eines Dreijährigen geworden. Das wäre schon für jeden anderen Menschen eine Riesenherausforderung, für dich, die du ja nie eine eigene Familie haben wolltest, ist es aber eine noch viel größere. Außerdem hattest du ganz andere Pläne für dein Leben, mit dem Umzug nach Südafrika und so. Gib dir die Zeit, dich an die neue Situation zu gewöhnen. Normalerweise hat man neun Monate dafür, sich mit dem Gedanken anzufreunden, dass man bald nicht mehr selbstbestimmt leben, sondern für einen Wurm verantwortlich sein wird, der vollkommen von einem abhängig ist. Trotzdem sind die allermeisten Frauen komplett überwältigt, wenn sie dann mit ihrem Baby konfrontiert sind – und nicht immer nur positiv. Die meisten fühlen sich zwischendurch mehr oder weniger überfordert und verzweifelt. Das ist normal! Das hat nichts mit mangelnden Gefühlen zu tun. Und es gibt sich mit der Zeit. Vertrau mir. Außerdem hast du es nicht mal mit einem Säugling zu tun, sondern schon mit einer kleinen Persönlichkeit, das ist noch mal schwieriger.«

»Ich bin offen gestanden sehr froh, dass Rufus stubenrein ist und ich nicht auch noch Windeln wechseln muss«, entgegnete ich. Erstaunlicherweise fühlte ich mich nach Kayas Brandrede ein kleines bisschen besser.

»Siehst du? Aber ganz ehrlich, ich fand es anstrengender, mit kleinen Trotzköpfen zu diskutieren, als Babys zu wickeln und zu füttern.« Sie grinste. »Ich denke, du bist schon auf einem sehr guten Weg. Du hast doch vorhin gesagt, du hättest dich bei ihm entschuldigt. Das zeugt von Größe. Und davon, dass dir seine Bedürfnisse am Herzen liegen. Jetzt musst du nur noch dir selbst verzeihen und daran glauben, dass du das alles richtig machst. Ich wage mal die kühne These, dass du ihn in Wirklichkeit schon sehr lieb hast.«

Ich dachte an den Moment im Garten zurück, als er mich nach meiner Entschuldigung umarmt hatte und wir über den Rasen gekugelt waren. An seine Freude am Strand beim Sandburgenbauen. An die erste Nacht hier, als er sich zu mir ins Bett gekuschelt hatte. An die vielen kleinen lustigen Momente, die wir schon gehabt hatten. »Keine Ahnung«, antwortete ich. »Ich verbringe gerne Zeit mit ihm, und es ist mir wichtig, dass es ihm gut geht. Aber ob das schon Liebe ist?«

»Das ist die Pippa-Form von Liebe. Doch nun zurück zu Harry. Wenn du mit *ihm* gerne Zeit verbringst und es dir wichtig ist, dass es ihm gut geht, dann bist du ziemlich sicher schwer in ihn verknallt.«

HERUMROBBEN

»Ernsthaft?«, entfuhr es mir, als ich zwei Tage später morgens die Fensterläden im Schlafzimmer öffnete. Ausgerechnet heute, an dem Tag, an dem ich mit Kegelrobben schnorcheln sollte, war der Himmel grau und trüb, und es sah sogar nach Regen aus. Ich fühlte Enttäuschung in mir, die ich selbst irrational fand, denn eigentlich war ich gar nicht so scharf darauf gewesen, mit wilden Tieren zu planschen. Nun hatte ich die perfekte Ausrede – und war traurig?

Ich lief die Treppe hinunter, um mir einen Tee zu kochen und nach meinem Handy zu schauen. Wahrscheinlich hatte Harry schon abgesagt. Ich füllte Wasser in den altmodischen Teekessel und schaltete dann mein Smartphone an, das die Nacht am Stromkabel verbracht hatte. Keine Nachricht von Harry, sondern nur eine von meinem Bruder Dominic, der unseren Videochat verschieben wollte. Gegen die Terrassentür prasselten nun die ersten Regentropfen.

Ich schätze, das wird wohl nichts mit dem Herumgerobbe, schrieb ich und schickte die Nachricht an Harry. Keine zehn Sekunden später klingelte mein Telefon.

»Warum wird es nichts?«, fragte er statt einer Begrüßung.

»Hast du schon mal rausgesehen?«

»Ich war sogar schon draußen«, behauptete er und lachte.

»Es regnet«, sprach ich das Offensichtliche an.

»Das ist den Robben egal.«

»Ja, aber …« Mir gingen angesichts dieser kaum zu widerlegenden Feststellung die Argumente aus.

»Die Touren werden nur abgesagt, wenn der Seegang zu krass ist. Regen ist kein Problem.«

»Okay.«

»Hey, was ist los? Du bist Schottin, da sollte dir ein bisschen Sommerregen doch nichts ausmachen.« Wieder lachte er, und das warme dunkle Geräusch sorgte bei mir prompt für Gänsehaut.

»Natürlich macht mir das nichts aus«, erklärte ich nachdrücklich. »Ich wäre nur nicht davon ausgegangen, dass man das auf diesen Schönwetterinseln genauso handhabt. Und was ist mit dir und Rufus? Ihr werdet ja auch nass.« *Es ist dir wichtig, dass es ihm gut geht*, dröhnte Kayas Stimme fast höhnisch durch meinen Kopf.

Wieder lachte er. »Wir würden ohnehin nass werden. Das bleibt gar nicht aus, wenn ein halbes Dutzend Menschen in Neoprenanzügen im selben Schlauchboot sitzt. Außerdem wird erfahrungsgemäß immer reichlich herumgespritzt. Zieh Rufus seine Regenklamotten an, und nimm Wechselwäsche für ihn mit, dann wird das kein Problem sein. Frühstücke kräftig, denn schnorcheln macht hungrig. Wir treffen uns dann wie geplant um Viertel nach acht am Hafen. Ich freu mich.« Mit diesen Worten beendete er einfach das Gespräch, und ich starrte ein wenig ratlos auf das Display, bis das schrille Pfeifen des Teekessels mich aus meinen Gedanken riss.

»Fahren wir gleich zu den Robben?«, rief Rufus vom Treppenabsatz herunter. Ihn hatte das Pfeifen wohl aus dem Bett geholt.

»Ja, aber erst frühstücken und anziehen, und dann müssen wir noch einen Rucksack packen, damit wir was zum Wechseln haben. Es regnet nämlich«, antwortete ich und goss mir einen starken Breakfast-Tee auf und für Rufus die rote Früchteteemischung, die er so mochte.

»Ich hab soooooo einen Hunger«, verkündete er gleich darauf, kletterte auf seinen Stuhl und sah mich erwartungsvoll an.

»Haferflocken oder Marmeladenbrot?«, wollte ich wissen, denn seine Frühstücksvorlieben wechselten täglich.

»Käsebrot mit Marmelade!«, forderte er mit einem verschmitzten Grinsen, und ich konnte mir ein Lächeln nicht verkneifen. Diese Spezialität hatte er sich von mir abgeguckt.

»Du hast einen sehr guten Geschmack, junger Mann«, lobte ich ihn und schnitt ein paar großzügige Scheiben von dem Brot ab, das ich gestern frisch gebacken hatte. Das war in meinem früheren Leben auch nie vorgekommen. Obwohl ich schon immer gerne gekocht und gebacken hatte, wäre ich in Edinburgh nie auf die Idee verfallen, selbst Brot zu backen. Doch da die Leckereien aus der Inselbäckerei fast immer direkt an die Restaurants und hungrige Touristen gingen und die Auswahl an haltbarem Brot im Supermarkt nicht nur dürftig, sondern auch absurd teuer war, hatte ich meine Fähigkeiten auch auf diesem Gebiet erweitert. Inzwischen hatte ich einige Rezepte ausprobiert und war recht zufrieden mit den Ergebnissen. Da Rufus mir meistens beim Backen half, zierte er sich auch beim Essen nicht, wie es in den ersten Wochen in Edinburgh noch der Fall gewesen war.

Auf die dünn gebutterten Brotscheiben legte ich großzügig Cheddar und toppte das Ganze mit einem Klecks Erdbeermarmelade. Für Rufus die normale, für mich die mit Chili. Ich freute mich schon darauf, im Herbst Quittengelee einzukochen, denn das passte besonders gut zum Käse, aber auch mit Erdbeermarmelade schmeckte es lecker. Frances hatte mich für diese Vorliebe immer ausgelacht und angewidert die Nase gerümpft, wenn ich Käsebrote mit Marmelade gegessen hatte. Wenn sie wüsste, dass ihr Sohn jetzt ebenfalls auf den Geschmack gekommen war ... Aber vielleicht wusste sie es ja? Vielleicht beobachtete sie uns von irgendwoher mit fassungslosem Kopfschütteln oder mit einem milden Lächeln?

Ich schmierte uns noch Proviantstullen – genug, dass auch unser Pirat etwas davon abhaben konnte – und packte aus einem Impuls heraus zwei Gläser Erdbeermarmelade dazu. Womöglich freute sich Harry ja darüber. *Du willst, dass es ihm gut geht*, flüsterte Kayas Stimme erneut in meinem Kopf, und ich schnaubte ungehalten.

Rufus sah mich verwundert an.

»Ich übe Robbensprache«, redete ich mich raus und musste dann lachen. »Nein, das war Quatsch. Ich habe keine Ahnung von Robbensprache, aber ich habe an etwas gedacht, und deshalb habe ich das Geräusch gemacht.« Seinem Blick nach zu urteilen, hatte ihm die Idee mit der Robbensprache besser gefallen. »Es wäre cool, wenn man sich mit den Robben unterhalten könnte, was?«

»Jaaaaa! Mit Alfie kann ich reden«, behauptete er mit stolzgeschwellter Brust. »Ich sage ›Hast du Hunger, Alfie?‹ Und er sagt Ja.«

»Das ist wirklich sehr beeindruckend«, lobte ich, auch wenn unser gesprächiges Grautier bei Ja-Nein-Fragen grundsätzlich positiv antwortete. »Vielleicht hat Harry Ahnung von

Robbensprache? Falls ja, hoffe ich, dass er ihnen flüstert, sie sollen lieb zu mir sein und mich nicht beißen.« Ganz wohl war mir immer noch nicht bei der Sache.

»Eine Robbe soll ins Boot springen, damit ich mit ihr spielen kann.«

»Wir lassen uns einfach überraschen. Aber jetzt müssen wir uns beeilen, sonst kommen wir nicht pünktlich zum Hafen.«

Rasch räumte ich den Frühstückstisch ab, scheuchte Rufus zum Zähneputzen und half ihm beim Anziehen. Dann machte ich mich selbst fertig. Auf die Morgendusche konnte ich heute wohl getrost verzichten, wenn ich gleich mit wilden Kreaturen im eisigen Atlantik schwimmen sollte. Aber ich hoffte auf eine warme Dusche nach dem Schnorcheln, damit ich beim zweiten Teil unseres Ausflugs einigermaßen manierlich aussah. Harry hatte die Einladung in sein Haus noch einmal bekräftigt. Er wollte uns seine Insel Bryher zeigen und anschließend für uns kochen. *Ihm ist es wichtig, dass ihr euch wohlfühlt*, säuselte die Gedanken-Kaya, und diesmal unterband ich ihre nervige Einmischung mit einem Grunzen – das Rufus glücklicherweise nicht hörte, denn er hätte auch das zweifellos merkwürdig gefunden. Doch seit ihrer kühnen »Das ist die Pippa-Form von Liebe«-These spukte mir Kayas Stimme ständig im Kopf herum. Und die Frage, ob da etwas dran sein könnte.

Außer mir waren nur noch drei weitere Robbenschnorchler für die Morgentour bei *Scilly Seal Snorkeling* angemeldet, sodass Harry und Rufus tatsächlich mit dem Schlauchboot mitfahren konnten. Es hatte zu regnen aufgehört, doch der Himmel hing nach wie vor bleigrau und schwer über dem Meer. Anna, unser Guide und die Frau, die Harrys Tauchgänge in den nächsten Wochen übernehmen sollte, freute sich über das Wetter. »Die See ist ruhig, und es sind nicht viele Boote unterwegs, was bedeutet, dass die Robben vermutlich ziemlich aktiv und neugierig sein werden«, sagte sie, als sei das etwas, worauf man sich freuen konnte. »Gerade die Jungtiere vom letzten Jahr mögen Abwechslung und sind sehr verspielt. Also rechnet mit ordentlich Action.« Sie gab uns noch einige Verhaltensregeln an die Hand, während sie das Boot zu ein paar kleineren, unbewohnten Inseln lenkte, auf denen es große Robbenkolonien gab. Man hörte die Tiere schon von Weitem, und Harry behauptete, dass sie sich auf uns freuten.

Meine drei Schnorchelkollegen waren voll aufgeregter Vorfreude, doch mir wurde immer mulmiger zumute, und als wir schließlich eine kleine natürliche Bucht erreicht hatten und Anna den Motor ausstellte, überlegte ich ernsthaft, wie ich doch noch aus der Nummer herauskommen könnte.

»Du brauchst wirklich keine Angst zu haben«, hörte ich plötzlich Harrys dunkle Stimme an meinem Ohr. Ich schluckte und schaute ihn an. Nichts von dem üblichen Schalk war in seinem gesunden Auge zu sehen, stattdessen betrachtete er mich fast liebevoll. »Ich verspreche dir, du wirst den Spaß deines Lebens haben.« Dann drückte er meine Hand und hauchte mir einen kleinen Kuss auf die Wange, der sich jedoch anfühlte, als hätte mich glühende Lava berührt. Ich war derart verwirrt von diesen seltsamen Empfindungen, dass ich, ohne weiter nachzudenken, meine Flossen anzog, meine Tauchermaske überstülpte, den Schnorchel in den Mund schob und den anderen Tourteilnehmern hinterher ins Wasser glitt.

Zunächst hatte ich leichte Schwierigkeiten, mich zurechtzufinden, aber nach wenigen Augenblicken hatte ich mich daran gewöhnt, ohne Anstrengung, nur mithilfe des Auftriebs des Neoprenanzugs, durch das Wasser zu gleiten. Das verdammt kalte Wasser. Mein Frösteln verschwand aber sofort, als ich einen ersten Blick unter die Oberfläche wagte. Natürlich gab es hier weder Korallen noch bunte Fischlein, aber es war trotzdem wunderschön. Seegras in allen möglichen Formen wogte sanft hin und her, die Felsen waren ebenfalls mit zahllosen Organismen bewachsen – mit Pflanzen und Tieren wie Muscheln. Ich war fasziniert. Mit der Landflora kannte ich mich wirklich gut aus und konnte die meisten Pflanzen auf Anhieb identifizieren, doch die Unterwasserwelt war mir vollkommen fremd, dabei war sie mindestens genauso vielfältig und artenreich. Seltsam, dass ich darüber bisher nie nachgedacht hatte. Und schade, dass der Himmel so trüb war, denn mit Sonnenstrahlen hätte die unwirkliche Landschaft bestimmt noch schöner ausgesehen.

Nach ein paar Minuten hatten sich mein Herzschlag und meine nervöse Atemfrequenz so weit beruhigt, dass ich mutiger wurde und ein Stückchen tiefer tauchte, um herauszufinden, wo genau die Pflanzen wurzelten. Ich tastete mich gerade an einem Gebilde mit dünnen, gekringelten Halmen entlang, die fast wie Engelslocken wirkten, als sich eine meiner Flossen irgendwo verhedderte. Erschrocken drehte ich mich um – und sah in die dunklen Augen einer gefleckten Kegelrobbe, deren übermütiger, herausfordernder Blick mich sehr an Toby erinnerte. Der Auftrieb des Taucheranzugs hatte mich wieder an die Wasseroberfläche gebracht, und ich streckte den Kopf aus dem Wasser und schaute zum Boot.

»Da ist schon eine Robbe!«, rief ich Harry und Rufus zu, die höchst vergnügt wirkten.

»Was du nicht sagst«, entgegnete Harry mit einem breiten Grinsen und hob seine Kamera, um Fotos zu machen.

»Pippa, da!«, kreischte Rufus begeistert auf und fuchtelte aufgeregt herum. Im nächsten Moment wurde ich geküsst. Leider nicht von Harry, sondern von meinem frechen, gefleckten neuen Freund, der mich neugierig im Gesicht anstupste.

Mein Herz raste wieder, doch erstaunlicherweise hatte ich kaum Angst. Die Robben verhielten sich tatsächlich recht hundeähnlich. Das Tier tauchte ab, und ich schob mir rasch wieder den Schnorchel in den Mund. In der kleinen Bucht war inzwischen einiges los. Meine Schnorchelkollegen und ich waren von acht Kegelrobben umringt, die es offenbar ziemlich witzig fanden, mit uns zu schwimmen – und Kontakt aufzunehmen. Ziemlich offensiv Kontakt aufzunehmen. Flecki, wie ich meinen neuen Kumpel spontan getauft hatte, schien sich derart in mich verliebt zu haben, dass er nicht genug von mir kriegen konnte. Er zupfte nicht nur an meinen Flossen herum, wie es die anderen Robben taten, sondern umfing mit seinen erstaunlich kräftigen Vorderflossen meinen Arm und starrte mich herausfordernd an. Toby verlangte mit einem solchen Blick Streicheleinheiten. Konnte das bei Robben ähnlich sein?

Vorsichtig hob ich meine andere Hand und berührte ihn am Hals. Das glatte, dichte Fell fühlte sich eigenartig an – wie nasses Fell eben –, und instinktiv begann ich, ihn zu kraulen. Das gefiel ihm offenbar, denn er rückte immer näher und drückte mir seinen Kopf in die Handfläche. Eine zweite Robbe gesellte sich dazu, und mich durchflutete ein völlig unerwartetes Glücksgefühl. Diese wilden Tiere suchten meine Nähe und wollten sich von mir streicheln lassen. Wie unglaublich war das denn? Ich vergaß alles andere um mich herum und war völlig absorbiert von diesem einzigartigen Erlebnis, sodass ich überhaupt nicht mitbekam, wie die Zeit verging. Irgendwann hatten Flecki und sein Kumpel genug von mir, wurden aber von anderen Tieren abgelöst, die ähnlich verspielt und neugierig waren.

»Pippa!«, hörte ich einen lauten Ruf.

»Philippa!« Das war eine andere Stimme, und ich richtete meine Aufmerksamkeit mit einiger Mühe auf das Schlauchboot, das inzwischen wieder voll besetzt war.

»Wenn du dich von deinen neuen Freunden losreißen kannst, würden wir jetzt wieder zurückfahren«, bemerkte Anna mit einem amüsierten Lächeln.

»Aber wir sind doch eben erst angekommen«, erwiderte ich leicht enttäuscht.

»Du bist seit zwei Stunden im Wasser! Noch ein paar Minuten länger, und du verwandelst dich selbst in eine Robbe.« Das war Harry, der seinen selbstzufriedenen Hab-ich-dir-doch-gleich-gesagt-Gesichtsausdruck nicht verbergen konnte. »Na los, du bist vermutlich völlig unterkühlt.« Er streckte mir seine Hand entgegen, und ich schwamm zum Boot, beseelt von dem Erlebnis, leicht enttäuscht, dass es vorbei war, und mit steifen Gliedmaßen. Er hatte nämlich recht, mir war tatsächlich verdammt kalt. So kalt, dass ich es kaum schaffte, seine Hand überhaupt zu fassen, geschweige denn ins Boot zu klettern. Schließlich griffen ein paar meiner Schnorchelkollegen beherzt zu, und mit vereinten Kräften hievten sie mich hinein.

»Pippa, waren die Robben lieb? Haben sie dich gezwickt?«, wollte Rufus wissen und schien ganz begierig auf einen Bericht zu sein, doch ich fühlte mich seltsam desorientiert.

»Es war unglaublich«, brachte ich hervor, als ich die Tauchermaske abgestreift hatte. »Ich …«

»Erzähl es uns in Ruhe, wenn wir wieder an Land und trocken sind«, half mir Harry. Es hatte wieder zu regnen begonnen, und auch er und Rufus sahen komplett durchnässt aus.

»Ich hab unter Wasser gefilmt«, sprach mich einer meiner Mittaucher an. »Auch die Szene, als du zwei Robben im Arm hattest. Die haben echt einen Narren an dir gefressen.« Er lachte und zwinkerte mir ein wenig anzüglich zu. »Wenn du magst, schick ich dir die Clips per Mail. Oder an dein Telefon.« Er warf mir einen vielsagenden Blick zu, den ich nicht ganz begriff. War das ein Flirtversuch?

»Per Mail wäre toll«, erwiderte ich schwach und diktierte ihm dann meine Büro-E-Mail-Adresse. Aus irgendeinem Grund hatte ich keine Lust, privatere Daten von mir preiszugeben.

»Das ist bestimmt eine tolle Erinnerung an diesen Ausflug«, sagte Harry und legte einen Arm um meine Schultern. Es fühlte sich schön an, war aber ebenfalls merkwürdig und irgendwie … besitzergreifend? Wollte Harry etwa sein Revier markieren? »Wir hatten auch eine Unterwasserkamera laufen, da gibt's bestimmt noch mehr tolle Bilder. Anna verschickt die Clips dann an alle Teilnehmer, nicht wahr?«, wandte er sich an unsere Tourleiterin, die das Boot in flottem Tempo Richtung St. Martin's lenkte und nur nickte.

Ich war ein bisschen verwirrt, weil zwei Männer wenig subtil um meine Aufmerksamkeit gockelten, und wusste nicht, wie ich darauf reagieren sollte. Also wandte ich mich dem dritten zu und zog Rufus auf meinen Schoß. »Die Robben haben mir verraten, dass sie es gar nicht erwarten können, mit dir zu spielen, wenn du erst groß genug bist«, flüsterte ich ihm ins Ohr.

»Echt?« Er strahlte mich an.

»Ganz echt.« Das Lächeln in seinem Gesicht war mir die kleine Lüge wert. Es konnte schließlich niemand widerlegen. Außerdem wäre garantiert jede fühlende Kreatur begeistert davon, diesen süßen Kerl näher kennenzulernen. Bei dieser Erkenntnis machte mein Herz wieder einen Hüpfer, und Gedanken-Kaya raunte mir ins Ohr: *Die Pippa-Art von Liebe…*

Ein paar Minuten später holte mich die Realität auf den Boden der Tatsachen zurück. Es gab nämlich keine Duschmöglichkeit, und so konnte ich meinen kalten, meerwasserumspülten Körper nur mit einem Handtuch trocken rubbeln. Steif und bibbernd schlüpfte ich in meine Klamotten und fühlte mich längst nicht mehr so euphorisch wie vorhin im Wasser, sondern irgendwie klebrig-kalt und durchgefroren. Keine besonders angenehme Kombi und weit entfernt von meiner Vorstellung, den restlichen Tag mit frisch gewaschenen, duftenden Haaren und in einem sexy Outfit zu verbringen, um Harry zu beeindrucken.

Als mir dieser absurde Gedanke bewusst wurde, musste ich laut auflachen, sodass mich die Mitschnorchlerin in der engen Umkleide verwundert ansah.

»Ich lache nur über meine Naivität, weil ich ernsthaft angenommen habe, dass es hier eine schicke heiße Dusche geben könnte«, sagte ich zu ihr. Das war immerhin ziemlich nah an der Wahrheit. Meine verstörenden weiteren Gedanken ignorierte ich.

»Steht alles auf der Website«, informierte sie mich und seufzte. »Aber ich gebe zu, dass ich gegen eine warme Dusche auch nichts einzuwenden hätte. Kalte Meerwasser-Haut fühlt sich einfach eklig an.« Sie verzog das Gesicht. »Ich dachte, hier scheint immer die Sonne.«

»Nur nicht dann, wenn man sie braucht…« Ich kämmte meine handtuchtrockenen Haare und flocht mir einen Zopf. Dann streifte ich noch einen kuscheligen, aber unförmigen Fleecepulli über mein Langarmshirt und schlüpfte in meine Regenjacke. So würde ich zwar wohl nicht erfrieren, aber ganz sicher auch keine Piraten betören. Was ich ja ohnehin nicht wollte! Weil es nur Komplikationen brachte! Doch blöderweise halfen auch die gedachten Ausrufezeichen nicht gegen das seltsame Bedauern in mir…

»Es war trotzdem ein einzigartiges Erlebnis«, sprach die Frau weiter und zog sich ebenfalls alle Kleidungsstücke an, die sie in ihrem Rucksack fand.

»Das war es«, pflichtete ich ihr bei und verabschiedete mich dann.

Draußen erwarteten mich schon Harry und Rufus mit einem doppelten Strahlen.

»Habt ihr euch was Warmes angezogen?«, fragte ich und machte mich sogleich an Rufus zu schaffen. Ich öffnete seine Regenjacke und tastete ihn ab. Er fühlte sich warm und trocken an.

»Die Regenhose und die Jacke haben wunderbar dicht gehalten«, informierte mich Harry. »Ich hab ihm nur einen neuen Schal und die andere Mütze verpassen müssen.«

»Danke.« Ich machte den Reißverschluss wieder zu und lächelte Harry an.

»Willst du auch schauen, ob Harry trocken ist?«, wollte Rufus wissen, und ich fühlte mich ertappt, denn ehrlich gesagt hätte ich nichts dagegen gehabt.

»Ich bin mir sicher, das schafft er allein, stimmt's?«

»Schade.« Harry seufzte gespielt bedauernd. »Man darf wohl nur einen Meter groß sein, wenn man diese Spezialbehandlung genießen will.«

»Eher drei Jahre alt«, entgegnete ich, doch es juckte mich in den Fingern, auch bei ihm Hand anzulegen. »Wie sieht's aus, Jungs?«, wechselte ich betont munter das Thema. »Ich habe einen Bärenhunger und muss unbedingt etwas essen, ehe ich auch nur einen weiteren Schritt laufen kann.«

Wieder kam dieses wissende Grinsen von Harry. »Ich hab ein paar Sandwiches mitgebracht«, kündigte er an und deutete auf seinen voluminösen Rucksack.

»Wir auch«, entgegnete ich und wies auf einen überdachten Picknicktisch ganz in der Nähe. »Wollen wir? Dann können wir überlegen, was wir mit dem restlichen Tag anfangen.«

Wir liefen die paar Schritte durch den Regen und setzten uns an den Tisch. Alles war feucht und klamm, aber erstaunlicherweise machte es mir nicht das Geringste aus. Ich genoss es, mit den beiden zusammen zu sein, freute mich auf unseren improvisierten Snack und darauf, ihnen von meinem Robbenabenteuer zu erzählen.

Harry zog einige eingewickelte Sandwiches aus seinem Rucksack und eine Plastikbox mit Erdbeeren. »In meinem Garten wachsen sie auch wie Unkraut«, erklärte er, als er meinen fragenden Blick auffing. »Aber sie schmecken sicher nicht so gut wie eure.«

»Ich hab Hunger!«, rief Rufus laut, und ich beeilte mich,

unsere Sandwiches und die beiden Marmeladengläser auszupacken.

»Die kommen mir jetzt etwas überflüssig vor«, sagte ich mit einem Blick auf die frischen Erdbeeren von Harry.

»Aber nicht doch. Ich kann es kaum erwarten, deine Marmelade zu kosten, nachdem ich ja neulich kein Glück dabei hatte, ein Glas zu ergattern …«

»Wenn das so ist, darfst du sie gleich einpacken, denn für unsere Käsebrote brauchen wir sie ja nicht, oder?«

»Ich will Marmelade!«, krähte Rufus jedoch prompt.

»Ein Cheddar-Sandwich ohne Marmelade ist nur halb so gut«, bekräftigte Harry, und ich starrte ihn ungläubig an. Zum einen, weil er ebenfalls dick mit Käse belegte Stullen dabeihatte, und zum anderen, weil anscheinend auch er die Kombination mit Marmelade liebte, die nicht nur meine Schwester eklig gefunden hatte, sondern mein kompletter Freundeskreis. »Was ist? Das ist total lecker«, fuhr er fort. Offensichtlich interpretierte er meine Reaktion vollkommen falsch.

»Ich weiß«, krächzte ich. »Ich kenne nur nicht viele Menschen, die das genauso sehen.«

»Dann hast du wohl noch nicht die richtigen Menschen kennengelernt«, entgegnete er mit einem vielsagenden Lächeln und angelte ein Taschenmesser aus seinem Rucksack. »Leider kein Löffel, aber damit wird's auch gehen.« Er öffnete eines der Gläser und lud uns allen großzügige Portionen Erdbeermarmelade auf die Käsebrote, die wir dann in schweigender, verfressener Eintracht aßen.

Es war für hiesige Verhältnisse ungemütlich nasskalt, Rufus kleckerte sich von oben bis unten mit Marmelade voll – doch ich hatte selten eine schönere und gemütlichere Mittagspause erlebt. Es war merkwürdig und ziemlich beglückend, und ich wollte nicht darüber nachdenken, woran genau das lag. Stattdessen schaute ich mir von Rufus ab, einfach das Hier und Jetzt zu genießen.

»Du hattest recht«, sagte ich schließlich zu Harry, als ich meinen letzten Bissen geschluckt hatte. »Es war unfassbar toll mit den Robben. Ich glaube nicht, dass ich in meinem Leben jemals ein beeindruckenderes Erlebnis hatte. Danke dafür.«

Ich hatte damit gerechnet, dass er mir wieder ein ironisches Lächeln schenken würde oder ein wissendes »Wusste ich's doch«, aber er überraschte mich mit einem betroffenen Gesichtsausdruck. »Das ist eine ziemlich traurige Aussage, wenn du das ernst gemeint hast.« Er nahm meine Hand und drückte sie.

»Was?«, schnappte ich und zog irritiert meine Hand weg. Was war jetzt sein Problem? »Du hast mir prophezeit, dass ich das Schwimmen mit den Robben lieben würde – und so war es auch. Warum kommst du mir jetzt mit so etwas?«

»Ich …«, begann er, doch dann schüttelte er den Kopf und überlegte es sich offenbar anders. »Sorry, das war wirklich blöd von mir«, fuhr er stattdessen fort. »Ich freue mich sehr für dich, dass du so viel Spaß hattest. Jetzt erzähl uns alles, was da unter Wasser los war. So wie die Robben geguckt haben, waren sie alle schwer in dich verliebt.«

Was war da eben passiert? Ich hatte den Eindruck, dass Harry eigentlich etwas ganz anderes hatte sagen wollen, doch ich kam nicht drauf, was, und wollte auch nicht nachbohren, denn ich war mir ziemlich sicher, dass mir die Antwort nicht gefallen würde.

»Hast du mit den Robben gekuschelt?«, mischte sich Rufus ein.

»Tatsächlich habe ich das«, erzählte ich ihm. »Flecki hat mich mit seinen Vorderflossen umarmt und wollte, dass ich ihn kraule. Ich glaube, das hat ihm gut gefallen.«

»Darauf würde ich wetten«, murmelte Harry, doch vielleicht hatte ich mich auch verhört, denn Rufus plapperte schon wieder dazwischen.

»Heißt er wirklich Flecki? Und die anderen Robben?«, wollte er wissen.

»Ich weiß nicht genau, ob er wirklich Flecki heißt«, gab ich zu. »Aber ich habe ihn so genannt, weil er so lustige Tupfen hat. Jedenfalls war er sehr süß und hat sich streicheln lassen wie Toby. Überhaupt haben mich die Robben sehr an Hunde erinnert.«

»Kann ich eine Robbe bekommen?« Das war die erwartungsgemäße Rufus-Reaktion auf alles Tierische, und ich überlegte mir schon eine passende Replik, als Harry wieder das Wort ergriff.

»Robben sind keine guten Haustiere«, begann er. »Sie fühlen sich nur im Meer und mit ihren Artgenossen richtig wohl. Bei euch zu Hause wäre so eine Robbe sehr, sehr traurig und einsam.«

Das schien Rufus zum Nachdenken zu bringen. »Auch wenn sie bei mir im Bett schlafen darf? Pippa kann uns beiden dann Gutenachtgeschichten vorlesen, damit wir nicht traurig sind.« Er sah treuherzig zwischen Harry und mir hin und her.

Mir war bisher nicht klar gewesen, wie wichtig ihm unser Abendritual war, denn meistens schlief er nach wenigen Minuten ein. Jetzt rührten mich seine Worte derart, dass ich spontan seine marmeladenverschmierte Wange küsste.

»Bei dir im Bett würde es der Robbe gar nicht gefallen – auch wenn Pippas Geschichten bestimmt sehr schön sind«, erwiderte Harry und wandte seinen Blick dann kurz zu mir. »Robben sind Wildtiere, die sich nur in der Natur richtig zu Hause fühlen. Aber ich hab eine Idee. Auf Bryher gibt es einen versteckten Strand, da leben viele Robben. Die können wir nachher mal besuchen, wenn du willst.«

»Hast du nicht neulich gesagt, dass man sich den Robben am Strand nicht nähern sollte?«, warf ich ein.

»Das stimmt. Wir gehen auch nicht nah ran, sondern legen uns in den Sand und tun so, als wären wir selbst Robben. Dann kommen sie manchmal von ganz allein.«

»Au ja!«, rief Rufus begeistert, doch ich deutete auf Harrys Augenklappe.

»Bist du sicher, dass du das riskieren willst?«

»Ich werde keinen Feldstecher benutzen, bin also sicher«, behauptete er und setzte wieder sein verwegenes Piratengrinsen auf. »Außerdem ist es diesmal anders. Damals habe ich Seevögel beobachtet und wurde von der Robbe überrascht. Diesmal legen wir uns gezielt auf Robbenlauer.«

Richtig überzeugend klang das in meinen Ohren zwar nicht, aber ich war mir sicher, dass Harry nichts tun würde, was ernsthaft gefährlich war. Und auch wenn ich nach wie vor größten Respekt vor den Robben hatte, war mein eigener Eindruck von ihnen ja auch sehr positiv. »Na schön, dann haben wir einen Plan.«

Wir packten unsere Sachen zusammen und liefen zum Anleger, wo Harrys himmelblaue *Flying Walrus* auf uns wartete.

»Ich komm einfach nicht über den Namen von deinem Boot hinweg«, sagte ich grinsend. »Der Vorbesitzer war zweifellos betrunken.«

»Oder prophetisch«, entgegnete Harry, als er den Motor anließ. »Ich habe nämlich heute Morgen auf Facebook gelesen, dass Wally wieder in der Gegend ist.«

»Wally?«

»Ein Walrossbulle, der schon im letzten Sommer ein paar Wochen lang die Inseln unsicher gemacht hat«, erklärte er. »Und das meine ich wörtlich. Er hat einige kleine Segelboote, die vor St. Mary's vertäut lagen, als Sonneninsel benutzt, und manche Schiffe wollte er auch entern, während sie unterwegs waren.«

Ich schüttelte den Kopf, sicher, dass er uns veräppelte.

»Ungelogen. Such mal nach ›Wally the Walrus‹ und ›Isles of Scilly‹, da findest du etliche Videos. Oder frag deine Nachbarn. Jeder hier hat eine Wally-Anekdote zu erzählen. Vielleicht haben wir in den nächsten Tagen ja mal Glück und treffen ihn auch.«

»Ob das wirklich Glück wäre, wenn so ein Koloss auf dein Schiff klettert, weiß ich nicht«, gab ich zu bedenken. »Wie groß werden die?«

»Ausgewachsene Bullen können bis zu eine Tonne auf die Waage bringen, aber Wally ist nicht so groß. Doch ich gebe dir recht, hier im Boot könnte es dann eng werden.«

Rufus jedoch schien die Vorstellung, dass eine gigantische Riesenrobbe zu uns ins Boot klettern könnte, ziemlich erstrebenswert zu finden, denn er rief voller Inbrunst: »Wally! Wally-Walross, komm zu uns. Wir haben auch Erdbeermarmelade und Käse.«

»Ich glaube, er steht eher auf Heringe und Makrelen«, sagte ich lachend und hielt Rufus an der Schwimmweste fest, damit er bei seinen Lockversuchen nicht über Bord ging.

Glücklicherweise war der exotische Besucher momentan anderswo beschäftigt, sodass unsere kurze Überfahrt nach Bryher ereignislos verlief.

»Jetzt war ich das erste Mal auf St. Martin's und habe nichts von den anderen Highlights mitbekommen«, fiel mir ein.

»Das Weingut und die Blumenfarm schauen wir uns beim nächsten Mal an«, versprach Harry. »Das ist bei Sonne ohnehin schöner. Aber Bryhers Reize funktionieren auch bei Regenwetter.«

Das nächste Mal. Ich hatte keine Ahnung, warum mich eine solche Höflichkeitsfloskel derart freute. Vielleicht, weil er es nicht aus Höflichkeit gesagt hatte, sondern es wirklich wollte?

Offenbar sah mir Harry meine Gedanken an der Nasenspitze an, denn als er mir beim Aussteigen aus dem Boot half, bemerkte er: »Warum fällt es dir so schwer zu glauben, dass ich gerne Zeit mit euch verbringe?«

»Ich habe ehrlich keine Ahnung«, gab ich zu und fühlte mich ziemlich ertappt.

Darauf erwiderte er nichts, sondern musterte mich nur wieder mit diesem seltsamen Blick, den er schon vorhin beim Picknick gehabt hatte und der mir gar nicht gefiel.

»Wo sind die Robben?«, unterbrach Rufus meine düsteren Gedanken. Er hibbelte aufgeregt herum, und ich fragte mich, woher er seine schier grenzenlose Energie nahm. Mir wäre jetzt eher nach einem Mittagsschläfchen gewesen.

»Da müssen wir zu einem anderen Strand laufen. Der ist

aber nicht weit weg. Auf dem Weg können wir unsere Rucksäcke in meinem Haus abladen, dann müssen wir nicht so viel schleppen.«

Harrys Haus war ein kleines Cottage, das etwas abseits auf einer Anhöhe lag und mich von außen an unseres erinnerte. Auch er hatte einen kleinen Garten, der allerdings ziemlich chaotisch war. Mindestens ein Drittel der Rasenfläche war von Erdbeerpflanzen überwuchert.

»Sollen wir uns erst ein bisschen aufwärmen oder direkt an den Strand gehen?«, fragte Harry, als er die – natürlich nicht abgeschlossene – Tür öffnete.

»Zu den Robben!«, krähte Rufus, und damit war die Diskussion eigentlich auch schon wieder beendet und die Frage beantwortet.

Ich unterdrückte ein Seufzen, sagte dann aber tapfer: »Ist vielleicht ohnehin besser, wenn wir mit den nassen Sachen nicht erst ins Warme gehen und dann wieder rausmüssen.« Im Gegensatz zu Rufus' Matschhose und Harrys Beinbekleidung, die zweifellos aus irgendeinem Wasser abweisenden Funktionsmaterial bestand, war meine Jeans inzwischen ganz schön durchgefeuchtet. Blöd, dass ich keine weitere eingepackt hatte, sondern nur eine Sportleggins.

»Ich werde nachher den Kamin anfeuern«, versprach Harry, nahm mir meinen Rucksack ab und stellte ihn neben seinen in den Flur. Als er zurückkam, legte er mir eine Hand auf den unteren Rücken und dirigierte mich so durch den Garten zu einem Tor im hinteren Bereich.

»Schön hast du's hier«, sagte ich lahm, weil ich das Gefühl hatte, etwas von mir geben zu müssen. Gleichzeitig hoffte ich, dass er seine Hand nie wieder wegnehmen und sie stattdessen vielleicht sogar noch ein Stückchen tiefer gleiten lassen würde.

»Ich habe leider nicht die geringste Ahnung vom Gärtnern, aber die Erdbeeren wuchern von allein, und ein paar Blumen trauen sich auch raus«, entgegnete er. »Vielleicht kannst du mir ja mal ein paar Tipps geben, wie ich hier etwas Ordnung reinbekomme?«

»Gärten müssen nicht ordentlich sein, sondern nur geliebt und genutzt werden. Du könntest natürlich Gemüse und Obst anbauen, und dabei könnte ich dir helfen, aber das macht alles Arbeit. Ich weiß nicht, ich schätze dich eher so ein, dass du abends lieber mit einem Bier in einer lauschigen Ecke sitzt und den Tag Revue passieren lässt, als in Beeten herumzuwühlen. Und das ist ja völlig okay.« Ich lächelte ihn an. »Rufus!«, rief ich dann laut, weil der Kleine wie der Blitz durch das Tor geflitzt und hinter einer Wegbiegung verschwunden war.

»Keine Sorge, ihm passiert nichts.« Harry nahm seine Hand von meinem Rücken, was ich spontan bedauerte – bis er meine Linke ergriff und drückte. »Es gibt nur diesen einen Weg, und der führt zum Strand.«

Wir hatten die Biegung jetzt auch erreicht, und ich war vollkommen verblüfft von der Aussicht, die sich uns bot. Das Haus war an einer leicht erhöhten Position erbaut worden, und nun blickten wir auf eine zerklüftete Küste. Zwischen Reetgras und anderen Dünenpflanzen schlängelte sich ein schmaler Pfad zu einem kleinen, sichelförmigen Sandstrand, der von Felsen flankiert wurde. Es war eine völlig andere Landschaft als die auf Tresco und auch ganz anders als der Strandabschnitt, an dem wir angelandet waren. Viel rauer und wilder, dabei nur wenige Minuten zu Fuß entfernt. »Wow«, entfuhr es mir, und auch Rufus schien beeindruckt, denn er hatte ein paar Meter vor uns angehalten und sah sich neugierig um.

»Zu diesem Strand kommt man tatsächlich nur durch meinen Garten oder übers Meer«, sagte Harry, und ich merkte, wie er sich über mein Erstaunen freute. »Es ist kein Zufall, dass ich hier wohne. Das Cottage gehört der Naturschutzorganisation, für die ich hier arbeite. An den Felsen nisten viele Seevögel, die ich beobachten darf, und am Strand hat sich eine kleine Robbenkolonie niedergelassen. Also ideale Arbeitsbedingungen für einen Meeresbiologen«, fuhr er fort und konnte einen gewissen Stolz in seiner Stimme nicht unterdrücken.

»Das ist echt toll. Wenn auch ein bisschen einsam.«

»Das ist relativ. Ehrlich gesagt genieße ich es, dass ich keine Nachbarn habe, die über unangemessene Outfits die Nase rümpfen.« Er lachte, und ich ahnte, dass er auf unsere Begegnung bei uns im Garten vor ein paar Wochen anspielte.

»Paula ist wohl immer noch nicht darüber hinweg, dass ich an meinem ersten Inselmorgen im Nachthemd durch den Garten gelaufen bin«, brummte ich kopfschüttelnd. »Dabei achte ich seitdem peinlich darauf, immer halbwegs ordentlich gekleidet zu sein, sobald ich die Türschwelle überschreite.«

»Das finde ich außerordentlich bedauerlich. Mir hat der Aufzug ziemlich gut gefallen«, raunte er mir ins Ohr, sodass ich eine Gänsehaut bekam, die im Moment nichts mit meiner klammen Jeans zu tun hatte. »Und mach dir keine Sorgen, Paula hat längst andere Gründe gefunden, die Nase über dich zu rümpfen.« Schwups war die Gänsehaut weg und wurde von einem unangenehmen Hitzeflash ersetzt.

»Puh, es ist ja eine Sache zu ahnen, dass die Nachbarin über mich tratscht, es aber definitiv bestätigt zu bekommen, ist echt blöd.«

»Mach dir nichts draus. Paula ist wirklich eine gute Seele und würde sich jederzeit beide Arme und Beine für dich und Rufus ausreißen, aber Klatsch und Tratsch sind ihre Lieblingshobbys, und du als neueste Ergänzung der Inselgemeinschaft bist einfach das interessanteste Objekt. Ich kann dir aber versichern, dass sie es nicht böse meint.«

»Wenn du das sagst...« Ich war mir da nicht ganz so sicher. Aber ich fragte mich auch, warum Paula ausgerechnet mit Harry über mich sprach. »Seht ihr euch oft?«

»Wer?«

»Na, Paula und du.«

»Du meinst, weil ich weiß, was Paula über dich erzählt?« Er schüttelte lachend den Kopf. »Nein, das habe ich von einem halben Dutzend anderer Quellen erfahren.«

»Krass.« Ich war wirklich fassungslos.

»Das ist das Inselleben. Du gewöhnst dich dran. Und wenn du ehrlich bist, weißt du doch inzwischen wohl auch eine ganze Menge Dinge über Menschen hier, mit denen du persönlich noch nicht allzu viel Kontakt hattest, was?«

»Hm«, brummte ich. »Mag sein, aber es ist etwas anderes, selbst im Zentrum des Interesses zu stehen. Nun verstehe ich auch den Reiz deines Häuschens, denn über dich habe ich noch nicht viel erfahren.«

»Das kann ich mir kaum vorstellen«, enttarnte er meine schamlose Lüge mit einem entwaffnenden Lächeln. »Aber es ist wirklich angenehm, unbeobachtet nackt durch den Garten tanzen zu können und...« Er ließ den restlichen Satz unausgesprochen. »Jetzt sollten wir aber zusehen, dass wir Rufus wieder einfangen, nicht dass er alle Robben ins Wasser scheucht.«

Ich war mir relativ sicher, dass Harry nicht der Typ Mensch war, der nackt durch seinen Garten tanzte, aber ich konnte nicht verhehlen, dass ich die Vorstellung durchaus inspirierend fand. Doch nun standen erst einmal wieder andere Dinge auf dem Plan, als sich Gedanken über unbekleidete Kerle zu machen, die in naher Zukunft ohnehin höchstens meine Fantasie beflügeln würden. Wir legten einen Zahn zu, und Harry nahm Rufus schließlich an die Hand. An seine linke Hand, denn an seiner rechten hielt er immer noch mich.

»Jetzt müssen wir leise sein, damit wir die Robben nicht erschrecken«, sagte er mit gedämpfter Stimme, als wir uns langsam dem Strand näherten. Dort lagen tatsächlich einige der walzenförmigen Tiere im Sand und schienen zu schlafen, unbeeindruckt vom Regen. Ich zählte sieben Stück in allen möglichen Größen.

Harry führte uns ein Stückchen von der Tiergruppe weg und deutete dann auf den feuchten Sand. »Wir legen uns jetzt auch hin und tun so, als wären wir selbst Robben«, flüsterte er.

Rufus warf sich sofort hin, den Blick auf die Tiere geheftet, und auch Harry ließ sich nieder. Ich war mir fast sicher, dass er den Zauber nur für den Jungen veranstaltete, denn die Robben ließ unsere Anwesenheit offenbar völlig kalt. Seufzend legte ich mich ebenfalls in den nassen Sand und gönnte mir kurz den Gedanken, wie viel netter es wäre, das bei sommerlichen Temperaturen zu tun. Aber im Grunde war es auch schon egal. Irgendwann konnte ich nicht mehr nasser werden, und heute Abend würde ich mir zu Hause ein langes heißes Bad gönnen.

Minutenlang verharrten wir reglos in derselben Position, bis Rufus der Geduldsfaden riss. »Warum kommen die nicht her!«, rief er laut und frustriert und machte Anstalten aufzustehen, doch Harry drückte ihn mit seiner Pranke vorsichtig, aber bestimmt wieder auf den Boden.

»Die Robben müssen sich erst an unsere Anwesenheit gewöhnen«, erklärte er leise, und ich schielte zu den Tieren. Rufus' Aufschrei hatte zumindest einige von ihnen etwas munterer gemacht, sie schauten nun in unsere Richtung.

»Zumindest wissen sie jetzt, dass wir da sind«, stellte ich flüsternd fest.

»Aber so ist das langweilig«, nölte Rufus weiter, ohne seine eigene Lautstärke zu drosseln. »Ich will mit den Robben spielen!«

Ein Tier gab einen seltsamen Grunzlaut von sich, robbte ins Wasser und war kurz danach abgetaucht und verschwunden.

»Jetzt hast du ihn verscheucht«, sagte ich tadelnd zu Rufus, doch Harry schüttelte unmerklich den Kopf.

»Wenn wir jetzt ganz leise sind, können wir in ihre Richtung robben«, raunte er Rufus zu, und ich machte mir nicht mal mehr die Mühe, mein Augenrollen zu unterdrücken. Erstens sah mich sowieso keiner an, und zweitens fand ich diese Übung immer absurder. Doch Rufus hatte seinen Frust schon wieder vergessen und kroch langsam in Richtung der Tiere – Harry stets an seiner Seite. Da ich mir kaum vorstellen konnte, dass eine Robbenbegegnung an Land aufregender sein würde als eine im Wasser, blieb ich einfach liegen. Ich merkte, wie erschöpft ich war. Zwei Stunden im kalten Wasser herumzupaddeln hatte mich geschafft, und auch wenn ich lieber vor einem prasselnden Kaminfeuer auf dem Sofa oder in einer heißen Badewanne gelegen hätte, war es hier gar nicht so schlecht.

Viel besser jedenfalls, als mühsam durch den Sand zu robben. Kein Wunder, dass sich meine neuen Freunde im Wasser wohler fühlten als an Land. Ich zog mein Handy aus der Tasche und filmte, wie sich die beiden Jungs mehr oder weniger gekonnt fortbewegten. Dabei hatte ich Gelegenheit, das durchaus knackige Hinterteil von Harry zu bewundern. Das war mir so noch gar nicht aufgefallen, aber meine Fantasie schlug schon wieder Kapriolen.

Die beiden waren nur noch ein, zwei Meter von den Robben entfernt, als Rufus sich nach mir umblickte. Sein empörter Gesichtsausdruck hätte mich warnen müssen, doch es war ohnehin zu spät. Ehe ich wirklich begriff, was für ein dummer Fehler es gewesen war, allein zurückzubleiben, schrie er mit voller Lungenkraft: »Pippa! Du musst kommen!«

Was die Tiere betraf, hätte er auch eine Startpistole zünden können, denn die legten innerhalb von Sekundenbruchteilen ihre gechillte Schläfrigkeit ab und wälzten sich ins Wasser. Die Massenflucht schlug buchstäblich Wellen, von denen eine Harry traf, der näher dran war, und seinem Funktionsoutfit den Rest gab. Er sprang behände auf und riss Rufus zur Seite, der sonst womöglich Gefahr gelaufen wäre, der nächsten Welle zum Opfer zu fallen. So beschränkte sich der Kleine auf lautes Weinen, das nur zu einem kleinen Teil erschrocken und zum größeren wütend klang. Und es war ziemlich eindeutig, wer der Auslöser seines heftigen Zorns war.

STURMFRONT

Es dauerte ein Weilchen, bis sich Rufus wieder beruhigt hatte, allerdings war er nicht gewillt, den Strand zu verlassen, ehe er nicht mindestens einer Robbe persönlich Guten Tag gesagt hatte.

»Warum ziehst du dir nicht schnell etwas Trockenes an?«, wandte ich mich resigniert an Harry. »Ich bleibe hier und warte mit Rufus darauf, dass sich die Robben wieder an Land wagen.«

Seinem Blick nach zu urteilen, konnte das eine längere Wartezeit werden, doch er sprach es nicht aus. Vielleicht hegte er insgeheim die Hoffnung, dass der Junge irgendwann die Lust verlieren oder müde werden würde und wir ihn dann ohne großen Protest vom Strand weglotsen könnten. »Okay, dann machen wir's so. Ich beeil mich«, versprach er und fügte mit einem besorgten Blick auf Rufus hinzu: »Bist du sicher, dass du klarkommst?«

Ich war mir keineswegs sicher, aber das war ich in Bezug auf den Kleinen ja ohnehin nie, daher nickte ich. »Natürlich. Wir werden solange einfach Muscheln suchen oder so.«

»Und was ist mit deinen Klamotten? Du musst inzwischen ja auch völlig durchnässt sein.«

»Nur die Hose. Obenrum ist alles trocken«, log ich, denn natürlich hatte sich die Feuchtigkeit inzwischen auch unter meine Regenjacke vorgearbeitet. Vermutlich war sie nicht so dicht, wie sie sein sollte. Aber das spielte jetzt keine Rolle. Harry hatte gerade erst einen längeren Krankenhausaufenthalt hinter sich und war offensichtlich immer noch nicht so fit, wie er gerne vorgab. Ich dagegen hatte eine wahre Rossnatur. Und da ich ja am ungeplanten Verlauf des Nachmittags schuld war, würde ich die Suppe auch auslöffeln, die ich mir eingebrockt hatte. »Lauf schon«, forderte ich ihn auf, denn er sah wirklich ziemlich blass aus.

»Okay, ich beeil mich«, sagte er erneut und machte sich dann zügig in Richtung seines Häuschens auf.

»Sollen wir Muscheln sammeln, während wir auf die Robben warten?«, schlug ich Rufus vor, der mit einem Stück Treibholz, das er gefunden hatte, Muster in den nassen Sand kritzelte und mir immer noch nicht ganz verziehen hatte.

»Hm«, brummte er unentschlossen.

»Wir werden noch ganz oft Gelegenheit haben, Robben zu sehen«, begann ich sachte. »Harry hat das versprochen, und vielleicht kommt auf unserer Insel ja auch mal eine vorbei?« Vermutlich bereute Harry seine Worte von vorhin gerade ganz massiv. Warum es mir so schwerfiel zu glauben, dass er gerne Zeit mit uns verbrachte, hatte er gefragt. Jetzt hatte er die Antwort. Weil Zeit mit uns unberechenbar war. Unplanbar und einfach … kompliziert. Zweifellos hatte er das jetzt auch begriffen und überlegte sich gerade eine geeignete Ausrede dafür, dass er uns gleich wieder nach Hause bringen musste und das geplante Abendessen bei ihm nicht stattfinden konnte.

Dieser Gedanke deprimierte mich mehr, als gut für mich war – völlig idiotisch, denn es war doch ohnehin klar, dass das zwischen ihm und mir nie etwas werden konnte. Eine echte

Beziehung war völlig ausgeschlossen, und für eine belanglose Affäre war hier alles zu klein und zu eng. *Ich will auch keine belanglose Affäre mit Harry*, schrie meine kleine innere Stimme, so trotzig, wie es sonst nur Rufus konnte. Auch recht, denn dann könnten wir vielleicht einfach Freunde werden. Platonische Freunde. Das war ohnehin viel besser. Und einfacher. Und stabiler.

Und deprimierender… Himmel, was war nur los mit mir? Offensichtlich schlug mir das Wetter aufs Gemüt, dabei wäre das von heute in Schottland locker als angenehmes Frühlingswetter durchgegangen. Ich war einfach schon viel zu verweichlicht und verwöhnt, seit ich hier lebte. Ich sah in den Himmel, der noch grauer und düsterer wirkte als vorhin. Auch der Wind hatte inzwischen merklich aufgefrischt und zerrte einzelne Haarsträhnen aus meinem Zopf. Das Meer hatte die gleiche bleigraue Farbe wie der Himmel, und die Schaumkronen auf den Wellen wurden auch immer mehr. Nein, das war selbst für schottische Verhältnisse kein gutes Wetter mehr und mein Frust daher völlig angemessen.

Lustlos lief ich am Strand entlang, den Blick auf den Boden geheftet, in der Hoffnung, wenigstens ein paar Muscheln zu finden. Rufus stand an der Wasserkante und sang ein Lied, das ich nicht kannte, das aber vermutlich die flüchtigen Robben anlocken sollte. Dann klingelte mein Telefon, und ich rechnete damit, dass Harry uns zurück zum Haus oder wohl eher direkt zum Bootsanleger beordern würde, doch es war Dominic.

»Hey, Nicky, was gibt's?«, fragte ich leicht irritiert. Heute Morgen hatte ich von ihm die Nachricht bekommen, dass er unseren Videochat verschieben wollte. Warum rief er dann jetzt an?

»Ist alles in Ordnung bei dir?«, kam es besorgt zurück.

»Ja, natürlich. Was soll denn nicht in Ordnung sein?« Gut, aktuell war eine Menge nicht in Ordnung – aber wohl hauptsächlich in meinem Kopf, und nichts davon wollte ich mit Dominic diskutieren. Vordergründig war alles schick.

»Du hast auf meine Textnachricht nicht geantwortet.«

»Was hätte ich denn schreiben sollen? Ich habe zur Kenntnis genommen, dass du unseren Chat verschieben musstest. Das ist doch keine große Sache.«

»Wir haben uns nach Frannies Tod geschworen, dass wir zukünftig besser kommunizieren«, entgegnete er in einem leicht gekränkten Tonfall. »Ich hab mir echt Sorgen gemacht. Wäre es zu viel verlangt gewesen, eine kurze Bestätigung zu tippen?«

»Tut mir echt leid«, sagte ich zerknirscht, denn er hatte ja recht. Aber es war so einfach, wieder in alte Verhaltensmuster zurückzufallen. »Ich hätte es wirklich tun sollen, aber ich war abgelenkt. Ich war heute nämlich schon mit Robben schnorcheln, und heute früh, als ich deine Nachricht gelesen habe, hat es geregnet, und ich musste erst klären, ob das trotzdem stattfindet oder nicht. Und dann kam Rufus, und wir mussten frühstücken … und ich hab schlicht vergessen, dir zu antworten. Sorry.«

»Schon gut. Ich bin froh, dass es euch gut geht.« Er klang tatsächlich sehr erleichtert.

»Tut es. Ehrlich. Ist bei dir und deinen Lieben denn auch alles okay? Und warum bist du überhaupt schon wach? In Kanada muss es doch noch fast Nacht sein.«

»Esther und den Kids geht's gut. Mir auch. Ich habe nur eine Nachtschicht eingelegt, weil ich weiter an der neuen

Stimmerkennungssoftware für Wale arbeiten wollte. Ich hoffe, dass sie bei Reeds und Esthers nächster Expeditionstour getestet werden kann.«

»Verstehe.« Tat ich nicht, denn von Walsprache hatte ich nicht die geringste Ahnung, aber ich wusste, dass mein Bruder dank seiner Walforscher-Clique neuerdings besessen davon war. »Und deshalb hattest du auch die ganze Nacht dein Handy im Blick und hast gesehen, dass ich nicht reagiert habe.« Ich seufzte und bekräftigte noch einmal: »Tut mir echt leid.«

»Vielleicht habe ich auch nur überreagiert, weil ich etwas übernächtigt bin«, gab er zu und erkundigte sich dann nach dem Robbenschnorcheln.

In den nächsten Minuten erzählte ich ihm von den zutraulichen, fast aufdringlichen Tieren und davon, wie viel Spaß ich gehabt hatte. Dominic war vor ein paar Wochen zum ersten Mal mit Buckelwalen geschwommen und war immer noch ganz beseelt von diesem Erlebnis. »Dass wir beide zu so großen Meeressäuger-Fans werden, war auch nicht absehbar«, sagte ich schließlich lachend. »Vielleicht sollten wir das Sean auch mal vorschlagen?«, spielte ich auf unseren jüngeren Bruder an.

»Das machen wir bei nächster Gelegenheit. Aber jetzt sehe ich zu, dass ich heimkomme und meinen Lieben Frühstück mache. Hab noch einen schönen Tag, Pippa!«, schloss er und beendete dann das Gespräch.

Das Telefonat mit meinem Bruder hatte meine Stimmung deutlich gehoben, auch wenn der Wind immer unangenehmer wurde und auch der Regen an Intensität zunahm. Lange würde ich hier nicht mehr durchhalten, und ich hoffte, dass

Harry bald zurückkam und Rufus davon überzeugen konnte, dass die Robben heute andere Pläne hatten. Ich sah mich um – und mit einem Mal wurde mir gleichzeitig heiß und kalt. Der Strand war leer. Keine Spur von Rufus!

Panik stieg in mir auf. Ich hatte ihn doch die ganze Zeit im Augenwinkel und in den Ohren gehabt, während er versucht hatte, die Robben mit seinem Sirenengesang anzulocken. Wobei – wann hatte ich seine Stimme zuletzt gehört? Hatte mich das Gespräch mit Dominic so sehr abgelenkt, dass ich nicht mehr auf Rufus geachtet hatte? Hatte ich ihn wieder vergessen?

»Rufus?«, schrie ich aus Leibeskräften. »Rufus, wo bist du?«

Ich lief wie ein aufgescheuchtes Huhn am Strand entlang und suchte nach Fußspuren von ihm. War er ins Wasser gefallen? Hatte ihn eine Welle erwischt? Er konnte doch noch nicht schwimmen, und die Strömungen hier waren tückisch und gefährlich – das hatte Harry vorhin noch erklärt. Das war einer der Gründe, warum der Strand bei Schwimmern und Wassersportlern verpönt war.

»Rufus?«, rief ich wieder, doch der heulende Wind schien meine Stimme zu verschlucken. »Rufus, komm zurück!« Auf meinem Gesicht mischten sich Regentropfen mit heißen Tränen der Verzweiflung. Was hatte ich angerichtet? O Gott, was, wenn ihm etwas passiert war?

»Was ist los?«, hörte ich plötzlich Harrys Stimme hinter mir.

»Rufus. Er ist verschwunden«, schluchzte ich und schüttelte die Hand ab, die er auf meine Schulter gelegt hatte. »Ich habe es verbockt. Ich habe ihn eine Minute oder so nicht im Blick gehabt, und da ist er verschwunden. Was, wenn er ins Wasser gefallen ist?«

»Er ist nicht ins Wasser gefallen«, sagte Harry. »Noch nicht jedenfalls.« Seine sanfte dunkle Stimme hatte einen harten Klang angenommen, und er deutete auf eine Felsformation ungefähr dreißig Meter zu unserer Linken. Und dann rannte er los.

Mein Herz drohte stehen zu bleiben, und ich war so geschockt, dass ich erst nicht reagieren konnte, doch dann stolperte ich hinter Harry her. Rufus schien nichts von unseren Rufen mitzubekommen, denn er kletterte konzentriert immer weiter den glitschigen Felsen hinauf. Ich sah vor meinem inneren Auge, wie er gleich in die Tiefe stürzen und sein kleiner Kinderkörper erst von hartem, scharfkantigem Gestein zerschmettert und anschließend von den tosenden Fluten davongetragen werden würde. Wieder entfuhr mir ein verzweifeltes Schluchzen.

»Rufus? Buddy, hörst du mich?«, rief Harry, der inzwischen die Felsenklippe erreicht hatte. Seine Stimme war erstaunlich ruhig und beherrscht.

Rufus drehte sich prompt um und schenkte ihm ein Lächeln. »Ich suche die Robben!«

»Das habe ich mir schon gedacht«, bestätigte Harry in lockerem Tonfall, während er sich nun selbst an den Aufstieg machte. »Aber die sind um diese Zeit immer beim Jagen im Wasser. Die kommen erst am späten Abend wieder an Land.«

Es war mir ein Rätsel, wie er es fertigbrachte, so cool zu bleiben, aber ich merkte auch, dass er Schwierigkeiten beim Klettern hatte. Keine Ahnung, wie Rufus es geschafft hatte, aber für einen ausgewachsenen Mann war es augenscheinlich fast unmöglich, die Felswand zu bezwingen.

Rufus schien enttäuscht von der Erklärung zu sein, dass

er seine Robbenfreunde heute wohl nicht mehr zu Gesicht bekommen würde. Ich sah, wie er frustriert die Schultern senkte, und im nächsten Moment wurde ihm offensichtlich zum ersten Mal bewusst, in was für eine Lage er sich hineinmanövriert hatte. Panik, die der meinen glich, blitzte in seinen Augen auf, und prompt geriet er ins Straucheln und rutschte ein Stückchen runter. Nun fing er zu weinen an. Hatte er sich wehgetan? Oder war es nur Angst?

»O Gott«, japste ich verzweifelt und hilflos und wollte ebenfalls hochklettern.

»Bleib, wo du bist«, rief Harry jedoch energisch, ohne dass ganz klar war, ob er mich oder Rufus meinte, aber vermutlich hatte er in jedem Fall recht.

So blieb mir nichts anderes übrig, als zuzuschauen, während die zwei Menschen, die sich so tief in mein Herz geschlichen hatten, ohne dass ich es gewollt hätte, in größter Gefahr waren.

Harry redete die ganze Zeit beruhigend auf Rufus ein, der immer verzweifelter weinte. Seine Jacke schien sich an einem Felsvorsprung verheddert zu haben, was zwar einerseits einen Absturz verhinderte, ihn aber andererseits vom Runterklettern abhielt. Harry tastete sich langsam vor, hatte jedoch zunehmend Schwierigkeiten, Halt auf dem nassen, rutschigen Untergrund zu finden. Was, wenn nun beide abstürzten? Ob ich es wohl schaffen könnte, sie aus dem Wasser zu ziehen? Wen konnte ich anrufen und um Hilfe bitten? Und wäre es nicht ohnehin viel zu spät, bis jemand käme?

Die negativen Gedanken drehten sich in einer schwindlig machenden Horrorspirale in meinem Kopf, die Tränen strömten mir über die Wangen, und in mir manifestierte sich ein für alle Mal die schreckliche Gewissheit, dass ich Leid über die brachte, die ich liebte. Dass jede Kreatur, ob Mensch oder Tier, besser dran war, wenn ich mich emotional von ihr fernhielt. Der heiße Schmerz dieser Erkenntnis ließ mich fast zusammenklappen, doch irgendwie schaffte ich es, wenigstens äußerlich Haltung zu bewahren und Harry nicht weiter abzulenken.

Nun rutschte er wieder ab, und ich hörte ein unterdrücktes Fluchen, doch er biss die Zähne aufeinander und versuchte es erneut. Es schien endlos zu dauern, auch wenn es in Wirklichkeit vermutlich kaum mehr als ein paar Minuten oder auch nur Sekunden waren, doch schließlich hatte er Rufus erreicht. Mit einer Hand hielt Harry sich fest, mit dem anderen Arm umschlang er den kleinen Körper und drückte das weinende Kind fest an sich. »Ich hab dich, Buddy«, hörte ich ihn beruhigend sagen. »Jetzt wird alles gut.«

Die erste Erleichterung darüber, dass er Rufus sicher erreicht hatte, wich aber gleich der Sorge darum, wie der Abstieg funktionieren sollte. Ich konnte schlecht einschätzen, wie hoch sie wirklich waren, ob fünf, acht oder zehn Meter. Ich war mir jedoch ohne jeden Zweifel sicher, dass ein Absturz fatal wäre.

Harry hatte wohl ähnliche Bedenken, denn er sah sich ein wenig ratlos um. Für den Moment waren beide in Sicherheit, aber jeder Fehltritt konnte tödlich enden. »Philippa«, sprach er mich schließlich an, und seine Stimme klang wieder so ruhig wie vorhin. »Ich brauche deine Augen. Du musst mir sagen, wohin ich treten kann, damit wir hier heil wieder runterkommen.«

»Ich weiß nicht …«, brachte ich erstickt hervor.

»Du schaffst das!«, beharrte er mit fester Stimme. »Wir schaffen das gemeinsam. Aber dafür brauche ich dich jetzt.«

»Okay.« Ich schluckte meine Tränen hinunter und schob alle negativen Gedanken aus meinem Kopf. Ich hatte jetzt eine klar umrissene Aufgabe, und darauf würde ich mich konzentrieren. Ich trat näher an die Felswand und scannte die Oberfläche auf der Suche nach einer möglichen Route. Der beste Weg schien mir ein Stück vom Strand weg in Richtung Meer zu liegen. Ohne zu zögern, ging ich ins Wasser. Ich achtete auf einen einigermaßen festen Stand und stützte mich mit einer Hand am rauen Felsen ab. Dann begann ich, Anweisungen zu geben, und dirigierte die beiden Zentimeter für Zentimeter nach unten. Als Harrys Füße ungefähr auf der Höhe meiner Schulter waren, wurde es schwierig. Genau genommen unmöglich für ihn, ohne eine zweite freie Hand weiterzuklettern. »Mist«, entfuhr es mir, und ich spürte, wie sich eine erneute Panikwelle in mir breitmachte.

»Du musst ihn auffangen«, sagte Harry nach einer Weile.

»Was?«, rief ich, und auch Rufus klammerte sich krampfhaft an Harry fest.

»Das wird ein Spaß!«, behauptete Harry mit betont fröhlicher Stimme, an Rufus gewandt. »Du kannst fliegen wie eine Möwe oder ein Papageientaucher, und Pippa fängt dich auf.«

»Nein«, jammerten Rufus und ich wie aus einem Mund.

»Es ist unsere einzige Chance«, beharrte Harry, und ich merkte, wie ihm die Anstrengung zusetzte. Lange würde er es in dieser Position nicht mehr aushalten, das war offensichtlich. Ehe ich auch nur dazu kam, mir eine Alternative zu überlegen, begann er zu zählen. »Aufgepasst, ihr beiden! Drei, zwei, eins – und Freiflug!« Er pflückte sich mit einer energischen Armbewegung den kleinen Jungen vom Hals und ließ ihn beherzt fallen. Ich reagierte instinktiv und fing ihn auf. Dabei verlor ich das Gleichgewicht und stürzte nach hinten ins gut kniehohe Wasser.

Doch das war egal. Es war mir völlig gleichgültig, dass ich nun ebenfalls durchnässt war, dass ich recht unsanft gelandet war und mir ziemlich sicher den Rücken geprellt hatte. Rufus war in Sicherheit! Ich rappelte mich hoch und griff nach Harrys Hand, die mich endgültig hochzog. Dann umarmte ich den kleinen Jungen, der sich an mich klammerte wie ein Äffchen, und weinte vor lauter Erleichterung. Harry schob mich mit sanfter Gewalt aus dem Wasser in Richtung Strand und nahm uns beide in die Arme.

Ich hatte keine Ahnung, wie lange wir da standen, aber irgendwann beruhigten sich Harrys angestrengtes Atmen und Rufus' japsendes Schluchzen, und auch meine Tränen versiegten.

»Sollen wir nach Hause gehen?«, fragte Harry mit rauer Stimme. »Es wird langsam wirklich ungemütlich, und ich will nicht, dass wir uns noch alle erkälten.«

Ich nickte und wollte Rufus auf den Boden stellen, doch er hielt sich krampfhaft an mir fest.

»Soll ich ihn nehmen?«, fragte Harry, aber irgendwie war es mir jetzt wichtig, diese buchstäbliche Bürde allein zu tragen, auch wenn das nasse Kleinkind auf Dauer verdammt schwer war.

»Ich schaff das«, sagte ich daher leise, eher zu mir selbst als zu ihm, und lief los.

Den nächsten klaren Gedanken brachte ich erst zustande, als Rufus in trockener, warmer Kleidung und mit einer Wärmflasche in Harrys Bett lag und schlief.

Plötzlich merkte ich, wie erschöpft ich war. Wie durchgefroren, hungrig, müde, durstig und immer noch nass. Von meinen verwirrten Gefühlen ganz zu schweigen. Harry hatte versucht, mich dazu zu bringen, wenigstens meine durchweichten Sachen loszuwerden, aber außer Regenjacke, Schuhen und Strümpfen hatte ich sie noch an. Erst war Rufus dran gewesen – mein kleiner Neffe, mein großer Schatz, den ich um ein Haar verloren hätte. Weil ich eine unfähige Frau war – nicht in der Lage, mich um die zu kümmern, die von mir abhängig waren. Doch für den Moment war Rufus in Sicherheit, und ich stand einigermaßen ratlos vor der angelehnten Schlafzimmertür und wusste nicht, was ich tun sollte.

»Wenn du deine nassen Klamotten nicht gleich freiwillig ausziehst, mach ich es«, sagte Harry, der gerade aus dem Badezimmer kam. Er hatte sich offensichtlich eine Blitzdusche gegönnt und war in ein T-Shirt und eine Jogginghose geschlüpft. Auf seine Augenklappe hatte er verzichtet – wahrscheinlich war auch sie vollkommen durchnässt. Seine Ansage klang flirty, doch sein ernster Gesichtsausdruck und das immer noch leicht verschwollene Auge straften seine Worte Lügen. Oder nicht, denn ich traute ihm jederzeit zu, mir die Kleidung vom Leib zu reißen – wenn auch gerade nicht in dem Kontext, in dem ich noch heute Mittag vor mich hin fantasiert hatte.

Also nickte ich mechanisch und streifte mir den Fleecepulli und das Langarmshirt über den Kopf.

»Du musst nicht hier im Flur einen Striptease hinlegen.«

Nun zuckte doch ein leichtes Lächeln um seine Mundwinkel. »Im Bad läuft gerade die Wanne voll. Rein mit dir, und komm erst wieder raus, wenn dir richtig warm ist. Handtücher liegen ebenfalls bereit, und ich war so frei, die Wechselkleidung aus deinem Rucksack dazuzulegen. Schmeiß deine nassen Sachen einfach vor die Tür, dann packe ich sie zusammen mit Rufus' und meinen Klamotten in die Waschmaschine.« Er legte mir eine Hand auf die Schulter und dirigierte mich in Richtung Badezimmer. »Anschließend essen wir was.« Er räusperte sich, und ich drehte mich um und sah ihn fragend an. »Ich habe übrigens schlechte Nachrichten: Ihr müsst heute Nacht hier schlafen. Der Sturm wird immer stärker, und ich denke, wir sollten heute lieber nichts mehr riskieren.«

Erst als ich nach zehn Minuten in der heißen Badewanne langsam wieder klar denken konnte, sickerte die eigentliche Wucht dieser Ankündigung in mein Bewusstsein: Sturm. Nicht mehr nach Hause. Hierbleiben. Bei Harry übernachten. Bei Harry übernachten? Bei Harry übernachten!

Mein Herz begann, heftig zu klopfen. Sein Cottage war winzig. Zweifellos hatte er nur ein Schlafzimmer – und ein Bett, in dem nun Rufus schlief. Aber vielleicht war ja sein Sofa groß und bequem? Ich beruhigte mich wieder. Vermutlich, weil ich viel zu erschöpft war, um mich ernsthaft aufregen zu können. Außerdem, was brachte es schon? Das heiße Wasser und das aromatisch nach Wald duftende Schaumbad in der altmodischen, frei stehenden Wanne machten mich wieder schläfrig. Ich glitt tiefer in die warmen Fluten und schloss die Augen. Für ein paar wenige wertvolle Minuten war auch mein Kopf so freundlich, mir nichts als Stille und Leere zu präsentieren. Nicht nachdenken zu müssen, war ein Geschenk.

Allerdings ein sehr flüchtiges, denn natürlich konnte sich mein Gehirn mit stumpfem Vergessen nicht anfreunden. Erst kamen mir die Bilder vom Vormittag in den Sinn, davon, wie ich im Meer mit den zutraulichen Robben geschwommen war. Das war wirklich ein einmalig schönes, unvergessliches und sehr intensives Erlebnis gewesen, das ich um keinen Preis missen wollte. Ich würde jetzt nicht so weit gehen, es als lebensverändernde Erfahrung zu bezeichnen, aber ein bisschen was war in mir passiert. Ich hatte meine Komfortzone verlassen und mich auf etwas Neues eingelassen. Eigentlich galt das für alles, was in den letzten Wochen geschehen war – wenn ich so darüber nachdachte, konnte ich mich kaum noch erinnern, wo genau meine Komfortzone war und ob ich sie mir zurückwünschte. Das Leben hier auf den Inseln war ganz anders als das in Edinburgh oder auch in Kapstadt, aber war es schlechter?

Sicher nicht grundsätzlich, aber … Weit weniger kooperativ als eben noch erinnerte mich mein Gehirn an den Nachmittag. Daran, wie Rufus wegen meiner Unaufmerksamkeit fast gestorben wäre. Es war nicht seine Schuld, dass er abenteuerlustig war und die Robben hatte suchen wollen. Es wäre meine verdammte Aufgabe gewesen, auf ihn zu achten. Genauso, wie ich mich um mein Meerschweinchen hätte kümmern müssen und um den kleinen Terrier Oscar, der auf der Zufahrtsstraße zum Parkplatz des Hotels meiner Eltern von einem Gast überfahren worden war, weil ich ihn nicht an die Leine genommen hatte. Und das Kind, das ich mit zwanzig nicht hatte haben wollen, das ich aber letztlich durch eine Fehlgeburt verloren hatte, weil ich zu wild getanzt hatte.

Ich japste entsetzt nach Luft. Daran hatte ich seit Jahren

nicht mehr gedacht, hatte es ganz tief in mir vergraben, aber es passte ins Bild. Die schutzlosen Wesen, die mir ausgeliefert waren …

»Alles klar bei dir, Philippa?«, hörte ich Harrys Stimme an der Badezimmertür.

Ich konnte nicht antworten.

»Hast du dich verletzt?«, bohrte er weiter nach und klang besorgt.

»Nein«, presste ich kläglich zwischen zwei Schluchzern hervor.

»Ist sonst etwas passiert?«

Was sollte ich auf diese Frage antworten?

»Pippa, ich komme rein. Ich mache mir nämlich ernsthaft Sorgen um dich«, kündigte er an und stand im nächsten Moment neben der Badewanne. »Ich glaube, es ist besser, wenn du jetzt rauskommst«, sagte er sanft. Dann nahm er ein großes weiches Handtuch, faltete es auseinander und hielt es mir entgegen. »Ich schau nicht hin«, versprach er noch.

Als wäre das gerade mein größtes Problem. Irgendwie schaffte ich es, die nötige Kraft zu mobilisieren, um aus der Badewanne zu steigen und mich in das Handtuch zu wickeln. Gleich darauf hatte er ein weiteres in der Hand und begann fürsorglich, meine Haare trocken zu rubbeln.

»Zieh dich an, und komm dann runter. Wenn du etwas gegessen hast, wirst du dich sicher bald besser fühlen«, behauptete er und ging nicht weiter auf mein hilfloses Schluchzen ein, wofür ich ihm unendlich dankbar war, denn sonst wäre ich wohl völlig zusammengebrochen.

Ich nickte nur, und er schien überzeugt zu sein, dass er mich allein lassen konnte, denn gleich darauf verschwand er wieder.

Mühsam zog ich mir meine Wechselklamotten an, die Harry auf den Klodeckel gelegt hatte. Unterwäsche, Socken, ein T-Shirt und dünne Sportleggins. Heute Morgen war mir das noch wie eine sinnvolle Kombi vorgekommen. Da hatte ich aber auch noch nicht ernsthaft damit gerechnet, dass ich einen frischen Satz Kleidung benötigen würde, und hatte daher vor allem Sachen eingepackt, die leicht waren. Jetzt ärgerte ich mich, dass ich keine weitere Jeans und vor allem keinen warmen, weichen Pullover mitgenommen hatte. Meine andere Garnitur tummelte sich wahrscheinlich gerade in der Waschmaschine.

Ich entwirrte meine langen Haare notdürftig mit den Fingern – meine Bürste befand sich hoffentlich noch irgendwo im Rucksack –, wischte mir die Tränen aus dem Gesicht, putzte mir die Nase und verließ das Bad. Ich spähte durch die halb geöffnete Schlafzimmertür und sah, wie sich Rufus' Brustkorb in gleichmäßigen, tiefen Atemzügen hob und senkte. Wenigstens einer von uns wandelte entspannt im Reich der Träume. Dann lockte mich der köstliche Duft, der aus der Küche strömte, die Treppe runter. Mein Magen knurrte vernehmlich, und ich beschloss, dass mein schlimmer Herzschmerz mit gefülltem Bauch wahrscheinlich besser zu ertragen wäre.

Zum ersten Mal heute hatte ich Zeit, mir Harrys Cottage ein bisschen genauer anzuschauen. Die Küche war ebenso altmodisch wie das Badezimmer, aber auch genauso charmant und heimelig, und im Wohnzimmer flackerte ein munteres Feuer im Kamin. Harry stand am Herd und rührte in einem Topf, in dem es verführerisch blubberte.

»Eigentlich wollte ich Hamburger für euch grillen«, sagte er, als er mich bemerkte. »Aber das fällt ja offensichtlich aus.« Er blickte zum Fenster, das gerade einen Waschgang wie von einem Hochdruckreiniger erhielt. Der Wind pfiff um das Häuschen, und das alte Gemäuer ächzte und knackte.

»Ich hätte nie gedacht, dass es hier so ungemütlich werden kann«, stellte ich fest.

»Oh, im Winter haben wir oft ziemlich krasse Stürme, aber auch im Sommer ist das nicht so selten. Es hat schon Gründe, dass hier so viele Wracks auf dem Meeresgrund liegen.« Sein Lächeln wurde breiter, als ich bei dem Wort »Wracks« das Gesicht verzog. Darüber wollte ich lieber nicht so genau nachdenken. »Aus dem Hackfleisch für die Burger habe ich jetzt eine Bolognese-Soße gekocht«, fuhr er fort. »Ich dachte mir, dass wir alle etwas Seelennahrung brauchen könnten.«

»Da sagst du was …«, murmelte ich und rieb mir fröstelnd über die nackten Arme. Es war zwar nicht direkt kalt in der Küche, aber ich fror immer noch, selbst nach dem heißen Bad. War vermutlich meine innere Kälte.

»Im Wohnzimmer liegt ein dicker Pulli von mir auf der Sofalehne – und ein Paar Wollsocken. Beides müsste vom Kaminfeuer schön warm sein, und keine Sorge, die Sachen sind frisch gewaschen.«

»Danke.« Seine Fürsorglichkeit rührte mich. Ich war es nicht gewohnt, dass sich jemand um mich kümmerte, und es fühlte sich seltsam und fremd an, aber irgendwie auch schön. Der Pullover entpuppte sich als wirklich scheußliches dunkelgrünes Sweatshirt-Monster mit braunem Teddyfutter. Unwillkürlich musste ich lachen, als ich an die absurden Fantasien dachte, die noch vor wenigen Stunden durch meinen Kopf gespukt waren und in denen ich in einem sexy Outfit die Hauptrolle gespielt hatte. »Sexy« war im Moment jedenfalls so ziemlich das Letzte, wonach mir der Sinn stand. Das grünbraune Ungetüm war aber tatsächlich wahnsinnig kuschelig und warm. Es duftete leider kein bisschen nach Harry, sondern nur leicht nach Waschmittel, dafür hüllte es mich bis zur Mitte der Oberschenkel ein, und die handgestrickten Wollsocken reichten mir fast bis zu den Knien. Leicht hysterisch kichernd tappte ich zurück in die Küche.

»Scharfes Outfit«, bemerkte Harry und zwinkerte mir zu.

»Bei welcher Gelegenheit hast du diesen Pulli angehabt?«, wollte ich wissen, ohne auf seinen Kommentar einzugehen. Stattdessen setzte ich mich an den gedeckten Küchentisch und schielte zu der bereitstehenden Weinflasche.

»Ich hatte vor vielen Jahren mal das Glück, an einer Antarktis-Expedition teilnehmen zu dürfen, und dafür hat ihn mir meine Mutter geschenkt.« Sein Grinsen verwandelte sich in ein leicht wehmütiges Lächeln. »Ich habe ihn damals nicht mitgenommen, denn die Kollegen hätten mich wahrscheinlich von morgens bis abends ausgelacht, aber gelegentlich ziehe ich ihn hier an, wenn ich im Winter stundenlang auf Beobachtungsposition liege.«

»Er ist wirklich sehr warm«, bestätigte ich. »Und sehr kuschelig.«

»Das war meiner Mum immer wichtig: dass ihre Kinder es warm und kuschelig haben«, erzählte er, und der wehmütige Blick vertiefte sich.

»War?«

»Sie ist gestorben, während ich auf dieser Expedition war. Der Pulli ist meine letzte Erinnerung an sie, und auch wenn er vollkommen absurd ist, bringe ich es nicht übers Herz, ihn wegzuschmeißen.« Er zuckte mit den Achseln.

Ich hätte vermutlich länger nachdenken müssen, damit

mir etwas einfiel, was mir meine Eltern geschenkt hatten und woran mein Herz hing. Sie hatten mir und meinen Geschwistern zwar immer teure Geschenke gemacht, aber es war nie etwas dabei gewesen, das einen ideellen Wert gehabt hätte. »Tut mir leid, dass sie gestorben ist«, sagte ich, aber eher, weil es den Konventionen entsprach, nicht weil ich seine Situation wirklich nachempfinden konnte.

»Es ist inzwischen fünfzehn Jahre her, aber ich vermisse sie tatsächlich immer noch.« Er seufzte leicht. »Du hättest ihr gefallen«, fügte er überraschenderweise hinzu.

»Hm.« Ich wusste nicht recht, was ich mit dieser Offenbarung anfangen sollte.

»Sie mochte Frauen, die eigensinnig, selbstständig, mutig und unternehmungslustig sind – und dazu noch ein großes Herz haben. Sie selbst war auch so.«

»Also erstens bin ich nichts von alldem, und zweitens hört es keine Frau gern, wenn sie mit einer Mutter verglichen wird. ›Du bist wie deine Mutter‹ ist in meiner Welt die denkbar schlimmste Beleidigung«, stellte ich klar.

»Dann kann mir ja nichts passieren, denn ich habe dich weder mit deiner noch mit meiner Mutter verglichen.« Er lachte leise und rührte noch einmal in der Soße. Anschließend ließ er seelenruhig eine Packung Nudeln in kochendes Wasser gleiten und kam dann zu mir an den Tisch. »Du bist total anders als meine Mutter, aber du teilst ohne den geringsten Zweifel all die eben aufgezählten Attribute mit ihr.«

Ich schüttelte wortlos den Kopf. Das war mir gerade alles zu kompliziert. »Einigen wir uns darauf, dass ich ihr und dir dankbar für den Pullover bin«, sagte ich schließlich, während er mir und sich selbst Rotwein eingoss.

»›Kompromissbereit‹ könnte ich auch noch auf die Liste setzen.« Seine Augen blitzten, und er prostete mir zu. »Auf einen bemerkenswerten Tag.«

Ich stieß mein Glas gegen seines, trank aber noch nicht. Stattdessen schaute ich ihn fasziniert an. Bis vorhin hatte ich ihn immer nur mit seiner Piratenaugenklappe gesehen, und obwohl sein rechtes Auge immer noch etwas ramponiert und leicht geschwollen war, machte es einen unglaublichen Unterschied. Fast schien es mir, als würde ich Harry jetzt erst richtig und vollständig kennenlernen. Saß die Seele eines Menschen womöglich tatsächlich in den Augen?

»Magst du keinen Rotwein?« Er runzelte irritiert die Stirn, weil ich ihn die ganze Zeit anstarrte.

»Doch. Sehr sogar.« Mit einiger Mühe riss ich meinen Blick von seinem Gesicht los und trank einen Schluck. Es war ein samtiger, schwerer Tropfen, der meinen Gaumen mit allerlei exotischen Aromen kitzelte und sicher im Handumdrehen für einen massiven Schwips sorgen würde, wenn ich nicht bald etwas in den Magen bekam. »Ist der von dem Weingut auf St. Martin's?«, erkundigte ich mich, obwohl ich die Antwort schon ahnte.

»Nein, für einen solchen Rotwein müsste der Klimawandel noch ein bisschen mehr aufdrehen – was wir nicht hoffen wollen. Das ist ein Spanier, den ich seit ein paar Jahren für einen besonderen Moment aufbewahre.«

»Oh.« Noch so eine seltsame Offenbarung, die mir unheimlich war. »Dein Leben hier muss sehr trist sein, wenn ein Besuch von einer emotional verwirrten, mittelalten Chaosfrau als besonderer Moment gilt«, versuchte ich, mich in Humor zu flüchten.

»Du tust es schon wieder«, sagte er. Sein Lächeln war verschwunden.

»Was?«

»Du scheinst wirklich eine sehr schlechte Meinung von dir selbst zu haben. Und von mir. Das finde ich ausgesprochen bedauerlich, denn für mich ist das heute tatsächlich ein sehr besonderer Tag, und ich finde, dass wir nach all der Aufregung einen angemessenen Tropfen verdient haben.« Bei diesen Worten blickte er mir so tief in die Augen, als wollte er meine Seele ergründen.

Erschrocken senkte ich die Lider. Was er dort zu sehen bekäme, würde ihm nicht gefallen. Ich schluckte und wusste nicht, was ich sagen konnte, um die Situation zu retten.

»Ich schau mal, ob die Nudeln fertig sind«, kündigte er plötzlich in ganz neutralem – oder enttäuschtem? – Tonfall an und stand auf.

Ich verfolgte, wie er erst eine Nudel probierte, dann noch einmal in der Soße rührte und schließlich etwas Käse rieb. Es gefiel mir, wie methodisch und souverän er dabei vorging, doch seine leicht angespannte Körperhaltung verriet mir, dass ich ihn schwer frustrierte.

»Es tut mir leid«, sagte ich daher, als er den geriebenen Käse auf den Tisch stellte.

»Muss es nicht. Es ist sicher nicht deine Schuld, dass du noch nicht so weit bist wie ich.« Das kleine Lächeln war längst nicht so strahlend, wie ich es sonst von Harry gewohnt war, aber es wirkte echt und stimmte mich hoffnungsfroh.

»Wofür bin ich noch nicht weit genug?«, erkundigte ich mich, ehe ich mir auf die Zunge beißen konnte, denn ich wusste natürlich ganz genau, was er meinte.

Harry lachte leise, goss dann die Nudeln ab und servierte mir gleich darauf einen dampfenden Teller Spaghetti bolognese. »Du weißt ganz genau, was ich meine«, antwortete er. »Aber jetzt essen wir erst mal.«

Das war mir sehr recht. Das simple, aber köstliche Gericht war ein wahrer Seelentröster und wärmte mich von innen ähnlich gut wie der Teddy-Sweater von außen. Harry hatte frische Tomaten verwendet, und ich hätte gewettet, dass sie von Amelias Tomatenfarm stammten. Wir sprachen nicht, sondern aßen in einträchtiger Stille. Erstaunlicherweise machte mich das Schweigen überhaupt nicht nervös, wie ich es früher in meiner Familie erlebt hatte, sondern entspannte mich. Selbst meine Gedanken kreisten nicht mehr, sondern zogen sich in einen versteckten Winkel meines Kopfes zurück, während meine sämtlichen Sinne auf Hochtouren liefen. Geschmacks- und Geruchssinn feierten eine Lustorgie, während ich dem peitschenden Regen und dem heulenden Wind lauschte, die jedoch von dem heimelig prasselnden Kaminfeuer im Wohnzimmer akustisch in Schach gehalten wurden. Mein ganzer Körper begann, leicht zu kribbeln, als Wärme und Wohlbefinden sich ausbreiteten – und meine Augen tasteten sich immer wieder an Harrys kantigem Kinn entlang und freuten sich, wenn sich die Lachfältchen um seine Augen kräuselten.

Nach dem zweiten Teller dampfender Göttlichkeit war ich pappsatt und lehnte mich zufrieden zurück. Harry räumte rasch auf und verbat sich jede Hilfe, dann nahm er die Weinflasche und sein Glas. »Wollen wir ins Wohnzimmer gehen?«

»Gerne.« Ich griff mir mein noch halb gefülltes Weinglas und folgte ihm mit wenigen Schritten in sein kleines, aber sehr behagliches Wohnzimmer.

Er platzierte die Flasche und sein Glas auf einem kleinen Beistelltisch und verschob ihn so, dass ich von meiner Couchecke aus bequem Zugriff darauf hatte. Dann nahm er schräg gegenüber auf einem etwas abgenutzten Sessel Platz, der aber ähnlich gemütlich wie das Sofa wirkte. Ein bisschen tat es mir leid, dass er sich nicht neben mich setzte, denn irgendwie hätte ich plötzlich nichts gegen einen Arm einzuwenden gehabt, der sich um meine Schultern legte. Aber ihm war offensichtlich nicht nach Kuscheln, sondern nach Reden zumute. Allerdings sagte er nichts, sondern schien darauf zu warten, dass ich das Gespräch eröffnete. Nun stieg doch das Unbehagen in mir auf, das ich früher bei Familienessen häufig gespürt hatte. Dabei hatten wir Kinder »gepflegte Konversation« machen müssen, was sich jedes Mal wie ein unangenehmer, weil unangekündigter Test in der Schule angefühlt hatte. War das Thema, das wir anschnitten, nämlich »nicht angemessen« gewesen, waren wir mit eisigem Schweigen bestraft worden.

»Wie kommt es eigentlich, dass du so gut mit Kindern umgehen kannst?«, sprach ich spontan den Gedanken aus, der sich aus dem großen Pool der möglichen thematischen Eisbrecher überraschenderweise an die vorderste Stelle gekämpft hatte.

»Kann ich das?« Er klang zweifelnd und sah dem Wein dabei zu, wie er sich in seinem Glas bewegte, als er es schwenkte.

»Natürlich kannst du das. Es ist offensichtlich, dass du keinerlei Berührungsängste hast und dass du dich unbefangen und entspannt verhältst. Also alles, was mir fehlt und was ich nicht kann.«

Er antwortete eine ganze Weile nichts. Fast fühlte ich mich

nun wirklich an ein unangenehmes Familienessen erinnert, doch dann sagte er: »Ich habe eine Tochter.«

Wow. Das war überraschend. Davon hatte mir bislang noch niemand etwas erzählt. Zweifellos lebte dieses Kind nicht hier bei ihm auf der Insel, aber vielleicht wusste auch sonst niemand etwas von dem Mädchen? Und von seiner Mutter. Ich müsste mich jetzt wohl irgendwie äußern, oder? Hohläugiges Glotzen zählte sicher nicht als angemessene Reaktion auf eine derartige Enthüllung.

»Ich habe sie seit über zehn Jahren nicht mehr gesehen«, sprach er weiter, ehe ich mich zu einer Bemerkung hatte aufraffen können. Diese Aussage trug allerdings wenig dazu bei, meine Fragen zu beantworten.

»Ich glaube, du solltest ganz von vorne beginnen«, schlug ich vor.

Er schaute mich an und schenkte mir sein typisches vielsagendes Lächeln. Was es genau sagte, ließ sich nicht so leicht ergründen. »Ganz von vorne also?« Ich nickte, und er seufzte leise. »Dann gilt das aber auch für dich, ja?«

»Ja, aber ich habe dich zuerst gefragt.« Ich trank einen Schluck Wein. »Du hast also eine Tochter, die du seit zehn Jahren nicht mehr gesehen hast?«

Harry nickte und schien sich ein wenig sortieren zu müssen. »Kurz nach meiner Antarktis-Expedition und dem Tod meiner Mutter hatte ich die Gelegenheit, ein Projekt an der mexikanischen Pazifikküste zu übernehmen. Vorwiegend ging es um Grauwale, die dort in den Wintermonaten rund um die Halbinsel Baja California ihre Kälber bekommen und später im Jahr dann in den Norden ziehen, nach Alaska, um sich da ihre Speckschicht anzufressen.«

»Mein Bruder hat mir davon erzählt«, fiel mir ein. »Er lebt seit einiger Zeit auf Vancouver Island, und seine Freundin betreibt dort ein Whale-Watching-Unternehmen. Aber ich wollte dich nicht unterbrechen, tut mir leid.«

»Schon gut. Der jährliche Zug der Grauwale ist an der gesamten Pazifikküste von Mexiko bis Alaska ein Riesending, und das war es auch für mich. Das Projekt war toll, genau wie das Team vor Ort. Ganz speziell die Tierlinguistin, die ich dort kennengelernt habe, Chris Sullivan. Das ist ein ziemlich abgedrehter wissenschaftlicher Bereich, aber diese Leute sind überzeugt davon, dass sie die Sprache der Tiere entschlüsseln können. Chris hatte von ihrer Uni in Denver reichlich Forschungsgelder zur Verfügung gestellt bekommen und führte wirklich spannende Experimente durch.«

Ich klappte den Mund auf – und gleich wieder zu, weil ich Harry nicht erneut unterbrechen wollte, denn so spannend die Tiersprachen-Sache zweifellos war, sie hatte nichts mit dem Kern seiner Geschichte zu tun.

»Was?«, fragte er jedoch trotzdem, weil ihm mein Mienenspiel nicht entgangen war.

»Nichts. Nur dass mein Bruder auch an einer Spracherkennungssoftware für Orcas arbeitet, wenn ich ihn richtig verstanden habe. Das fand ich supernerdy, als er mir neulich davon erzählt hat, und nun kommst du auch mit so einer Geschichte an. Außerdem: Was macht eine Walstimmen-Forscherin an einer Uni in Denver?«

»Eine von vielen spannenden Fragen«, gab er mit einem schwachen Lächeln zu. »Bei Gelegenheit würde ich mich tatsächlich gerne mal mit deinem Bruder unterhalten. Der Stand der Forschung ist inzwischen bestimmt schon viel weiter als damals. Aber egal, das tut jetzt erst mal nichts zur Sache. Entscheidend ist, dass ich mich Hals über Kopf in Chris verliebt habe und sie sich in mich. Nach wenigen Monaten war sie schwanger, und auch wenn es nicht geplant war, haben wir uns doch wie verrückt gefreut. Es hat sich einfach perfekt angefühlt. Wir hatten ähnliche Interessen, arbeiteten in ähnlichen Jobs und hatten uns einfach immer was zu sagen. Als Maia dann zur Welt kam, war ich der glücklichste Mann auf Erden. Es war das bislang beste Gefühl meines Lebens. Dieses kleine, hilflose Menschenkind in meinen Armen zu halten, war das Größte überhaupt. Mein Projekt wurde verlängert, und auch Chris konnte bleiben, sodass wir mit der damals knapp einjährigen Maia die Wale sogar monatelang mit einem Boot begleiten konnten. Wir haben die Tiere bei ihrer Reise in den Norden flankiert und konnten großartige Beobachtungen machen. Das war eine wahnsinnig intensive, aber auch berauschende Zeit – beruflich wie privat –, und wenn es nach mir gegangen wäre, hätten wir ewig so weitermachen können.« Er holte tief Luft und trank einen Schluck Wein.

»Lass mich raten, es ging nicht nach dir?«

»Nein. Ging es nicht. Aber ich möchte da jetzt auch nichts unterstellen. Vermutlich war meine Idee, für ewige Zeiten mit meiner Familie auf einem kleinen Schiff über die Ozeane zu schippern und dabei Tiere zu beobachten, ziemlich naiv. Ganz sicher sogar. Chris fand das nach ein paar Monaten nämlich nicht mehr so toll. Es gab viel Streit. Gar nicht mal so sehr mit mir, aber mit anderen Teammitgliedern. Gelegentlicher Zoff ist normal, wenn man die ganze Zeit auf so engem Raum zusammenlebt, aber Dauerstress kann man sich in einer solchen Situation nicht leisten.

Irgendwann haben wir das Projekt dann abgebrochen und sind zur Basisstation und in unsere kleine Wohnung in Mexiko zurückgekehrt. Auch das war okay für mich. Wenn die Grauwale im Sommer nicht da waren, habe ich meinen Schwerpunkt auf andere Tiere gelegt – ich bin da nicht so spezialisiert, sondern beschäftige mich gern mit dem Gesamtbild des maritimen Ökosystems. Delfine, Seelöwen und einige Vögel wurden zu meinen neuen Lieblingsobjekten. Ich bin oft mit dem Kajak oder einem kleinen Motorboot rausgefahren und hatte häufig Maia dabei, die schon als ganz kleines Mädchen unglaublich fasziniert war von den Meeresbewohnern und stundenlang Delfine und Robben beobachten konnte, ohne knatschig zu werden. Sie hatte einen erfrischend anderen Blickwinkel, und ich hatte das Gefühl, dass ich davon wirklich substanziell profitiert habe. Es ist schon was dran an der Redewendung ›etwas mit den Augen eines Kindes betrachten‹.«

Wieder stoppte er seinen Bericht und schien in seinen Gedanken festzuhängen, doch diesmal unterbrach ich ihn nicht. Mit so einer Geschichte hatte ich nicht gerechnet – obwohl das natürlich Unsinn war. Warum sollte ein Mann mit mindestens Mitte vierzig kein Vorleben haben?

»Für mich war es jedenfalls eine tolle Zeit«, sprach er schließlich weiter. »Und ich denke, für Maia ebenfalls. Doch Chris wurde zunehmend unzufriedener. Mit ihrem Job und mit unserer Beziehung. Sie flog immer häufiger nach Denver, manchmal hatte sie Maia dabei, manchmal ließ sie sie bei mir. Ich fand das alles nicht ideal, aber ich versuchte, kein großes Drama draus zu machen. Vermutlich kann man mir auch unterstellen, dass ich die Probleme verdrängt oder ignoriert habe.«

Es war auffallend, wie viel Schmerz plötzlich in seinen Augen zu sehen war, und ich war mir sicher, dass sich die Geschichte langsam ihrem unschönen Höhepunkt näherte.

»Jedenfalls habe ich mir nicht viel dabei gedacht, als Chris eines Tages wieder nach Denver geflogen ist, kurz nachdem sie von einem anderen Trip zurückgekehrt war, und Maia mitgenommen hat. Chris' Mutter hatte Geburtstag und wollte gern ihre Enkelin dabeihaben, war die Ansage. Maia war damals dreieinhalb – und seitdem habe ich sie nicht mehr gesehen.« Er schluckte, und ich erkannte deutlich, wie nah ihm das alles ging.

»Was ist passiert?«, fragte ich leicht atemlos nach.

»Was passiert ist?« Harry lachte bitter auf. »Chris hatte beschlossen, dass sie nicht mehr mit mir zusammen sein wollte. Wir waren nicht verheiratet, und so hat sie es im Handumdrehen fertiggebracht, nach amerikanischem Recht das volle Sorgerecht für Maia zu bekommen. Dem Familienrichter in Denver hat sie Geschichten darüber aufgetischt, dass ich ein unverantwortlicher, gewalttätiger Mann mit einem Hang zu Drogen sei, sodass er ein striktes Kontaktverbot für mich verhängt hat. Alles in meiner Abwesenheit. Alles zu einem Zeitpunkt, zu dem ich noch dachte, meine Freundin und meine Tochter wären nur zu Besuch bei der Oma.«

»Aber … wie …?« Mehr brachte ich nicht hervor.

»Sie muss das lange geplant haben«, sprach er weiter. »Und ich war so doof und ignorant und habe nichts gemerkt. Eines Tages habe ich Chris plötzlich nicht mehr erreicht. Also gar nicht mehr. Aus meiner Perspektive war sie wie vom Erdboden verschwunden. Auch ihre Familie konnte ich nicht mehr kontaktieren.«

»Hat sie dich geblockt?«

»Ja, und vor allem hat sie sich eine neue Nummer zugelegt. Auch die Kollegen konnten sie nicht mehr anrufen.« Er seufzte schwer. »Ich will dich nicht mit allen Details langweilen, denn die sind wirklich unschön und ermüdend. Aber natürlich habe ich mir einen Anwalt besorgt und sogar einen Privatdetektiv engagiert. Stück für Stück kam alles raus, und irgendwann hat mir Chris durch ihren Anwalt mitteilen lassen, dass sie für sich und Maia keinerlei Kontakt mehr zu mir wünscht. Die Trennung von Chris war mir nicht schwergefallen, aber die von Maia? Ich glaube, mein Herz ist bis heute nicht vollständig gekittet.«

»Das tut mir so unendlich leid«, sagte ich, auch wenn die Worte hohl und abgedroschen klangen. Trotzdem meinte ich sie ernst, und ich hoffte, er merkte das.

»Danke.« Er schüttelte den Kopf und lächelte mit einem Mal wieder leicht. »Das war nicht die Art Konversation, die ich für unseren ersten Abend zu zweit geplant hatte.«

»Ich wusste gar nicht, dass du überhaupt einen Abend zu zweit auf dem Plan hattest«, entfuhr es mir. Wann würde ich es endlich schaffen, erst zu denken und dann zu reden?

»Wir kennen uns noch nicht lange, Philippa, aber uns ist beiden klar, worauf unsere Bekanntschaft hinauslaufen könnte«, erwiderte er ruhig. »Dein Drang, unausgesprochene, aber offensichtliche Dinge zu ignorieren oder zu relativieren, spricht allerdings Bände. Ich bin schon sehr gespannt auf deine Geschichte gleich, aber erst mal möchte ich gern meine zu Ende bringen.«

»Du hast recht«, gab ich zu – mehr als nur leicht beschämt – und kuschelte mich noch tiefer in die Sofaecke.

»Ich habe gekämpft, bis ich nicht mehr konnte, um ein Umgangsrecht für meine Tochter zu erstreiten. Irgendwann habe ich aufgegeben, denn es hatte keinen Zweck und hat mich einfach nur zerstört. Ich habe jedoch die Hoffnung, dass Maia eines Tages selbst meine Nähe sucht. Wenn sie alt genug ist, dass sie ihre eigenen Entscheidungen treffen darf. Ich schreibe ihr mehrmals im Jahr. Zu Weihnachten, zu ihrem Geburtstag und zu anderen Anlässen, die mir wichtig sind. Und manchmal auch einfach zwischendurch, wenn mich Dinge beschäftigen. Natürlich schicke ich die Briefe nie an sie direkt, Chris würde sie zweifellos aus dem Verkehr ziehen. Meist sammle ich sie ein Weilchen und schicke sie dann an den Anwalt, der mich damals beraten hat. Er wird Maia kontaktieren, sobald sie volljährig ist, und ihr von mir und meinen Briefen erzählen. Dann liegt es bei ihr, ob sie mich neu kennenlernen möchte oder nicht.«

So was tat man also alles, wenn man sein Kind liebte und es vermisste. Ich hatte nie einen Brief von meinen Eltern bekommen, auch wenn ich es mir früher im Internat sehr gewünscht hätte. Die anderen Kinder hatten regelmäßig Päckchen mit Süßigkeiten oder kleinen Geschenken und Briefe von ihren Eltern in Empfang genommen. Ich hatte auch Pakete erhalten – allerdings von meiner Nanny oder unserer Hausdame Mildred, die für diesen Dienst abgestellt worden waren. »Ich wünsche dir sehr, dass Maia dir in ein paar Jahren unbefangen begegnen kann und dass ihr euch wiederfindet«, sagte ich leise und mit zitternder Stimme zu Harry.

»Ja, das hoffe ich auch«, erwiderte er. »Habe ich deine Frage, warum ich gut mit kleinen Kindern umgehen kann, damit umfassend beantwortet?«

»Hast du.« Ich war mir nur nicht sicher, ob ich das wirklich hatte hören wollen. Sein Schmerz war derart spürbar, dass er meinen eigenen zwar nicht überdeckte, aber ergänzte. Oder verstärkte?

»Wie kommt es also, dass du glaubst, du könntest es nicht?«

»Das hat nichts mit Glauben zu tun, das ist eine Tatsache«, entgegnete ich mit tonloser Stimme. »Du warst heute doch selbst dabei.«

Harry sah mich vollkommen verständnislos an.

»Rufus war in höchster Lebensgefahr, weil ich nicht auf ihn aufgepasst habe!«, rief ich und war einigermaßen fassungslos, weil er nach wie vor ahnungslos tat – und das Minuten nachdem er mich der Ignoranz und der Relativierung von Fakten bezichtigt hatte.

»Rufus hat sich in eine brenzlige Situation hineinmanövriert, weil er ein abenteuerlustiger kleiner Kerl ist. Er hat einen Moment der Unachtsamkeit ausgenutzt. Ja, er hat uns einen gehörigen Schrecken eingejagt, aber das machen Kinder nun mal. Das gehört zum Paket dazu.«

Ich wusste, er wollte mich beruhigen und dafür sorgen, dass ich mich nicht mehr so mies fühlte. Tatsächlich erzielte er damit das Gegenteil. »Es war nicht nur ein Moment«, widersprach ich. »Ich war minutenlang abgelenkt, wegen des Telefonats mit meinem Bruder. Ich habe Rufus in der Zeit schlicht vergessen! Verstehst du das? Ich habe es fertiggebracht, ein hilfloses kleines Kind in Rekordzeit aus meinem Bewusstsein zu verdrängen, sodass es auf diese riesige Klippe klettern konnte.«

»›Riesige Klippe‹ ist vielleicht ein wenig übertrieben.« Ich witterte ein Lachen, das sich Harry aber glücklicherweise verkniff. »Es waren höchstens drei Meter.«

»Du willst, dass ich mich besser fühle. Das weiß ich ehrlich zu schätzen. Aber ich habe deine Geschichte gehört, also musst du dir jetzt bitte auch meine anhören«, sagte ich und atmete ein paarmal tief durch, um mich zu beruhigen. Dann schloss ich die Augen und sammelte Kraft. War ich wirklich bereit dazu, all das zu offenbaren, was ich noch nie einem Menschen erzählt hatte? Zumindest nicht in allen Details. Aber irgendwie spürte ich, dass Harry… Tja, was eigentlich? Dass er mich verstehen würde? Ein Recht auf diese Informationen hatte? Oder dass es *mir* guttun würde, mir alles endlich von der Seele zu reden?

»Meine Geschichte teile ich nicht mit vielen Menschen«, sprach nun wieder er. »Genau genommen gibt es auf den Inseln niemanden, der von Maia weiß. Für die Leute hier bin ich ein alleinstehender, etwas verschrobener Meeresbiologe.« Er lachte kurz. »Und das stimmt ja auch alles. Nur bin ich eben auch noch mehr. Ich hab vorhin gesagt, dass ich nicht geplant hatte, dir meine Geschichte zu erzählen, die wahrlich nicht schön ist, aber es hat mir gutgetan, und ich bin froh, dass ich mich dir anvertraut habe. Wenn du mir deine Geschichte erzählen möchtest, wird es vielleicht einen ähnlichen Effekt haben.« Er stand auf, legte zwei frische Holzscheite in den Kamin und schenkte noch etwas Wein nach.

Ich nahm einen tiefen Zug von meinem und stellte das Glas dann vor mir auf den Tisch. »Ich glaube, in meinem Fall muss ich noch weiter zurückgehen als du«, begann ich und berichtete dann von meiner nur nach außen hin schönen Kindheit. Davon, dass ich und meine Geschwister jeweils schon mit fünf Jahren in unterschiedliche Internate geschickt worden waren und wir daher nicht nur unseren Eltern, sondern auch einander völlig entfremdet waren.

Harry war ein guter Zuhörer. Ich merkte, wie er bei meiner Geschichte mitging – und mitlitt –, doch er hörte sich alles an, ohne mich zu unterbrechen und ohne meine Worte in Zweifel zu ziehen, wie ich es durchaus schon häufig erlebt hatte. Den meisten Menschen fiel es schwer, das eiskalte Verhalten meiner Eltern nachzuvollziehen, und sie störten sich an meiner kühlen, fast abgeklärten Art, darüber zu sprechen. Als ich ihm von dem verhungerten Meerschweinchen erzählte, japste er entsetzt nach Luft.

»In den Sommerferien vor meinem letzten Schuljahr habe ich Oscar bekommen, einen kleinen Jack-Russell-Mix, von einem unserer Zimmermädchen. Meine Eltern waren natürlich dagegen, doch ich habe mich durchgesetzt und hatte sogar schon einen konkreten Plan dafür, wie er während meiner Internatszeit versorgt werden sollte. Ich hatte schließlich aus dem Meerschweinchen-Desaster gelernt. Oscar sollte gegen eine durchaus üppige Gebühr bei den Eltern des Zimmermädchens bleiben dürfen. Ich habe die Wochen mit dem kleinen Kerl wirklich genossen und mir vorgestellt, wie es sein würde, wenn ich gleich nach dem Schulabschluss ausziehen und zum Studieren irgendwohin gehen würde. Damals hatte ich noch Tiermedizin im Kopf und war der Meinung, dass ich ganz bestimmt eine WG finden würde, in der sich meine Mitbewohner darum reißen würden, auf meinen Hund aufzupassen.« Ich schüttelte bei der Erinnerung an mein naives früheres Ich den Kopf.

»Doch so weit kam es nicht«, sprach ich weiter. »Oscar wurde am vorletzten Ferientag auf der Zufahrtsstraße zum

Hotel von einem Gast überfahren. Ich war mit ihm auf einer Wiese unterwegs und habe ohne Leine mit ihm trainiert. Doch dann hat er sich von einem Kaninchen ablenken lassen und ist bei seiner wilden Hatz direkt vor das Auto gelaufen.«

»O Gott, wie schrecklich!«, rief Harry, nun mit sichtlich gequältem Gesichtsausdruck. »Ich weiß gar nicht, ob ich wissen will, wie deine Eltern darauf reagiert haben.«

»Erwartungsgemäß«, erwiderte ich. »Vor allem haben sie von mir verlangt, dass ich mich bei den Gästen für den erlittenen Schock entschuldige und die Reinigung des Wagens bezahle.«

»Verzeih mir, aber diese Menschen widern mich einfach nur an! Wie kann man sich bloß so hartherzig verhalten? Seinem eigenen Kind gegenüber?«

»Ich habe keine Ahnung, das müsstest du sie wohl selbst fragen.« Ich seufzte. Sein Mitgefühl tat mir gut, aber es änderte leider nichts an der schwarzen, harten Stelle in mir, dort, wo bei anderen Menschen das Herz saß und die Fähigkeit zu lieben. »Ich war froh, als ich wieder zurück ins Internat konnte, habe dort aber eine Essstörung entwickelt und musste in Therapie. Das war auch kein so prickelndes Erlebnis. Trotzdem habe ich es irgendwie geschafft, mich halbwegs auf mein letztes Schuljahr zu konzentrieren, und währenddessen ohne Unterlass darüber nachgedacht, was ich studieren könnte. Tiermedizin war vom Tisch. Jemand, der so viel Leid über die eigenen Haustiere gebracht hat, ist ja wohl kaum dafür geeignet, sich um andere zu kümmern.«

»Das Meerschweinchen hatten deine Eltern auf dem Gewissen, das ist nicht deine Schuld, und das mit deinem Hund war ein Unfall!«, unterbrach mich Harry heftig. »Das hatte nichts mit dir zu tun. Junge Hunde sind unberechenbar – und man kann sie auch nicht immer an der Leine halten. Schon gar nicht, wenn man mit ihnen trainiert. Vielmehr wundere ich mich, dass diese Leute ihn überhaupt überfahren haben. Wenn ich als Autofahrer sehe, dass Tiere in der Nähe sind, dann fahre ich doch automatisch langsamer.«

Ich zuckte nur mit den Schultern. Es mochte faktisch stimmen, was er sagte, doch für mich fühlte es sich anders an. Ich war für die Tiere verantwortlich gewesen und hatte direkt Schuld an ihrem Leid und ihrem Tod. »Da ich bereits viele Jahre im Schulgarten mitgearbeitet hatte, kam ich irgendwann auf Botanik. Pflanzen sind schließlich auch Lebewesen, aber längst nicht so fragil wie Tiere oder Menschen. Das schien mir deutlich sicherer zu sein. Also habe ich recherchiert, wo man das studieren konnte. Ich bin dann irgendwann auf die Universität von Kapstadt gestoßen, wo man Biologie studieren und sich später auf Botanik spezialisieren kann. Ich weiß nicht, ob du jemals da warst, aber es gibt am Tafelberg den Botanischen Garten Kirstenbosch, einen der unglaublichsten Gärten weltweit. Die vier Jahre dort und an der Uni waren die bislang schönsten in meinem Leben.«

»Und warum siehst du jetzt so traurig aus?«, wollte Harry wissen, dessen Feinfühligkeit mir langsam unheimlich wurde. »Übrigens war ich tatsächlich schon mal da und finde den Park auch sehr bemerkenswert und beeindruckend.«

»Ich bin aus zwei Gründen traurig«, antwortete ich wahrheitsgemäß. »Einen kennt hier jeder. Das ist der Grund, aus dem ich hier gelandet bin. Eigentlich hätte ich ab Mai wieder in Kapstadt arbeiten sollen, man hatte mir eine tolle Stelle im Park angeboten. Doch dann ist meine kleine Schwester ums Leben gekommen, und ich musste mich um Rufus kümmern …« Ich merkte, wie sich mein Hals zusammenzog und schon wieder Tränen aufstiegen. Allerdings war mir nicht ganz klar, ob ich wegen meiner toten Schwester, der vertanen Chance in Kapstadt, Rufus oder dem traurigen dunklen Kapitel während meines ersten Südafrika-Aufenthalts weinen musste. Von Letzterem wusste niemand etwas. Ich hatte keiner Menschenseele je davon erzählt, und ich war mir nicht sicher, ob ich jetzt damit anfangen sollte.

»Was ist der zweite Grund?«, hakte Harry sanft nach.

»Während des Studiums war ich mit einem Kommilitonen zusammen, dem ersten und bislang einzigen Mann, den ich wirklich geliebt habe. Oder für den ich Gefühle empfunden habe, die ich mit zwanzig als Liebe interpretiert habe. So genau kann ich das nicht mehr sagen.« Ich schniefte und wischte eine Träne weg, die mir über die Wange lief. »Connor und ich waren unzertrennlich, und ich hätte mir alles mit ihm vorstellen können. Eine krasse Fehleinschätzung meinerseits, wenn ich vorgreifen darf. Eines Tages habe ich festgestellt, dass ich schwanger war. Natürlich vollkommen ungeplant und zugegebenermaßen auch nicht erwünscht. Ich wollte keine Kinder, schon damals nicht. Aber es war nun mal passiert, und das hat mich emotional völlig aus der Bahn geworfen. Connor wollte auch kein Kind – nicht grundsätzlich, so wie ich, aber definitiv nicht zu diesem Zeitpunkt. Also dachte ich an Abtreibung. Aber als ich bei der Untersuchung den Herzschlag des Embryos gehört habe, ging das nicht mehr. Ich konnte dieses neue Leben nicht einfach beenden.

Connor habe ich von meiner Entscheidung nichts gesagt,

er ist also davon ausgegangen, dass ich abgetrieben hatte. Kurz darauf hat er sich von mir getrennt und ist an eine andere Uni irgendwo in den USA gewechselt. Das war mir ganz recht, denn so schien alles viel unkomplizierter zu sein. Ich war mir sicher, dass ich das alles schon allein schaffen würde. Irgendwie. Doch dann war ich auf einer ausschweifenden Party, auf der ich wild getanzt habe – bis ich mit Krämpfen und Blutungen zusammengebrochen bin. Fehlgeburt im fünften Monat.«

»Sag mir bitte, dass du dir daran nicht auch die Schuld gibst«, beschwor mich Harry mit rauer Stimme, aus der Entsetzen sprach.

»Wer war denn sonst verantwortlich dafür?«, gab ich schulterzuckend zurück. »Es war das dritte unschuldige Leben, das ich auf dem Gewissen hatte – mit gerade mal zwanzig Jahren. Mehr konnte und wollte ich nicht in Gefahr bringen.« Harry holte scharf Luft und wollte offensichtlich etwas sagen, aber ich warf ihm einen eindringlichen Blick zu. Daraufhin schloss er den Mund wieder und ließ mich weitersprechen.

»Ich habe mir schließlich geschworen, dass ich nie wieder in meinem Leben Haustiere oder Kinder haben wollte – weil ich nicht riskieren konnte, noch mehr Leid und Unglück zu verursachen. Mit Ende zwanzig hatte ich eine Blinddarm-OP und habe die Gelegenheit genutzt, um meine Eileiter durchtrennen zu lassen, um ganz auf Nummer sicher zu gehen.«

»Darauf hat sich der Operateur eingelassen? Bei so einer jungen Frau?« Harry klang mehr als skeptisch.

»Es war ein gewisser Kampf, aber letztlich hat er es getan – und es war wie ein Befreiungsschlag. Bis dahin war Sex trotz doppelter Verhütung jedes Mal ein riesiger Stressfaktor für mich. Das war ab diesem Moment vorbei.« Ich lächelte schwach. »Kleine Siege.«

Harry schwieg eine ganze Weile. Offenbar musste er meine Worte erst einmal verarbeiten. »Das ist tatsächlich eine wahnsinnig traurige Geschichte, aber sie erklärt einiges«, sagte er schließlich. »Dass du glaubst, du könntest nicht mit Kindern umgehen, obwohl jeder sehen kann, wie sehr dich Rufus anhimmelt. Und dass du vorhin meintest, dass das Schnorcheln mit den Robben das beeindruckendste Erlebnis deines Lebens war.« Er stellte sein Glas neben meinem auf den Tisch, stand auf und setzte sich neben mich aufs Sofa.

Ich sah ihn halb verwundert, halb irritiert an. Hatte er mir denn nicht zugehört?

Er rückte ein Stückchen näher, legte seinen Arm um meine Schultern und zog mich an sich. »Weißt du, was ich glaube?«, raunte er mir ins Ohr, und sein warmer Atem jagte mir eine Gänsehaut über den Rücken.

»Nein«, murmelte ich. »Und ich bin mir auch nicht sicher, ob ich es hören möchte.« Ein Gefühl leichter Panik stieg in mir auf. Ich hatte mich vor ihm nackig gemacht, mehr als vor jedem anderen Menschen in meinem bisherigen Leben – und dabei trug ich doch diesen monströsen Flauschpulli. Ich wollte kein Mitleid. Weder von ihm noch von anderen. Ich wollte auch keine tröstenden Worte, die am Wahrheitsgehalt meiner Aussagen ja doch nichts änderten. Ich wollte nicht, dass er mich als das Wrack sah, das ich nun mal war.

»Ich bin kein Psychologe«, fing er an und verstärkte seine Umarmung, als ich mich unwillkürlich versteifte. Analysiert werden wollte ich nämlich am allerwenigsten. »Ich bin kein Psychologe«, wiederholte er. »Aber das spielt auch keine

Rolle, denn es ist in meinen Augen so was von offensichtlich, dass du in deiner Kindheit und Jugend emotional schwer missbraucht wurdest und dass deine Eltern die Überzeugung in dir haben wachsen lassen, dass du unfähig bist, dich um schutzlose Wesen zu kümmern. Ich glaube weiter, dass du dir einredest, du wärst nicht in der Lage zu lieben – dass du vielleicht einen harten Eisklotz um dein Herz hast.«

»Was?«, platzte ich überrascht heraus. Von der Schwärze in meiner Brust hatte ich nichts verraten.

»Ich kenne das und weiß, wie es ist, so einen Eisklotz und viel Düsternis in sich zu fühlen. Wenn man sich nicht mehr traut, sich anderen Menschen zu öffnen. Keine Ahnung, ob es bei dir auch so ist, aber falls ja, dann weißt du auch, dass es kein gutes Leben ist, das man in diesem Zustand führt. Es ist nur eine oberflächliche Existenz, die auf den ersten Blick vielleicht sogar ganz schön aussieht, aber in Wirklichkeit kein Leben ist. Vor allem, weil in Wahrheit so unglaublich viel Liebe in dir steckt.«

Ich schnaubte. »Aber das stimmt nicht! Ich kann nicht lieben. Nichts und niemanden.«

Er schüttelte den Kopf. »Das ist nicht wahr. Du liebst doch die ganze Zeit. Du liebst deinen Job, du liebst deine Pflanzen, du liebst gutes Essen, du hast es heute geliebt, mit den Robben zu schwimmen, du liebst den kleinen Esel, der bei euch wohnt – und der ja streng genommen auch ein Haustier ist, wie auch die Schafe und die Hühner –, du liebst Rufus mit jeder Faser, und ich glaube, dass du auch etwas für mich empfindest, etwas, das mehr als nur nachbarschaftlich ist.«

»Wie kannst du so was sagen?«, presste ich fassungslos hervor. »Das alles hat doch nichts mit Liebe zu tun.«

»Nicht? Ich finde schon. Das ist die pure Liebe – oder wir müssen erst mal an der Begriffsbestimmung arbeiten. Ich kann wirklich vollkommen verstehen, dass dein Leben im Moment aus den Fugen geraten ist. Du hattest große Pläne, und dann stirbt deine Schwester – was mir übrigens von Herzen leidtut –, und du bist mit Umständen konfrontiert, die du dir nicht ausgesucht hast. Du lebst nun auf diesen einsamen Inseln statt im pulsierenden Kapstadt. Du hast neugierige Nachbarn statt einen spannenden, internationalen Freundeskreis. Und vor allem hast du plötzlich ein Kind. Das muss unfassbar überwältigend sein, aber ich finde, dass du das alles ziemlich gut meisterst.«

»Das ist keine Liebe, das ist Pflichtbewusstsein«, entgegnete ich störrisch, obwohl mich Harrys Worte sehr berührten. »Am Tag von Rufus' Geburt habe ich Frannie versprochen, dass ich mich um ihn kümmern würde, sollte ihr irgendwas passieren. Daran fühle ich mich gebunden, mehr ist da nicht.«

»Das glaubst du doch selbst nicht, oder? Du und deine Schwester, ihr habt damals doch nicht ernsthaft damit gerechnet, dass so ein Fall eintreten könnte. Es hätte sicher auch eine andere Lösung gegeben. Vielleicht nicht mit der Unterstützung eurer Eltern, aber sonst wie. Doch du hast dich der Herausforderung gestellt und tust alles dafür, dass der Kleine eine schöne Kindheit hat. Das mit reinem Pflichtbewusstsein zu begründen ist Quatsch. Du liebst ihn, und er liebt dich, das merkt jeder, der euch auch nur fünf Minuten lang zusammen erlebt.«

»Paula hätte da zweifellos eine alternative Meinung beizutragen«, sagte ich.

»Das hätte sie nicht«, beharrte er jedoch. »Deine Nachbarin mag ihre eigenen Vorstellungen davon haben, wie man Kinder erzieht und wie man mit ihnen umgehen sollte, aber einen Mangel an Liebe unterstellt sie dir nicht.«

»Das klingt so, als wüsstest du es sicher?«

»Weiß ich auch. Paula erzählt es überall herum: ›Philippa liebt Rufus von ganzem Herzen, aber sie muss noch viel darüber lernen, wie man mit einem Dreijährigen umgeht.‹«

Ich wusste nicht, ob mich diese Offenbarung freuen oder ärgern sollte, aber im Grunde war es mir egal, was Paula im Supermarkt oder sonst wo über mich verlauten ließ. Entscheidend war doch, dass ich nicht das Richtige fühlte. »Sollte sich Liebe nicht leicht und unbeschwert anfühlen?«, fragte ich Harry daher. »Meist bin ich komplett überfordert, ängstlich und voller Sorge.«

Er lachte. »Das ist normal. So geht es allen Eltern. Und außerdem gibt es doch die leichten und unbeschwerten Momente. Ich war ja schon bei einigen dabei. Bei unserem ersten Ausflug nach St. Agnes, neulich am Strand beim Sandburgenbauen und heute Vormittag. Hast du da nicht diese Leichtigkeit und Unbeschwertheit gespürt, die du offenbar als Liebe bezeichnest?«

»Ja, schon, aber …«

»Ich glaube übrigens wirklich, dass wir dringend mal über deine Definition von Liebe sprechen müssen. ›Leicht und unbeschwert‹ liegt auf dem Niveau einer Elfjährigen. Liebe ist so viel mehr. Sie umfasst die ganze Bandbreite der Gefühle, und sie sorgt dafür, dass die kalte, tote Materie um unsere Herzen langsam von einem warmen Pulsieren verdrängt wird.«

Und nach diesen überraschenden Worten beugte er sich zu mir und küsste mich.

FEUERWERKE

»Wahnsinn, hast du einen Glow!«, rief Hazel, als ich am nächsten Mittwoch vor dem wöchentlichen Gig-Rennen zum Hafen kam. »Bitte sag, dass der von heißem Sex mit Harry Chapman stammt.«

»Was? Du hast mit Harry geschlafen?« Amelia starrte mich halb bewundernd, halb fassungslos an.

»Nein, habe ich nicht«, widersprach ich bestimmt, konnte aber nicht verhindern, dass mein Lächeln noch breiter wurde. Trotzdem war es die Wahrheit.

»Ich glaub dir kein Wort«, sagte Hazel und musterte mich stirnrunzelnd. »Dieses Grinsen kommt nicht einfach so daher. Von deinem strahlenden Teint mal ganz zu schweigen.«

»Wir haben uns nur geküsst«, gab ich schließlich zu.

»Soso, nur geküsst, was?«

»Wenn Küsse so eine Wirkung haben können, würde ich mich auch gern mal von Harry knutschen lassen«, bemerkte Amelia und seufzte.

»Vor allem haben wir geredet«, sprach ich weiter. Natürlich war die Tatsache, dass ich die Nacht von Samstag auf Sonntag bei Harry verbracht hatte, nicht unbemerkt geblieben. Allein schon deshalb, weil er, während ich in seiner Wanne gelegen hatte, bei Paula und Gavin angerufen hatte. Er hatte verhindern wollen, dass sie sich Sorgen machten, weil Rufus und ich nicht nach Hause kamen. Und obwohl dieser Umstand ja allein dem schlechten Wetter geschuldet war, hatte man ihm im Lauf der folgenden Tage wohl eine signifikant andere Bedeutung angedichtet. Immerhin schienen sich die meisten Leute für Harry und mich zu freuen. Obwohl es da streng genommen gar nichts zum Freuen gab, denn wir waren vor allem Nachbarn und Freunde. Wobei – wem machte ich schon wieder was vor? Mir selbst! Ich sollte wirklich aufhören, ständig alles relativieren zu wollen.

»Geredet? O Mann, ihr scheint beide ein bisschen verkorkst zu sein.« Hazel schüttelte den Kopf und flocht dann ihre langen hellblonden Haare zu einem Zopf.

»Das sind wir vermutlich wirklich«, bekannte ich. »Aber das Reden und Küssen war jedenfalls sehr schön. Jetzt wird man sehen, was daraus wird.«

»Was wird woraus?«, wollte Bree wissen, die ebenfalls in unserem Team ruderte und wie immer als eine der Letzten auftauchte. Dabei war ihre Tochter Keira heute bei Jasper, genau wie Rufus.

»Wir überlegen, was aus Harry und Pippa wird«, erklärte ihr Hazel grinsend. »Oder anders gesagt, Pippa überlegt noch. Wir wissen es schon.«

Bree warf mir einen prüfenden Blick zu, als sähe sie mich zum ersten Mal. »Ja, das könnte passen mit euch. Optisch auf jeden Fall, altersmäßig auch, und etwas seltsam seid ihr ebenfalls beide.«

»Na, vielen Dank auch.« Ich wusste wirklich nicht, ob ich lachen oder schreien sollte, aber eines war klar: Im Geheimen würde hier gar nichts ablaufen können – egal, was zwischen mir und Harry noch passierte. Bislang war da nicht viel mehr gewesen als die heftige Knutscherei am Samstagabend, nach der er mich ritterlich in sein Bett zu Rufus geschickt hatte, während er die Nacht auf der Couch verbrachte. Ähnlich schlaflos wie ich selbst, nahm ich an, denn am Sonntag hatte er genauso verknittert gewirkt wie ich. Nur Rufus war fit gewesen, nach vierzehn Stunden Tiefschlaf am Stück. »Gehen wir gleich wieder an den Strand zu den Robben?«, waren seine ersten Worte gewesen, gegen sieben Uhr morgens, gefühlt Minuten nachdem ich endlich eingeschlafen war. Er hatte das Abenteuer vom Vortag deutlich besser weggesteckt als ich. Nach dem Frühstück waren wir tatsächlich noch einmal am Strand gewesen, doch von den Robben hatte zu Rufus' Enttäuschung und meiner Erleichterung jede Spur gefehlt. Mal sehen, wann wir einen nächsten Versuch wagen würden.

»Das war ein Kompliment«, erwiderte Bree gut gelaunt. »Schnapp ihn dir. Er ist praktisch der einzige Singlemann in deiner Altersklasse hier auf den Inseln, und er kann gut mit Rufus. Was willst du mehr?«

»Hm«, brummte ich nur, weil ich keine Lust hatte, das »mehr« mit Bree und den anderen Frauen zu diskutieren. Wobei »mehr« gar nicht das zentrale Problem war. Ich wusste ja noch nicht einmal, ob ich das von ihr formulierte »Basisprogramm« haben wollte – oder haben konnte. »Wir lassen es langsam angehen. Einen Schritt nach dem anderen«, fügte ich vage hinzu. »Aber jetzt sollten wir uns fertig machen und zusehen, dass wir heute nicht wieder so katastrophal abkacken wie sonst«, wechselte ich das Thema und deutete auf unser Gig-Boot *Hope*, das unschuldig im Wasser lag. »Lindsay hat Rufus zum Übernachten bei Jasper eingeladen. Ich kann also nachher mit in den Pub gehen. Und wenn wir unter die ersten drei kommen, übernehme ich eine Runde nach Wahl.«

»Ihr habt es gehört, Ladys«, tönte Hazel. »Reißen wir uns zusammen und voller Elan an den Riemen, damit wir nicht bei dünnem Ale verdursten müssen, sondern Cocktails schlürfen dürfen.« Sie klatschte in die Hände, und wir starteten die Vorbereitungen.

Ein nennenswertes Aufwärmtraining war nicht nötig, denn bis wir den Startpunkt vor St. Mary's erreichten, waren wir immer warm genug, in den meisten Fällen sogar schon so platt, dass wir beim eigentlichen Rennen keine Kraft mehr hatten. Doch heute fühlte ich mich derart beschwingt und energiegeladen, dass ich Optimismus verbreiten wollte.

»Also, die Aussicht auf einen simplen Gin Tonic reicht mir als Motivation nicht«, keuchte Amelia, als wir im Startbereich angekommen waren. »Da muss ein lohnenderer Einsatz her.«

»Du kannst dir gern den exotischsten Cocktail aussuchen, der im *New Inn* serviert wird«, bot ich an und trank ein paar Schlucke aus meiner Wasserflasche.

»Ich will keinen Cocktail, ich will saftige Informationen. Und einen akkuraten Bericht darüber, was am Samstagabend zwischen dir und Harry in seinem Cottage abgelaufen ist.« Amelia grinste, als die anderen Frauen bestätigend nickten.

»Das habe ich euch doch schon erzählt.«

»Wenn es für eine gute Platzierung reichen soll, müsstest du uns schon ein bisschen mehr anbieten«, meinte Hazel und winkte anderen Bootsbesatzungen zu, die sich nach und nach im Startgebiet einfanden. Außerdem waren heute wieder etliche Ausflugsboote mit Touristen unterwegs, die aufgeregt darauf warteten, dass es losging und wir ihnen Action lieferten.

»Dann müsst ihr euch wohl überraschen lassen und abwarten, was ich euch zu den Drinks serviere. Ich wäre ja blöd, wenn ich mein Pulver schon vor dem Start verschieße, oder?«

»Du würdest es jedenfalls sehr bereuen, wenn dein Pulver nur eine Blendgranate wäre«, sagte Amelia, und ihre Augen funkelten gefährlich.

»Dann lasst uns mal schauen, wie scharf unsere Blumenfee schießen kann«, rief Hazel. »Aber jetzt gebt alles! Ich habe keine Lust mehr, mir die doofen Sprüche von den Rentnerinnenbooten anzuhören. Ich erwarte nicht, dass wir die Mädels von St. Agnes plattmachen, aber die Silberlocken sind heute definitiv fällig.«

Der Schiedsrichter auf seinem Motorboot rief sämtliche Teilnehmerinnen zur Ordnung und an die Startposition. Zwei Minuten später waren wir unterwegs. Konzentriert und mit einem erstaunlich gleichmäßigen Rhythmus starteten wir in das Rennen. Das war normalerweise unser Hauptproblem: dass wir oft ziemlich asynchron ruderten. Doch heute gelang es uns viel besser als sonst, unsere Bewegungen aufeinander abzustimmen. Ich ignorierte das Brennen in meinen Muskeln genauso wie das in meiner Lunge und blieb in meinem Tunnel. Meine Mitstreiterinnen schienen ähnlich motiviert zu sein, denn auch sie legten sich voll ins Zeug. Die Stars von St. Agnes lagen natürlich außerhalb unserer Reichweite, aber wir überholten einige der anderen Boote. Am Ende retteten wir uns tatsächlich mit letzter Kraft als Dritte ins Ziel.

»Der absolute Wahnsinn, Mädels!«, kreischte Hazel begeistert, und ich fragte mich, woher sie die Luft dafür nahm. Ich pfiff nämlich buchstäblich auf dem letzten Loch. Wir hatten unsere härteste Konkurrenz, die beiden Ü-70-Boote, regelrecht vernichtet und uns lediglich den Stars von St. Agnes und einem Boot von Bryher geschlagen geben müssen.

»Dann lasst uns jetzt flott nach Hause paddeln«, keuchte Amelia. »Ich habe Durst auf einen Cocktail und Hunger auf saftige Details.«

Es dauerte jedoch ein Weilchen, bis wir tatsächlich wieder auf Tresco ankamen. Einige unserer geschlagenen Mitstreiterinnen verwickelten uns noch in längere Plaudereien von Boot zu Boot und erkundigten sich auch wenig subtil nach dem Stand der Dinge zwischen Harry und mir. Dass wir inzwischen nicht nur auf Tresco Inselgespräch waren, sondern auf den kompletten Scillys, hatte ich mir schon gedacht, und so wunderte ich mich kaum noch über die abenteuerlichen Spekulationen. Früher hätte ich auf derart aufdringliche Fragen gereizt reagiert und den Leuten empfohlen, sich um ihr eigenes Leben zu kümmern, doch hier auf den Inseln *war* es schlicht ihr Leben. Privatsphäre gab es nur an der Grenze zwischen Einheimischen und Auswärtigen, und da ich inzwischen als Einheimische galt, war mein Liebesleben von allgemeinem Interesse. Allerdings konnte ich auch den übrigen Frauen nichts anderes erzählen als meinen Teamkolleginnen. »Und das wird sich auch nicht ändern, wenn ich keine Gelegenheit bekomme, Harry zu treffen, weil ich die ganze Zeit mit euch quatschen muss«, schloss ich meinen spärlichen Bericht.

»Na schön, für heute lassen wir dich vom Haken«, sagte ein Silberlöckchen von St. Martin's. »Aber nächste Woche erwarten wir die Vollzugsmeldung.«

»Und zwar in allen Details«, pflichtete ihr eine Frau aus

einem Bryher-Boot bei. »Harry ist unser großes Inselmysterium, und wir wollen endlich wissen, was er so draufhat.«

»Ihr seid doch alle irre«, murmelte ich leise und sagte dann lauter: »Schauen wir mal. Habt einen schönen Abend und bis nächste Woche.«

Nun hatte glücklicherweise auch Hazel ein Einsehen und beorderte uns an die Ruder. In einiger Entfernung meinte ich ein himmelblaues Motorboot auszumachen, und mein Herz schlug prompt schneller. War es Harry? Ich hatte ihn seit Sonntagmittag, als er uns nach Hause gebracht hatte, nicht mehr gesehen. Wir hatten zwar jeden Tag telefoniert – sehr lange und ausführlich –, aber eben nicht mehr als das.

Es hatte so gutgetan, ihm all meine Geheimnisse anzuvertrauen, allerdings hatten diese Offenbarungen bei mir auch einige schlecht verheilte Wunden wieder aufgerissen. Wunden, von denen ich gedacht hatte, dass sie in meinem Leben keine Rolle mehr spielten. Doch das war natürlich genauso naiv wie die Hoffnung auf Privatsphäre auf den Inseln. Meine Panik, als Rufus plötzlich verschwunden und auf den Felsen geklettert war, sprach Bände. Die Überzeugung, dass ich nicht gut für andere Lebewesen sorgen konnte, war tief in mir verankert, genau wie das Gefühl, dass ich nicht lieben durfte oder konnte, weil es anderen – und mir selbst – schadete. Ich hatte das nie so klar betrachtet wie seit Samstagnacht, und ich hätte gerne behauptet, dass Erkenntnis der erste Schritt zur Besserung war, aber leider war es nicht so einfach. Ein seit Jahrzehnten zementiertes Selbstverständnis ließ sich nicht so einfach auflösen. Allerdings hatten meine dogmatischen Glaubenssätze Risse bekommen, und durch diese feinen Spalten sickerte nun langsam, aber unaufhaltsam ein warmes, weiches Gefühl.

Harry hatte es als Liebe bezeichnet – ich war mir da immer noch nicht so sicher, aber es war auf jeden Fall eine gewisse Milde. Mir selbst gegenüber. In Bezug auf Rufus gestand ich mir immerhin zu, dass er mich verzaubert hatte. Womöglich würde aus der aufrichtigen Zuneigung, die ich für ihn empfand, irgendwann auch echte Liebe werden. Aber vielleicht musste ich diesem Gefühl auch gar kein Etikett verpassen, vielleicht reichte es, dass unsere Beziehung von Tag zu Tag enger wurde. Harry hatte zweifellos recht gehabt mit seiner Behauptung, dass es auch ganz viel mit Gewöhnung zu tun hatte. Für Rufus und mich hatte sich das Leben von einem Tag auf den anderen radikal geändert, aber langsam entwickelten wir unsere eigenen Routinen und gewöhnten uns immer mehr aneinander und an unser neues Leben. Er nannte mich nach wie vor meistens Pippa, manchmal auch Mamabär, und zweimal war ihm schon ein »Mummy« entfleucht. Mein Herz hatte dabei einen seltsamen Hüpfer gemacht – einerseits aus Rührung, andererseits vor Schreck, weil ich Angst hatte, dass er seine richtige Mutter vergessen könnte.

Wir hatten drei von Frances' Bildern mit nach Tresco genommen. Zwei, die in ihrer Wohnung in Edinburgh gehangen hatten, und eins, das sie mir vor Jahren zum Geburtstag geschenkt hatte. Alle anderen waren in der Galerie geblieben – auch die Handvoll unfertiger Gemälde aus ihrem Atelier. Vielleicht sollte ich noch ein paar Bilder mehr zu uns holen, damit Rufus täglich sehen konnte, was für eine kreative Frau seine Mutter gewesen war – im Gegensatz zu seiner eher pragmatischen Tante. Er selbst zeigte bislang recht wenig Interesse am Malen. Seine Buntstiftkritzeleien waren ähnlich uninspiriert wie meine eigenen. Stattdessen wühlte er aber mit großer Begeisterung im Garten und kümmerte sich um die Tiere. Am Ende waren wir uns in dieser Hinsicht ähnlicher als gedacht?

Meine Gedanken wanderten wieder zu Harry, der so viel mehr war als nur ein verwegener Pirat mit Augenklappe. Anders als ich hatte er wohl eine liebevolle und glückliche Kindheit gehabt, und es rührte mich, dass er seine Mutter auch fünfzehn Jahre nach ihrem Tod noch so vermisste, dass er ihr letztes Geschenk an ihn weiter in Ehren hielt. Aber sosehr ich mich auch bemühte, nachempfinden konnte ich seine Gefühle nicht. Mit den Begriffen »Eltern« oder »Mutter« verband ich keine positiven Assoziationen, sondern vor allem Leid und Ablehnung. Ich beneidete Harry um das Urvertrauen in das Gute im Menschen, das ihm seine Mutter geschenkt hatte und das auch nach dem grässlichen Erlebnis mit seiner Ex-Freundin nicht vollständig erschüttert war. Wie grausam war diese Frau, dass sie dem Vater sein Kind vorenthielt – und umgekehrt? Vermutlich hatte sie eine andere Sichtweise auf die Dinge, und womöglich war Harry nicht immer ein strahlender Held und aufmerksamer Partner gewesen. Aber die Liebe zu seiner Tochter war auch Jahre später noch spürbar – selbst für mich, die ich von Gefühlsdingen zwischen Eltern und Kindern erwiesenermaßen keine Ahnung hatte. Ich wünschte ihm von ganzem Herzen, dass Maia in wenigen Jahren den Kontakt zu ihm suchen würde.

»Du warst ganz schön still auf der Rückfahrt«, riss mich Hazel aus meinen Gedanken. Wir waren kurz vor Tresco, und ich hatte tatsächlich so gut wie nichts von der Fahrt mitbekommen. »Hast du dir ein paar Geschichten ausgedacht, die du uns gleich auftischen wirst? Zusammen mit den leckeren Drinks?«

»So ungefähr.« Ich lächelte in die Runde. Irgendwas würde ich den Mädels gleich erzählen, nur ganz sicher nichts von Harrys Vergangenheit. Oder von meiner. Aber vielleicht ging es hier auf der Insel auch gar nicht so sehr um die Vergangenheit, sondern eher um die Zukunft?

»Wenn man vom Teufel spricht«, sagte Bree, als wir die *Hope* an den Strand gewuchtet hatten, und deutete grinsend auf Harry, der gerade vom Anleger in unsere Richtung spaziert kam. Hatte ich das himmelblaue Boot vorhin doch richtig identifiziert.

Er sah gut aus. Die Krankenhausblässe war endgültig verschwunden, und auch wenn er sein verletztes Auge heute wieder mit einer Augenklappe schützte, strahlte er doch vor Energie und Lebensfreude. Oder einfach nur Freude? Freude, mich zu sehen? Ich jedenfalls konnte nicht verhindern, dass meine Mundwinkel in einem fast schon schmerzhaften Dauerlächeln verharrten. Ich freute mich so sehr, ihn zu sehen, dass ich gar nicht wusste, wohin mit meinen Impulsen. Ein Teil von mir wollte ihm einfach entgegenrennen, ihn umarmen und küssen, ein anderer schärfte mir ein, cool zu bleiben, und ein weiterer wusste, dass ich eigentlich meinen Kolleginnen helfen sollte, das Boot zu sichern. Das war so verwirrend, dass ich letztlich gar nichts machte, außer debil grinsend in der Gegend herumzustehen.

»Du kannst deine Wettschuld auch abarbeiten«, schlug Hazel lachend vor und fügte angesichts meines verständnislosen Gesichtsausdrucks hinzu: »Küss ihn, damit wir alle was davon haben!«

Mehr Aufforderung brauchte ich nicht. Ich überbrückte die wenigen Meter, die uns noch trennten, mit ein paar langen

Schritten und ließ mich in Harrys ausgebreitete Arme fallen. Noch bevor sich unsere Lippen berührten, trafen sich unsere Blicke und entzündeten ein Synapsenfeuerwerk in mir. Mein ganzer Körper kribbelte vor Aufregung, mein Herz raste, und meine Fähigkeit, zu denken, verabschiedete sich fast augenblicklich. Doch die Leere in meinem Kopf wurde von reinem Gefühl ausgefüllt. Von Freude, von Dankbarkeit, von Verlangen – und dieser betörende Mix berauschte mich mehr als jeder Cocktail.

Atemlos löste ich mich von ihm. Das Stichwort »Cocktail« hatte mein Denken leider doch wieder in Gang gesetzt. »Ich habe den Mädels eine Runde Drinks versprochen, wenn wir heute unter die ersten drei kommen«, sagte ich schwer atmend und voller Bedauern.

»Dann solltest du dein Versprechen auch halten. Was dagegen, wenn ich mitkomme?«

»Ähm …« Das war nicht die Reaktion, mit der ich gerechnet hatte.

»Wir haben es uns anders überlegt«, mischte sich Hazel ein, die mit den anderen Frauen nur einen Meter von uns entfernt stand. Ich hatte sie gar nicht wahrgenommen. »Du kannst deine Schulden nächste Woche einlösen – natürlich mit Zinsen.« Sie grinste schelmisch und warf einen vielsagenden Blick in Richtung Harry. »Du müsstest allerdings noch kurz mit in den Pub kommen, ich habe ein großes Paket für dich.«

»Oh, das ist bestimmt von Kaya«, erwiderte ich freudig, denn darauf wartete ich bereits seit einiger Zeit. Bis ein Paket vom Festland den richtigen Empfänger erreichte, konnte es schon mal ein Weilchen dauern. Die Poststation war im

Supermarkt untergebracht, und Hazel brachte mir meine Post immer zum Training am Montag und zum Rennen am Mittwoch mit.

»Es ist auf jeden Fall gut, dass du heute einen starken Mann an deiner Seite hast, denn was immer dir deine Freundin geschickt hat, es ist sauschwer.«

Ich warf Harry einen kurzen fragenden Blick zu, doch er nickte nur und sagte: »Ich mach mich doch gerne nützlich.«

Also liefen wir alle zusammen zum *New Inn* und holten das wirklich gigantische Paket ab. Harry und ich verabschiedeten uns von meinen Mitruderinnen, die sich zweideutige Kommentare und Gesten leider nicht verkneifen konnten.

»Tut mir leid«, bemerkte ich, als wir außer Hörweite waren. »Ich fürchte, wir sind gerade Gesprächsthema Nummer eins auf der Insel.«

»Auf Bryher ebenfalls«, entgegnete er lächelnd. »Aber diesmal habe ich nichts dagegen.«

»Nicht?«

»Wie könnte ich? Die aufregendste Frau der Scilly-Inseln hat mich mehrfach geküsst, und wenn meine etwas aus der Übung geratenen Sinne nicht lügen, dann lag im letzten Kuss eine gewisse Verheißung.« Er keuchte leicht – wohl nicht vor Lust, sondern vor Anstrengung. »Was um alles in der Welt ist in diesem Paket drin?«

»Rohstoffe für Naturkosmetik. Ich hab ja schon Seifen gemacht, die noch fertig reifen müssen, aber es gibt auch andere Dinge … Ist ja auch egal. Komm, lass mich mit anpacken.« Ich hatte keine Lust, mit ihm über Seifen und Lotionen zu reden, und ich wollte auch nicht, dass er sich mit dem Paket umbrachte. Was um alles in der Welt hatte Kaya da hineingetan?

»Ich schaff das schon«, ächzte Harry und wuchtete sich den Karton nun auf eine Schulter. »Es ist ja glücklicherweise nicht weit bis zu dir.«

Immerhin war es weit genug, dass ich mir auf dem Weg wieder Gedanken machen konnte. Ich hatte nicht mit seinem Besuch gerechnet, zumindest nicht bewusst. Es konnte aber sein, dass mein Unterbewusstsein sich bereits leichte Hoffnungen gemacht hatte, als Jaspers Mutter Rufus heute zu der Übernachtungsparty eingeladen hatte. Sicherheitshalber hatte ich mein Bett frisch bezogen – und Harry davon erzählt. Also, nicht von dem frischen Bett, sondern von der kinderfreien Nacht.

»Alles in Ordnung?«, erkundigte er sich und sah in meine Richtung. Wir waren fast am Cottage angekommen.

»Ähm, ja?«

»Weil du ein komisches Geräusch von dir gegeben hast«, sagte er und wartete, bis ich die Gartentür geöffnet hatte und ihn eintreten ließ.

»Ach so. Das kommt öfter vor. Hat nichts zu bedeuten«, schwindelte ich.

»Na sieh mal einer an, wer die sturmfreie Bude ausnutzt«, hörte ich im nächsten Moment Paulas Stimme. Sie stand mit Gavin am Tierauslauf und konnte unsere Ankunft natürlich nicht unkommentiert lassen.

»Euch auch einen schönen guten Abend, Paula und Gavin«, grüßte Harry unbeeindruckt, nachdem er das riesige Paket auf der Terrassenbank abgelegt hatte. Dann fügte er mit einem Augenzwinkern hinzu: »Günstige Gelegenheiten kann man sich doch nicht entgehen lassen.« Mit diesen Worten zog er mich erneut in seine Arme, küsste mich kurz, aber intensiv und schob mich dann energisch zur Tür. »Du hast dazugelernt und schließt nicht mehr ab«, bemerkte er noch, ehe er meinen Mund mit einem weiteren Kuss versiegelte.

»Dann war es also kein Zufall, dass du vorhin …?«, begann ich und schüttelte den Kopf. Natürlich war es kein Zufall gewesen.

»Mag sein, dass ich nicht der scharfsinnigste Mann auf diesem Planeten bin, aber den Hinweis heute Mittag, dass Rufus die Nacht bei einem Freund verbringt, habe ich als ziemlich eindeutige Einladung verstanden.« Er schob mich ein Stückchen von sich weg und sah mich prüfend an. »Oder habe ich das falsch interpretiert?«

»Ja. Nein. Also …« Ich kam mir gerade unsagbar dämlich vor. »Ich glaube, es war eine unbewusste Einladung. Eine total ernst gemeinte und heiß ersehnte Einladung. Aber eben eine unbewusste. So unbewusst, dass mein Bewusstsein nichts davon wusste und nichts zum Essen vorbereitet hat. Also, ich habe natürlich Sachen da und kann kochen. Ich muss auch kochen, denn ich bin am Verhungern von der Ruderei. Und außerdem muss ich duschen, denn ich bin total verschwitzt und …«

»Und ich freue mich auch wahnsinnig, dass wir den Abend und die Nacht gemeinsam verbringen«, unterbrach Harry dankenswerterweise mein sinnloses Geplapper. »Es ist noch früh, und wir haben alle Zeit der Welt für Duschen, Essen, Reden und mehr.«

Was genau er mit »mehr« meinte, war offensichtlich, als er mich wieder an sich zog und ich an meinem Bauch seine deutliche Erektion spürte. Schlagartig wurde mir noch heißer, und das diffuse, warme Glücksgefühl verklumpte sich zu heißem Verlangen in meinem Unterleib. Ich trug nur Capri-Leggins und ein enges Sporttop, aber mit einem Mal waren mir die paar Textilien schon viel zu viel. Ich wollte ihn auf meiner Haut spüren und seinen Körper mit meinen Händen, meinen Lippen und meiner Zunge erforschen. Und ich wünschte mir nichts sehnlicher, als dass er das Gleiche mit mir tat. Ohne nachzudenken, ließ ich meine Hände unter seinem T-Shirt auf Wanderschaft gehen, den breiten, kräftigen Rücken betasten und dann tiefer gleiten. Sein Jeansbund saß locker auf den Hüften und bot wenig Widerstand, sodass ich mühelos die knackigen Rundungen seines Hinterteils fand, das ich schon einige Male verstohlen bewundert hatte.

Harry sog bei der Berührung scharf Luft ein und küsste mich dann mit so viel Hunger und Glut, dass mein inneres Feuer noch heftiger loderte. Mit der Linken knetete er seinerseits meinen Po, seine Rechte umfasste derweil meine linke Brust und kratzte mit dem Daumennagel über meinen harten Nippel.

Mir entfuhr ein kehliges Stöhnen, und es war absolut klar, dass Duschen, Kochen und Essen auf der Prioritätenliste ganz weit nach unten gerutscht waren. Sogar das vorbereitete Schlafzimmer war mir egal. Ich wollte und brauchte ihn jetzt auf der Stelle. Ohne den Kuss und unsere Berührungen zu unterbrechen, lotste ich ihn zu dem großen roten Cordsofa, das ich von Frances übernommen hatte – und das zweifellos abenteuerliche Geschichten hätte erzählen können. Nun kam eine weitere dazu. Ich nestelte an Harrys Gürtel, um endlich die störenden Klamottenschichten zwischen uns zu entfernen.

»Willst du wirklich mit dem Dessert anfangen?«, fragte er

nach Atem ringend und hielt meine Hände einen Moment lang fest. Sein gesundes Auge war glasig vor Lust, was meine eigene Begierde noch weiter anheizte.

»Wer sagt, dass das hier das Dessert ist?« Ich knabberte an seinem Kinn und ein Stückchen an seinem Hals hinunter. »Für mich ist das der erste heiße Appetizer.« Das war der letzte klar formulierte Satz und der letzte Gedanke, ehe die niedersten Instinkte das Ruder übernahmen. Ich schmeckte das Salz auf seiner Haut, fühlte die Energie seiner Muskeln und streichelte seine stattlich-gierige Härte. Seine Hand und seine Zunge an meinen Brüsten brachten mich um den Verstand, und als seine Finger zum ersten Mal durch meine nasse Spalte glitten, wollte ich vor Sehnsucht fast sterben. Irgendwie war plötzlich ein Kondom da, und im nächsten Moment drang er in mich ein – und dann war da nur noch ein Strudel aus bunten Lichtern und prickelnden Nadelstichen, die sich in einer erlösenden Explosion zu einem wahren Feuerwerk vereinigten.

Als ich ein paar Minuten später unter der Dusche stand – allein, denn für sexy Wasserspiele war meine Kabine leider zu klein –, fühlte ich mich lebendig und glücklich wie lange nicht mehr. Oder wie möglicherweise noch nie in meinem Leben. Es tat wirklich gut, wenn man einfach mal den Kopf ausstellte und sich nur auf seine anderen Sinne konzentrierte. Über die Konsequenzen konnte ich schließlich auch später noch nachdenken. Ich beeilte mich, denn erstens knurrte mein Magen inzwischen vernehmlich, und zweitens wollte ich den freien Abend mit meinem Gast weidlich ausnutzen. Ich schlüpfte in ein kurzes buntes Sommerkleid aus meiner Ibiza-Kollektion, die ich vor einem Jahr fast schon zur Altkleidersammlung gegeben hätte, weil ich in Edinburgh einfach keine Verwendung dafür gehabt hatte. Doch auf den Scilly-Inseln passten diese Hippiefähnchen perfekt. Meine Haare ließ ich offen, damit sie schneller trockneten, und auf Schuhe verzichtete ich ebenfalls.

Harry drehte sich lächelnd zu mir um, als ich ins Wohnzimmer trat. »Du hast dich wieder angezogen«, sagte ich leicht vorwurfsvoll.

»Du ja auch«, entgegnete er und zog mich an sich. »Und es war ein Glück, dass ich es getan habe, denn kaum bist du nach oben verschwunden, klopfte es an der Terrassentür, und Paula stand mit einer Schüssel voll selbst gemachtem Blaubeereis vor mir, das sie uns fürs Dessert bringen wollte.«

»Nicht dein Ernst?« Ich konnte es nicht fassen. Was dachte sich diese Frau bloß?

»Mein voller Ernst. Ich habe mich freundlich bedankt und das Eis in deinen Gefrierschrank gestellt. Ich hoffe, das war okay.«

»Natürlich, aber …« Ich schüttelte den Kopf. »Meinst du, sie hat was gesehen? Also, uns auf dem Sofa?«

Er lachte. »Und hat uns dann Eis zum Abkühlen vorbeigebracht? Das wäre ja geradezu fürsorglich.«

»Ich finde das nicht witzig.«

»Ich schon. Es gibt nämlich nichts, wofür wir uns schämen müssten. Und wer weiß, vielleicht haben wir sie und Gavin ein bisschen angeheizt.«

»Auf diese Art von Kopfkino hätte ich jetzt gerne verzichtet«, sagte ich und schüttelte mich unwillkürlich.

Er kam näher und zupfte an meinem Ausschnitt. »Genau

wie auf die Unterwäsche«, stellte er fest und grinste wie die sprichwörtliche Katze vorm Sahnetöpfchen.

»Unterwäsche wird überbewertet«, behauptete ich. »Aber ich habe jetzt wirklich großen Hunger. Auf Essen«, stellte ich lachend klar, als Harry sich provozierend über die Lippen leckte. »Komm mit«, forderte ich ihn auf und ging durch die angelehnte Terrassentür in den Garten.

»Müssen wir das Abendessen erst noch erlegen?«, wollte er wissen, folgte mir aber brav in meinen Küchengarten.

»Ich fürchte, ja. Da tatsächlich nur mein Unterbewusstsein eine Einladung an dich ausgesprochen hat, habe ich es leider versäumt, für adäquate männliche Proteinzufuhr zu sorgen. Daher kann ich dir nur einen frischen Salat aus dem Garten, selbst gebackenes Brot und Käse anbieten. Oder einen Teller Nudeln mit Tomatensoße, aber das hast du vermutlich viel besser drauf als ich.« Ich schnappte mir den flachen Korb, der an einem Haken an der Bohnenrankhilfe hing, und mein Gartenmesser.

»Wahnsinn, wie sich dein Garten in den letzten paar Wochen entwickelt hat«, sagte Harry und klang aufrichtig beeindruckt.

»Ja, ich bin auch ganz angetan. Das Klima ist echt der Wahnsinn. Ich hatte ein bisschen Angst, dass das Unwetter am Wochenende größere Schäden hinterlassen könnte, aber das war halb so wild. Schlimmer sind die Schnecken. Mit denen liege ich wirklich im Clinch.« Wie zur Bestätigung zupfte ich zwei Nacktschnecken von einem Salatkopf und warf sie in die Beerenhecke.

»Dir ist schon klar, dass sie zurückkommen?«

»Ja, aber ich bringe es nicht übers Herz, sie mit der Schere durchzuschneiden, wie man es angeblich tun soll. Und Schneckengift kommt mir auch nicht in den Garten. Ich recherchiere noch nach Kräutermischungen oder ätherischen Ölen, die sie verjagen. Und bis dahin klaube ich sie zweimal am Tag ab und hoffe, dass sie lieber zu den Nachbarn abwandern.« Ich schnitt einen Salatkopf ab, zog ein paar junge Möhren aus dem Boden, erntete eine noch ziemlich kleine Gurke und sah nach den Tomatenpflanzen. Leider war noch keine einzige Tomate reif, doch am Montag hatte mir Amelia eine Tüte mit ihrer B-Ware zum Training mitgebracht, und davon waren noch einige Exemplare da.

»Ich hab's doch gesagt – so viel Liebe. Sogar zu den fiesen Nacktschnecken«, stellte Harry fest, und die Zärtlichkeit in seiner Stimme fühlte sich an wie eine Streicheleinheit. »Dein Garten ist der beste Beweis dafür. Vor einem Monat war dieses Beet ein leerer Acker, und jetzt kannst du schon das erste Gemüse ernten. Das hat nicht nur mit gärtnerischem Knowhow zu tun, sondern mit Liebe und Hingabe.«

»Und mit dem wundersamen Esels- und Schafdünger, den Rufus regelmäßig voller Wonne verteilt«, fügte ich lächelnd hinzu. Ich ließ meinen Blick über das Küchenbeet und die anderen Bereiche in meinem Garten schweifen und versuchte, diese Dinge mit anderen Augen zu betrachten. Mit Harrys Augen. Wahrscheinlich hatte er recht, und ich konnte stolz sein auf das, was ich in so kurzer Zeit geschafft hatte. Natürlich war das Klima günstig, aber es steckte auch sehr viel Arbeit hinter diesem Erfolg. Und, ja, womöglich auch Liebe und Hingabe. Warum nur hatte ich das bisher nie so betrachten können?

»Es ist sehr eindrucksvoll, dir beim Denken zuzusehen.«

»Ich bin nur zu dem Schluss gekommen, dass du womöglich recht hast. Vielleicht ist die Geheimzutat für den Garten tatsächlich Liebe.«

»Ganz bestimmt sogar. Und sie ist auch die Geheimzutat für den Glanz in deinen Augen und das Dauerlächeln auf meinen Lippen.«

»Ich würde gerne daran glauben«, sagte ich leise. Wie schön wäre es, wenn ich mir wirklich so weit vertrauen könnte, dass ich mit meinen Gefühlen Gutes schuf und nichts kaputt machte.

»Ich glaube daran. Vielleicht reicht das fürs Erste?« Er beugte sich zu mir und küsste mich erneut. »Aber jetzt sollten wir ernsthaft ans Abendessen denken.«

»Noch ein paar Erdbeeren, dann haben wir alles.« Gemeinsam pflückten wir rasch ein paar der saftigen Früchte und gingen dann wieder ins Haus, wo ich den Salat zusammenmischte und Harry sich ein wenig umsah.

»Die Bilder sind toll«, bemerkte er und deutete auf die beiden großformatigen Gemälde von Frances, die über dem Kamin hingen. Eines zeigte ein kleines Segelboot auf der schier unendlichen Weite eines Ozeans. Sie hatte eine ganze Serie mit diesem Motiv gemalt, in unterschiedlichen Varianten, aber dieses hier hatte ihr offensichtlich am besten gefallen, sodass sie es selbst behalten hatte. Das sanfte Licht des Vollmonds beschien das mit kühnen Pinselstrichen hingeworfene Bötchen. Es wirkte gleichzeitig ziemlich einsam und sehr friedlich. Irgendwie passte es zu meiner aktuellen Lebenssituation, wenn ich darüber nachdachte.

Das zweite Bild hatte sie mir vor Jahren geschenkt. Zwei stilisierte Frauengesichter im Profil, Nase an Nase und in abenteuerlichen Farben. Sie hatte dieses Gemälde *Schwestern* genannt. Ein drittes Bild hing in Rufus' Zimmer – eine Ottermutter mit ihrem Baby auf dem Bauch. Dieses unterschied sich vom Stil her erheblich von den anderen beiden, denn es war viel gegenständlicher und plakativer gehalten. Sie hatte es extra für ihren Sohn gemalt, kurz nach dessen Geburt.

»Sie sind von Rufus' Mutter«, erklärte ich. »Ich verstehe nichts von Kunst, aber ich mag die Bilder auch sehr. Keine Ahnung, von wem Frances ihr Talent geerbt hat und vor allem die innere Überzeugung, eine Laufbahn als Künstlerin einschlagen zu können.«

»War sie denn erfolgreich?«

»Nicht besonders. Sie hat nebenbei noch als Kunstlehrerin gearbeitet, um den Lebensunterhalt für sich und Rufus zu sichern. Aber an dem Abend, ehe sie starb, gab es in einer Galerie die Vernissage ihrer ersten großen Ausstellung. Es bricht mir immer noch das Herz, dass ich nicht hingegangen bin.« Ich seufzte. Keine Ahnung, ob ich den Unfall hätte verhindern können, aber ich hätte Frances noch einmal lebend gesehen und hätte mich mit ihr über diesen Meilenstein freuen können.

»Warum warst du nicht da?«

»Meine Kollegen aus dem *Royal Botanic Garden* haben eine Abschiedsparty für mich geschmissen. Das war mir wichtiger als meine Schwester«, entgegnete ich mit leichter Bitterkeit in der Stimme. »Komm, lass uns essen.«

Wir kehrten zum Tisch zurück und ließen uns den Salat, das frisch gebackene Brot und die kleine Käseauswahl schmecken. Irgendwann lenkte Harry das Gespräch wieder auf Frances. »Wie ist sie denn gestorben?«

»Sie hat die Vernissage spätabends betrunken verlassen, mit irgendeinem Kunstblogger, ist auf die Straße gestürzt und von einem Auto überfahren worden«, berichtete ich und merkte, wie sich der vertraute Knoten in meinem Magen bildete, wie immer, wenn ich daran dachte.

»Das ist ja schrecklich«, rief er aus und griff nach meiner Hand. »Weiß man über die genauen Umstände Bescheid?«

»Es gibt recht eindeutige Zeugenaussagen, wonach sich die beiden gestritten haben und dieser Kevin Coolidge sie absichtlich auf die Fahrbahn gestoßen hat. Allerdings behauptet er, dass es von beiden Seiten ein Gerangel war und er sie nur versehentlich geschubst hat. Ich habe länger nichts mehr von den Ermittlungsbehörden gehört, aber es könnte sein, dass er wegen Totschlag angeklagt wird.«

»Hast du juristischen Beistand?«

»Für den Prozess?« Ich schüttelte den Kopf, als er meine Frage bejahte. »Da werde ich wohl keinen brauchen. Die Staatsanwaltschaft wird ja Anklage erheben.«

»Rufus und du, ihr könntet als Nebenkläger auftreten«, meinte er.

»Ja, aber was würde das bringen? Davon wird Frances auch nicht wieder lebendig.«

»Das nicht, aber als Prozessbeteiligte würdet ihr umfassend informiert werden. Oder möchtest du nicht, dass die Umstände des Todes deiner Schwester geklärt werden? Irgendwann wird Rufus Fragen stellen.«

»Du hast vermutlich recht«, entgegnete ich, und der Klumpen wurde größer und härter. Wo waren die Leichtigkeit und die Wärme hin, die mich noch vor wenigen Minuten so unbeschwert und glücklich gemacht hatten? »Ich habe mich bisher noch nicht so sehr damit befasst. Es gab Dringenderes, worum ich mich kümmern musste. Aber wahrscheinlich muss ich mir ohnehin eine Anwältin suchen, die mich bei den Anträgen vor dem Familiengericht unterstützt. Vielleicht weiß die dann ja auch einen Rat in der anderen Angelegenheit.«

»Tut mir wirklich leid, dass ich mit meinen Fragen die Stimmung ruiniert habe.« Harry klang zerknirscht. »Ich wollte nicht in Wunden bohren, sondern dich einfach besser kennenlernen. Ich hatte keine Ahnung …«

»Schon gut«, winkte ich ab. »Du konntest das nicht wissen, und vermutlich ist es gut, wenn ich mich langsam ernsthaft mit dem Thema beschäftige. Es ist hier auf den Inseln nur so einfach, sich allein auf die Gegenwart zu konzentrieren. Letzte Woche hat mich das Jugendamt angerufen und mir die Optionen genannt … Ach, egal, ich werde mich darum kümmern.«

»Was ist mit seinem Vater?«, stach Harry prompt in das nächste Wespennest, auch wenn er davon nichts ahnen konnte.

»Keine Ahnung. Frances hat niemandem verraten, wer es war. Auch in Rufus' Geburtsurkunde steht niemand. Das Jugendamt recherchiert zwar, aber es besteht wenig Aussicht, dass sie etwas herausfinden. Ich …« Ich unterbrach mich hastig, weil ich den nächsten Gedanken nicht aussprechen wollte.

»Du?«, bohrte Harry jedoch nach.

»Vielleicht wäre es besser, wenn sie ihn fänden«, brach es nun doch aus mir hervor. »Vielleicht wüsste er ja gerne von seinem Sohn, und womöglich könnte er ihm ein besseres Leben bieten als ich. Darüber denke ich die ganze Zeit nach. Vor allem seitdem du mir deine Geschichte erzählt hast.

Rufus hat ein Recht darauf, seinen Vater zu kennen – genau wie der Mann ein Recht darauf hat zu erfahren, dass er einen Sohn hat.«

»Ich gebe dir grundsätzlich recht, dass Eltern im Leben ihrer Kinder eine Rolle spielen sollten – außer im Fall deiner Eltern. Aber vielleicht hatte deine Schwester auch gute Gründe, den Erzeuger geheim zu halten?«

»So wie deine Ex-Freundin gute Gründe hat, dich von deiner Tochter fernzuhalten?« Woher war das jetzt gekommen? Ich war erschrocken über meine eigene Frage und erschüttert über Harrys schmerzverzerrtes Gesicht. »Es tut mir leid. Ich habe es nicht so gemeint«, sagte ich daher hastig. »Ich bin mir absolut sicher, dass du der perfekte Vater bist und deine Ex eine kranke Psycho-Bitch. Über Frannies Gründe kann ich nur spekulieren, aber Rufus wird nicht nur nach den Todesumständen seiner Mutter fragen, sondern auch nach seinem Vater. Und was soll ich ihm dann antworten? Dass ich keine Ahnung habe? Dass ich mir nicht die Mühe gemacht habe, alles herauszufinden? Vielleicht weiß der Mann ja doch von Rufus' Existenz und schreibt ihm ebenfalls ständig Briefe, weil er sich nach ihm sehnt?«

»Das halte ich für sehr unwahrscheinlich. Wenn er von Rufus wüsste, hätte er auch vom Tod deiner Schwester gehört und wäre aus der Versenkung aufgetaucht. Ich würde es jedenfalls so machen.«

»Mag sein, aber ich weiß ehrlich gesagt nicht, was ich glauben oder denken soll. Und was die beste Strategie ist. Soll ich einfach nur die volle Vormundschaft und das Sorgerecht für Rufus beantragen, oder soll ich mich um eine Adoption bemühen? Soll ich hoffen, dass der Vater auftaucht, oder froh sein, wenn ich mich nicht auch noch darum kümmern muss? Soll ich mir den Schmerz zumuten, an einem möglichen Prozess teilzunehmen, oder soll ich versuchen, meine Trauer um Frances anders zu verarbeiten? Diese Fragen beschäftigen mein Unterbewusstsein die ganze Zeit, und es gibt keine einfachen Antworten darauf. Aber vielleicht habe ich es mir auch zu leicht gemacht und mich während der letzten Tage in seliger Ignoranz geübt?« Nun fühlte ich mich richtig down und kam mir unsagbar albern vor, wie ich da in dem kurzen Hippiekleidchen ohne Unterwäsche am Tisch saß. Die erotische Spannung von vorhin hatte sich jedenfalls ziemlich nachhaltig verdrückt.

Zu meinem Erstaunen lächelte Harry mit einem Mal ganz versonnen und tastete auf dem Tisch nach meiner Hand.

»Was?«, fragte ich leicht unwirsch.

»Wir kommen bei unseren Begegnungen früher oder später immer an den Punkt, wo wir uns den Ablauf anders vorgestellt haben«, erklärte er. »Und wir haben uns Dinge erzählt, die wir mit nur wenigen anderen Menschen geteilt haben. Ich finde, das hat eine gewisse Bedeutung.«

»Dass ich die Kontrolle über mein Leben verloren habe?«, mutmaßte ich brummig.

»Nein, dass wir einander vertrauen. Ich habe das in dieser Form sehr lange nicht mehr gefühlt.«

Darauf wusste ich zunächst nichts zu sagen. »Vertrauen« war ein großes Wort. Eines, das ich nicht oft benutzte, und etwas, das ich noch viel seltener empfand – bezogen auf mich selbst und erst recht auf andere Menschen. Aber es war viel Wahres an Harrys Worten. Ich hatte ihm mein dunkelstes Geheimnis anvertraut – und er mir seins. Erstaunlicherweise war es längst nicht so beängstigend gewesen, wie ich gedacht hatte, sondern vielmehr befreiend. Ich musste nicht mehr jede Last allein tragen, nicht mehr jedes Geheimnis aus eigener Kraft beschützen.

»Wir können einander unsere verletzlichen Seiten zeigen«, sprach er weiter. »Auch das ist ein großes Geschenk, wie ich finde. Und wir sind in der Lage, auch sehr viel Spaß und Freude zu teilen – und damit meine ich nicht unsere unglaubliche Sofanummer von vorhin«, stellte er klar.

»Die war aber auch nicht schlecht«, krächzte ich mit plötzlich rauer Stimme.

»Sie war sensationell und hoffentlich nur – wie hast du es formuliert? – der Appetizer für viel mehr. Aber Sex ist einfach. Der Rest ist schwierig – und ich würde behaupten, dass wir diesen Rest verdammt gut draufhaben. Denkst du nicht?«

»Hm.« Ich zuckte mit den Schultern. »Ich hatte offen gestanden gehofft, dass wir den Rest für heute Abend außen vor lassen können, um uns ganz auf die einfachen Dinge zu konzentrieren.«

»Ich finde es ehrlich gesagt besser, dass wir alles kombinieren. Denn wenn man sich vertraut und große Dinge miteinander teilt, wird auch der Sex intensiver, oder?«

»Da habe ich keine Vergleichsmöglichkeiten«, gab ich zu. »Kein anderer Mann hat jemals so viel von mir und meinen dunklen Seiten zu sehen bekommen.«

»Und hattest du schon jemals ein derart intensives erstes Mal?« Er streichelte mit seinen Fingern über meinen Handrücken, und der Blick, den er mir schenkte, entzündete wieder die kleine Flamme in mir, von der ich eben noch gedacht hatte, sie sei komplett erloschen. »Ich nämlich nicht. Und ich stelle mir gerade vor, wie gut sich dann wohl das zweite oder dritte Mal anfühlen mag.«

Ich schluckte und merkte, wie das Flämmchen sich in Sekundenschnelle zum Flächenbrand ausweitete. »Dann lass es uns herausfinden.«

SONNENAUFGANG

»Du läufst wie ein Cowboy, aber deine Augen funkeln wie die Milchstraße«, stellte Hazel am nächsten Vormittag fest, als wir uns fast zufällig in der versteckten Laube im *Abbey Garden* trafen. *Fast* zufällig deshalb, weil ich auf ihre Textnachrichten, die sie mir seit den frühen Morgenstunden in immer höherer Frequenz schickte und in denen sie Details forderte, bisher nicht reagiert hatte. Sie müsse sich wieder um die Bienenstöcke im Park kümmern, hatte sie in der letzten Nachricht geschrieben, und weil ich tatsächlich nach ein paar raren Orchideen hatte sehen wollen, die endlich blühten, war ich zu einem Rundgang durch den Park aufgebrochen. Auch um den verstohlenen Blicken und dem schlecht unterdrückten Kichern meiner Studentinnen Sarah und Lilly zu entgehen.

Ich hatte nämlich sichtbar einen wahnsinnigen Muskelkater, den ich nur zum Teil unserer Gig-Boot-Ruderei anlasten konnte. Der Rest stammte vom nächtlichen Horizontal-Work-out mit Harry, der mit seiner Vermutung recht behalten hatte, dass das zweite und dritte Mal noch viel intensiver sein würden als die erste Runde. Und sie hatten auch viel länger gedauert … Was das angebliche Sternenfunkeln in meinen Augen betraf, das waren wohl die Nachwirkungen der erotischen Feuerwerke. Mir tat alles weh, aber ich fühlte mich einfach nur brillant.

»Wie geht's den Bienen?«, erkundigte ich mich, ohne auf Hazels Begrüßungskommentar einzugehen.

»Denen geht es hervorragend«, behauptete sie.

»Du würdest glaubwürdiger klingen, wenn du dir die Mühe gemacht hättest, deine Imkerkluft anzuziehen.«

»Die brauche ich für meine Bienen nicht. Die sind …«

»Nur ein Vorwand, um mich auszuhorchen«, vervollständigte ich ihren Satz und musste lachen. Wie hätte ich ihr böse sein können, wo ich mich doch so leicht und beschwingt fühlte wie schon sehr lange nicht mehr? Ich deutete zu dem kleinen, versteckten Pavillon, in dem wir gleich darauf Platz nahmen, um ungestört sprechen zu können. Dank meines *Abbey-Garden*-Shirts wurde ich nämlich ständig von Besuchern angequatscht.

»Traurig genug, dass ich einen Vorwand brauche«, konterte Hazel vergnügt und lachte sich halb schlapp, als ich mich mühsam hinsetzte.

»Du hast mir ja nicht einmal die Chance gegeben, proaktiv zu werden. Harry ist erst heute Morgen gegangen, danach war ich noch kurz bei Paula und habe nach Rufus gesehen, der wohl eine lustige Pyjamaparty mit Jasper hatte, und dann musste ich zur Arbeit. Ich hätte mich in der Mittagspause oder am Nachmittag gemeldet.«

»Alles Ausreden.« Hazel tat ganz streng, aber besonders überzeugend war sie nicht. Dafür blitzten ihre Augen viel zu sensationshungrig. »Aber jetzt erzähl schon – oder soll ich Paula fragen?«

»O Gott, bitte nicht. Wobei sie dir wahrscheinlich sogar Details liefern könnte …« Ich schlug lachend die Hände vors Gesicht.

»Wenn ich gewusst hätte, dass ihr Zuschauer zulasst …«

»Nicht wirklich. Wir haben es nur beim ersten Mal nicht ins Schlafzimmer geschafft, sondern nur bis zum Sofa«, erzählte ich und merkte, wie sich meine Wangen röteten. Ob aus Scham oder aufgrund der Erinnerung war mir jedoch nicht ganz klar. Vermutlich Letzteres. »Und kaum waren wir fertig und ich unter der Dusche, stand sie mit einer Schüssel Blaubeereis vor der Terrassentür.«

Hazel bekam beinahe Schluckauf vor lauter Lachen. »Ernsthaft?«, japste sie. »War Harry da noch nackt?«

Ich schüttelte den Kopf. »Aber wie kann man nur so indiskret sein? Ich meine …«

»Sie wollte euch bestimmt nur eine Freude machen, und aus Erfahrung weiß ich, dass ihr Blaubeereis sensationell ist. Da müssen sich die Eismischer von St. Agnes warm anziehen.«

»Das Eis war köstlich, nur das Timing fand ich ziemlich fragwürdig. Aber was soll's? Sollte sie etwas gesehen und sich daran gestört haben, dann ist das ihr Problem. Ich kann auf meinem Sofa ja wohl so viel Sex haben, wie ich will.«

»Absolut. Ich beneide dich glühend darum, dass du überhaupt welchen hattest. Bei mir läuft zurzeit gar nichts.« Sie seufzte.

»Und was ist mit den Touristen, auf die du es abgesehen hast? Sind doch reichlich Kerle auf der Insel.«

»Ja, nur keine wirklich interessanten. Ich weiß auch nicht, mich hat im Moment mein Jagdglück verlassen. Aber egal, ich freu mich sehr für dich. So wie du strahlst, war es wunderbar, und das hast du verdient.« Ihr Kichern war einem warmherzigen Lächeln gewichen.

»Danke, das bedeutet mir viel. Ich weiß nicht, ob ich es verdient habe, aber es hat auf jeden Fall gutgetan. Auch wenn sich die Dinge dadurch ziemlich sicher verkomplizieren.«

»Ich weiß, was du meinst.« Sie nickte mitfühlend. »Wenn es nicht klappt zwischen euch, wird's ganz schön doof, weil man sich hier so schlecht aus dem Weg gehen kann. Aber es kann ja auch sein, dass es die große Liebe wird. Ich mag Harry, auch wenn er manchmal ein etwas schräger Vogel und ziemlicher Eigenbrötler ist.«

»So habe ich ihn noch nie erlebt«, verteidigte ich ihn. »Ganz im Gegenteil, er ist erheblich offener als ich und …« Ich sparte mir den restlichen Satz. Ganz so viel wollte ich dann doch nicht offenbaren. Dass er eine Tochter hatte, natürlich sowieso nicht, aber auch nicht meine Gefühle für ihn. Doch Hazel war mir ohnehin auf der Spur wie ein Bluthund.

»Ich finde es sehr süß und bemerkenswert, wie du ihn verteidigst. Aber du hast zweifellos recht: Harry kommt mir wohl nur deshalb etwas seltsam vor, weil er nicht der richtige Mann für mich ist und ich nicht die richtige Frau für ihn. Und im direkten Vergleich mit dir ist er ja auch kein schräger Vogel.« Nun war das alberne Kichern wieder zurück.

»Warum bin ich noch mal mit dir befreundet?«

»Weil sich sonst keiner geopfert hat?«, mutmaßte sie frech, doch dann legte sie mir eine Hand auf den Arm. »Die wahre Antwort ist: weil wir uns in vielen Punkten sehr ähnlich sind und einander sehr gut ergänzen.«

»Da kann was dran sein«, gab ich zu. »Und natürlich an der überschaubaren Auswahl an geeigneten Kandidatinnen. Eine Freundin will ja noch genauer ausgesucht werden als ein Kerl für eine Nacht.«

»Aber mit Harry soll es doch mehr werden, oder?«

»Ich hoffe es. Aber ich meinte jetzt nicht Harry, sondern dich und deine … touristischen Eintagsfliegen. Und nur fürs Protokoll: Auch wenn du eine distanzlose Nervensäge bist, bin ich froh, dich als Freundin zu haben. Wirklich.«

»Das bin ich auch.« Sie gönnte uns einen kurzen Moment dafür, in süßem Freundinnenglück zu schwelgen, dann wurde ihr weicher Blick wieder bohrend. »Aber nun, wo wir unseren Freundschaftsstatus offiziell zementiert haben, erwarte ich endlich ein paar saftige Details von letzter Nacht.«

In diesem Moment piepste mein Handy. »Wahrscheinlich mein Chef oder meine Studentinnen, die mich vermissen«, vermutete ich und zog das Telefon aus meiner Hosentasche. Doch es war eine Nachricht von Harry. Sofort schlug mein Herz schneller. *Ich würde Rufus und dich gerne übermorgen nach Samson entführen*, hatte er geschrieben. *Übernachtung im Zelt. Habt ihr Lust auf ein Abenteuer? Das Wetter soll gut bleiben. PS: Ich weiß nicht, wie's dir geht, aber ich bekomme das glückliche Grinsen nicht aus meinem Gesicht.*

»Also, wenn ich deine Mimik richtig interpretiere, waren das weder dein Chef noch deine Praktikantinnen. Hat er dir ein schlüpfriges Foto geschickt?«

»Wir sind doch keine fünfzehn mehr«, entgegnete ich. »Nein, er fragt, ob Rufus und ich Lust auf eine Campingnacht auf Samson haben.«

»Oooooh!«, stieß Hazel lang gezogen aus.

»Was? Ist das nicht gut?« Ich hatte keine Ahnung von Samson, wusste nur, dass die Insel unbewohnt war.

»O doch, das ist sehr, sehr romantisch. Jedenfalls ohne Kind. Und wenn man auf Geister steht.«

»Geister?«

»Samson ist berühmt für seine Hügelgräber, und man erzählt sich, dass dort ab und an noch Wikinger spuken.«

»Wikinger?«

»Keine Ahnung. Irgendwelche kühnen Urzeitvölker halt, die vor Hunderten von Jahren auf den Scilly-Inseln gelebt haben.« Hazel winkte ab, als spielten diese historischen Details keine Rolle, was vermutlich auch stimmte. »Bis zur Mitte des neunzehnten Jahrhunderts lebten auch noch zwei Familien auf der Insel, die dann aber umgesiedelt wurden. Die Ruinen ihrer Häuser kann man noch besichtigen. Auch da munkelt man, dass es den einen oder anderen Geist gibt. Doch ich bin mir sicher, dass Harry euch vor allem wegen irgendwelcher Tiere auf die Insel lockt, die er beobachten will, und weil er mit dir Sterne gucken will. Falls du eine Unterbringung für Rufus brauchst, ich würde mich opfern.«

»Das ist wirklich lieb und selbstlos von dir, aber ich nehme ihn mit. Nach Lage der Dinge gibt es mich jetzt nur noch im Doppelpack, und Harry und Rufus mögen sich sehr.«

»Erstaunlich …«

»Was? Dass Harry und Rufus sich mögen?«

»Nein. Dass du ganz ohne Ambivalenz von Rufus sprichst. Du hast dein Schicksal also angenommen?«

»Wie das klingt, ›dein Schicksal angenommen‹«, brummte ich, doch ein bisschen hörte ich in mich hinein. »Aber es ist etwas Wahres dran. Oder wie Harry es formuliert hat, es ist ein Gewöhnungsprozess. Offensichtlich habe ich mich jetzt daran gewöhnt, dass ich keine vogelfreie Singlefrau mehr bin, sondern eine alleinerziehende Mu… Tante.« Ich war erschrocken, weil ich fast »Mutter« gesagt hätte – und auch wieder nicht. Denn tatsächlich fühlte ich mich inzwischen wie eine. Oder zumindest so, wie ich mir vorstellte, dass sich eine Mutter fühlte. Aber eigentlich war es auch unerheblich, welches Label ich unserer Beziehung gab, entscheidend war, dass ich Rufus als wichtigen Teil meines Lebens akzeptiert hatte.

Hazel lächelte wissend. »Ich finde das schön. Wirklich. Auch wenn ich mir so was für mich selbst niemals wünschen würde, glaube ich fest an die Macht des Schicksals. Du solltest hierherkommen, und du solltest mich und Harry treffen. Und wenn du den Kleinen wirklich mit zum Ausflug nehmen möchtest, dann müsst ihr halt leise sein. Wobei Kleinkinder ja angeblich sowieso total fest schlafen und er es vermutlich gar nicht mitbekommen würde, wenn …«

»Hazel, deine Fantasie geht mit dir durch. Ich werde ganz sicher keinen Sex mit Harry haben, wenn sich im selben Zelt ein Dreijähriger befindet.«

»Reden wir in ein paar Tagen noch mal darüber.« Hazel streckte sich und sah dann auf ihr Handydisplay. »Mist, ich muss los.« Sie stand auf und umarmte mich kurz zum Abschied. »Sollten wir uns vorher nicht mehr sehen oder sprechen: Viel Spaß mit deinen Jungs, und lass dich auf Samson nicht von Geistern verunsichern.«

Ich hatte nicht wirklich Angst vor Geistern. Höchstens vor denen, die in meinem Kopf spukten, doch die waren in den letzten Tagen erfreulicherweise größtenteils verstummt. Trotzdem konnte ich eine leicht nervöse Vorfreude nicht ganz leugnen. Ich war gerne in der Natur, aber eine ausgesprochene Campinganhängerin war ich definitiv nicht, und mit einer entsprechenden Ausrüstung konnte ich auch nicht aufwarten. Doch angeblich hatte Harry für alles gesorgt, und ich beschloss, ihm einfach zu vertrauen. Er würde nichts unternehmen, was gefährlich oder auch nur gruselig war, dessen war ich mir sicher.

Rufus war komplett außer Rand und Band bei der Aussicht, ein Abenteuer mit seinem Lieblingspiraten zu erleben, und hoffte nach der Enttäuschung vom letzten Wochenende zweifellos auf eine spannende Robbenbegegnung. Ich war froh, dass er die Beinahekatastrophe so gut weggesteckt hatte und sich völlig unbefangen gab. »Auf Wiedersehen, Alfie«, verabschiedete er sich feierlich von unserem Esel und steckte ihm eine Möhre zu. Dann umarmte er nacheinander die Schafdamen Mina, Rosebud und Greybelly und versprach allen vieren, dass er morgen Nachmittag mit noch mehr Karotten und aufregenden Geschichten zu ihnen zurückkehren würde.

»Ich pflücke ein paar Erdbeeren«, sagte ich zu ihm. »Wir haben noch ein bisschen Zeit, bis Harry kommt. Willst du mir helfen oder bei den Tieren bleiben?«

»Bei den Tieren«, entgegnete er und dehnte seine Abschiedsrunde nun auch auf die Hühner aus.

»Alles klar.« Ich nahm die leere Plastikdose vom Terrassentisch, die ich für die Erdbeeren vorgesehen hatte, und ging ums Haus herum zu meinem Küchengarten. Die Erdbeeren meinten es ernst mit ihrem Wachstum, stellte ich zum wiederholten Mal verblüfft fest. Erst gestern hatte ich zwei Kilo gepflückt und daraus wieder Marmelade gekocht, und heute war schon die nächste Generation reif und essbereit. Die Erdbeeren würden gut zu den Muffins passen, die ich heute Morgen gebacken hatte, genau wie die beiden Brote. Um alle anderen Lebensmittel wollte sich Harry kümmern.

»Die Erdbeerfee bei der Arbeit«, ertönte plötzlich seine dunkle Stimme hinter mir, und ich fuhr zusammen. Halb erschrocken, weil ich ihn gar nicht gehört hatte, halb vor Freude, weil allein der Klang seiner Worte mir eine Gänsehaut über den Rücken jagte.

»Du bist verdammt gut im Anschleichen«, bemerkte ich leicht atemlos und richtete mich auf.

»Das ist bei meinem Job auch wichtig«, entgegnete er mit einem kleinen Lächeln und nahm mir die Schale aus der Hand, stellte sie auf den Boden und zog mich dann an sich. »Ich hab dich vermisst«, raunte er mir ins Ohr und küsste mich dann auf seine unvergleichliche Art.

»Es waren doch nur zwei Tage.«

»Ich habe dich schon nach zwei Minuten vermisst«, betonte er und bewies mir mit einem weiteren hungrigen Kuss, wie groß seine Sehnsucht war.

»Harry, Harry!«, unterbrach uns Rufus, der um die Ecke geflitzt kam und mich ertappt von Harry zurückweichen ließ. Ich hatte meinem Neffen noch nichts von dem geänderten zwischenmenschlichen Status zwischen mir und Harry erzählt – und war mir auch nicht sicher, wie ich das am besten anstellen sollte und ob es überhaupt nötig war.

Doch Rufus hatte unsere Knutscherei wohl entweder nicht mitbekommen oder maß ihr keine gesteigerte Bedeutung bei. »Fahren wir jetzt zu den Robben?«, wollte er wissen und musterte Harry dann mit großen Augen. »Du bist ja kein Pirat mehr!« Es klang halb empört, halb verwundert, und jetzt fiel auch mir auf, dass Harry die Augenklappe nicht mehr trug. Ich hatte ihn ja schon ein paarmal ohne diesen Schutz gesehen, weshalb es für mich keine große Überraschung mehr war.

»Dein Auge sieht so viel besser aus als vorgestern noch«, stellte ich fest und strich vorsichtig mit einem Finger über seine Braue. Die Schwellung war fast komplett zurückgegangen, und auch die Verfärbung war beinahe weg.

»Ich war gestern beim Arzt, und er hat mir erlaubt, ab sofort auf die Augenklappe zu verzichten«, berichtete er und wandte sich dann an Rufus. »Aber das sind nur Äußerlichkeiten. In meinem Herzen bin ich natürlich weiterhin ein Pirat.«

Das schien Rufus zu beruhigen, denn er nickte eifrig, bevor sich seine glatte Kinderstirn wieder kräuselte. »Warum hast du Pippa einen Kuss gegeben?« Okay, ganz war ihm das dann wohl doch nicht entgangen.

»Weil ich deine Pippa sehr gernhabe«, antwortete Harry ernsthaft und warf mir einen kurzen liebevollen Blick zu. »Ist das okay für dich?«

»Ja«, bestätigte Rufus nach einer kleinen Denkpause. »Ich hab Pippa auch lieb.« Er strahlte mich an.

Ich hockte mich vor ihn und breitete die Arme aus, und er warf sich prompt gegen mich, sodass ich wieder einmal das Gleichgewicht verlor und auf den Rücken purzelte. Doch das war mir egal. Ich umarmte ihn und drückte ihm zahllose Küsse aufs Gesicht. »Ich hab dich auch lieb, mein süßes Bärenkind. Und Harry hab ich ebenfalls … lieb.« Ich hatte eigentlich »gern« sagen wollen, so wie Harry, doch das war mir zu wenig. Ich hatte die Tiere gern und Hazel und einige meiner Kollegen, aber Harry hatte in Rekordzeit einen besonderen Platz in meinem tiefgefrorenen Herzen eingenommen. Er hatte dafür gesorgt, dass es auftaute, also musste er jetzt auch mit den Konsequenzen einer womöglich viel zu frühen Liebeserklärung leben.

»Und ich hab euch beide lieb«, trumpfte der Ex-Pirat auf, und seine Stimme klang ein wenig belegt bei diesen Worten. Er reichte uns je eine Hand und zog uns wieder hoch. Dann nahm er Rufus auf den Arm und bekräftigte: »Sehr sogar.« Er küsste erst das Kind und dann mich rasch und fast ein wenig verlegen auf den Scheitel und räusperte sich vernehmlich. »Und wo das jetzt geklärt ist, würde ich wahnsinnig gerne unseren Ausflug starten. Ich habe den Robben Bescheid gesagt, dass sie sich heute kooperativer benehmen sollen. Aber du musst auch versprechen, dass du ganz leise bist. Kriegst du das hin, Rufus?«

»Jahaaaaaa!«, rief er übermütig und wand sich wie ein Aal, sodass Harry ihn wieder auf den Boden stellte.

»Sehr gut. Ich erinnere dich daran. Wollen wir jetzt los?«

»Ich hol nur noch unsere Sachen aus dem Haus«, kündigte ich an und beeilte mich, den großen, prall gefüllten Rucksack und den Korb mit dem Proviant zu holen.

Es fühlte sich langsam wie eine lieb gewonnene Routine an, in Harrys himmelblauem Holzboot zu sitzen und durch die Gegend zu fahren. Samson lag ein Stückchen südlich von Tresco und Bryher, aber erheblich näher als St. Marys, sodass es wirklich nur ein Katzensprung war.

»Stimmt es, dass es auf Samson spukt?«, fragte ich, als *The Flying Walrus* an einem einsamen Strand anlandete.

»Wer spuckt?«, wollte Rufus wissen. »Die Robben?«

»Niemand spuckt«, antwortete Harry amüsiert. »Pippa will wissen, ob es auf der Insel Gespenster gibt, die uns nachts erschrecken könnten.«

»Wie ein Monster unterm Bett?« Rufus klang für einen Dreijährigen ausgesprochen sensationslüstern. Dabei musste ich sein Zimmer jeden Abend auf potenzielle Monster überprüfen. Ich war mir also nicht sicher, ob das jetzt die passende Konversation war, und hätte mich für meine dumme Frage am liebsten geohrfeigt.

Doch ehe ich meinen Fehler korrigieren konnte, ergriff Harry schon wieder das Wort. »So ähnlich und doch ganz anders«, behauptete er kryptisch. »Hast du schon mal ein Bettmonster gesehen?«

»Gesehen nicht«, gab Rufus nach einiger Überlegung zu. »Aber ich weiß, dass es mich fressen will. Pippa sagt, dass sie aufpasst.«

»Das macht sie bestimmt. Monster fürchten sich vor Pippa. Es kann dir also gar nichts passieren, wenn sie in der Nähe ist.« Harry zwinkerte mir zu und trug die beiden großen Seesäcke, die er dabeihatte, auf den trockenen Sand.

»Aber Pippa ist lieb«, gab Rufus zu bedenken. »Warum haben die Monster dann Angst?«

»Pippa ist nur lieb zu Menschen und Tieren. Bei Monstern kennt sie keine Gnade«, fabulierte Harry weiter, und ich fragte mich langsam, ob ich an diesem Gespräch noch irgendwie beteiligt war oder nicht. Andererseits, was hätte ich schon dazu beitragen können? Bis eben war mir nicht klar gewesen, wie ausgeprägt meine Monsterkompetenz offenbar war. »Kein Monster würde es wagen, sich mit ihr anzulegen.«

Rufus betrachtete mich mit großen Augen und voller Bewunderung. »Jaspers Dad sagt, es gibt keine Bettmonster«, fiel ihm dann aber ein.

»Das sagt er bestimmt nur, weil er selbst Angst davor hat.« Harrys Grinsen wurde immer breiter. »Manche Männer behaupten solche Dinge, weil sie sich selbst fürchten. Dabei ist nichts Schlimmes dran, wenn man Angst hat. Wichtig ist nur, dass dann jemand da ist, der gut darin ist, Monster zu verjagen. Oder der einem beibringt, wie man selbst mit ihnen fertigwird.«

Ich hatte langsam das sichere Gefühl, dass Harry nicht mehr von Bettmonstern sprach, die Dreijährigen den Schlaf raubten, sondern von Gedankenmonstern, die auch erheblich Ältere quälten. Rufus sah mich nun fragend an, wie um eine Bestätigung für Harrys Worte zu bekommen.

»Harry hat absolut recht. Er ist übrigens selbst ein großartiger Monsterjäger. Mit ihm zusammen muss sich niemand vor Monstern oder Gespenstern fürchten.« Ich reichte Harry meinen großen Rucksack und hob Rufus aus dem Boot. »Und ich glaube, wir haben heute ein tolles Abenteuer vor uns.«

»Der Kleine ist vollkommen ausgeknockt«, sagte ich etliche Stunden später, als ich aus dem Zelt herausgekrochen kam und mich wieder zu Harry ans Lagerfeuer setzte.

Wir hatten einen grandiosen Tag gehabt – hatten die Insel erforscht, die Hügelgräber und die verlassenen Häuser der letzten Bewohner besichtigt. Dann hatte uns Harry in eine versteckte und schwer zugängliche Bucht geführt, wo wir endlich zufriedenstellenden Robbenkontakt gehabt hatten. Im Gegensatz zum Schnorcheln, wo ich nach wenigen Minuten überhaupt keine Angst mehr vor den Tieren gehabt hatte, war mir die Begegnung am Strand jedoch etwas unheimlich gewesen. Die Kegelrobben konnten verdammt groß und wuchtig werden, und ihre Gebisse waren potenziell tödliche Waffen. Ich war vielleicht gut im Verjagen von eingebildeten Bettmonstern, aber sicher nicht im Umgang mit echten Wildtieren. Doch ich vertraute Harry, auch wenn seine Augenverletzung eigentlich eine andere Schlussfolgerung zugelassen hätte. Aber ich war mir sicher, dass er nichts tun würde, was Rufus oder mich in Gefahr brachte.

Wir hatten uns also wieder bäuchlings in den Sand gelegt, was heute erheblich angenehmer gewesen war als letzte Woche, denn das Wetter war mild und der Sand trocken und warm. Ein paar Tiere hatten ihr Sonnenbad genossen, vor sich hin gedöst und uns weitgehend ignoriert, ein paar andere waren dagegen neugierig gewesen. Ich schätzte, dass es Jungtiere vom letzten Jahr waren, Teenager, die Abwechslung und Unterhaltung suchten. Jedenfalls hatte es nicht lang gedauert, bis sich drei von ihnen genähert und uns vorwitzig beäugt und beschnuppert hatten. Rufus war zwar sichtbar aufgeregt gewesen, hatte Harrys Regeln aber eisern befolgt und sich ruhig verhalten. Oder zumindest so ruhig, wie es einem dreijährigen Jungen möglich war. Glücklicherweise waren die Tiere entspannt gewesen und auch dann nicht in Panik geraten, als Rufus eines von ihnen am Hals gestreichelt und vor Vergnügen gequiekt hatte. Ich dagegen hatte in diesem Moment vor Schreck fast einen Herzstillstand bekommen. Dieses Gefühl, sich permanent um jemanden zu sorgen, war eindeutig gewöhnungsbedürftig – aber irgendwie auch schön. Harry hatte massenhaft Fotos geschossen, und ich war gespannt darauf, ob sie etwas geworden waren.

Nach dem Robbenabenteuer hatten wir unser Lager ganz in der Nähe aufgebaut. Es gab einen kleinen, vor Wind und Feuchtigkeit geschützten Schuppen, der so versteckt lag, dass er auf den ersten Blick gar nicht auffiel. Harry lagerte dort Werkzeuge und Materialien, die er für seine Beobachtungsaufgaben brauchte. Im Frühjahr beringte er oft Küken von Seevögeln und verbrachte dafür regelmäßig mehrere Tage auf der Insel. Sein geräumiges Zelt, Isomatten und seinen Schlafsack bewahrte er dort dauerhaft auf, genau wie etwas Geschirr, Kochzubehör, Wasser und Notfallproviant. Für Rufus und mich hatte er heute zwei weitere Schlafsäcke und noch ein paar Decken dabei. Rufus war von alldem hingerissen und hatte nach Kräften beim Zeltaufbau geholfen – auch wenn es dank seiner Assistenz zweifellos länger gedauert hatte als sonst. Doch wir hatten ja keinen Zeitdruck, sodass wir die Nachmittagssonne genossen hatten und schließlich, nach getaner Arbeit, ein paar Muffins mit Erdbeeren und Tee, den ich mithilfe des Gaskochers rasch zubereitet hatte.

Danach hatten wir etwas Treibholz und trockenes Gras zusammengesucht, um ein Lagerfeuer zu entzünden – etwas, das nur unter strengen Auflagen erlaubt war, doch Harry wusste natürlich, was er tat. Einen Teil der Feuerstelle hatte er zu Glut zusammenfallen lassen und vorhin tatsächlich die versprochenen Hamburger gegrillt, die es eigentlich schon letzte Woche bei ihm zu Hause hätte geben sollen. Rufus hatte auch mitgeholfen, und mir war das Herz aufgegangen beim Anblick dieses glücklichen kleinen Jungen, der den ersten Campingausflug seines Lebens sichtlich genoss.

Auch für mich war es der erste, wenn man mal von zwei Safaritrips während meiner Studienzeit in Südafrika absah – wo wir jedoch immer in festen Hütten geschlafen hatten. Also zählte es eigentlich nicht. In einem Zelt hatte ich jedenfalls noch nie übernachtet und war insgeheim sicher, dass ich nicht würde schlafen können. Wegen der vielen Natur und ihrer ungewohnten Geräusche, wegen der Einsamkeit auf dieser Insel und wegen der Geister, deren Existenz ich immer noch nicht ganz ausschließen wollte. Aber vor allem wegen Harrys Nähe. In der Nacht vom Mittwoch hatte ich an seiner Seite zwar ganz hervorragend geschlafen, nachdem wir uns so schwer verausgabt hatten – doch dieser Programmpunkt fiel heute ja definitiv flach, was mein Kopf bestimmte und akzeptierte, mein Herz und tiefere Regionen jedoch ausgesprochen blöd fanden.

Ich setzte mich wieder zu Harry ans Feuer und kuschelte mich an ihn. »Kein Wunder, dass er fix und fertig ist«, sagte er und legte seinen Arm um meine Schultern. »Wir waren den ganzen Tag auf Achse, haben die tollsten Dinge erlebt, und er hat keinen Mittagsschlaf gehabt.« Er unterdrückte ein Gähnen.

»Mit Mittagsschlaf hält sich Rufus ohnehin nie auf, seit wir hier sind.« Ich drückte meine Nase gegen Harrys Pullover. Es war zwar noch recht hell, schließlich hatten wir gerade die längsten Tage des Jahres, doch in den Abendstunden war es merklich kühler geworden. Das Aroma von Schafwolle, Lagerfeuer und Harry war heimelig und gleichzeitig derart betörend, dass ich am liebsten in ihn hineingekrochen wäre. »Für ihn ist das alles wie ein riesengroßer Abenteuerspielplatz. Er wollte seinem Foxy noch vom heutigen Tag erzählen, ist aber schon nach der Monstergeschichte eingeschlafen.« Ich musste lächeln. Es war so niedlich gewesen, wie er seinem Plüschfuchs ins Ohr geflüstert hatte, dass er sich nicht mehr vor nächtlichen Ungeheuern fürchten müsse, weil ich die größte Monsterjägerin aller Zeiten sei. »Das war übrigens sehr süß von dir heute Morgen. Also, nicht die Tatsache, dass du mich zum Fürchten findest, sondern …«

Er unterbrach mich mit einem Kuss. »Wie kommst du auf

die Idee, dass ich dich zum Fürchten finde? Ich bin schließlich kein Monster, oder?«

»Nein. Natürlich nicht. Und ich hab's schon wieder getan, was? Dinge relativiert und in einen falschen Kontext gesetzt. Dabei bin ich dir wirklich dankbar – und ich weiß genau, wie du es gemeint hast.«

»Da bin ich sehr erleichtert.« Wieder ein Kuss. »Ich hoffe, dir hat der Tag genauso gut gefallen wie Rufus und mir?«, fragte er nach einer Weile.

»Daran zweifelst du doch hoffentlich nicht? Es war und ist wundervoll. Ich habe übrigens noch nie in einem Zelt geschlafen.«

»Ehrlich?« Harry starrte mich ungläubig an. »Noch nie? Auch als Kind nicht, in einem Pfadfinderlager oder so?« Ich schüttelte den Kopf. »Deine Eltern gehören echt …« Er schluckte den Rest des Satzes hinunter, was mir sehr recht war, denn an meine Eltern wollte ich nun wirklich nicht denken.

»Umso mehr freue ich mich, dass ich Rufus solche Abenteuer ermöglichen kann. Dank dir, denn ohne dich wäre ich wohl nicht mit ihm campen oder Robben stalken gegangen. Und ich gebe offen zu, dass ich es genauso genieße wie er.«

»Willst du die Fotos sehen?«, fragte er mich lächelnd und angelte im nächsten Moment bereits nach seiner Profikamera.

Eigentlich wollte ich gerade lieber andere Dinge tun, aber vermutlich war es sicherer, Bilder anzuschauen, als heimlich im Kopf Möglichkeiten für flüsterleisen Outdoor-Sex auszuloten. Ich räusperte mich und zog den Reißverschluss meiner Fleecejacke bis unters Kinn hoch. Fotos! Wir würden jetzt Fotos gucken.

»Ich hab mich eben schon mal durchgeklickt«, sagte er und schaltete die Kamera ein. »Es sind ein paar wirklich schöne Bilder dabei.«

Ich hatte mit einer endlosen Diashow gerechnet, doch er hatte bereits einen Highlight-Ordner erstellt, in dem nur etwa zwei Dutzend Fotos waren. Von denen war allerdings eines schöner als das andere. Auf den meisten sah man einen strahlenden Rufus, der so glücklich wirkte, dass mir das Herz aufging. Besonders gelungen waren die Aufnahmen mit den Robben. Auf einem Foto starrten sich der Kleine und eine Robbe mit identisch glänzenden Augen an und waren sich so nah, dass die borstigen Schnurrhaare des Tiers Rufus' Nase berührten. Dann folgte ein Foto von mir, und ich war fast geschockt über meinen Gesichtsausdruck, der ähnlich wie der von Rufus pure Freude ausstrahlte. Meine blauen Augen leuchteten, ein paar rotbraune Haarsträhnen, die sich aus meinem Zopf gelöst hatten, umspielten mein Gesicht und mein ungläubig staunendes Lächeln. So hatte ich mich selbst noch nie wahrgenommen. Die Robbe neben mir blickte in dieselbe Richtung – irgendwas hatte wohl unsere Aufmerksamkeit geweckt. »Wow«, hauchte ich. »Das sind ganz wunderbare Bilder.«

»Danke, aber warum so ungläubig?«, wollte Harry wissen, dem meine Gefühlswallung offensichtlich nicht entgangen war.

»Ich bin mir so fremd auf diesem Bild«, gab ich zu.

»Mir nicht. Exakt so wie auf dem Foto nehme ich dich wahr«, sagte er. »Als wunderschöne, empfindsame Frau, die offen für die Wunder des Lebens ist.«

»So hat mich noch nie jemand bezeichnet.«

»Dann hat wohl noch nie jemand die wahre Pippa erlebt«,

entgegnete er. »Oder gefällt dir nicht, was du auf dem Bild siehst?«

»Doch. Sehr. Und ich wünschte, es wäre die Wahrheit und nicht nur eine kurze Momentaufnahme.« Mir entfuhr ein wehmütiger Seufzer.

»Es *ist* die Wahrheit!«, beharrte er. »Ich habe nicht immer meine Kamera dabei, aber so wirkst du immer auf mich. Das ist die Frau, in die ich mich schon bei unserer ersten Begegnung im Pub auf St. Mary's verliebt habe.«

»Was?«, krächzte ich leise. »Am Tag unserer Ankunft, als ich ein totales Wrack war?«

»Genau da. Und du warst kein Wrack. Ich habe eine mutige, entschlossene Frau gesehen, die den nächsten großen Schritt in ihrem Leben wagt. Das hat mich sehr beeindruckt.«

Ich wusste nicht, was ich darauf erwidern wollte. Meine Gedanken kehrten zu diesem Samstag vor fünf Wochen zurück. Erst *fünf* Wochen! Es kam mir viel länger vor, vielleicht, weil ich in der kurzen Zeit so wahnsinnig viel erlebt hatte. War ich damals wirklich mutig und entschlossen gewesen? Oder hatte ich nur so getan, als ob – weil ich ja keine Alternative gehabt hatte?

»Warum, glaubst du, habe ich euch gleich am nächsten Tag überfallen?«, sprach er weiter, als ich nichts sagte.

»Keine Ahnung. Mein früheres Ich würde jetzt zweifellos mit ›Weil du nichts Besseres vorhattest‹ antworten, aber ich schätze mal, das würdest du mir wieder nicht durchgehen lassen, was?« Ich sah ihn ein wenig verlegen an.

»Richtig. Würde ich nicht. Und die korrekte Antwort lautet: Weil ich total fasziniert von dir war und dich besser kennenlernen wollte. Und glaub mir, wären nicht die Infektion und mein Krankenhausaufenthalt dazwischengekommen, wären wir jetzt schon sehr viel weiter.«

»Ist das eine Drohung oder ein …«

»Ich würde dir niemals drohen«, unterbrach er mich und drückte mich sanft auf den Rücken. »Ich würde niemals etwas tun, das dir Angst macht, aber vielleicht wäre es mir schneller gelungen, dich davon zu überzeugen, dass wir …«

»Dass wir was?«, flüsterte ich mit bebender Stimme.

»Dass wir gut füreinander sein könnten.« Er rollte sich auf mich und stützte sich rechts und links von mir mit den Unterarmen auf.

Sein Gewicht auf mir fühlte sich gut an. Er war ein unglaublich gut aussehender Mann, und alles in mir prickelte. Doch stärker als das Gefühl der Erregung war ein anderes: Harry erdete mich und gab mir Sicherheit und Stärke, ohne dass ich erkennen konnte, von wem genau diese Impulse stammten. Von ihm? Von mir selbst? »Was machst du nur mit mir?« Mir kam ein weiterer Gedanke, doch Harrys Antwort hinderte mich daran, ihn weiter zu verfolgen.

»Ich mache gar nichts mit dir. Das, was wir fühlen, kommt nicht von mir oder von dir. Es kommt von uns beiden. Davon bin ich absolut überzeugt.« Und dann küsste er mich wieder auf eine Art, die mich alle Zweifel vergessen ließ. Zumindest für den Moment.

»Dein Krankenhausaufenthalt war schlimmer, als du uns hast glauben lassen, stimmt's?«, fragte ich eine ganze Weile später. Wir lehnten wieder an dem Baumstamm vor dem Feuer und hatten einen wunderbaren Blick auf den Sonnenuntergang.

»Wie kommst du darauf?«, wich er aus. Ich hatte schon bemerkt, dass er nicht gern darüber sprach, aber so leicht wollte ich ihn diesmal nicht vom Haken lassen.

»Nun ja, die Tatsache, dass du mehr als zwei Wochen im Krankenhaus warst, ist ein ziemlich starkes Indiz. Niemand liefert sich freiwillig so lange dem britischen Gesundheitssystem aus. Dass du in der Zeit mehrere Kilo abgenommen hast und verdammt blass und ausgezehrt gewirkt hast, als wir uns beim Ebbe-Event wiedergesehen haben, war ein weiterer wenig subtiler Hinweis.« Ich merkte, wie ich rot wurde, als ich an dieses Treffen dachte. Gott, hatte ich mich da dämlich benommen.

»Das Krankenhausessen in der Augenklinik war ziemlich mies«, versuchte Harry es mit Herunterspielen.

»Dafür gibt es Lieferdienste«, erwiderte ich. »Du musst mir nicht sagen, was wirklich mit dir los war, aber ich bin nicht blöd: Es war schlimmer als nur eine Augeninfektion. Doch was immer es war, ich hoffe, dass du jetzt wieder ganz und nachhaltig fit bist.« Ich merkte, wie Sorge in mir hochkroch. Nein, das war zu wenig. Es war nackte Angst, dass Harry schlimmer erkrankt war und womöglich nur noch …

»Keine Panik«, beruhigte er mich. »Mir geht's gut. Wirklich. Das Auge wird sich vollständig erholen, solange ich die verordnete Tauchpause einhalte. Aber du hast recht, das war nicht mein einziges Problem. Ich hatte eine Blutvergiftung, und das ist nichts, was ich zur Nachahmung empfehlen kann. Doch auch davon habe ich mich vollständig erholt. Ich war nur anfangs ein bisschen klapprig.«

Ich nahm an, dass er gewaltig untertrieb. Andererseits hatte ich auch keine genaue Vorstellung davon, was eine Blutvergiftung verursachen konnte und wie schlimm so etwas tatsächlich war. »Da bin ich sehr erleichtert«, sagte ich daher. »Auch wenn es mir jetzt doppelt leidtut, dass ich mich erst nicht bei dir gemeldet habe.«

»Das ist wirklich kein Problem. Ganz im Gegenteil. In den ersten Tagen war ich kaum ansprechbar, und du hättest vermutlich gedacht, dass ich ein arroganter Arsch bin, der es nicht nötig hat, auf deine Nachrichten zu reagieren.« Er drückte meine Hand und deutete auf die Sonne, die wie ein Feuerball kitschig im Meer versank. »Aber wenn mich dieses Erlebnis eine Sache gelehrt hat, dann dass das Leben verdammt zerbrechlich ist und jederzeit vorbei sein kann.«

»Das würde meine Schwester sicher sofort unterschreiben«, murmelte ich.

»Bestimmt. Und du wohl auch, was? Was ich damit aber eigentlich sagen wollte, ist, dass mir meine Sterblichkeit bewusst geworden ist. Ich weiß nicht, wie viel Zeit ich noch habe – ob fünf Stunden oder fünfzig Jahre –, aber ich habe mir selbst versprochen, dass ich diese Zeit nicht sinnlos vergeuden möchte. Wenn ich etwas Gutes finde, dann will ich es nicht auf die lange Bank schieben, sondern die Gelegenheit am Schopf packen.«

»Oh«, entgegnete ich leise. Mehr konnte ich nicht sagen, weil mein Herz plötzlich so heftig schlug.

»Philippa, das mit uns ist etwas Gutes«, sprach er eindringlich weiter. »Und etwas Großes, und ich wünsche mir nichts mehr, als dass wir uns darauf einlassen. Mit allen Konsequenzen.«

»Ich …«

»Ich will dich nicht überrumpeln. Ich will auch nichts übers Knie brechen oder sagen, dass wir jetzt sofort zusammenziehen müssen oder so. Aber ich will auch nicht endlos ›anbahnen‹ und ›vorsichtig austesten‹. Was ich damit ausdrücken will, ist, dass ich mit dir und Rufus alle Abenteuer erleben möchte, die das Leben zu bieten hat. Und ich hoffe, du möchtest das auch.«

Wow. Geschah das jetzt wirklich? Ich fühlte mich gleichermaßen überrumpelt, überwältigt – und überfordert. Aber auch berauscht von ungeahnten Möglichkeiten. Ich war fast zweiundvierzig Jahre alt und … »Ich hatte noch nie eine richtige Beziehung«, platzte es aus mir hervor. »Ich weiß nicht, ob ich das überhaupt kann.«

»Entscheidend ist, ob du es willst«, entgegnete er sanft. »Schau zur Sonne. Gleich ist sie verschwunden und geht erst morgen wieder auf. Ich möchte mir gerne vorstellen, dass sie unser altes Leben, unsere traurigen und schwierigen Erfahrungen mitnimmt und in ein paar Stunden ohne Ballast wieder auftaucht.«

Mein Hals wurde ganz eng. Das war eine wundervolle Vorstellung, wenn auch recht naiv. Ich beobachtete, wie der letzte Rest der Sonne im Meer versank, und blinzelte die Tränen weg, die sich in meinen Augen gesammelt hatten. Warum sollte ich meine Lebensentscheidungen eigentlich nur von negativen Impulsen beeinflussen lassen – wie meiner toxischen Kindheit oder dem tragischen Tod meiner Schwester? Warum nicht auch mal von einer guten Sache? Und Harry hatte recht, das zwischen uns fühlte sich zweifellos gut und groß an.

»Ich will!«, sagte ich schließlich und schniefte. »Ich will es sehr gerne mit uns versuchen und freue mich auf den Sonnenaufgang.«

GAMECHANGER

Das penetrante Klingeln meines Telefons riss mich aus dem Schlaf, gefühlt war ich erst vor fünf Minuten ins Reich der Träume geglitten. Schlaftrunken und leicht benommen tastete ich nach meinem Handy, das auf dem Nachttisch lag. Es war kurz vor elf, und ich war tatsächlich erst vor zwanzig Minuten ins Bett gegangen, doch der Tag hatte es in sich gehabt … Mein erschöpftes Hirn kam nur schwer in die Gänge. Die Nummer auf dem Display kannte ich nicht – und mit einem Mal war ich schlagartig wach. Unbekannte Nummern zu später Stunde bedeuteten in der Regel schlechte Nachrichten.

»Hallo?«, meldete ich mich und hoffte, dass man weder meine Nervosität noch meine Müdigkeit aus den zwei Silben heraushören konnte.

»Philippa?«, fragte die Anruferin. »Hier ist Runa Robertson.«

Runa Robertson? Irgendwas sagte mir der Name … »Ah – die Galeristin!« Runa hatte mir vor ein paar Tagen eine Mail geschrieben, wegen irgendeiner Charity-Auktion, zu der sie auch eines von Frannies Bildern hatte mitnehmen wollen. Ich hatte der Sache keine große Bedeutung beigemessen.

»Genau«, bestätigte sie. »Gestern war die Auktion, und du wirst nicht glauben, was passiert ist!« Runa klang offen gestanden nicht ganz nüchtern und über Gebühr euphorisch.

»Das stimmt. Ich habe nicht die leiseste Ahnung«, gab ich zu und unterdrückte ein Gähnen. Die Katastrophenpanik in mir war schlagartig abgeflaut und machte bleierner Müdigkeit Platz. »Hat das vielleicht Zeit bis morgen?«

»Frances' Gemälde hat bei der Versteigerung hundertfünfzigtausend Pfund gebracht!«, schrie sie mir nun fast ins Ohr und verpasste mir damit den nächsten Adrenalinkick.

»Hundertfünfzigtausend Pfund?«, wiederholte ich stupide – und mehr als nur ein bisschen fassungslos. Frannies Bilder waren sonst maximal für einen niedrigen vierstelligen Betrag weggegangen, und seit ihrem Tod hatte die Galeristin nur eine Handvoll verkaufen können und das Geld auf das Konto überwiesen, das ich für Rufus eingerichtet hatte.

»Ja! Das ist absolut irre!«, bestätigte sie mir. »Doch das ist längst noch nicht alles!« Runa schleuderte mir die Ausrufezeichen wie Pistolenschüsse um die Ohren. »Dass bei Wohltätigkeits-Events die Bieter manchmal etwas durchdrehen, ist nicht ungewöhnlich, auch wenn die Preissteigerung in diesem Fall schon extrem war. Viel bemerkenswerter ist, dass mich nach der Versteigerung der Sachverständige des Auktionshauses angesprochen und mir dringend nahegelegt hat, Frances' Bilder aus dem Normalverkauf der Galerie herauszunehmen. Er rechnet nämlich damit, dass es einen Run auf die Gemälde geben wird.«

»Aha.« Ganz begriff ich die Zusammenhänge nicht, und vor allem verstand ich nicht, warum diese zweifellos spektakuläre Entwicklung mitten in der Nacht verkündet werden musste.

»Ich habe es natürlich so gemacht und dem Haus zwei Bilder für eine sehr prestigeträchtige Auktion heute Abend zur

Verfügung gestellt. Nicht Frances' beste Bilder, aber solider Durchschnitt. Und weißt du, was passiert ist?«

Ich schüttelte den Kopf, doch das konnte Runa natürlich nicht sehen, daher murmelte ich: »Keine Ahnung.«

»Die beiden haben zusammen zweihundertdreißigtausend Pfund gebracht!«, kreischte sie mir so laut ins Ohr, dass ich das Handy weiter weghielt. »Die kleinformatige Pfirsichstudie – wirklich nicht Frances' Meisterwerk – wurde für neunzigtausend ersteigert, das größere Seestück aus ihrer *Einsames-Boot-auf-weitem-Ozean*-Serie für hundertvierzigtausend. Das ist absolut irre. Und seitdem steht mein Telefon nicht mehr still. Die Kunstwelt scheint über Nacht vollkommen verrückt nach Frances Gordon zu sein.«

»Schade, dass sie das nicht mehr erlebt hat«, sagte ich. Ich hatte Mühe, diese Nachricht richtig zu verarbeiten. Wie es sein konnte, dass Menschen so viel Geld für bunt bekleckste Leinwände hinlegten, war mir mein ganzes Leben lang schleierhaft gewesen. Ich mochte Frannies Bilder, fand sie hübsch, aber so viel Geld dafür auszugeben?

»Ja, das ist es«, gab Runa zurück und klang für einen Moment ernüchtert. »Aber andererseits ist es auch das beste Verkaufsargument. Kunstsammler lieben solche tragischen Geschichten. Ihr früher Tod hat aus ihren Gemälden eine rare Ressource gemacht, die nun einen fantastischen Preis erzielt. Ich könnte in den nächsten Tagen vermutlich all ihre Bilder für spektakuläre Summen verkaufen, oder ...« Sie zögerte.

»Oder?«

»Oder ich entlasse sie nur ganz dosiert in den Markt, und wir können unter Umständen noch mehr daran verdienen.«

»Wir?« Langsam wurde ich hellhörig. Ich wusste nicht genau, welche Art von Vertrag Frances mit ihrer Galerie gehabt hatte, aber selbst mir war klar, dass Runa einen nicht unerheblichen Prozentsatz einstreichen würde. Ich hatte ihr nach Frannies Tod alle Bilder zur Verfügung gestellt – vor allem, weil ich nicht gewusst hatte, was ich damit anstellen sollte.

»Nun ja, Frances' Erben und … ich.«

»Verstehe.« Ich versuchte mit aller Macht, mein müdes Gehirn zu Höchstleistungen zu motivieren. Vordergründig klang es so, als ob Rufus sich keine Sorgen um seine finanzielle Zukunft würde machen müssen. Seine Mutter hatte ihm damit ein schönes Vermächtnis hinterlassen. Trotzdem meldete sich eine skeptische Stimme in mir. Ich war zwar weit davon entfernt, Alarmglocken schrillen zu hören, aber trotzdem auf der Hut. Ohne Ahnung von der Kunstszene und ihren Verträgen zu haben, nahm ich trotzdem an, dass es irgendeine Klausel geben musste, die bei einer derart unerwarteten Preisentwicklung eine Neubewertung der Zusammenarbeit ermöglichte. Ich musste unbedingt Frannies Sachen durchsehen – und mich endlich mal um einen Anwalt kümmern. Das hatte ich nämlich immer noch nicht getan, auch nicht wegen der Sorgerechtssache mit Rufus.

»Das ist eine Riesenchance, und wir sollten unbedingt …«, setzte Runa wieder an, doch ich unterbrach sie.

»Ich finde das auch fantastisch. Wirklich. Aber ich denke, wir sollten in Ruhe darüber reden, wenn wir beide … ähm … klar und überlegt damit umgehen können. Dann finden wir garantiert die richtige Strategie, die für alle Beteiligten funktioniert. Versteh mich nicht falsch, das ist zweifellos großartig, aber ich muss Rufus' Interessen wahren, und das kann ich nicht einfach so mitten in der Nacht am Telefon entscheiden.

Okay?« Ich hoffte, dass ich meiner Stimme die nötige Autorität verliehen hatte. Ich musste jetzt unbedingt Zeit gewinnen.

Die lange Pause am anderen Ende der Leitung sprach eine eindeutige Sprache, doch schließlich räusperte sich Runa und entgegnete, deutlich nüchterner als eben noch: »In Ordnung. Dann lege ich jetzt alle Anfragen auf Eis, und wir unterhalten uns die Tage wieder. Schönen Abend.«

»Schönen Abend«, murmelte ich, doch sie hatte bereits aufgelegt.

An Schlaf war für mich jedoch nicht mehr zu denken, also stand ich auf und tapste hinunter in die Küche, wo ich mir einen Tee kochte. Ich musste dringend nachdenken – und zügig handeln.

Die letzten sechs Wochen waren die vermutlich schönsten meines bisherigen Lebens gewesen. Dem magischen Sonnenuntergang auf Samson waren romantisches Sternegucken und tiefsinnige Gespräche mit Harry gefolgt. Wenn wir es miteinander wagen wollten, mussten wir noch mehr über den anderen erfahren, und so hatten wir stundenlang über uns und unsere bisherigen Erfahrungen geredet. Vertrauensbildende Maßnahmen und Beziehungsaufbau in Zeitraffergeschwindigkeit. Weit nach Mitternacht waren wir dann zu dem selig schlummernden Rufus ins Zelt gekrochen, hatten ihn in unsere Mitte genommen und zum ersten Mal als Familie geschlafen. Ich konnte noch immer nicht fassen, wie schnell sich das alles entwickelt hatte. Gespukt hatte es in dieser Nacht übrigens nicht – weder außerhalb des Zeltes noch in meinem Kopf. Fast war es so, als wären die Plagegeister in mir zum ersten Mal zur Ruhe gekommen.

Ein Gefühl, von dem ich nicht genug kriegen konnte und das sich zu meinem Glück sogar täglich steigerte. Mit Harry fühlte sich alles so einfach und unkompliziert an. Es gab keine dummen Spielereien, keine Machtkämpfe, keine Eifersucht, stattdessen hatten wir unglaublich viel Spaß miteinander – auf allen Ebenen. Wir tickten in vielen Bereichen ganz ähnlich, und bei Aspekten, die wir grundlegend unterschiedlich bewerteten, empfand ich seine Sichtweise nicht als Bedrohung für mein Weltbild, sondern als Bereicherung. Ich glaubte, dass es umgekehrt genauso war. Selbst streiten konnten wir gut miteinander, auch wenn das noch nicht oft vorgekommen war und sich meist nur darum drehte, wer wann wo übernachtete und wer für Einkäufe und organisatorische Dinge zuständig war.

Zusammengezogen waren wir bisher aber nicht. Wir konnten und wollten beide unsere Häuschen nicht aufgeben, denn sie waren Teil unserer jeweiligen Vergütung. Wenn überhaupt, würde es auch nur funktionieren, wenn Harry zu uns zog, denn mein Häuschen war deutlich größer als seins. Außerdem lag es günstig, was meinen Arbeitsplatz und Rufus' Kinderbetreuung betraf. Harry war auf allen Scilly-Inseln tätig und musste nicht zwangsläufig auf Bryher leben, doch auch für ihn gab es praktische Überlegungen, die ihn an sein Cottage banden. Eigentlich war es aber auch egal. Die Wochenenden verbrachten wir in der Regel komplett miteinander, entweder in Harrys Häuschen oder bei weiteren Campingausflügen. Unter der Woche war Harry meistens zwei oder drei Nächte in unserem Cottage.

Wir gingen beide auch weiterhin unseren jeweiligen Ruder- und sonstigen Verpflichtungen nach und wuchsen trotzdem von Woche zu Woche mehr zusammen – auch als Familie. Rufus hatte sich erstaunlich schnell an die neue Situation gewöhnt. Er vergötterte Harry und folgte ihm wie ein kleiner Schatten, wenn sie zusammen waren. Und umgekehrt war es ähnlich. Harry schien es tatsächlich aufrichtig zu genießen, Zeit mit dem kleinen Jungen zu verbringen. Wie ich auch. Ich konnte es nicht fassen, dass Rufus erst seit gut drei Monaten bei mir lebte. Langsam schien es mir, als wäre es nie anders gewesen, und ich zuckte auch nicht mehr zusammen, wenn er mich Mummy nannte, was immer häufiger vorkam. Wir Menschen waren schon eine besonders anpassungsfähige Spezies, dachte ich bei mir. Wir kamen überraschend schnell mit Umständen zurecht, die wir zuvor für vollkommen undenkbar gehalten hätten.

Inzwischen genoss ich selbst das Inselleben in vollen Zügen – und das lag nicht nur an Harry, sondern auch an den anderen Bewohnern. Mit einigen von ihnen verbanden mich inzwischen innige Freundschaften, vor allem natürlich mit Hazel und den Frauen aus meinem Gig-Team. Ich liebte meinen Job im *Abbey Garden*, der vermutlich sogar abwechslungsreicher war, als es der in Kapstadt gewesen wäre. Denn dort hätte ich wohl kaum eine Führung für das Thronfolgerpaar machen dürfen, wie es letzte Woche geschehen war. Parkleiter Timothy Webb, der das sonst immer übernahm, wenn Mitglieder der königlichen Familie zu Besuch kamen, hatte einen Termin auf dem Festland gehabt, und so hatte ich einspringen müssen. Bislang hatten mich die Royals nie sonderlich interessiert, aber Prinz Charles und seine Frau waren so freundlich und so aufrichtig an meiner Arbeit interessiert gewesen, dass sich meine indifferente Haltung gründlich geändert hatte.

Auch meine selbst gemachte Naturkosmetik ließ sich gut an. Die Seifen verkauften sich großartig, und im Moment experimentierte ich mit Körperlotionen, Handcremes und festem Shampoo herum – sehr zur Freude meiner Freundinnen, Kolleginnen und Nachbarinnen, die als Testobjekte fungierten. Das Verhältnis zwischen Paula und mir hatte sich ebenfalls entspannt. Nach unserem etwas holprigen Start und ihrem Naserümpfen wegen meines scheinbar so verlotterten Lebensstils hatten wir zu einem wirklich freundlichen, nachbarschaftlichen Miteinander gefunden. Vielleicht, weil ich mich so gut mit ihrem Mann Gavin verstand? Der Chefgärtner im *Abbey Garden* ließ keine Gelegenheit aus, mein glückliches Händchen in meinem eigenen Garten zu loben, genau wie meine wissenschaftlichen Fähigkeiten im Job. Oder lag es daran, dass Rufus sich als glückliches, ausgeglichenes Kind präsentierte, das jeden Morgen ordentlich gekleidet und mit gesunden Snacks ausgestattet in der Kinderbetreuung auflief? Letztlich war's mir gleichgültig, die Hauptsache war, dass wir gut miteinander auskamen.

All diese unglaublichen Errungenschaften in so kurzer Zeit hatten in mir ein nie gekanntes Gefühl der Sicherheit, der Stabilität und des Glücks erzeugt – und mich eingelullt. Ich hatte Dinge aus den Augen verloren, um die ich mich längst hätte kümmern sollen, wie mir auch meine Brüder bei unseren Telefonaten regelmäßig einschärften. Die Mühlen der Justiz mahlten langsam. So war immer noch nicht klar, ob es nun einen Prozess gegen Frances' Begleiter in jener fatalen Nacht geben würde oder nicht. Zumindest wusste ich nichts davon. Womöglich hätte eine Anwältin oder ein Anwalt schon mehr erfahren? Gleiches galt für die Sorgerechtsgeschichte.

Ich hatte beim Familiengericht einen formlosen Antrag gestellt, der laut Jugendamt ausreichen müsste, doch auch der hing irgendwo fest. Und jetzt auch noch die überraschende Sache mit der enormen Wertsteigerung von Frannies Bildern. Nun musste ich wirklich aktiv werden, nur hatte ich keine Ahnung, woher ich juristischen Beistand nehmen sollte, der sich mit Familien-, Erbschafts- und Strafrecht gleichermaßen auskannte. Und vor allem wusste ich nicht, wovon ich das bezahlen sollte.

Ich trank einen Schluck von meinem Tee, der inzwischen deutlich abgekühlt war. All diese Gedanken und Ausreden spielten keine Rolle – ich musste aktiv werden und zwar schnell. Mit Harry würde ich morgen darüber sprechen. Zweifellos würde er auch ein paar gute Ratschläge haben, aber in erster Linie waren Rufus und Frannies Nachlass Familiensache, und ich überlegte, welchen meiner beiden Brüder ich jetzt anrufen sollte. Inzwischen war es nach Mitternacht, und ich nahm an, dass Sean in seinem schottischen Dorf schon selig schlummerte. Dagegen war Dominic auf Vancouver Island mit Sicherheit bei der Arbeit.

Doch während ich noch über die Zeitverschiebung nachdachte, bekam ich eine Textnachricht von Sean: *Pippa, du schläfst wahrscheinlich schon, aber schau mal auf diese Seite. Frances wird posthum berühmt. Wir sollten dringend mit der Galeristin reden. Love, Sean.*

Er hatte einen Link zur Internetseite eines großen Boulevardblatts dazugepackt, das auf gewohnt marktschreierische Weise über den tragischen Tod unserer Schwester und ihren späten künstlerischen Triumph berichtete. Garniert mit Fotos von Frances und Rufus und alles unter der reißerischen Überschrift: *Vom Waisenkind zum Millionär – kann sich der Sohn der toten Künstlerin von seinem Geld jetzt Liebe kaufen?*

Mir wurde schlecht. Wie konnte das sein? Woher wussten diese Leute überhaupt von Rufus? Und wie waren sie an das Foto von ihm gekommen? Es war schon etwas älter, vermutlich um das letzte Weihnachten herum entstanden, wenn sein Rentierpulli ein Indiz war.

Mit zitternden Fingern wählte ich die Nummer von Sean, der sich bereits nach dem ersten Klingeln meldete.

»Du bist noch wach?«, fragte er mich überrascht.

»Das Gleiche könnte ich dich fragen«, entgegnete ich. »Tatsächlich hat mich vor einer Stunde Runa aus dem Schlaf gerissen.«

»Runa?«

»Frannies Galeristin. Sie hat mir von der Charity-Auktion gestern und der Versteigerung von heute Abend erzählt. Außerdem hat sie Druck gemacht, weil sie wissen will, wie das weitere Vorgehen aussehen soll, damit – ich zitiere lose – ›wir möglichst viel Geld verdienen‹!«

Sean atmete geräuschvoll aus. »Mit ›wir‹ meint sie wohl vor allem sich selbst. Weißt du, wie viel Prozent sie genau bekommt?«

»Nein. Ich muss morgen unbedingt Frannies Sachen durchgehen und den Vertrag heraussuchen. Ich meine, er wäre mir beim Einpacken schon untergekommen, aber ich habe ihn mir definitiv nicht durchgelesen.«

»Ja, mach das bitte unbedingt. Manche Galeristen sind ja skrupellos – vor allem, wenn ihre Geschäftspartner keine Ahnung haben. Oder tot sind.« Er schluckte hörbar, fasste sich dann aber gleich wieder. »Normalerweise müsste es eine Vertragsklausel geben, die alle Arten von Sonderfällen regelt, beispielsweise eine plötzliche Wertsteigerung oder einen Todesfall. Ich ärgere mich, dass ich nicht gleich daran gedacht habe.«

»Ich ja auch nicht. Wir haben von diesen Dingen eben keine Ahnung.«

»Und genau darauf spekuliert sie. Ich will dieser Runa nichts unterstellen. Sie war ja sehr nett, als wir die Trauerfeier in ihrer Galerie gemacht haben, und auch die Tatsache, dass sie dich angerufen hat, stimmt mich ein wenig optimistisch. Aber ich habe mit Galeristen leider schon richtig schlechte Erfahrungen gemacht. Soll heißen: *Ich* hätte daran denken *müssen.*«

»Selbstgeißelung bringt uns aber auch nicht weiter«, sagte ich und überspielte damit – hoffentlich erfolgreich – die Tatsache, dass ich gar nicht auf dem Schirm gehabt hatte, dass auch mein jüngerer Bruder ein echter Künstler war und nicht nur Geschirr für Highland-Restaurants töpferte. »Wir brauchen jetzt einen Plan. Oder noch besser, juristische Hilfe, jemanden, der sich mit solchen Dingen auskennt. Und vielleicht auch mit Familienrecht. Und mit Strafrecht. Oder hast du etwas über den Stand der Ermittlungen gehört? Ich habe keine Ahnung, ob der Typ, der Frances auf die Straße gestoßen hat, angeklagt wird oder nicht.«

»Das weiß ich auch nicht, aber was ist mit Familienrecht? Ist die Frage des Sorgerechts für Rufus denn immer noch nicht geklärt?« Nun hatte Seans Stimme einen unangenehmen Tonfall angenommen, den man beinahe als anklagend hätte bezeichnen können. »Du hast mir und Dominic doch schon vor Wochen gesagt, dass du die Vormundschaft und das volle Sorgerecht für Rufus beantragen möchtest.«

»Hab ich ja auch gemacht, aber das ist wohl noch nicht bearbeitet worden«, gab ich zerknirscht zu. »Viel mehr irritiert mich in dem Zusammenhang aber dieser Bericht. ›Vom Waisenkind zum Millionär – kann sich der Sohn der toten Künstlerin von seinem Geld jetzt Liebe kaufen?‹ Das ist echt starker Tobak, selbst für so ein Blatt. Woher wissen die von Rufus? Woher haben sie sein Foto? Von mir sicherlich nicht.« Ich schnaubte.

»Das Foto stammt von Frannies Facebook-Profil«, entgegnete Sean. »Das ist noch etwas, woran wir nicht gedacht haben, weil keiner von uns da besonders aktiv ist.«

»›Nicht besonders aktiv‹ ist die Untertreibung des Jahrhunderts. Ich war da nie angemeldet«, brummte ich. »Aber selbst ich weiß, dass man keine Fotos von seinen Kindern in den sozialen Medien postet. Wieso hat sie das bloß getan? Ansonsten hat sie in ihren Künstlerkreisen doch auch ein Geheimnis um den Kleinen gemacht.«

»Das wird sie uns wohl nicht mehr verraten können«, stellte Sean fest. »Und wir können es auch nicht mehr ändern. Positiv ist, dass in dem Artikel keine Silbe darüber stand, wo und mit wem Rufus derzeit lebt. Außerdem ist dein aktueller Wohnort jetzt möglicherweise wirklich ein Standortvorteil. Die Scilly-Inseln sind selbst für die Klatschpresse zu abgelegen.«

»Sag das nicht. Letzte Woche waren Charles und Camilla bei mir im Park und hatten einige Journalisten im Schlepptau. Aber ich versteh schon, was du meinst.« Ich atmete tief durch, um mich zu konzentrieren. »Am wichtigsten ist jetzt wohl, dass ich einen Anwalt auftreibe, der sich in Kunst- und Erbschaftsdingen auskennt, damit wir die Sache mit der Galerie klären und eine gute gemeinsame Strategie finden können. Es geht schließlich um Rufus' Zukunft.« Der Satz, dass sich der Kleine mit Geld Liebe kaufen müsse, tat erstaunlich weh, und ich hatte ernsthaft damit zu kämpfen.

»Das ist der zweite Schritt. Als Erstes musst du jetzt den Vertrag finden. Und zwar so schnell wie möglich!«, schärfte mir Sean ein. »Das Anwaltsthema kommt danach.«

»Ja, aber den Vertrag habe ich in null Komma nichts gefunden. Der kann nur in exakt einer Schachtel sein. Ich habe aber keine Ahnung, woher ich gute Juristen nehmen könnte. Hier auf der Insel gibt es keine. Und selbst wenn, das würde mir nicht viel bringen, weil ich jemanden brauche, der in Schottland …« Ich hasste es, mich selbst so mutlos zu erleben. Wie schwierig konnte es schon sein, jemanden zu finden?

»Es gibt hier in Kirkby eine Familie, die eine international operierende Großkanzlei betreibt – mit Hauptniederlassung in Edinburgh. Da werde ich mal nachfragen«, versprach Sean.

»Die werden wohl kaum auf einen Fall wie den unseren gewartet haben.«

»Das ist doch Quatsch. Sie sollen außerdem auch nicht auf Fälle warten, sondern kompetent helfen, und das traue ich ihnen auf jeden Fall zu. Ich kümmere mich drum.«

»Okay, danke. Ich hoffe, ich kann mir diese Großkanzlei auch leisten.« Wieder entfuhr mir ein Seufzer.

»Das wird sich alles finden, Schwesterherz«, tröstete mich Sean. »Ich ruf jetzt mal Dominic an. Er mag zwar ziemlich verschroben sein, aber er hat einen analytischen Verstand, den wir dringend brauchen – und notfalls genug Kohle, um auch die teuersten Anwälte anzuheuern. Mach dir keine Sorgen.«

»Ich will von niemandem abhängig sein«, protestierte ich schwach. »Ich krieg das schon selbst hin.«

»Du bist von niemandem abhängig. Nicky und ich sind ja auch betroffen. Es geht um das Vermächtnis unserer Schwester und um unseren Neffen. Du hast zwar den Job übernommen, dich um Rufus zu kümmern, aber das bedeutet nicht, dass wir keine Verantwortung tragen. Also hör auf, dir darüber den Kopf zu zerbrechen.«

»Ich versuch's«, gab ich mich geschlagen. »Ich werde jetzt gleich mal nach dem Vertrag sehen, und wenn ich ihn gefunden habe, fotografiere ich ihn ab und schicke ihn dir und Dominic.«

»Guter Plan. Ansonsten alles fein im Paradies?«, versuchte sich Sean noch ein bisschen an Small Talk.

»Ich kann nicht klagen. Du solltest echt mal zu Besuch kommen. Es wird dir gefallen, da bin ich mir sicher.«

»Eigentlich interessiert mich vor allem dein neuer Kerl. Wobei ›neu‹ auch irgendwie falsch ist, ich habe dich ja überhaupt noch nie mit einem Partner erlebt. Das ist eine echte Premiere.«

Ich war froh, dass wir im Moment nur telefonierten und keinen Videochat machten wie sonst oft, denn mein Gesichtsausdruck hätte zweifellos Bände gesprochen. »Vielleicht ist es wirklich so, dass es für manche Töpfe nur einen Deckel im Leben gibt, und es hat halt etwas gedauert, bis ich meinen gefunden habe.«

Sean lachte leise. »Ein Deckel fürs Leben klingt aber sehr romantisch.«

»Mach nur Witze. Es ist tatsächlich sehr romantisch. Und auch wenn ich es manchmal immer noch etwas unheimlich finde, genieße ich es sehr, nicht mehr ganz allein zu sein.«

»Allein bist du doch ohnehin nicht, du hast ja Rufus«, wandte Sean ein. »Wie funktioniert das denn mit deinem Harry? Ist das nicht eine Riesenhypothek für eine junge Liebe?«

»Nein, gar nicht. Die beiden verstehen sich blendend. Es ist …« Ich zögerte, weil ich nicht wusste, wie ich es meinem Einsiedlerbruder am besten klarmachen sollte. »Es ist wirklich schön mit uns. Und zwar in jeder Konstellation. Zu dritt, ich zu zweit mit Rufus, ich zu zweit mit Harry – und auch Harry und Rufus ohne mich. Es funktioniert einfach.«

»Das freut mich sehr«, antwortete Sean nach einer Weile. »Ich hoffe, es bleibt auch so.«

Ich wollte gerade etwas erwidern, als ich ein Geräusch hinter mir hörte. Kinderfüße, die die Treppe heruntertapsten, und ein ersticktes Schluchzen. Als Rufus mich in der Küche erspähte, kam er angerannt und warf sich mir weinend in den Arm.

»Was ist denn los?«, fragte ich alarmiert und streichelte ihm über den Kopf.

»Foxy ist weg. Das Bettmonster hat ihn gefressen«, stieß er von Schluchzern gebeutelt aus. »Mummy, ich hab so Angst.« Er presste sein verweintes Gesicht an meinen Hals, und ich hielt ihn ganz fest.

»Nennt er dich schon Mummy?«, hörte ich Sean aus dem Telefon.

»Hm«, entgegnete ich nur, weil ich vor dem aufgelösten Rufus nicht zu großen Erklärungen ansetzen wollte.

»Kümmere dich um den Kleinen, und such morgen so schnell wie möglich den Vertrag. Ich rufe jetzt Dominic an, und morgen nehme ich mir das Anwaltsthema vor. Wir kriegen das hin, Schwesterherz. Gute Nacht.«

»Gute Nacht«, sagte ich leise und trennte die Verbindung. »Mein armer Schatz«, versuchte ich dann, Rufus zu trösten. »Ich bin mir ganz sicher, dass Foxy sich nicht einfach von Bettmonstern fressen lässt. Sollen wir mal gemeinsam nachschauen?«

Statt einer Antwort erntete ich nur ein ersticktes Schniefen, und er krallte sich noch fester an mich. Ich trank den letzten Schluck Tee aus und stand auf, was mit dem Häufchen Elend auf meinem Schoß gar nicht so einfach war. »Komm, mein Kleiner, wir gehen wieder rauf.«

»Nein«, quäkte er entsetzt.

»Doch. Du kannst auch bei mir im Bett schlafen«, versprach ich und trug ihn die Treppe hinauf in mein Schlafzimmer. Dort legte ich ihn in mein Bett und deckte ihn zu. »Ich bin gleich wieder da.« Wie ich erwartet hatte, war der Plüschfuchs unter Rufus' Bett gerutscht. Ich schnappte ihn mir und brachte ihn ins Schlafzimmer. »Schau mal, Foxy ist nichts passiert. Wahrscheinlich hat er das Bettmonster im Alleingang bekämpft. Von dem war nämlich auch keine Spur zu sehen.«

»Echt?«, piepste Rufus und klang nicht mehr ganz so verzweifelt wie noch vor wenigen Minuten.

»Ganz echt«, bestätigte ich und schämte mich noch nicht mal mehr dafür, dass ich bei der Monstersache mitspielte. Dunkel erinnerte ich mich, dass ich es vor ein paar Monaten noch vollkommen absurd und auch unmoralisch gefunden hatte, kleine Kinder so anzuschwindeln. Aber für Rufus war das Bettmonster real – genau wie der Weihnachtsmann, auf den er sich absurderweise schon jetzt im August freute. Wer also war ich, ihm diese Dinge zu nehmen, nur weil sie nicht wirklich existierten? Offensichtlich hatte ich mich in mehr als nur einer Hinsicht weiterentwickelt.

»Aber jetzt schlafen wir noch eine Runde, mein Bärenkind, was meinst du?« Ich kletterte neben ihn ins Bett, schaltete die Nachttischlampe aus und nahm ihn in den Arm.

Rufus kuschelte sich an mich, seinen Foxy fest im Arm. »Gute Nacht, Bärenmama«, murmelte er und war Augenblicke später eingeschlafen.

Ich hatte mehr Mühe, wieder in den Schlaf zu finden, obwohl ich einen langen, anstrengenden Tag in den Knochen hatte und wir morgen eigentlich zum nächsten Wochenend-Abenteuer mit Harry antreten wollten. Das würde warten müssen. Erst einmal musste ich Frances' Sachen durchsehen, den Vertrag mit der Galerie suchen und sicherheitshalber auch nach anderen Schriftstücken Ausschau halten. Rufus' gleichmäßiger Atem beruhigte mich jedoch. Es würde sich schon alles irgendwie lösen lassen. Über diesen Gedanken schlief ich schließlich auch wieder ein.

VATERFREUDEN

»Das sind ja Neuigkeiten«, stellte Harry stirnrunzelnd fest, als ich ihn am nächsten Morgen von den nächtlichen Entwicklungen in Kenntnis setzte. Er war vereinbarungsgemäß um acht bei uns aufgeschlagen – eigentlich, um uns für eine ausgedehnte Tour zu den äußeren, etwas abgelegeneren Inseln der Scillys abzuholen. Stattdessen hatte er Rufus bei seinen Tieren und mich im Wohnzimmer vorgefunden, wo ich die Schachtel mit Frances' persönlichen Dokumenten sichtete und alles auf dem Sofa und dem Couchtisch verteilte.

»Das kannst du laut sagen«, entgegnete ich. »Jetzt ist am wichtigsten, dass ich den Vertrag finde, den Frannie mit ihrer Galeristin abgeschlossen hatte. Sean und Dominic wollen sich um einen Anwalt kümmern, und dann sehen wir weiter. Tut mir echt leid, dass wir den Ausflug nicht wie geplant durchziehen können«, fügte ich noch zerknirscht hinzu, zunehmend verwundert über Harrys abweisende Haltung. Er stand mit verschränkten Armen und grimmiger Miene neben dem Sofa und wirkte verschlossen wie eine Auster. »Ich mach gleich Frühstück, und vielleicht willst du dann mit Rufus allein auf Tour gehen, während ich mich mit alldem hier befasse?«

»Schon gut, das ist wichtig. Und ich kann dir auch helfen, wenn du das möchtest.« Er klang angespannt und so, als müsste er sich mit großer Mühe einen anderen Kommentar verkneifen.

»Was ist los?«, wollte ich wissen und schob mir eine Haarsträhne hinters Ohr. »Ich weiß, dass so eine Planänderung nicht schön ist, aber ein Weltuntergang ist es doch auch nicht.«

Harry schloss kurz die Augen, wie um sich zu sammeln. »Die Planänderung ist natürlich kein Weltuntergang, und vermutlich ist es eine ganz blöde und vermessene Reaktion von mir, aber ich wundere mich ein bisschen, dass du mir von alldem nicht gleich erzählt hast.«

»Was?« Ich starrte ihn verblüfft und einigermaßen irritiert an. »Ich hab's dir doch gleich erzählt. Bei erstbester Gelegenheit. Ich weiß es doch selbst erst seit letzter Nacht.«

»Ja, seit letzter Nacht. Das war vor Stunden. Und in der Zeit hast du offensichtlich schon mit deinen Brüdern gesprochen und …« Er rieb sich ärgerlich über sein unrasiertes Kinn.

»Machst du Witze?« Ich schüttelte den Kopf. »Oder bist du eifersüchtig auf meine Brüder? Das wäre ja absolut lächerlich. Die Galeristin hat mich gegen elf Uhr abends angerufen, da hatte ich schon geschlafen, und während ich noch damit beschäftigt war, das alles zu begreifen, kam eine Textnachricht von Sean, den ich daraufhin angerufen habe. Ich habe also nicht mit meinen Brüdern, sondern nur mit einem Bruder gesprochen. Und ich habe dich absichtlich nicht alarmiert, weil ich ja wusste, dass du gestern diesen Vortrag auf St. Mary's hattest und wir uns heute ohnehin sehen würden. Nur fürs Protokoll: Du bist jetzt auf demselben Informationsstand wie meine Brüder und ich.«

»Aber vielleicht wäre ich letzte Nacht gerne für dich da gewesen? Ich nehme an, diese neuen Entwicklungen waren ein kleiner Schock für dich.« Er hatte tatsächlich den Nerv, gekränkt zu wirken.

»Natürlich war es ein Schock. Aber was hättest du denn tun können? Ich wollte dir nicht zumuten, dass du dich am Ende noch verpflichtet fühlst, mitten in der Nacht herzufahren. Außerdem bin ich es schon mein ganzes Leben lang gewohnt, meine Probleme allein zu regeln, daher …« Ich merkte, wie ich sauer wurde. Wieso musste ich mich eigentlich verteidigen? Was war Harrys Problem?

»Ach, und deshalb hast du die Frage des Sorgerechts für Rufus immer noch nicht final geklärt, weil du ja so gut darin bist, deine Probleme allein zu regeln.« Dieser Tiefschlag saß und wurde durch seine angriffslustig funkelnden Augen nicht besser.

»Ich …«, begann ich, doch er schnitt mir direkt wieder das Wort ab.

»Wie oft haben wir darüber gesprochen in den letzten Wochen? Wie oft habe ich dir gesagt, wie wichtig das ist? Und du hast immer nur stereotyp wiederholt, dass alles seinen Weg geht.«

»Jetzt reicht's aber«, fauchte ich ihn an. »Ich habe vor Wochen den Antrag beim Familiengericht gestellt. Was soll ich sonst noch tun, außer darauf zu vertrauen, dass alles seinen geregelten Lauf nimmt? Außerdem hat sich im Moment eine viel größere und dringendere Baustelle aufgetan. Um die Sorgerechtsfrage kümmere ich mich dann danach.«

»Du begreifst es wirklich nicht«, stöhnte er fassungslos. »Schlimmstenfalls bist du gar nicht in der Position, diese Angelegenheiten in Rufus' Sinn zu regeln, weil du rechtlich gesehen überhaupt keine Handhabe hast. Offiziell ist doch immer noch das Jugendamt sein Vormund.« Er mahlte mit dem Kiefer, als müsste er weitere Kommentare, die ihm schon auf der Zunge lagen, mit aller Gewalt zerkauen und hinunterwürgen.

»Ich bin mir sicher, die Anwälte, die meine Brüder finden, können mich auch in diesem Punkt beraten«, behauptete ich kühl, um mir den Schock nicht anmerken zu lassen, den diese Erkenntnis in mir auslöste. Womöglich hatte Harry recht, aber er hatte auch eindeutig eine Grenze überschritten. »Ich weiß nicht, warum du dich dermaßen aufregst. Das alles …«

»Wenn du jetzt sagst, dass mich das alles nichts angeht«, fiel er mir wieder ins Wort, »dann stehen wir ganz offensichtlich nicht auf derselben Seite, was unsere Beziehung betrifft.«

Wenn Worte töten könnten. Ich zuckte tief getroffen zusammen. Ja, ich hatte sagen wollen, dass es doch gar nicht sein Problem war, doch das stimmte natürlich nicht. Harry Chapman hatte sich von Anfang an ohne Wenn und Aber nicht nur zu mir, sondern auch zu Rufus bekannt. Natürlich lag ihm der Kleine am Herzen. Und ich kannte ja die Geschichte mit seiner Tochter. Es zerfraß ihn seit Jahren innerlich, dass er keine Chance hatte, sein Kind zu sehen, es beim Aufwachsen zu begleiten und Entscheidungen für das Mädchen zu treffen. Daher hatte er mich intensiv beschworen, im Fall von Rufus für klare Verhältnisse zu sorgen – was ich ja auch getan hatte. Dachte ich jedenfalls. Die Sachlage war hier ja ganz anders als bei Harry und seiner Tochter. Ich wusste, dass das Jugendamt nichts lieber tun würde, als mir das Sorgerecht so schnell wie möglich vollständig zu übertragen – und im nächsten Schritt wollte ich auch über eine Adoption nachdenken. Nur brauchte das alles wohl mehr Zeit als gedacht. Zeit, die ich am Ende vielleicht gar nicht hatte?

»Ich hab dir von Anfang an gesagt, dass ich nicht gut in Beziehungen bin, was jedoch nicht heißt, dass ich unsere nicht genauso ernst nehme wie du«, erklärte ich schließlich und versuchte, ruhig zu klingen. »Ich schätze deine Ratschläge und genieße jede Minute mit dir. Dass ich dich letzte Nacht nicht angerufen habe, war vielleicht dumm, aber die Absicht dahinter war gut. Ich wollte dich nicht unnötig aufscheuchen, das war alles. Doch das werde ich in Zukunft gerne anders handhaben, denn ja, ich hätte sehr gerne Trost von dir gehabt.« Ich schluckte. »Wir müssen uns aneinander gewöhnen, müssen Routinen und Verbindlichkeiten finden. Ich habe das noch nie gemacht, aber ich will es – unbedingt. Nur gehören zu einer Beziehung wohl auch Auseinandersetzungen und Meinungsverschiedenheiten – und vielleicht ist das hier unser erster richtiger Streit?«

Ich sah, wie es in ihm arbeitete – ähnlich wie in mir vermutlich –, und ich hoffte, dass ihn meine Worte berührten und auf etwas Verständnis stießen. Eigentlich war ich mir dessen sogar ziemlich sicher, denn so war Harry nun mal gestrickt.

»Es tut mir leid, dass ich dich so angeblafft habe, das war unangemessen.« Er kam einen Schritt auf mich zu. Seine Körpersprache war längst nicht mehr so defensiv wie vorhin, aber immer noch nicht vollständig offen. »Ich bin zwar davon überzeugt, dass es gut gewesen wäre, die Sorgerechtsfrage mit mehr Vehemenz und anwaltlicher Hilfe zu klären, aber es bringt nichts, dir jetzt Vorwürfe zu machen. Und was alles andere angeht, hast du natürlich recht. Wir müssen uns als

Paar erst richtig einspielen, und es war doof von mir, so gekränkt zu reagieren.«

Ich merkte, dass ich plötzlich und völlig unangemessen grinsen musste, auch wenn ich es mit aller Macht verhindern wollte.

»Was ist so witzig?«, wollte er prompt wissen.

»Eigentlich nichts. Ich finde es nur erstaunlich, dass wir unseren ersten Krach so zivilisiert beendet haben – mit sachlichen Argumenten und so.«

»Ist das nicht erstrebenswert?«

»Wahrscheinlich schon, aber ich kenne eigentlich nur Riesendramen mit Schreien und Heulen und angedrohten Trennungen samt anschließendem Versöhnungssex.« Jetzt kicherte ich richtig, und Harry musste auch grinsen.

»Du hast eindeutig zu viele schlechte Bücher gelesen. Oder Filme gesehen. Oder Affären gehabt.« Er überbrückte die verbliebene Distanz zwischen uns und nahm mich in den Arm. »Für Versöhnungssex bin ich zwar jederzeit zu haben, aber aktuell stehen drängendere Aufgaben an, meinst du nicht?« Er deutete auf die Stapel von Dokumenten, die ich noch sichten musste, küsste mich dann aber.

»Du hast in allen Punkten recht – schon wieder«, gab ich leicht atemlos zu. »Also, was Bücher, Filme, Affären und drängendere Aufgaben betrifft. Erwachsensein ist manchmal echt doof.« Ich seufzte und fasste einen Entschluss. »Lass uns frühstücken, und dann würdest du mir am meisten helfen, wenn du mit Rufus einen Ausflug machst und ich mich in Ruhe durch all die Sachen wühlen kann. Heute Abend können wir uns dann einen Schlachtplan dafür überlegen, wie es weitergehen soll, und sobald Rufus schläft, würde ich gerne noch mal auf den Programmpunkt Versöhnungssex zurückkommen.« Ich drückte ihm noch einen Kuss auf die Wange und ging dann in die Küche, um für uns drei Frühstück zu machen.

»Philippa, du hast einen Besucher an der Hauptpforte«, informierte mich mein Chef Timothy Webb, als er zu mir ins Gewächshaus kam, wo ich gerade einige Setzlinge in unterschiedliche Humusmischungen pflanzte. Ich hatte es mit meinen Studentinnen in den letzten Wochen tatsächlich geschafft, einige Proben des zum Teil jahrzehnte- oder jahrhundertealten Saatguts, das bei uns lagerte, zum Austreiben zu bringen. Nicht alle Samen waren eindeutig klassifiziert, manche auch gar nicht, sodass wir uns in einigen Fällen nicht ganz sicher waren, welche Pflanzen wir da gerade herangezogen. Natürlich gab es in der Wissenschaft auch andere Methoden zur Artenbestimmung anhand von Saatgut, aber da sich der *Abbey Garden* als lebender Park verstand, fand ich es nur angemessen, das Offensichtliche zu tun: die Samen zum Keimen zu bringen und zu sehen, was am Ende dabei herauskam. Nicht zwangsläufig der methodischste Ansatz, aber zweifellos der mit dem größten Spaßfaktor.

»Besuch? Ich erwarte keinen Besuch«, sagte ich zu Timothy. »Und du hättest doch nicht extra herkommen müssen, du hättest mich ja auch auf dem Handy anrufen können«, fügte ich noch hinzu. »Es liegt hier irgendwo … Oh.« Er hielt in der einen Hand mein schnurloses Bürotelefon und in der anderen mein Handy.

»Jedenfalls hat die Pforte angerufen und Bescheid gegeben, dass dich ein Andrew Parker treffen möchte«, ging Timothy lächelnd darüber hinweg und schaute mir dann neugierig über die Schulter. »Das wird interessant. Bin gespannt, was letztlich daraus wird«, kommentierte er meine Pflanzungen.

»Ich kenne keinen Andrew Parker«, entgegnete ich und setzte die letzten Pflänzchen in die für sie vorgesehenen Töpfe. Dann schloss ich die Klappe des Minigewächshauses und startete das automatische Besonnungs- und Bewässerungsprogramm. Ich hatte keine sonderlich große Lust, mich mit irgendwelchen Unbekannten zu befassen, denn nach dem vergnüglichen Teil des Experiments wartete jetzt noch reichlich Dokumentationsarbeit auf mich, und die wollte ich unbedingt vor dem Wochenende schaffen. »Hat er denn gesagt, was er will?«, erkundigte ich mich und wischte meine Hände an einem Handtuch ab.

»Nicht, dass ich wüsste«, antwortete Timothy schulterzuckend. »Womöglich ist es wieder einer dieser Hobbybotaniker, die meinen, sie hätten eine grandiose Entdeckung von internationaler Bedeutung gemacht.«

Ich seufzte. »Aber was will er dann von mir?« Solche Leute kamen tatsächlich häufig in den Park, aber in der Regel verlangten sie dann immer, Timothy zu sprechen.

»Vielleicht hat sich inzwischen herumgesprochen, dass du die große Expertin bist?«, erwiderte er grinsend. »Und zweifellos der deutlich attraktivere Anblick.«

»Haha.« Heute war ich Letzteres eindeutig nicht. Ich trug meine praktischen, aber nicht sehr kleidsamen Arbeitsshorts mit den Dutzenden Taschen und ein Park-Poloshirt, das ziemlich schmutzig war, weil mir vorhin ein Sack Erde umgekippt war. Da es hier im Gewächshaus noch viel wärmer und feuchter war als sonst wo an diesem knackig heißen Hochsommertag, hatte ich meine langen Haare zu einem chaotischen Dutt aufgetürmt und mir ein Baumwolltuch um die Stirn gebunden. Zweifellos glich ich gerade eher einer verschwitzten, verdreckten und reichlich durchgeknallten Waldfee als einer seriösen Wissenschaftlerin.

»Jetzt geh schon, und bring es hinter dich«, ermunterte mich Timothy. »Ich verspreche dir auch, dass dir niemand die beglückende Dokumentationsarbeit wegnehmen wird.«

»Du bist ein wahrer Menschenfreund«, brummte ich, schnappte mir mein Handy aus seiner Hand und machte mich auf den Weg zum Haupteingang.

Es war Freitagmittag, und der Park war voller begeisterter Tagestouristen, die sich kaum beruhigen konnten ob des wunderbaren Anblicks der blühenden Pracht. Automatisch verlangsamte ich meine Schritte, denn ich musste diesen Menschen aus vollstem Herzen recht geben. Das hier war ein einzigartiges und wundervolles Fleckchen Erde, und ich genoss das Privileg, hier arbeiten zu dürfen, inzwischen voller Dankbarkeit. Mindestens genauso freute ich mich aber auf ein ruhiges Wochenende mit Rufus in unserem Garten. Den Inselhopping-Ausflug, der vor zwei Wochen wegen der neuesten Entwicklungen ausgefallen war, hatten wir letztes Wochenende nachgeholt und wieder auf einer abgelegenen, unbewohnten Insel übernachtet. Das war toll gewesen, aber ich war froh, dass ich die nächsten Nächte in meinem gemütlichen Bett verbringen durfte – wenn auch allein, denn Harry war heute zum Festland gefahren. Er hatte einen Kontrolltermin in der Augenklinik und musste dann im »Sommercamp junger Wissenschaftler« in Plymouth Vorträge zum Thema Meeresschutz für Kinder geben. Er hatte gefragt, ob wir mitkommen wollten, doch ich sehnte mich danach, ausgiebig Zeit im Garten zu verbringen und zwischendurch vielleicht mal an den Strand zu gehen.

Die letzten beiden Wochen waren nämlich ganz schön stressig gewesen. Dominic und Sean hatten die Kanzlei Stewart & Sons aus Edinburgh damit beauftragt, sich um das komplexe Thema von Frances' Nachlass und allem, was mit ihrem Tod zusammenhing, zu kümmern. Dort arbeiteten Spezialisten aus den unterschiedlichsten juristischen Fachbereichen, und ich hatte neuerdings ein dreiköpfiges Team an meiner Seite – bestehend aus einer Familienrechtlerin, die mich sowohl in der Sorgerechtsfrage als auch beim Thema Erbschaftsrecht beriet, einer Strafrechtlerin, die Rufus und mich als Nebenkläger im inzwischen angesetzten Prozess gegen Kevin Coolidge vertrat, und einen Kunstexperten, der mit mir und der Galeristin die weitere Strategie diskutierte.

Mit allen dreien hatte ich schon eine mehrstündige Videokonferenz gehabt und mehrfach einzeln mit ihnen telefoniert. Ich hatte das Gefühl, dass die Sache bei ihnen in sehr guten Händen war, fand es aber ehrlich gesagt leicht übertrieben, eine solche Armee zu beschäftigen. Meine Brüder bestanden jedoch darauf – und Harry gab ihnen vollumfänglich recht. Da Dominic die Kosten übernahm, hatte ich keine guten Argumente mehr, die dagegen sprachen – außer dem enormen Zeitaufwand für mich, denn das Paragrafentrio wollte wirklich *alles* von mir wissen.

Es hatte noch ein paar weitere Artikel gegeben, die dem ähnelten, den Sean mir geschickt hatte. Und natürlich wusste inzwischen auch jeder auf den Scilly-Inseln, dass Rufus' Mutter eine posthum gefeierte Künstlerin war. Doch wie es hier üblich war, wurden die Neuigkeiten zur Kenntnis genommen, kurz kommentiert, und danach machte man einfach weiter wie bisher. Es war also keine große Sache, und unser Alltag hatte sich wenigstens in dieser Hinsicht kein bisschen geändert.

Mit Harry lief es nach unserer ersten echten Auseinandersetzung noch besser. Ich genoss unsere Zweisamkeit genauso wie unsere Familienzeit zu dritt. Bei diesem Gedanken musste ich unwillkürlich lächeln. Hätte mir jemand Anfang des Jahres prophezeit, dass ich im Hochsommer im Mama-Papa-Kind-Familienglück schwelgen würde, ich hätte eine neurologische oder psychiatrische Untersuchung vorgeschlagen, denn diese Person wäre in meinen Augen zweifellos verrückt gewesen. Schon seltsam, wie schnell sich die Dinge manchmal änderten.

Ich erreichte die Pforte, wischte mir noch einmal die Hände an der Hose ab und meldete mich dann bei Colin. »Timothy sagte mir, ein Andrew Parker wartet auf mich.«

Der altgediente Pförtner deutete auf einen attraktiven dunkelblonden Mittdreißiger, der auf einer Bank im Schatten saß und auf sein Handy starrte. »Das ist er. Er hat schon dreimal nachgefragt, warum das so lange dauert.«

»Sorry, Colin, ich war gerade unabkömmlich. Weißt du, was er will?«

»Hat er nicht gesagt, nur dass es dringend sei.«

»Na schön, dann werde ich ihn wohl selbst fragen müssen, welch bahnbrechende Entdeckung er in seinem Vorgarten gemacht hat.« Ich zwinkerte dem Pförtner zu und ging zu meinem Besucher.

»Ich habe gehört, dass Sie mich suchen«, sprach ich ihn an. »Womit kann ich Ihnen helfen?«

»*Sie* sind Philippa Gordon?« Diese leicht fassungslose Gegenfrage unterstrich er mit einer unverblümten Musterung. Er selbst trug eine akkurat gebügelte helle Stoffhose und ein rosa Hemd, dessen Ärmel lässig bis zum Ellbogen hochgekrempelt waren. Nicht gerade der typische Hobbygärtner, sondern eher ein Anzugträger in der Sommerfrische.

»Ich weiß nicht, wen Sie erwartet haben, aber, ja, die bin ich«, erwiderte ich.

»Sie sehen gar nicht aus wie Frances«, kam es nun regelrecht anklagend von ihm. »Sie sind viel … nun ja … gewöhnlicher als sie.«

»Es tut mir ausgesprochen leid, wenn ich Ihre Erwartungen nicht erfülle«, konterte ich sarkastisch. »Aber Sie wirken auch nicht wie der Hobbybotaniker, den ich erwartet habe. Also sind wir wohl quitt.« Hatte der Kerl sie noch alle? Und wieso brachte er Frannie ins Spiel?

»Wieso Hobbybotaniker?« Er schüttelte den Kopf, als wären bei mir und nicht bei ihm die Schräubchen locker. »Ich bin Rufus' Vater, und das Jugendamt sollte mich eigentlich ankündigen. Ich würde gerne meinen Sohn sehen.«

Ich war derart perplex, dass ich zunächst gar nichts sagen, denken oder fühlen konnte. Wie lange diese Leere in meinem Kopf anhielt, war schwer zu bestimmen, doch plötzlich überrollte mich eine Lawine aus wirren Gedanken und rohen Emotionen.

»Vielleicht sollten wir das nicht hier besprechen«, war das Erste, was ich mich sagen hörte, und ich war sehr erstaunt darüber, wie klar meine Worte klangen. Ich musste dringend Zeit gewinnen. »Ich muss eigentlich noch bis halb drei arbeiten«, sprach ich weiter und fügte in Gedanken hinzu: *Und dann Rufus von der Kindergruppe abholen.*

»Ich habe bis Sonntag ein Zimmer im *New Inn* gemietet«, erklärte Andrew Parker. »Das sollte Zeit genug sein.«

Was hatte dieser Mann vor? »Zeit genug wofür?«

»Na, Rufus kennenzulernen natürlich.« Nun lächelte er breit, stand auf und streckte mir seine Hand entgegen. »Tut mir leid wegen des holprigen Starts. Ich wollte wirklich nicht unhöflich sein oder so, aber ich dachte, dass das Jugendamt Bescheid gegeben hätte. Ich bin Andrew, und ich finde, wir sollten noch einmal ganz von vorne anfangen.«

»Philippa«, entgegnete ich, erneut etwas überrumpelt, schüttelte aber seine Hand.

»Es freut mich sehr.« Mit einem Mal strahlte er mich mit voller Wattzahl an, und ich suchte in seinem attraktiven Gesicht nach Ähnlichkeiten mit Rufus. »Ich finde dich übrigens auch kein bisschen gewöhnlich, ich hatte dich mir nur ganz anders vorgestellt«, fügte er noch mit glaubwürdiger Zerknirschung hinzu, und ich entspannte mich etwas.

»Es stimmt ja, dass ich Frances nicht sehr ähnlich sehe. Außerdem war sie fast zehn Jahre jünger und war nie in erdverkrusteten Klamotten unterwegs.«

»Nein, das war sie nicht.«

»Bei ihr waren es eher Farbspritzer.«

»Damit habe ich sie auch nie erlebt, aber ich stelle es mir ganz bezaubernd vor«, schwärmte er mit einem wehmütigen Klang in der Stimme. »Wollen wir's also so machen, dass ich nach deiner Arbeit bei dir zu Hause vorbeikomme und Rufus treffe?«

»Ähm …« Das war mir jetzt gar nicht recht – ich wollte ihn auf gar keinen Fall mit Rufus zusammenbringen, solange ich nicht mehr Informationen über ihn hatte. Nur fiel mir auf die

Schnelle keine wirklich gute Ausrede ein. Meine Dokumentation konnte vielleicht noch bis Montag warten. »Was hältst du davon, wenn wir hier im Parkcafé einen Kaffee trinken oder eine Kleinigkeit essen?«, schlug ich vor. »Da können wir uns unterhalten, und dann sehen wir weiter.«

»Und deine Arbeit?«

»Die läuft mir sicher nicht davon.« Ich führte ihn zu dem idyllisch gelegenen Café, in dem jetzt zur Mittagszeit reichlich Betrieb herrschte. Trotzdem fanden wir einen freien Tisch, und dank des allgemeinen Rummels würde unser Gespräch schön diskret bleiben. Wir orderten jeweils ein Sandwich und einen Eistee, und ich nutzte die Phase des belanglosen Small Talks, um mich für alles Weitere zu wappnen und möglichst sinnvolle Fragen zu stellen.

»Wie kommst du eigentlich darauf, dass du Rufus' Vater sein könntest?«, stieg ich mit der offensichtlichsten Frage ein. »Frances hat dich nie erwähnt, und ich bin nirgendwo in ihren Unterlagen und Tagebüchern auf deinen Namen gestoßen.« Es stimmte, dass ich den Namen Andrew Parker bislang nicht gehört oder bei Frannies Sachen gefunden hatte – allerdings hatte sie in Wahrheit nie Tagebuch geführt, aber das konnte er eigentlich nicht wissen. Oder doch?

»Das macht mich ein bisschen traurig«, entgegnete er mit einem leisen Seufzer. »Aber andererseits kann ich es ihr auch nicht verübeln. Wir hatten vor gut vier Jahren eine kurze, aber ausgesprochen intensive Affäre. Wir haben uns in einem Club kennengelernt und uns Hals über Kopf ineinander verliebt.«

Ich nickte. Das klang authentisch nach einer von Frances' zahllosen Männergeschichten. Sie hatte sich mit schlafwandlerischer Sicherheit immer genau die Typen ausgesucht, die aus irgendwelchen Gründen nicht dauerhaft verfügbar gewesen waren. Meist, weil sie bereits in anderen Beziehungen steckten, manchmal auch, weil sie schlicht nur auf der Durchreise waren. In dieser Hinsicht waren wir uns bei genauer Betrachtung doch recht ähnlich. Ich war gespannt, was bei Andrew der Pferdefuß sein könnte.

»Das Problem war, dass ich verheiratet bin und meine Frau und ich damals gerade unser erstes Kind bekommen hatten«, sprach er prompt weiter.

»Wie geschmackvoll«, entfuhr es mir mit beißendem Sarkasmus.

»Ich weiß, und ich bin auch wirklich nicht stolz darauf. Natasha und ich hatten eine schwierige Phase, und Damian war einfach nur anstrengend, das absolute Schreikind. Das klingt absolut grauenvoll und niederträchtig«, sagte er als Reaktion auf meinen zweifellos angewiderten Gesichtsausdruck. »Und es soll auch nicht wie eine Rechtfertigung oder Erklärung rüberkommen.«

»Keine Sorge, tut es nicht. Es ist aus jedem denkbaren Blickwinkel schäbig.«

»Ich weiß, und ich fühle mich immer noch furchtbar deswegen – auch wenn mit Natasha längst alles geklärt ist. Wir führen mittlerweile eine gute, stabile Ehe und haben neben Damian auch noch eine kleine Tochter. Diana ist zwei und ein absolutes Goldstück. Die Affäre mit Frances war mein einziger Ausrutscher und …«

»Moment, eben hast du noch behauptet, ihr hättet euch Hals über Kopf ineinander verliebt«, unterbrach ich ihn.

»Ich sehe da keinen Widerspruch«, beharrte er. »Ich war total frustriert von meiner familiären Situation, genervt von mir selbst – und gleichzeitig vollkommen bezaubert von Frances. Ich kann es übrigens immer noch nicht fassen, dass sie tot ist. Das ist so schrecklich und entsetzlich, und ich möchte dir mein aufrichtiges Beileid aussprechen.«

»Danke.«

»Wir hatten also eine kurze, aber intensive Zeit voller rauschhafter Leidenschaft, und ich halte es für sehr wahrscheinlich, dass wir dabei Rufus gezeugt haben.«

»Denkst du nicht, dass Frances dich darüber informiert hätte?«, gab ich zu bedenken.

»Vielleicht hat sie das ja versucht, aber …« Er zögerte und schien am liebsten in seinem Sessel versinken zu wollen.

Ich ahnte, warum. »Lass mich raten: Du hast ihr einen falschen Namen und eine falsche Nummer genannt und sie nach der Trennung komplett ignoriert. Das volle Ghosting-Programm.«

»So, wie du es ausdrückst, klingt es grauenvoll, aber ich fürchte, du hast recht. Ich war an einem absoluten Tiefpunkt in meinem Leben, was aber keine Rechtfertigung sein soll.«

»Das sagtest du bereits, und, nein, es ist keine Rechtfertigung.« Gott, wie mich Männer manchmal anwiderten. Andrew war nicht der erste Vertreter dieser ganz besonderen Spezies von Mistkerlen, der mir in meinem bisherigen Dasein untergekommen war, und ich hoffte, dass es für Typen wie ihn in der Hölle einen eigenen Folterbereich gab.

»Ich war das totale Arschloch, das ist mir auch klar«, gab er kleinlaut zu. »Und ich habe deine Abscheu und deine Vorurteile allesamt verdient. Aber ich habe mich geändert und bin ein besserer Mensch geworden. Ein Mensch, dem seine Familie wichtiger ist als alles sonst und der sich nicht mehr vor seiner Verantwortung drücken möchte. Rufus hätte es gut bei mir und meiner Familie. Er würde mit zwei Geschwistern aufwachsen, die altersmäßig nah bei ihm wären. Ich könnte ihm die Stabilität und Sicherheit bieten, die ein Kind in seinem Alter braucht. Wir wohnen in einem kleinen Städtchen in der Nähe von Edinburgh, in einem eigenen Haus. Es gibt Kindergärten, Schulen und gute medizinische Versorgung, wenn das nötig wäre.«

Wieso hörte sich das eher nach einem Makler an, der mir eine überteuerte Wohnung schönreden wollte? »Ich denke, dass Rufus hier sehr glücklich und sicher ist«, entgegnete ich. »Er mag keine gleichaltrigen Geschwister haben, aber er hat genug Spielkameraden, für die die Insel ein einziger großer Abenteuerspielplatz ist.«

Andrew lächelte versonnen und legte dann eine Hand auf meine, eine vertrauliche Geste, die mir eine Gänsehaut über den Rücken jagte. Aber nicht im Guten. »Tresco scheint wirklich ein paradiesischer Flecken Erde zu sein«, begann er und ließ den Daumen auf meinem Handrücken kreisen. »Ich glaube sofort, dass es hier im Frühjahr und Sommer wundervoll ist. Doch was ist im Herbst und im Winter? Da soll es hier verdammt einsam sein, habe ich gehört. Was, wenn er dann krank wird? Und Kinder werden immer zu den unpraktischsten Zeiten krank, das weiß ich aus leidvoller Erfahrung. Die Stürme sollen hier ja häufig so krass werden, dass ein normaler Schiffsverkehr gar nicht mehr möglich ist.«

Ich schluckte, denn er hatte eindeutig einen Punkt gemacht. Das waren Argumente, die ich gerne von mir wegschob und ignorierte. Noch war es Sommer, und sturmumtoste winterliche Einsamkeit schien kaum vorstellbar. Doch natürlich war ich nicht völlig naiv. Wie schnell würde man dann im Notfall tatsächlich Hilfe bekommen? Ich wusste es nicht.

»Und was ist mit deinen Plänen?«, fuhr er fort. »Ich habe gehört, dass du eigentlich nach Südafrika auswandern wolltest und nur wegen Rufus hiergeblieben bist. Das ist sehr nobel von dir und unglaublich beeindruckend. Aber ist es wirklich nötig, deinen Lebenstraum zu begraben?«

Ich zog energisch meine Hand weg, unwillig, das Gespräch in dieser Richtung weiterzuführen. »Wie bist du überhaupt darauf gekommen, dass Frances einen Sohn hat und dass er dein Kind sein könnte?«, fragte ich stattdessen.

»Dieser Bericht in der Zeitung war's«, sagte er und zog eine Klarsichthülle aus seiner Tasche. Es war der Artikel, dessen Onlineversion mir Sean geschickt hatte, fein säuberlich ausgeschnitten. »Ich bin über Frances' Foto gestolpert und habe dann diese unglaubliche Geschichte gelesen. Genau genommen hat meine Frau Natasha den Bericht als Erste entdeckt und mich darauf hingewiesen – auch weil Rufus unserem Damian so wahnsinnig ähnlich sieht. Sie hat mich gefragt, ob Frances die Frau war, mit der ich damals fremdgegangen bin – und ob es sein könnte, dass das nicht folgenlos geblieben ist.« Nun wischte er auf seinem Handy herum und zeigte mir ein Foto von einem kleinen dunkelblonden Jungen, der tatsächlich erstaunliche Ähnlichkeit mit Rufus hatte. »Das ist Damian.«

Es folgte eine Reihe weiterer Schnappschüsse von Damian, einige zusammen mit seiner kleinen Schwester Diana, die fast genauso aussah, einige mit Andrew und seiner hübschen Frau Natasha. Die Bilder waren der Inbegriff von kitschigem Familienglück, und auf fast allen waren auch Tiere zu sehen. »Ihr habt Kaninchen, Katzen und einen Hund?«, fragte ich, gegen meinen Willen durchaus beeindruckt.

»Und auch noch Fische im Aquarium, aber die haben es nicht auf die Fotos geschafft.« Er lachte. »Ich finde es sehr wichtig, dass Kinder mit Tieren aufwachsen. Dabei lernen sie spielerisch Verantwortung und Empathie, und was braucht man in einer Welt wie der unseren mehr?«

Ich brummte eine vage Zustimmung. Das klang nach dem perfekten Familienidyll.

»Wir haben unsere Tiere auch allesamt vom Tierschutz adoptiert. Ich hasse diese Wegwerfmentalität vieler Leute, die sich gedankenlos ein Lebewesen anschaffen und dann nicht damit zurechtkommen. Wir schenken ihnen eine zweite Chance – und sie zahlen es mit unglaublicher Liebe und Treue zurück.« Er lächelte versonnen. »Ich hoffe, ich habe ebenfalls eine zweite Chance verdient?«

»Ich bin nicht diejenige, die darüber zu entscheiden hat«, gab ich zurück und fühlte mich unbehaglich, obwohl ich nicht wirklich sagen konnte, warum. »Das ist wohl in erster Linie der Job deiner Frau. Und wenn sie dir verziehen hat, ist doch alles gut.«

»Gut ist alles dann, wenn ich mein drittes Kind kennenlerne«, entgegnete er und blickte mir offen in die Augen. »Es ist mir wirklich wichtig. Die meisten Menschen machen in ihrem Leben Fehler, das ist normal und gehört wohl dazu. Nicht bei allen sind sie so gravierend wie in meinem Fall. Aber ich bin mir sicher, dass ich daraus gelernt habe. Und ich möchte die Zeit wiedergutmachen, in der ich nicht für Rufus da war – weil ich nichts von seiner Existenz wusste.«

»Weil du Frances keine Chance gegeben hast, dich zu finden.« Diese Spitze konnte ich mir nicht verkneifen.

»Ich weiß, und das kann ich mir selbst nur ganz schwer verzeihen.« Seine Stirn legte sich in traurige Falten, und auch wenn ich es eigentlich nicht wollte, nahm ich ihm seine Reue ab. Ich dachte an Harry, der zweifellos alles dafür tun würde, seine Tochter wiederzusehen.

Ich räusperte mich. »Ich muss jetzt tatsächlich noch ein bisschen arbeiten, aber du kannst gerne gegen vier zu mir nach Hause kommen. Wo das ist, hast du ja bestimmt bereits herausgefunden.« Ich stand auf und reichte ihm meine Hand, auch wenn ein ungutes Gefühl an mir nagte. Woher wusste er das alles?

Er schüttelte sie und lächelte mich dankbar an. »Ich werde da sein. Bis nachher.«

Andrew verließ rasch das Café, doch ich stand noch eine Weile ziemlich ratlos herum. Was genau sollte ich jetzt tun?

SCHEIDEWEG

Das Klingeln meines Handys riss mich aus der Starre. Ich zog es aus der Hosentasche, in der Hoffnung, dass es Harry war oder Hazel oder irgendjemand, mit dem ich offen reden konnte und der vielleicht in der Lage wäre, meine wirren Gedanken zu sortieren. Doch das kleine Hoffnungsflämmchen verglühte umgehend, als ich die Nummer auf dem Display erkannte. Es war das Jugendamt in Edinburgh, manifestiert in Gestalt meiner besonderen Freundin Mrs. MacKenzie. Ich nahm den Anruf an und machte mich auf den Rückweg zu meinem Büro.

»Hallo, Ms. Gordon, hier ist Mrs. MacKenzie«, meldete sich meine Nemesis, ausnahmsweise in einem höchst aufgeräumt klingenden Tonfall. Wie weggeblasen war die sonst schon ihren Begrüßungsworten innewohnende Missbilligung. »Ich rufe mit guten Nachrichten an«, fuhr sie prompt fort.

»Lassen Sie mich raten: Diese guten Nachrichten sind groß, schlank, gut aussehend und hören auf den Namen Andrew Parker?«

Das brachte sie hörbar aus dem Konzept. Offenbar hatte sie sich den Verlauf des Gesprächs ganz anders vorgestellt. »Ähm, ja …« Sie räusperte sich. »Woher wissen Sie das?«

»Mr. Parker hat mich soeben an meinem Arbeitsplatz überfallen«, entgegnete ich und machte mir gar nicht erst die

Mühe, meine Verärgerung zu unterdrücken. »Es wäre schon schön gewesen, wenn ich eine rechtzeitige Vorwarnung bekommen hätte.«

»Ähm, nun ja … also, das ist wohl etwas ungünstig gelaufen«, stammelte sie. »Ich hätte nie gedacht, dass er so rasch die Initiative ergreift. Er hat sich vor einer guten Woche bei uns gemeldet, und natürlich haben wir erst einmal alles überprüft und …«

»Der Mann, der behauptet, Rufus' Vater zu sein, hat sich vor einer Woche bei Ihnen gemeldet, und Sie kommen erst heute auf die Idee, mir Bescheid zu geben?«, fuhr ich sie fassungslos an.

»Wie gesagt, es erschien mir unwahrscheinlich, dass er sich persönlich auf den Weg macht.« Die gute Mrs. MacKenzie klang reichlich defensiv, und ich senkte meine Stimme wieder, um nicht noch mehr Aufmerksamkeit auf mich zu ziehen.

»Vermutlich hat er schneller als ich gemerkt, dass man besser selbst die Initiative ergreift und nicht darauf wartet, dass sich im Jugendamt irgendjemand bewegt«, fauchte ich – gedämpft, aber deutlich. »Können Sie sich vorstellen, in was für eine unangenehme Lage mich das bringt? Und wie sehr es mich überrascht hat? Was, wenn er die lange Reise umsonst unternommen hätte – denn um ein Haar wäre ich gar nicht da gewesen.« Eigentlich war dieses Gespräch viel besser als ein wohlmeinendes, freundschaftliches Ohr. Hier konnte ich meinen gesamten Frust an passender Stelle abladen.

»Darüber hätten Sie uns informieren müssen«, erwiderte sie nur lapidar.

»Ich hatte nicht vor, das Land zu verlassen, sondern hatte nur einen Ausflug aufs Festland geplant. Dafür benötige ich ja wohl kaum die Zustimmung des Jugendamts von Edinburgh. Aber darum geht es jetzt auch gar nicht, ich bin ja schließlich nicht weg. Aber ich wäre gern vorab darüber informiert worden, dass mich ein Mann heimsuchen wird, der behauptet, Rufus' Vater zu sein.« Inzwischen hatte ich mein Büro erreicht, das glücklicherweise leer war. Meine Studentinnen Sarah und Lilly hatten sich heute schon früh ins Wochenende verabschiedet, und auch von Timothy Webb war nichts zu sehen. Umso besser, da musste ich mich nicht unnötig zusammennehmen.

»Eigentlich finde ich es ganz gut, dass Sie keine Vorwarnung hatten«, versetzte Mrs. MacKenzie in überheblichem Tonfall. »So bekommt er gleich einen ungefilterten und ungeschönten Eindruck von den aktuellen Lebensumständen seines Sohnes. Hätten wir mehr Mitarbeiter zur Verfügung, hätten wir längst selbst einen Kontrollbesuch in die Wege geleitet.«

»Sie tun gerade so, als wären Sie sich absolut sicher, dass Andrew Parker Rufus' Vater ist«, rief ich fassungslos. »Und wie kommen Sie überhaupt dazu, ihm einfach so meinen Arbeitsplatz und meine Wohnadresse zu nennen?« Je länger ich darüber nachdachte, desto ungeheuerlicher fand ich das.

»Absolute Sicherheit haben wir natürlich noch nicht«, sprach die Jugendamtsfrau weiter, ohne auf meinen Vorwurf einzugehen. »Aber die Indizien sind sehr stark. Wir haben bereits Mr. Parkers Lebens- und Wohnumstände überprüft. Das macht alles einen sehr guten und sehr soliden Eindruck und könnte ein optimales Umfeld für Rufus sein.«

Diese Aussage hatte die Wucht eines Magenschwingers und raubte mir für einen Moment den Atem. Eine diffuse

Angst griff nach mir und umklammerte mit ihren eiskalten Fingern mein Herz.

»Sind Sie noch dran, Ms. Gordon?« Ich hörte an ihrer Stimme, dass sie zusehends Oberwasser gewann.

»Bin ich«, krächzte ich.

»Sprechen Sie mit ihm, und lassen Sie ihn Rufus kennenlernen. Ich bin mir sicher, dann werden Sie ebenfalls erkennen, was für ein freundlicher, liebevoller Mann Mr. Parker ist. Sie sollten sich freuen, Ms. Gordon. Wenn alles gut läuft, können Sie Ihren Lebenstraum doch noch verwirklichen.«

Der freundlich verbrämte Hohn in ihren Worten knallte wie Ohrfeigen, und ich schnappte regelrecht nach Luft, schaffte es jedoch irgendwie, mich wieder zusammenzureißen. »Ich freue mich, dass Sie einen so guten Eindruck von Andrew Parker haben«, antwortete ich vergleichsweise ruhig. »Vielleicht hätten Sie sich aber auch einmal die Mühe machen sollen, das aktuelle Lebensumfeld von Rufus zu überprüfen, bevor sie darüber entscheiden, wo er besser aufgehoben ist.« Ich atmete ein paarmal tief durch. »Das wäre nur fair gewesen. Aber sei es, wie es ist, ich werde Mr. Parker später selbstverständlich empfangen.«

»Tun Sie das, Ms. Gordon, denn wir alle haben ja nur ein Ziel: dass es Rufus gut geht. Wir sprechen uns nächste Woche wieder. Ein schönes Wochenende.« Damit legte sie auf.

»Und wie wir uns nächste Woche wieder sprechen«, murmelte ich vor mich hin. Wenn ich meine Anwältin auf sie hetzte, würde Mrs. Ich-habe-keinen-Vornamen MacKenzie ihre Selbstgerechtigkeit garantiert in Windeseile vergehen. Eigentlich hätte ich am liebsten direkt mit meiner Anwältin telefoniert, doch ein Blick auf die Uhr sagte mir, dass ich mich lieber rasch um meine Arbeit kümmern und dann so schnell wie möglich nach Hause laufen sollte, wenn ich Andrew in einem besseren Zustand gegenübertreten wollte als vorhin. Ich würde am Abend noch genug Zeit dafür haben, eine ausführliche Mail zu schreiben – und hätte dann womöglich schon mehr herausgefunden.

Rasch übertrug ich meine handschriftlichen Notizen zur heutigen Pflanzaktion in die Datenbank und hoffte, dass ich mich am Montag bei der ausführlicheren Dokumentation noch an alle Einzelheiten würde erinnern können. Doch für heute musste das reichen. Ich stopfte meine Sachen in meinen Rucksack und klopfte an Timothys Bürotür.

»Ich müsste heute früher nach Hause gehen«, sagte ich zu ihm. »Ich hoffe, das ist in Ordnung. Die wesentlichen Infos sind in der Datenbank vermerkt, den Rest mache ich am Montag.«

»Alles klar. Schönes Wochenende, Philippa«, entgegnete er aufgeräumt und fügte, als ich schon fast verschwunden war, noch hinzu: »Was für eine aufregende Spezies hat dir dein Besucher denn präsentiert?«

»*Rufipater verisimilis*«, murmelte ich leise, doch eigentlich hatte ich keine Lust, mit Timothy über den möglichen Vater von Rufus zu reden, also fügte ich laut hinzu: »Glaub mir, das willst du gar nicht so genau wissen.« Timothy lachte gutmütig, sodass ich mich für meine kleine Notlüge nicht schämte und mich mit einem Winken verabschiedete.

Ich flitzte im Rekordtempo nach Hause, sprang unter die Dusche und stand um kurz vor drei wohlriechend, sauber und in einem hübschen Sommerkleid in der Küche, wo ich rasch einen Teig für Muffins zusammenmixte. Backen würde ich sie, sobald ich Rufus von der Kindergruppe abgeholt hatte.

»Hey, da hat sich aber jemand schick gemacht«, bemerkte Paula wenige Minuten später und musterte mich mit einem vielsagenden Blick. »Kaum ist die Katze aus dem Haus, tanzen die Mäuse, was?«

»Bitte?« Ich runzelte irritiert die Stirn.

»Na, du hast dich doch kaum für Harry so hübsch gemacht, denn der ist ja heute Morgen übers Wochenende zum Festland gefahren«, stellte sie fest und deutete auf mein Kleid.

»Danke für das Kompliment«, entgegnete ich nur betont fröhlich und ging weder auf irgendwelche absurden Unterstellungen ein noch fragte ich sie, woher sie wusste, dass Harry weg war. Das war kein Geheimnis. Vermutlich hatte er es ihr in den letzten Tagen selbst erzählt, oder Rufus hatte es erwähnt.

»Hat es vielleicht mit dem gut aussehenden jungen Mann zu tun, der sich vorhin nach dir erkundigt hat?«, bohrte Paula jedoch gnadenlos weiter, und ich hatte einige Mühe, meine Gesichtszüge vor dem Entgleisen zu bewahren. Blöderweise hatte sie ja sogar recht mit ihrer Annahme, nur ganz anders, als sie zweifellos argwöhnte.

»Du meinst Andrew?«, entgegnete ich daher leichthin. »Ja, der kommt nachher noch vorbei. Aber ich kann dir versichern, dass er nicht in Gefahr ist, von mir verschlungen zu werden. Er ist solide verheiratet – und ich bin fest vergeben.«

»Das hat noch nie jemanden vom Fremdgehen abgehalten«, konterte sie.

»Stimmt. Aber dafür habe ich ja glücklicherweise meine Nachbarin.« Ich lächelte sie zuckersüß an und freute mich über ihren Gesichtsausdruck, als die Spitze langsam bei ihr ankam.

»Wie auch immer. Wer ist denn dieser Andrew?« Ihre Neugier war ungebrochen.

»Ein alter Freund der Familie«, antwortete ich vage und wechselte dann das Thema: »Wie war's mit den Kindern? Alles gut gelaufen?« Ich sah zum Gemüsebeet am Ende von Paulas Garten, wo Rufus und Keira zusammen mit Gavin Unkraut jäteten. Eine von Rufus' absoluten Lieblingsbeschäftigungen – neben dem Düngen mit Eselsäpfelchen.

»Alles bestens. Wir waren am Vormittag am Strand in Old Grimsby, haben dort Hazel mit ihrem verrückten Toby getroffen und sind dann sogar zu den Bienenstöcken gewandert. Eigentlich wollten wir noch Waffeln backen, aber dafür ist es heute zu heiß, also habe ich eine Runde Eis ausgegeben.«

»Dann hattet ihr ja einen schönen Tag.« Mein Lächeln war jetzt vollkommen aufrichtig. Paula mochte eine neugierige und übergriffige Nervensäge sein, aber sie hatte das Herz am rechten Fleck, wenn es um die Kinder in ihrer Obhut ging, und ich bewunderte sie dafür, dass sie es Tag für Tag schaffte, der kleinen Rasselbande schöne Abenteuer zu bieten. Rufus liebte sie von ganzem Herzen – genau wie die drei anderen Zwerge. »Rufus«, rief ich laut, sodass er sich umdrehte und mir strahlend zuwinkte. Mein Herz machte bei diesem Anblick einen kleinen Hüpfer. Er war wirklich zauberhaft. »Kommst du? Wir haben auch Unkraut in den Beeten, und außerdem kriegen wir gleich Besuch.«

Brav kam er angeflitzt und grinste mich an. »Ich hab sooooo viele Schnecken gepflückt!«, verkündete er und machte eine ausladende Geste mit den Armen. »Und wir haben sie in einen

Eimer geschmissen, und Gavin hat Bier draufgetan. Können wir das auch machen?«

»Mal sehen«, entgegnete ich und sparte mir ein angewidertes Naserümpfen. Ich hielt nicht viel davon, Schnecken in Bier zu ertränken – genauso wenig wie davon, sie mit einer Schere zu halbieren –, aber das würde ich nicht vor Paula diskutieren. »Jetzt ist aber erst mal Händewaschen angesagt, und dann backen wir Muffins.« Ich legte meine Hand auf seine Schulter und scheuchte ihn in Richtung unseres Cottages. »Schönen Nachmittag noch, Paula«, verabschiedete ich mich von meiner Nachbarin und ging dann Rufus hinterher.

Ich überlegte, ob ich ihn ebenfalls noch umziehen sollte, befand aber, dass es den Aufwand nicht wert war. Der Kleine würde sich nachher ohnehin wieder dreckig machen, sei es im Beet oder bei den Tieren. Und Andrew sollte das von seinen Kindern her gewohnt sein, die waren im wirklichen Leben sicher auch nicht immer so proper herausgeputzt wie auf den Fotos. Saubere Hände sollten also fürs Erste reichen.

Rufus durfte wie immer die Rührschüssel ausschlecken, als ich die Muffinform in den Ofen schob, und ich überlegte, wie ich ihm den bevorstehenden Besuch am besten erklären konnte. Als »Freund der Familie« wie gegenüber Paula konnte ich Andrew wohl nicht ankündigen. Aber »Nachher kommt dein Vater« wollte ich auch nicht sagen. Ich ärgerte mich, dass mir das nicht früher eingefallen war, denn dann hätte ich es mit Andrew besprechen können.

»Gleich kommt übrigens ein guter Freund von deiner Mum zu Besuch«, setzte ich an und erntete prompt einen verwirrten Blick. Das häufte sich in letzter Zeit immer mehr. Sosehr ich mich auch bemühte, Frances für ihn lebendig zu halten, verknüpfte er mit dem Namen »Mum« doch immer häufiger eher mich statt seiner wahren Mutter. »Bilder-Mum«, half ich ihm schließlich auf die Sprünge, und sein Gesicht hellte sich auf. »Er heißt Andrew und will dich gerne kennenlernen«, fuhr ich fort.

»Ist er auch so cool wie Harry?«, wollte er wissen. »Cool« war derzeit die höchste Währung bei ihm, und Harry war ohnehin über jeden Zweifel erhaben – als ehemaliger Pirat, Robbenflüsterer und Abenteurer. In Rufus' Welt gab es wenige, die ihm diesbezüglich das Wasser reichen konnten.

»Keine Ahnung«, sagte ich. »Ich finde ihn sehr nett, und vielleicht findest du ihn ja auch cool.«

»Okay.« Er zuckte mit den Schultern. Übermäßiges Interesse an unserem Besucher konnte man ihm nicht gerade unterstellen, doch es war wohl kaum mein Job, für eine begeisterte Klatschparade zu sorgen.

Als die Muffins fertig waren, stellte ich sie zum Abkühlen auf ein Kuchengitter und kehrte mit Rufus in den Garten zurück. Neben den Erdbeeren, die hier nach wie vor in Hülle und Fülle wuchsen, gab es inzwischen auch reife Himbeeren und Brombeeren. Die pflückte Rufus allerdings nicht so gern, seit er sich vor ein paar Tagen einige böse Kratzer zugezogen hatte, also betrieben wir Arbeitsteilung: Er erntete die Erdbeeren, ich die Strauchfrüchte. Das war mir ganz recht, denn so hatte ich auch den Weg gut im Blick, der von New Grimsby zu uns führte, und erspähte Andrew schon von Weitem. Ich fühlte, wie eine kaum greifbare Nervosität in mir aufstieg, als ich zum Gartentor ging, um ihn dort in Empfang zu nehmen.

»Jetzt kann ich auch die Ähnlichkeit mit Frances erkennen«, sagte er zur Begrüßung und taxierte mich auf ähnliche Art und Weise wie Paula vorhin.

Ich schluckte einen passenden Kommentar herunter und raunte ihm stattdessen zu: »Ich habe ihm nicht erzählt, dass du womöglich sein Vater bist. Er weiß nur, dass du ein Freund seiner Mutter bist – und ich finde, das reicht fürs Erste.«

»Natürlich«, versprach er. »Alles andere würde ihn nur überfordern oder verstören.«

»Komm rein«, bat ich und schloss die Gartentür hinter ihm. »Rufus erntet noch ein paar Erdbeeren.« Wir traten zum Beet, wo der Kleine sein Schälchen füllte. »Schau mal, Rufus, das ist Andrew.«

Rufus betrachtete den Neuankömmling einen Moment lang prüfend. Dann hielt er ihm die Erdbeeren entgegen. »Magst du eine? Ich hab sie selbst gepflückt.«

Andrew nahm sich eine Beere, biss aber nicht rein, sondern musterte Rufus mit verzücktem Blick. »Du siehst wirklich ganz genau wie Damian aus«, stellte er fest.

»Wer ist Damian?«, wollte Rufus prompt wissen.

»Mein Sohn. Er ist ein bisschen älter als du. Magst du ein Foto von ihm sehen?«

Rufus nickte nur und stopfte sich eine Erdbeere in den Mund, während Andrew sein Handy aus der Hosentasche zog und die Fotos aufrief, die er mir heute Mittag schon gezeigt hatte. Ich wusste nicht, was ich fühlen oder denken sollte, und beobachtete die Interaktion der beiden mit einem seltsamen Gefühl. Nicht wirklich distanziert, aber merkwürdig körperlos – so als hätte ich mit alldem nichts zu tun. Was ja womöglich sogar stimmte. Dieser Gedanke bescherte mir einen bitteren Geschmack auf der Zunge. Ich wollte nicht außen vor sein – aber war das meine Entscheidung?

Mein Neffe – mein Bärenkind – betrachtete die Fotos durchaus interessiert, schien es aber spannender zu finden, mit seinen Fingern auf dem Display hin- und herzuwischen, als sich Gedanken über die Personen auf den Bildern zu machen. Dachte ich jedenfalls, bis er uns überraschte: »Mag Damian Robben auch so gerne?«

»Robben?« Andrew hob eine Braue und warf mir einen Hilfe suchenden Blick zu, offenbar erstaunt darüber, dass die versammelten Kaninchen, Katzen und Hunde Rufus' Aufmerksamkeit nicht nachhaltig fesseln konnten.

»Hier auf den Inseln gibt es zahlreiche Kegelrobben. Rufus ist verrückt nach ihnen und nutzt jede Chance, sie zu beobachten«, erklärte ich ihm und fühlte einen irrationalen Triumph. Was natürlich völliger Quatsch war, dennoch verbuchte ich die Robben als einen Punkt für mich, für uns.

»Verstehe. Wir haben mal einen Tierfilm mit Robben gesehen. Das hat Damian und Diana sehr gut gefallen«, sagte Andrew zu Rufus.

»Aber da kann man ja nicht mit ihnen spielen.« Fernsehen hatte bei Rufus keine Konjunktur mehr – noch ein Punkt für mich.

»Na ja, aber spielen kannst du mit den Robben hier doch auch nicht«, behauptete Andrew mit gerunzelter Stirn. Natürlich hatte er damit recht, doch Rufus sah das anders.

»Doch!«, beharrte er. »Ich hab am Strand schon oft mit den Robben gespielt, und Pippa hat im Wasser mit ihnen gekuschelt.«

Nun ging bei Andrew auch noch die zweite Braue hoch. »Schwindelst du mich nicht vielleicht ein bisschen an?« Er zwinkerte dem Kleinen verschwörerisch zu.

»Nein. Das ist ganz wahr, stimmt's, Mummy?«

Das »Mummy« wertete ich als Doppeltreffer, der auch Andrew nicht entgangen war. »Auf den Inseln werden Touren zum Schnorcheln mit den Robben angeboten«, erklärte ich ihm. »Dabei können einem die Tiere manchmal sehr nahe kommen, das ist ein ziemlich einzigartiges Erlebnis. Was den Kontakt an Land betrifft …« Ich zögerte und suchte nach den besten Worten. »Mein Freund ist Meeresbiologe und beobachtet die Kegelrobben schon seit Jahren. Er nimmt Rufus gelegentlich mit.«

Das Stirnrunzeln unseres Besuchers vertiefte sich. »Ich wusste gar nicht, dass du einen Freund hast«, rutschte es ihm heraus.

»Woher auch? Wir kennen uns ja erst seit ein paar Stunden«, erwiderte ich leichthin, obwohl ich natürlich ahnte, dass mich Mrs. MacKenzie als frustrierte Singlefrau dargestellt hatte. »Wollen wir Kaffee trinken?«, wechselte ich das Thema. »Oder Tee? Wir haben vorhin noch Muffins gebacken, und mit den frischen Beeren und etwas Sahne hätten wir einen kleinen Imbiss. Für mehr hat die Zeit leider nicht gereicht, weil ich ja keine Ahnung hatte, dass wir heute noch Besuch bekommen würden.«

Rufus lief mit seinem Schälchen Erdbeeren voraus, und ich stellte mit einiger Genugtuung fest, dass Andrew Parker etwas aus dem Tritt zu sein schien. Wilde Robben als Spielgefährten, ein Mann an meiner Seite und das »Mummy« hatten ihm womöglich zu denken gegeben.

Leider verschob sich das Gleichgewicht in den folgenden zwei Tagen wieder deutlich zu meinen Ungunsten. Andrew hatte sich erschütternd rasch von seinem kurzen Zwischentief erholt – und mit zwei Geschenken für Rufus enorm an Boden gewonnen. Noch beim Tee am Freitagnachmittag hatte er ein riesiges Lego-Set aus seiner Tasche gezogen, was bei Rufus zu meiner Überraschung für Verzückung gesorgt hatte. Bisher hatte er nämlich kein einziges Mal mit seinen Lego-Sachen gespielt, seit wir hier auf der Insel angekommen waren. Ich hatte angenommen, dass er es aufregender fand, sich mit den Tieren zu beschäftigen oder mit seinen Freunden oder Harry und mir an den Stränden unterwegs zu sein. Und selbst die Gartenarbeit hatte ihm immer mehr Spaß gemacht, als mit den Plastikklötzen zu spielen. Und doch hatte er den ganzen restlichen Nachmittag damit verbracht, zusammen mit Andrew diese alberne Ritterburg zusammenzubauen. Angeblich auch ein Lieblingsspiel des viel erwähnten Damian, der dadurch in Rufus' Augen immer interessanter wurde.

Als Andrew gestern auch noch mit einem Spielzeugbagger aufgekreuzt war, waren Rufus fast schon Herzchen aus den Augen geflogen. Plötzlich ging es nicht mehr um Robben, um Esel Alfie oder die drei Schafdamen, die sonst so hoch im Kurs standen. Nein, es musste gebaggert werden. Und da im Garten derzeit kein unbepflanztes Stück Erde existierte, waren wir zum Appletree-Bay-Strand gelaufen. Dort hatte ich stundenlang zusehen können, wie Andrew und Rufus voller Konzentration und mit glänzenden Augen baggerten, was das Zeug hielt. Später war dann auch noch Rufus' Freund Jasper dazugekommen und hatte ebenfalls begeistert mitgemacht. Mein Vorschlag, eine Sandburg zu bauen, war als regelrecht lästig abgetan worden, so als könne man meine Ideen nicht ernst nehmen. Baggern war offensichtlich nicht nur Selbstzweck, sondern vor allem auch selbstbelohnend, wobei sich der Reiz nur dem erschloss, der über weniger als zwei X-Chromosomen verfügte.

Das Schlimmste aber war, dass Andrew es wirklich zu genießen schien, Zeit mit Rufus zu verbringen, und die beiden sehr harmonisch und miteinander vertraut wirkten. Hatte da ein machtvolles biologisches Erkennen stattgefunden? Vater und Sohn, die instinktiv eine Einheit bildeten, obwohl sie sich bis eben noch gar nicht gekannt hatten? Es sah fast danach aus, und diese Erkenntnis machte mir das Herz schwer.

Zumal Rufus am Samstagabend beim Schlafengehen von nichts anderem geplappert hatte als von Andrew hier, Andrew dort, von Baggern, Lego, zahmen Kaninchen, von Damian und Diana, von Lego und Baggern und Andrew. Und hatte ich Andrew schon erwähnt? Andrew war offiziell cool. Genau genommen sogar der Coolste! Wäre er noch cooler gewesen, hätte er in Sachen Kältefaktor mit den eisigen Angstfingern um mein Herz konkurrieren können. Ich wusste nicht, wie ich damit umgehen sollte.

Vorhin war Andrew auf die Fähre gestiegen, die ihn nach St. Mary's bringen würde, wo er dann hoffentlich die Rückfahrt auf der *Scillonian* antrat und fürs Erste aus unserem Leben verschwand. Mutmaßlich nur kurz, denn der Abschied der neuen besten Freunde – oder von Vater und Sohn? – war ausgesprochen herzlich gewesen. Andrew hatte Rufus gefragt, ob er bald mal zu Besuch kommen wollte – zu ihm, zu seiner Frau Natasha, zu Damian und Diana, die sich über einen Spielgefährten bestimmt wahnsinnig freuen würden, und zu den vielen Tieren, die sich immer nach eifrigen Streichelhänden sehnten. Natürlich hatte der Kleine mit leuchtenden Augen bejaht, denn für ihn klang das alles nach einem weiteren glanzvollen Abenteuer und nicht nach einer potenziell lebensverändernden Gemengelage.

Und ich? Ich fühlte mich wie erschlagen von dieser neuen Entwicklung und hatte größte Schwierigkeiten, rationale Überlegungen und verwirrende Emotionen zu sortieren. Ich hoffte, Harry würde bald kommen. Er hatte sich vorhin gemeldet, als er mit der *Scillonian* St. Mary's erreicht hatte, aber er musste noch ein paar Dinge erledigen, bevor er Zeit für uns hatte. Wie er wohl auf das alles reagieren würde? Ich hatte ihm bei unseren Telefonaten nichts von Andrew erzählt, denn ich war mir absolut sicher gewesen, dass er sonst auf der Stelle seine Vorträge absagen und auf die Inseln zurückkehren würde. Ein Teil von mir hätte sich das auch gewünscht, hatte sich nach seinem Trost, seiner Stärke und seiner Klarsicht gesehnt. Doch was hätte es gebracht? Ich wusste ja, wie wichtig Harry diese Vorträge waren, denn dabei konnte er viele Kinder und Jugendliche erreichen und sie für seinen Traum von gesunden, artenreichen Ozeanen begeistern. Und am Ende hätte er sich vielleicht ebenfalls von Andrews Charme betören lassen und mitgebaggert. Das hätte ich nicht ertragen.

Rufus war bei den Tieren auf der Koppel und schwärmte Alfie und den Schafmädels zweifellos von Andrew vor. Ich holte den Laptop auf die Terrasse und checkte meine Mails. Gestern Abend hatte ich meiner Anwältin geschrieben und ihr die Situation geschildert – wie Andrew Parker am Freitag plötzlich bei mir im Park aufgekreuzt war und das gleichermaßen seltsame wie unerfreuliche Telefonat mit dem Jugendamt. Natürlich hatte sie noch nicht geantwortet, es war schließlich Wochenende, und sie konnte akut ohnehin nichts machen, aber ehrlich gesagt hätte ich gerne von ihr gehört, dass ich mir keine Sorgen machen musste.

Doch weshalb oder worum sorgte ich mich eigentlich? Ich hatte nach Frances' Tod versprochen, dass ich alles dafür tun würde, dass Rufus eine glückliche und möglichst unbeeinträchtigte Kindheit erleben konnte. Andrew Parker und seine Familie schienen ihm das bieten zu können. Auch wenn er mir bei der ersten Begegnung eher unsympathisch gewesen war, hatte es mich wahnsinnig beeindruckt, mit welcher Leichtigkeit er mit Rufus umgegangen war. Ähnlich natürlich und unkompliziert, wie es auch Harry machte, aber auf eine viel jugendlichere, verspieltere Art, die auf Dreijährige geradezu unwiderstehlich wirken musste. Wer war ich, dem Kleinen eine solche Chance zu verbauen?

»Harry!«, hörte ich Rufus' begeisterten Aufschrei und sah, wie er unter dem Koppelzaun durchkroch und dem Mann meines Herzens entgegenrannte, der gerade in den Garten getreten war. Rufus sprang ihm in die ausgebreiteten Arme und krallte sich wie ein Äffchen an ihm fest. Dabei plapperte er ohne Punkt und Komma auf ihn ein.

Mist, daran hätte ich denken müssen: dass Rufus keine Hemmungen haben würde, Harry sofort von seinem neuen Buddy zu erzählen. Ich stand auf und ging auf die beiden zu. Am liebsten hätte ich mich ebenfalls an Harrys breite Brust geworfen, doch sein Blick ließ mich innehalten. Schmerz und Ärger meinte ich darin auszumachen – und beides hatte nichts mit Rufus und sehr viel mit mir zu tun.

Irgendwann machte Rufus sich wieder frei und lief ums Haus herum – zweifellos, um den Bagger aus dem Schuppen zu holen.

»Hallo«, sagte ich sachte zu Harry und fühlte mich plötzlich ziemlich unwohl in meiner Haut. So hatte ich mir das Wiedersehen bestimmt nicht vorgestellt.

»Hi«, entgegnete er so eisig, wie ich ihn noch nie erlebt hatte. »Du hattest also ein aufregendes Wochenende, wie ich hörte. Mit einem Kerl namens Andrew, der je nach Quelle jung und sexy, unvergleichlich charmant oder wahnsinnig cool ist. Schlauer Zug von dir, dass du dir das Wochenende ausgesucht hast, an dem ich weit weg auf dem Festland war. Nicht ganz so clever, dass du beim Fremdgehen die tratschende Nachbarschaft nicht einkalkuliert hast. Langsam müsstest du begriffen haben, dass hier nichts geheim bleibt.«

»Was? Aber es ist ganz anders!«, rief ich vollkommen geschockt. Nahm Harry ernsthaft an, dass ich ihn betrog, sobald sich die erstbeste Gelegenheit ergab?

»Ist es das nicht immer?«, fragte er verächtlich. »Und wie geschmacklos von dem Typen, dass er sich gleich mit Geschenken an Rufus ranmacht. Das ist wirklich das Allerletzte.«

»Hör mir doch mal zu«, beschwor ich ihn eindringlich. »Andrew ist nicht mein Liebhaber, er ist Rufus' Vater!«

»Was?«, fragten Harry und Rufus gleichzeitig – und gleichermaßen verdutzt. Natürlich hatte der Kleine ausgerechnet in diesem Moment wieder um die Ecke biegen müssen.

Ich schloss kurz die Augen, um mich irgendwie zu sammeln. Wie konnte ich das jetzt halbwegs schlüssig erklären, sodass es für beide Jungs nachvollziehbar war?

»Was hast du eben gesagt?«, bedrängte mich Harry und klang einigermaßen entsetzt.

»Andrew ist mein Daddy?« Auch Rufus schien es nicht begreifen zu können. Ich konnte es ihnen beiden sehr gut nachfühlen.

»Andrew war ein guter Freund von deiner Mummy«, wandte ich mich an den Kleinen. »Und es könnte sein, dass er dein Daddy ist, aber sicher wissen wir das noch nicht.«

Ich hörte, wie Harry bei dieser Aussage scharf die Luft einzog, aber meine Aufmerksamkeit war voll auf Rufus gerichtet, der nicht mehr als ein verwirrtes »Hm« über die Lippen brachte.

»Andrew hat das auch erst vor Kurzem herausgefunden, und deshalb war er an diesem Wochenende zu Besuch – weil er dich kennenlernen wollte.«

»Andrew ist cool«, befand der Junge zum x-ten Mal, und ein spitzbübisches Lächeln machte sich auf seinem Gesicht breit. »Dann habe ich jetzt auch einen Daddy – cool.« Mehr gab es dazu aus seiner Sicht beneidenswerterweise nicht zu sagen, und er lief zurück zu seinen Tieren.

Seine Worte klingelten mir in den Ohren. »Dann habe ich jetzt auch einen Daddy.« Mir wurde schwindlig, und ich stolperte auf die Terrasse zurück, wo ich mich auf meinen Sessel fallen ließ.

»Ich weiß nicht, ob mir diese Erklärung besser gefällt als die Fremdgehnummer«, brummte Harry, der mir gefolgt war und sich ebenfalls setzte.

»Wie kannst du auch nur eine Sekunde lang ernsthaft annehmen, dass ich dich betrügen könnte?«, entgegnete ich vorwurfsvoll, aber leise genug, dass Rufus es nicht hören konnte. Ich merkte, wie sehr mich diese völlig absurde und haltlose Unterstellung verletzte.

»Ist das denn tatsächlich so abwegig?«, gab er gereizt zurück. »Wie oft haben wir seit Freitag telefoniert? Mit keiner Silbe hast du den ominösen Besucher erwähnt. Wenn mir dann Leute erzählen, dass ein gut aussehender Kerl bei dir ein und aus geht, was soll ich denn da glauben?«

»Es tut mir leid. Daran hatte ich wirklich nicht gedacht«, gab ich zu – und das stimmte auch. Ich war schließlich mit erheblich größeren Problemen konfrontiert gewesen. »Dieser Andrew stand am Freitag vollkommen überraschend vor mir im Park«, begann ich meinen Bericht. »Ich hatte keine Ahnung, wer er ist und vor allem, was er will. Aber ich weiß doch, wie wichtig dir deine Vorträge sind, und ich wollte dich nicht in einen Gewissenskonflikt bringen, deshalb habe ich nichts gesagt.«

»An exakt diesem Punkt waren wir doch schon mal«, erinnerte er mich. »Es ist nicht nötig, dass du irgendwelche Entscheidungen für mich triffst. Dazu bin ich sehr gut selbst in der Lage.«

»Ja, ich weiß. Das war dumm von mir. Ganz kann ich eben doch noch nicht aus meiner Haut raus«, murmelte ich zerknirscht. Er nickte, und dann erzählte ich ihm alles, was an diesem Wochenende vorgefallen war. Wenn ich mir allerdings Verständnis oder gar Mitgefühl von ihm erhofft hatte, wurde ich bitter enttäuscht. Auch wenn er mir zuhörte, ohne mich zu unterbrechen, wurde seine Haltung immer steifer und seine Ausstrahlung von Minute zu Minute kälter, ja fast schon feindselig.

»Gibt es irgendeinen Beweis dafür, dass dieser Andrew tatsächlich Rufus' Vater ist?«, fragte er schließlich und klang fassungslos.

»Na ja, keinen konkreten Beweis im Sinne eines Vaterschaftstests oder so, aber die Indizien scheinen mir eindeutig zu sein«, erwiderte ich sachte. »Er hat ja sehr offen von der Beziehung zu Frances gesprochen und auch zugegeben, wie schäbig er sich dabei benommen hat. Nicht nur meiner Schwester, sondern vor allem auch seiner Frau und seinem Kind gegenüber. Wer stellt sich selbst in einem so schlechten Licht dar, wenn es ihm nicht ernst ist? Das Jugendamt ist ja offenbar ebenfalls überzeugt, und außerdem ist eine gewisse Ähnlichkeit nicht von der Hand zu weisen. Er ist dunkelblond und hat blaue Augen, genau wie Rufus.«

»Philippa!«, rief Harry ungeduldig, als wäre ich geistig minderbemittelt oder völlig ignorant. »Hörst du dir eigentlich selbst zu? Auch ich bin dunkelblond und blauäugig und könnte daher ebenfalls Rufus' Vater sein, wenn die Optik irgendeine Aussagekraft hätte. Mal abgesehen davon, dass Rufus' Augen eher graublau sind als wirklich blau, im Grunde genau wie deine. Doch das nur am Rande. Du lässt also zu, dass ein wildfremder Mann sich hier als Daddy aufspielt und den Kleinen mit teuren Spielsachen ködert, statt echte Beweise von ihm zu verlangen? Das ist doch total absurd!«

»Ja, aber …«, setzte ich an, doch er schnitt mir sofort wieder das Wort ab.

»Als ›Beweis‹ zieht er diesen unsäglichen Zeitungsartikel hervor. Wie haarsträubend geht es denn noch? Jeder, der diesen geschmacklosen Beitrag gelesen hat, kann davon ausgehen, dass deine Schwester ein etwas ausschweifendes Liebesleben geführt hat. Vermutlich steht übermorgen der nächste Kandidat auf der Matte. Viel wahrscheinlicher, als dass es sich bei diesem Kerl um Rufus' Vater handelt, ist, dass sich da ein Betrüger die schnelle Kohle sichern will. Wenn sich die Bilder deiner Schwester weiterhin so gut verkaufen, wird der Junge über ein beträchtliches Vermögen verfügen und …«

»Aber das ist doch verrückt!«, unterbrach ich ihn. »Ich kann mir nicht vorstellen, dass jemand aus Geldgier so eine Show abzieht, zumal das Geld ja einzig und allein für Rufus bestimmt ist.«

Harry stieß ein Lachen aus, das jedoch kein bisschen vergnügt, sondern regelrecht verzweifelt klang. »Ich weiß nicht, ob ich dich zu deiner Naivität beglückwünschen oder dich schütteln soll. Für Geld sind viele Menschen zu noch erheblich abwegigeren Dingen bereit. Außerdem können die möglichen Kindsväter ja gar nicht wissen, dass sie nicht so einfach an die Kohle rankommen. Sie träumen vermutlich davon, Vermögensverwalter zu werden oder so.«

»Ich mag naiv sein, aber du bist eindeutig zynisch«, blaffte ich ihn an. »Außerdem hat das Jugendamt Andrew bereits überprüft, sonst hätten sie ihm ja wohl nicht unseren Wohnort mitgeteilt.«

»Wie du immer noch Vertrauen zu einer Behörde wie dem Jugendamt haben kannst, ist mir schleierhaft. Wie viele Skandale muss dieses Land noch durchmachen, damit klar wird, dass die Strukturen vollkommen marode sind? Kinder wirklich zu schützen und das Beste für sie zu wollen, scheint mir auf der Agenda der meisten Jugendämter eine eher untergeordnete Rolle zu spielen. Mag sein, dass sie vollkommen überlastet sind und dass es viele Mitarbeiter ehrlich gut meinen, aber die Ergebnisse sehen anders aus. Das ist übrigens nicht nur in Großbritannien ein Problem, sondern auch in den USA.« Er presste die Lippen aufeinander und verschränkte die Arme vor der Brust.

»Nur weil du so schlechte Erfahrungen mit deiner Tochter gemacht hast, heißt das nicht …«

»Findest du es ernsthaft in Ordnung, dass das Jugendamt in Edinburgh einem wildfremden Menschen deine Adresse und deine Arbeitsstelle genannt hat – ohne dich vorher darüber zu informieren? Das ist von jedem Blickwinkel aus betrachtet völlig daneben und eine massive Dienstpflichtverletzung.«

»Aber was, wenn dieser Andrew tatsächlich Rufus' Vater ist?«, fragte ich kläglich. »Bist du nicht der größte Verfechter von Vaterschaftsrechten? Hätte er es nicht verdient, Kontakt zu seinem Sohn zu haben? Und hätte sein Sohn nicht dasselbe verdient?«

»Die Angelegenheit ist überhaupt nicht mit meiner vergleichbar«, presste Harry zwischen zusammengebissenen Zähnen hervor. »Ich habe mich um meine Tochter gekümmert, war immer für sie da. Bist du denn nie auf die Idee gekommen, dass deine Schwester womöglich einen guten Grund gehabt hat, den Kindsvater nicht zu benennen? Vielleicht um Rufus zu schützen?«

Langsam wurde es mir zu bunt. »Ich finde, du übertreibst gewaltig. Der gute Grund bei Frannie war vermutlich, dass sie schlicht nicht wusste, wer der Vater war. Der Artikel war zwar nicht sehr schmeichelhaft, aber leider ziemlich realistisch. Und warum sollte jemand den aufwendigen und kostspieligen Trip von Schottland zu den Scilly-Inseln auf sich nehmen, um ein Kind kennenzulernen, wenn er nicht davon überzeugt ist, dass es sein eigenes ist? Im Übrigen ist es ja nicht so, dass ich Rufus mit Andrew allein gelassen habe.« Es ging mir unfassbar gegen den Strich, dass ich Andrew verteidigen musste, aber Harrys Verhalten erschien mir vollkommen irrational.

»Ich merke schon, du hast dir selbst ganz wunderbare Argumente dafür zusammengereimt, dass es gut wäre, wenn dieser fremde Mann tatsächlich Rufus' Vater ist. Und ich dachte, du hättest eine Bindung zu dem Jungen aufgebaut. Zu ihm, zu den Inseln hier. Zu mir.« Seine Stimme war ganz leise geworden, sodass ich die letzten beiden Worte fast nicht mehr verstand.

»Aber das habe ich doch auch«, entgegnete ich sanft. »Zu allem. Doch ich muss auch rational bleiben und mir überlegen, was am besten für Rufus ist. Alles andere ist nachrangig.«

»Siehst du, das ist der Punkt, an dem ich dir vehement widerspreche. Rationale Überlegungen haben da nichts verloren, und ›nachrangig‹ sollte keiner dieser Faktoren sein. Du willst es vielleicht nicht wahrhaben, aber du hast dir die Antwort schon selbst gegeben. Und mir. Mach's gut, Philippa.« Damit stand er auf, winkte Rufus kurz zu und verließ mit raschen Schritten das Grundstück.

Ich blieb zurück, wie vom Donner gerührt und noch verwirrter als vor seiner Ankunft.

WENDEPUNKTE

Zu meiner Erschütterung teilten meine Anwältin, meine Brüder und Hazel Harrys Einstellung und reagierten auf Andrew Parkers Überraschungsbesuch fast genauso heftig wie er. Andrew meldete sich inzwischen mehrmals täglich, entweder mit Schnappschüssen von seiner perfekten Familie oder mit Nachfragen zu Rufus' Wohlergehen. Vorhin hatte er mir mitgeteilt, dass er und seine Frau jetzt auch noch eine offizielle Anerkennung als Pflegestelle bekommen hatten und daher Kinder aufnehmen konnten, für die das Jugendamt eine Unterbringungsmöglichkeit suchte.

»Ist dir klar, dass das eine verbrämte Drohung ist?«, fragte mich Hazel, die ich nach dem Telefonat in unserem Lieblingsversteck im *Abbey Garden* getroffen hatte. Eigentlich, um über die Sache mit Harry zu sprechen, von dem ich seit seinem Abgang am Sonntag nichts mehr gehört oder gesehen hatte. Inzwischen war es Mittwoch, und mich belastete die Funkstille über alle Maßen. Ich vermisste ihn in jeder denkbaren Hinsicht, doch meine bisherigen Kontaktversuche hatte er allesamt ignoriert und ins Leere laufen lassen.

»Inwiefern Drohung?«

Hazel betrachtete mich mit einem Blick, der auch von Harry hätte stammen können. »Damit will er sagen: ›Egal, ob ich der biologische Vater bin oder nicht, wenn das Jugendamt der Meinung ist, dass Rufus bei mir besser aufgehoben ist als bei dir, dann werde ich ihn kriegen!‹ Und angesichts dessen, wie du ihn geschildert hast und was du von der Jugendamtstante erzählt hast, kommt mir das nicht unwahrscheinlich vor.«

»Was?« Ich schüttelte den Kopf. »Ehrlich, das wird immer abenteuerlicher. Das klingt mir viel zu sehr nach Verschwörungstheorie. Ich glaube vielmehr, dass er sich wirklich und aufrichtig für Rufus interessiert und mir und dem Jugendamt beweisen möchte, dass er seinem Sohn ein gutes Zuhause bieten könnte.«

»Pippa, ich sag's echt nicht gern, aber ich bin kurz davor, Harry in seine Einsiedelei zu folgen. Du bist derart verblendet, dass ich mich ernsthaft frage, woher das kommt.« Sie schnaubte. »Ich bin nur froh, dass deine Anwältin auf Zack zu sein scheint. Du hast ihr von der neuesten Entwicklung schon berichtet, oder?«

»Ähm …«

»Philippa!«

»Du meinst die Sache mit der Pflegestelle? Nein, das habe ich ihr noch nicht erzählt, weil ich es doch auch erst seit ein paar Minuten weiß. Er hat unmittelbar vor unserem Treffen angerufen.«

Meine Freundin starrte mich fassungslos an. »Okay, ich buche einen Trip nach Bryher. Dir ist echt nicht mehr zu helfen!« Sie stand auf, blickte sich unschlüssig um und setzte sich dann doch wieder. Dann legte sie mir beide Hände auf die Knie und sah mir tief in die Augen. »Philippa Gordon, du nimmst jetzt dein Telefon in die Hand, rufst auf der Stelle deine Anwältin an und erzählst ihr alles haarklein. Und wenn du damit fertig bist, solltest du aufhören, dich hinter vermeintlich rationalen Überlegungen zu verschanzen, und endlich auf das hören, was dein Herz und deine Instinkte dir raten. Hast du das begriffen?«

Ich nickte zögernd. Die Anwältin würde ich natürlich auf jeden Fall anrufen, auch wenn ich mir albern vorkam, wenn ich sie wegen jeder Kleinigkeit belästigte. Was mein Herz und meine Instinkte betraf, war ich mir jedoch nicht ganz so sicher.

»Gut. Dann lass ich dich jetzt allein. Ich muss nach meinen Bienen schauen, und heute Abend treffen wir uns beim Rudern. Ich würde unsere letzten Erfolge gerne fortsetzen. Vielleicht schaffen wir es ja tatsächlich mal auf Platz zwei.« Nun stand sie endgültig auf, pfiff nach Toby, der irgendwo in der Nähe auf eigene Faust unterwegs gewesen war, und verschwand hinter der nächsten Hecke.

Meine Anwältin bezeichnete Andrews Offensive als »etwas übermotiviert«, teilte aber glücklicherweise nicht Hazels regelrecht paranoide Angst. Trotzdem versprach sie mir, sich beim Familiengericht noch verbissener um die Klärung der Sorgerechtsfrage in meinem Sinne zu kümmern. Parallel wollte sie einen Vaterschaftstest von Andrew Parker verlangen. Selbst wenn er der biologische Vater von Rufus war, so versicherte sie mir, bedeutete das allerdings nicht zwangsläufig, dass er auch das Sorgerecht für den Jungen bekommen würde. Sie tat alles, um mich zu beruhigen, aber irgendwie blieb doch ein schales Gefühl zurück. Mir erschien es so, als stünde ich kurz vor einem Wendepunkt in meinem Leben – zum zweiten Mal in diesem Jahr. Nur war ich diesmal kein

Spielball des Schicksals, sondern diejenige, die aktiv Entscheidungen treffen musste.

Ich hatte immer gedacht, dass Entscheidungsfreude zu meinen Stärken gehörte. Dass ich es schätzte, die Kontrolle über mein Leben zu haben, Dinge planen und organisieren zu können. Deswegen hatte ich ja auch solche Schwierigkeiten gehabt, mich im Frühjahr an die neue Situation zu gewöhnen. Doch nun, wo ich wirklich gefordert war, weil wichtige Weichen gestellt werden mussten, fühlte ich mich völlig verzagt. So, als hätte ich meine Kompassnadel verloren. Nicht nur die Richtung, in die ich gehen wollte, war mir abhandengekommen, ich konnte nicht mal überblicken, um welche Dinge es in der Gesamtheit ging. Rufus' zukünftiger Lebensmittelpunkt, Harry, der im Moment nicht mit mir sprach, mein Job hier auf den Scilly-Inseln, mein ursprünglicher Lebenstraum, nach Südafrika zu ziehen. Meine Freunde – die alten und die neuen. Meine Familie. Alles.

Weil mir »alles« aber zu unübersichtlich war und mich zu lähmen drohte, konzentrierte ich mich auf die Dinge, die ich überblicken konnte. Meinen Job beispielsweise. Ich packte entschlossen mein Telefon weg und ging ins Gewächshaus, um nach den Setzlingen zu sehen, die ich letzten Freitag eingepflanzt hatte. Sie entwickelten sich gut, allerdings auch sehr unterschiedlich. Offenbar reagierten sie besonders sensibel auf den Nährstoffgehalt der Böden. Ich machte Fotos, vermaß die Blattgrößen, verglich die Färbung und nahm winzige Proben, um später im Labor Analysen des Chlorophyllgehalts und der Zellstrukturen durchführen zu können. Danach trug ich sämtliche Informationen in die Datenbank ein – und fühlte mich schließlich wieder einigermaßen normal.

Die Arbeit und der Umgang mit Pflanzen hatten immer eine beruhigende Wirkung auf mich und machten mich zufrieden und ausgeglichen. Dabei spielte es keine große Rolle, ob ich in meinem Gemüsebeet herumwühlte oder wissenschaftlich forschte, es blieb eine beglückende Aufgabe. Und eine, in der ich zumindest eine Teillösung für mein erheblich größeres Problem vermutete. Auf jeden Fall die Erkenntnis, dass sich alles im Leben in natürlichen Zyklen abspielte. Keine Pflanze war jeden Tag gleich. Sie wuchs, sie blühte, sie entwickelte Früchte, sie verfiel in eine todesähnliche Winterstarre, nur um im nächsten Frühjahr wieder von vorne anzufangen. Jede Phase war anders, nicht jede schön, aber alle notwendig. Vielleicht galt das auch für andere Lebewesen? Und für Beziehungen? Vielleicht hatten Harry und ich nur eine kurze, aber heftige Phase der Winterstarre erreicht?

Sicherheitshalber ignorierte ich die kleine innere Stimme, die höhnisch anmerkte, dass meine Analogien haarsträubend waren und jeder sinnvollen Grundlage entbehrten. Hazel hatte doch gesagt, ich solle nicht immer so rational sein. Sie hatte es in einem anderen Zusammenhang gemeint, aber irgendwo konnte ich ja wohl damit anfangen.

Mit mühsam zusammengeflicktem Seelenfrieden ging ich schließlich nach Hause und holte Rufus von der Kindergruppe ab. Er war bester Stimmung, auch wenn er zum Fürchten aussah. Vorgestern war nämlich Jaspers großer Bruder auf die Idee gekommen, Jasper und Rufus das Fahrradfahren beizubringen. Recht erfolgreich – zunächst jedenfalls. Rufus liebte sein Laufrad und seinen Roller und hatte nur wenig Schwierigkeiten, das Prinzip des Tretens zu begreifen. Es hatte nicht lang gedauert, bis er buchstäblich den Dreh rausgehabt hatte.

Blöderweise aber nur beim Fahren, nicht beim Bremsen, und so war er zum Finale der ersten Trainingseinheit volles Rohr an eine Mauer gekracht, hatte sich ein Knie und einen Ellbogen aufgeschlagen und sich einige blaue Flecke geholt. Verletzungen, die er nach dem ersten Schock und reichlich Tränen nun wie Trophäen trug.

»Na, hattet ihr einen tollen Tag?«, fragte ich ihn, als wir unseren Garten erreichten.

»Jahaaaa!«, rief er, hielt weitere Auskünfte aber für überflüssig und flitzte ums Haus herum in Richtung Küchengarten. Das war inzwischen unser tägliches Ritual: Nach dem Kindergarten überprüften wir gemeinsam, was an Obst und Gemüse reif war, und ernteten unsere Tagesausbeute. Meist verdrückte er dann den einen oder anderen Muffin mit Beeren, und ich machte mir Gedanken, wie ich der Flut von Zucchini, Möhren und Bohnen Herr werden könnte. Ich schnappte mir also meinen Erntekorb, der auf dem Terrassentisch wartete, und folgte ihm.

»Huch!« Überrascht stoppte ich, denn vor meinem Beet stand eine Frau, die ich nicht kannte, und war gerade dabei, Rufus in ein Gespräch zu verwickeln. »Kann ich Ihnen helfen?«, fragte ich beim Näherkommen. Vermutlich eine Tagestouristin auf Abwegen. Manchmal kam es vor, dass Gäste sich verliefen, aber dass sie einfach so in einen umzäunten und offensichtlich privaten Garten marschierten, war doch eher ungewöhnlich.

»Verzeihung, das ist mein erster Besuch hier auf Tresco, und ich war so entzückt von Ihrem tollen Garten und den verführerisch leuchtenden Beeren …«

»Wenn Sie sich für Gärten interessieren, empfehle ich

Ihnen einen Besuch im *Abbey Garden*«, entgegnete ich und sah mir die Frau genauer an. Sie war schätzungsweise Mitte, Ende vierzig und trug die übliche Tagesgästekluft aus Shorts und Turnschuhen. Dazu hatte sie eine akkurat gebügelte und bis zum Hals zugeknöpfte Blümchenbluse an, und eine praktische Softshell-Jacke hing über ihrem Arm. Wofür sie die bei knapp dreißig Grad zu brauchen meinte, war mir nicht ganz klar, aber ich schätzte, im Reiseführer stand der Hinweis, dass es auf den Fährfahrten frisch werden konnte.

»Den habe ich mir selbstverständlich schon angeschaut«, sprach sie weiter. Allerdings sah sie dabei die ganze Zeit Rufus an und nicht mich, und der Blick, mit dem sie ihn scannte, gefiel mir gar nicht. »Hast du da ein paar Autschis?«, fragte sie ihn nun und deutete auf sein verkrustetes Knie und die Schürfwunde am Arm.

»Cool, oder?« Er strahlte sie voller Stolz an. »Es tut aber gar nicht mehr weh, und vielleicht darf ich nachher wieder Fahrrad fahren.« Er warf mir einen fragenden Blick zu.

»Vielleicht«, entgegnete ich vage. »Aber erst müssen wir uns um das Beet kümmern. Ich glaube, ich hab schon wieder ein paar Schnecken gesehen.«

Er nickte und lief unternehmungslustig zum Beet. »Ich hab zwei fette Schnecken gefunden!«, rief er gleich darauf triumphierend und kam mit seiner Beute zurück.

»Ganz toll, Rufus«, lobte ich ihn und musste mir ein Lachen verkneifen, als die Frau leicht angewidert zurückwich.

»Wenn Sie den Weg zum Hafen suchen, der ist einfach nur die Straße entlang«, sagte ich zu ihr. »Die Ausflugsfähren fahren heute nicht mehr lange.«

»Oh, keine Sorge. Ich übernachte in dem zauberhaften

Hafenpub. Aber ich werde mich dann wieder auf den Weg machen. Einen schönen Tag noch.«

»Wer war die Frau?«, wollte Rufus wissen, als sie unseren Garten verlassen hatte.

»Keine Ahnung. Vermutlich eine Touristin«, brummte ich, aber irgendwas prickelte unangenehm in meinem Nacken. »Lass uns an die Arbeit gehen, und dann essen wir Kuchen. Ich brauch heute wieder Energie fürs Gig-Rennen. Hazel will es unbedingt auf Platz zwei schaffen«, erzählte ich ihm.

»Ihr müsst das echt mal schaffen!«, befand er ernsthaft, und ich musste wieder lachen. Es war so niedlich, wie engagiert selbst die Kleinsten schon beim Thema Gig-Boot-Rennen waren, und ich wusste, dass Rufus und seine Freunde es kaum erwarten konnten, dass sie es selbst ausprobieren durften.

»Ich verspreche dir, ich werde alles geben!« Grinsend ging ich zum Beet und begann mit der Ernte. »Ich glaube, ich werde nachher noch mal ein Zucchinibrot backen«, kündigte ich an und war einmal mehr froh, dass in der Vorratskammer des Cottages eine große Tiefkühltruhe stand. Beim Einzug vor ein paar Monaten hatte ich darüber nur den Kopf geschüttelt, aber inzwischen war sie schon gut gefüllt – mit lauter Leckereien aus dem Garten, die ich zu Kuchen, Broten, Aufläufen und Soßen verarbeitet hatte. In den Regalen standen Reihen um Reihen von Marmeladen, die ich bei nächster Gelegenheit wieder im Supermarkt und im Parkshop verkaufen würde, und am Wochenende wollte ich damit anfangen, herzhafte Chutneys einzukochen – und wieder einiges an Seifen sieden. Die waren der Renner, speziell bei den Touristen, und ich wollte die Zeit noch nutzen, denn im Winter kam praktisch niemand mehr.

Trotz der Hitze fröstelte es mich beim Gedanken an den nahenden Herbst und Winter. Wie sich das Leben hier dann wohl anfühlen würde? Was, wenn sich die Sache mit Harry nicht wieder einrenkte und Rufus am Ende… Nein, daran konnte und wollte ich jetzt nicht denken. Noch war Sommer, und mein kleiner Ernte- und Düngehelfer war genauso in seinem Element wie ich.

Rufus plapperte nonstop vom Fahrradfahren und davon, dass Jasper und er heute Vormittag versucht hatten, Schäfchen Rosebud irgendwelche Tricks beizubringen. Das war wieder eine Idee von Jaspers großem Bruder gewesen, der nämlich nicht nur kleinen Jungs gerne das Fahrradfahren ohne Bremsen beibrachte, sondern auch dem Hund der Familie lauter Unsinn antrainierte. Offenbar konnte sich Ozzy auf Befehl tot stellen, sich auf dem Boden herumrollen und auf zwei Beinen tanzen. Rosie hatte allerdings keine vergleichbaren Talente gezeigt, wie Rufus halb bedauernd und halb empört berichtete.

»Schafe haben nicht so viel Lust auf alberne Tricks«, sagte ich.

»Die sind voll langweilig!«

»Ich dachte, du hast sie lieb?« Ich ächzte, als ich nach einer weit entfernten Zucchini angelte. Normalerweise ließ Rufus auf seine Tiere nichts kommen und legte großen Wert auf tägliche Kuscheleinheiten.

»Ich hab sie auch lieb, aber sie sind trotzdem langweilig«, erklärte er in einem Tonfall, der wohl ausdrücken sollte, dass dies kein Widerspruch war. Womit er nicht ganz unrecht hatte. »Können wir einen Hund haben?«

Ich seufzte. Diese Frage kam mindestens dreimal pro

Woche. Zurzeit eher häufiger. Meine Antwort war auch stets die gleiche: »Du hast doch so viele Hunde, mit denen du spielen kannst. Ozzy siehst du fast jeden Tag, und Hazels Toby ist ja auch ständig hier.«

»Ja, aber das sind ja nicht *meine* Hunde, denen kann ich gar keine Tricks beibringen«, schmollte er.

»Bei Toby wäre ein bisschen Erziehung schon der größte Trick«, murmelte ich.

»Harry will auch einen Hund!«

»So?« Mein Herz polterte plötzlich ganz hektisch. Wann hatten Rufus und Harry über Hunde gesprochen?

»Ja. Hat er mir erzählt. Und Andrew mag Hunde auch und hat einen.«

Das Herzpoltern wurde schlagartig von den eiskalten Angstklauen gestoppt. Andrew war bei Rufus seit dem Fahrradabenteuer vorgestern kein Thema mehr gewesen, doch offenbar nur mir gegenüber. Ich räusperte mich. »Vielleicht müssen wir uns noch mal ganz gründlich Gedanken darüber machen, wie das mit einem Hund funktionieren könnte«, sagte ich, unterbrach den euphorischen Jubel des Dreikäsehochs jedoch sofort wieder: »Aber nicht heute und nicht morgen. Das müssen wir uns ein bisschen überlegen. Vielleicht im Winter.« Rufus zog einen Flunsch. Der Winter lag von seiner Warte aus in einer sehr fernen Zukunft, und ich wollte gar nicht darüber nachdenken, was dann sein würde. »Ich glaube, wir haben genug geerntet. Lass uns Kuchen essen. Und dann backe ich noch zwei Zucchinibrote, ja?«

Als wir zwei Stunden später in Richtung New Grimsby liefen, war die Hundekrise fürs Erste glücklicherweise abgewendet.

»Wer hat heute Kinderdienst?«, fragte Lindsay, die seit einem Monat bei uns mitruderte und mit Jasper im Schlepptau zu unserem Boot kam, wo Hazel schon alles überprüfte. »Harry ist nicht da, oder?«

Während der letzten Wochen hatte Harry eigentlich jeden Mittwoch auf Rufus und die anderen Kinder aufgepasst, während wir unser Rennen gefahren waren. Manchmal hatte er die Kleinen auch alle in sein Boot geladen, damit sie uns anfeuern konnten. Doch es war keine Spur von ihm zu sehen, auch wenn ich es insgeheim gehofft hatte.

»John hat ein Auge auf die Rasselbande«, versprach Keiras Mutter Bree, ehe ich überhaupt etwas sagen konnte, und deutete auf den kleinen mobilen Verkaufsstand, den ihr Mann ein paar Meter entfernt am Strand aufgebaut hatte. »Er hat heute reichlich gefangen und will jetzt Fische und Meeresfrüchte grillen.«

»Super, vielen Dank«, antwortete ich erleichtert. »Rufus?«, rief ich und winkte, bis ich seine Aufmerksamkeit hatte. »Keiras Dad passt heute auf euch auf! Sei lieb, ja?«

»Jahaaaa!«, schrie er vergnügt zurück und rannte dann zu seinem Kumpel Jasper, der irgendwas Interessantes am Strand entdeckt hatte.

Als wir die *Hope* schließlich zu Wasser ließen und einstiegen, sah ich plötzlich die Frau wieder, die vorhin bei uns im Garten gestanden hatte. Sie saß auf der Kaimauer und schrieb eifrig in ein kleines Buch. Offenbar hatte sie meinen Blick gespürt, denn sie hob den Kopf und schaute in meine Richtung – und wieder spürte ich das seltsame Prickeln in meinem Nacken.

Das heutige Rennen war eine einzige Enttäuschung. Wir

landeten mit einiger Mühe auf dem drittletzten Platz – sämtliche Silberlöckchen-Teams vor uns. Hazel hatte den Grund rasch ausgemacht: mich.

»Sieh zu, dass du das mit Harry wieder geregelt bekommst«, motzte sie mich auf der Heimfahrt an. »Wenn es gut läuft zwischen euch, bist du die stärkste Ruderin im Team, wenn es mies läuft, ziehst du uns alle in den Abgrund. Das ist inakzeptabel.«

Die anderen Frauen pflichteten ihr natürlich bei, und ich stöhnte nur frustriert auf. »Wenn es so einfach wäre, hätte ich schon längst …«

»Hättest du was?« Hazels hellblaue Augen funkelten gefährlich. »Dein schottischer Sturschädel verhindert jeden vernünftigen Ansatz. Kein Wunder, dass Harry darauf keine Lust hat.«

»Also erstens ist Harry auch Schotte, und zweitens habe ich nicht die leiseste Ahnung, wovon du sprichst.« Beides war richtig, aber auch, dass ich mich mal wieder vollkommen überfordert fühlte.

»Ich sag's ja, Sturschädel!«

»Darüber muss ich nachdenken«, brummte ich.

»Genau das ist dein Problem! Du denkst zu viel über die falschen Dinge nach und handelst insgesamt zu wenig. Mit Denken allein wurde noch keine Krise bewältigt.«

»Mag sein. Aber solange ich nicht weiß, wo genau das Problem liegt und wie ich es lösen kann, kann ich doch nichts machen. Einfach irgendwas zu tun, ist ja wohl auch nicht zielführend.« Ich seufzte. Für mich klang das logisch.

»Ich habe nur noch ein letztes Argument, danach werde ich nichts mehr zu dem Thema beitragen«, kündigte Hazel feierlich an und erntete von den restlichen Ruderinnen aufmunternde Töne.

»Na schön, lass hören«, gab ich mich geschlagen.

»Das Hirn ist nicht das einzige Organ im Körper, das denken kann«, sagte sie und klappte dann wie versprochen den Mund zu.

Als Biologin musste ich ihr sogar recht geben, auch wenn ich keine Expertin für Humanbiologie war. Faktisch hatte ich davon fast genauso wenig Ahnung wie mutmaßlich Hazel und die anderen Frauen hier im Boot. Ich wusste aber, dass es bei Pflanzen eine Art vegetatives Bewusstsein gab und bei Menschen so etwas wie Muskelgedächtnis, weshalb man Dinge wie das Fahrradfahren auch nie verlernte. Aber das war nicht das, was Hazel meinte, das war mir auch klar. Heute Mittag hatte sie mir geraten, auf mein Herz und meine Instinkte zu hören, doch die Erfahrung hatte mir gezeigt, dass ich das auf keinen Fall riskieren konnte.

Schweigend paddelten wir zurück zum Ufer und verabschiedeten uns entgegen unserer sonstigen Gewohnheit ohne großes Palaver.

»Ich hab dir ein bisschen Fisch eingepackt«, sagte John, als ich zu seinem Verkaufsstand ging, um Rufus einzusammeln. Er reichte mir ein Päckchen, das noch warm war und verführerisch duftete.

»Danke. Du bist ein Lebensretter.«

»Und noch was«, fing er an und kratzte sich dann am Kopf. »Vorhin war eine Frau hier, die sich nach dir erkundigt hat. Sie wollte wissen, ob du Rufus immer einfach so in der Obhut fremder Menschen lässt. Als ob ich fremd wäre, also wirklich!«

»Was?« Ich runzelte die Stirn, denn das Nackenprickeln war wieder da. »War die Frau ungefähr Ende vierzig, mit kinnlangen straßenköterbraunen Haaren, Shorts und einer bis zum Hals zugeknöpften Bluse?«

»Genau. Kennst du sie? Sie hat auch die Kinder angequatscht, wollte aber wohl nur mit Rufus sprechen.«

Ich schüttelte den Kopf. »Die stand heute Nachmittag urplötzlich bei uns im Garten. Angeblich, weil sie ihn so schön fand.« Meine Instinkte formulierten auf einmal sehr deutliche Wünsche: Ich wollte die Frau am liebsten auf der Stelle suchen und zur Rede stellen. Wie kam sie dazu, Erkundigungen über mich einzuziehen, ganz zu schweigen davon, dass sie fremde Kinder ausfragte? Spinner gab es ja in vielen Formen, aber langsam wurde mir die Sache unheimlich. »Danke fürs Bescheidgeben und für den Fisch«, sagte ich zu John. »Und fürs Aufpassen natürlich. Bis bald.«

Bevor ich mich mit Rufus auf den Heimweg machte, ließ ich den Blick über die Menge schweifen, konnte die Bügelblusen-Frau aber nirgendwo entdecken.

»Was wollte denn die Frau vorhin von dir?«, erkundigte ich mich bei Rufus, während wir nach Hause gingen.

Er zuckte mit den Schultern. »Nichts.«

»Nichts?«

»Sie hat nur gefragt, was mein größter Wunsch ist.«

»Und?« Ich merkte, wie ich schlagartig nervös wurde, wie sich die bekannten Angst-Eisfinger diesmal nicht nur um mein Herz, sondern um meinen gesamten Brustkorb wickelten und mir die Luft raubten.

»Na, ein Hund halt«, erwiderte er schlicht, und mein erleichtertes Ausatmen hörte sich fast wie ein Schluchzen an.

Einen irrationalen Moment lang war ich mir absolut sicher gewesen, er würde sagen, dass er zu Andrew ziehen wolle.

»Pippa?«

»Hm?«

»Bist du traurig?«

»Nein, mein Schatz, warum?«

»Weil du weinst.« Er blieb stehen und deutete auf mein Gesicht.

Wir waren gerade wieder in unserem Garten angekommen, und ich ließ meine große Tasche auf den Boden gleiten. Dann ging ich vor Rufus in die Hocke und wischte mir die Tränen von den Wangen.

»Ich bin nicht traurig, ich bin nur …« Überwältigt von der Erkenntnis, wie sehr ich diesen kleinen Kerl liebte. Dieser kurze Moment der nackten Angst eben, als ich befürchtet hatte, dass er sich nach Andrew sehnte, hatte es mir ganz klar vor Augen geführt: Ich würde es nicht ertragen, Rufus zu verlieren. Ich wollte nicht, dass er woanders lebte. Ich wollte mich nicht in Südafrika oder sonst wo verwirklichen. Ich wollte ihn aufwachsen sehen, wollte davon aufwachen, dass er mir seinen Plüschfuchs ins Gesicht drückte oder einen Ellbogen in den Bauch rammte. Ich wollte hören, dass er mich immer öfter Mummy nannte und immer seltener Pippa. Ich wollte weiterhin die Einzige sein, von der er sich seine Schrammen verarzten ließ, und ich wollte sogar liebend gern das Ziel seiner regelmäßigen Trotzanfälle sein und mir von Paula vorbeten lassen, was ich alles falsch machte.

»Ich bin nicht traurig«, setzte ich also erneut an. »Ich hab dich einfach wahnsinnig lieb und bin froh, dass du mein Bärenkind bist.« Ich zog ihn in meine Arme, bohrte meine

Nase in seinen zerzausten dunkelblonden Schopf und genoss es, wie er zutraulich seine Arme um meinen Hals schlang.

»Und wenn du wirklich so wahnsinnig gern einen Hund haben möchtest, dann kriegen wir das hin. Vielleicht zusammen mit Harry.« Das war die nächste Erkenntnis, glasklar, als wäre sie schon lange in meinem Kopf gewesen. Ich wollte das alles nicht ohne Harry machen. Ich würde es tun, gar kein Zweifel, aber ich wollte es nicht. Ich wollte ihn in meinem Leben – in unserem Leben haben.

»Ich bekomme einen Hund!«, jubelte Rufus, der natürlich nur die für ihn wesentliche Information herausgehört hatte.

»Denk dran, nicht sofort. Wir wollen schließlich den richtigen Vierbeiner für uns finden.« Ich drückte ihn noch einmal ganz fest. »Aber dann werden wir einen eigenen Hund haben.«

»Mit Harry?«

»Mit Harry«, bestätigte ich voller Zuversicht. »Aber jetzt ist Bett angesagt, junger Mann.« Ich küsste ihn auf die Wange und stand dann auf.

Eine gute Stunde später, als Rufus mit Foxy im Arm längst selig eingeschlummert war, ich meinen Fisch gegessen und mit meiner Anwältin telefoniert hatte, setzte ich mich aufs Sofa und starrte mein Handy an. Nun war es an der Zeit, Harry über meine Herzenserkenntnisse zu informieren. Ob er rangehen würde?

Mit zitternden Fingern wählte ich seine Nummer. Es klingelte ein paarmal, und ich stellte mir vor, wie er seinerseits mit dem Telefon in der Hand dasaß und überlegte, ob er mit mir sprechen wollte oder nicht. Dann sprang die Mailbox an, und ich schluckte meine Enttäuschung hinunter. Ich wollte loswerden, was ich loszuwerden hatte, also fing ich an zu reden.

»Harry, es tut mir ehrlich leid, wenn ich dich mit meinem Verhalten gekränkt habe. Du hast recht – vermutlich mit allem, was du mir gesagt hast. Ich hab das bis vorhin nicht wirklich verstanden. Nicht aus böser Absicht oder Ignoranz, sondern … Tja, warum eigentlich? Aus Angst vor zu vielen Gefühlen? Aus Angst vor Zurückweisung? Aus Angst davor, dass ich wieder etwas oder jemanden verlieren könnte, der mir am Herzen liegt? Ich kann es nicht genau bestimmen, aber ich schätze, aus dieser Ecke könnte es kommen.

Ich teile immer noch nicht ganz dein und Hazels Misstrauen, doch heute sind ein paar Dinge geschehen, die mich haben stutzig werden lassen. Und vor allem ist mir von einer Sekunde auf die andere absolut klar geworden, dass ich Rufus nicht kampflos hergeben werde. Ich habe noch nie so viel Liebe gespürt wie für diesen kleinen Jungen – und wie für dich. Dich werde ich nämlich auch nicht kampflos hergeben. Aber am liebsten wäre es mir, wenn ich nicht mehr kämpfen müsste, sondern wir drei einfach zusammen sein könnten. Idealerweise für immer. Ähm … wohl eher wir vier. Ich habe Rufus nämlich vorhin einen Hund versprochen.«

SEELENÖFFNER

Auch wenn Harry sich an diesem Abend nicht mehr bei mir meldete, fühlte ich mich nach meinem Liebesgeständnis deutlich besser. Ich hatte immer gedacht, dass für Erkenntnisgewinne spektakuläre Geistesblitze oder dramatische äußere Umstände nötig waren, doch in Wirklichkeit hatte ein kleiner, irrationaler Moment der Angst gereicht. Erstaunlich.

Auch dass Menschen wie Harry und Hazel meine unabsichtliche Verbohrtheit so genau erkannt hatten. Sie hatten vor mir geahnt, dass ich eigentlich sehr genau wusste, was ich wollte – und was nicht. Ich wollte Rufus' Mutter sein, egal ob Andrew sein biologischer Vater war oder nicht. Ich wollte, dass Rufus bei mir aufwuchs. Bei uns. Denn ich wünschte mir auch, dass Harry ein Teil der Gleichung war. Sollte Andrew tatsächlich Rufus' Erzeuger sein, würde sich eine gute Lösung finden, aber ich würde auf keinen Fall zulassen, dass das Kind ohne Not ein weiteres Mal aus seiner vertrauten Umgebung herausgerissen wurde. Das hatte ich genau so auch meiner Anwältin gesagt, die ihre Bemühungen nun weiter verstärken wollte.

Ich ging ausgeschlafen und gut gelaunt zur Arbeit – überzeugt davon, dass sich jetzt alles fügen würde. Dass sich Harry noch nicht gemeldet hatte? Geschenkt. Wenn ich bis heute

Nachmittag nichts von ihm hörte, würde ich eben mit Rufus nach Bryher fahren und ein persönliches Gespräch suchen. Das war sicher ohnehin die bessere Variante.

Der Vormittag verlief ohne besondere Ereignisse, und ich malte mir schon aus, mit welchen kulinarischen Highlights ich Harry nachher überfallen wollte, als mein Handy klingelte. Meine Anwältin war dran: »Ms. Gordon, ich habe eben einen Anruf vom Familiengericht bekommen, mit dem man mich informiert hat, dass Ihr Antrag auf vollständiges Sorgerecht abgelehnt wurde. Angeblich plant das Jugendamt, Rufus in einer Pflegefamilie unterzubringen.«

»Was?«, keuchte ich entsetzt auf.

»Wir wissen noch nicht genau, was dahintersteckt, aber ich vermute ganz stark, dass irgendjemand Sie angeschwärzt hat. Wahrscheinlich Andrew Parker. Dem Jugendamt sollen Vorwürfe zu Ohren gekommen sein, dass Rufus misshandelt wird, einen unglücklichen Eindruck macht und sogar zu Kinderarbeit gezwungen wird. Machen Sie sich keine Sorgen, das werden wir alles entkräften. Wir haben starke Indizien dafür, dass die Motivation von Andrew Parker nicht nur auf reiner Menschenliebe basiert, sondern andere Gründe hat. Wir sind dran. Ich wollte Ihnen nur Bescheid geben. Lassen Sie den Kleinen bitte nicht aus den Augen, und achten Sie darauf, dass kein Fremder Zugriff auf ihn hat.«

»Denken Sie etwa, er könnte entführt werden?«

»Das halte ich für unwahrscheinlich, aber manchmal entscheiden sich Jugendämter für fragwürdige ›Rettungsaktionen‹. Die sind oft nicht wirklich legal, doch es werden dadurch Fakten geschaffen. Die abgelegene Lage der Scilly-Inseln dürfte uns diesbezüglich in die Karten spielen. Wie gesagt, es gibt keinen akuten Grund zur Sorge, aber seien Sie wachsam. Ich melde mich, sobald ich Neuigkeiten habe.«

Nachdem die Anwältin aufgelegt hatte, saß ich noch ein paar Herzschläge lang wie in Schockstarre auf meinem Stuhl.

»Alles klar?«, fragte mich Lilly, meine Praktikantin, und warf ihrer Kollegin Sarah einen besorgten Blick zu.

»Nein«, entgegnete ich. »Nichts ist klar.« Dann stand ich auf und schnappte mir meine Tasche. »Ich muss dringend nach Hause. Ihr kommt den restlichen Tag ohne mich klar.«

»Können wir irgendwas tun?«, wollte nun Sarah wissen.

»Gebt bitte Timothy Bescheid, dass ich mich um einen familiären Notfall kümmern muss. Morgen bin ich hoffentlich wieder da, und falls nicht, melde ich mich.« Damit verließ ich hastig unser Büro und rannte im Laufschritt durch den Park. Währenddessen versuchte ich, Paula anzurufen, doch es meldete sich nur die Mailbox. Genauso bei Harry, ihm sprach ich jedoch drauf: »Ich brauche deine Hilfe. Man will mir Rufus wegnehmen.« Dann sprintete ich nach Hause und direkt weiter in den Garten meiner Nachbarn. Die vier Kinder saßen gerade auf der Terrasse beim Mittagessen, und ich war bei ihrem Anblick so erleichtert, dass ich in Tränen ausbrach.

»Was ist denn los?«, wollte Paula wissen, die gerade mit einer Karaffe Wasser aus dem Haus kam.

»Mummy weint, weil sie sich so sehr auf unseren Hund freut. Stimmt's?«, schmatzte Rufus, und ich musste schon fast wieder lachen.

Mit einiger Mühe riss ich mich zusammen und streichelte ihm über den Kopf. »Stimmt, mein Großer. Aber jetzt iss weiter.«

»Magst du auch etwas essen? Oder etwas trinken?« Paula

musterte mich stirnrunzelnd, wenn auch mit einem mütterlich besorgten Ausdruck im Gesicht. Ich musste wirklich schlimm aussehen, wenn sie sich so offensichtlich Sorgen machte.

»Vielleicht ein Glas Wasser?«, bat ich und folgte ihr gleich darauf ins Haus. Dort erzählte ich ihr in knappen Worten davon, was mir die Anwältin mitgeteilt hatte, und von meinem Verdacht, dass die seltsame Frau von gestern dahinterstecken könnte.

»Hazel hat mir schon gesagt, dass sie diesem Andrew nicht über den Weg traut«, bemerkte Paula kopfschüttelnd. »Aber das wäre ja ein starkes Stück.«

»Ich weiß, dass du mich nicht für besonders mütterlich hältst und oft der Meinung bist, dass ich das mit Rufus nicht gut mache, aber …«

Paula unterbrach mich, indem sie mir eine Hand auf den Arm legte und mich eindringlich anschaute. »Was ich meine, spielt zwar nicht die geringste Rolle, denn entscheidend ist, wie es Rufus und dir geht – aber ich finde, dass du es verdammt gut machst! Der Kleine ist ein glückliches und ausgeglichenes Kind, und er betet dich an. Ein besseres Kompliment kann eine Mutter nicht bekommen.«

»Meinst du das ernst?« Ich schluckte einen weiteren Tränenschwall hinunter.

»Natürlich, sonst würde ich es nicht sagen. Das habe ich auch dieser zugeknöpften Schreckschraube erzählt, die heute Vormittag hier war. Ich schätze, das war die gleiche wie gestern?«

»Davon gehe ich aus«, erwiderte ich tonlos. »Ich hab sie gestern Abend am Hafen gesehen. Da hat sie sich Notizen gemacht. Und später hat sie sich bei John nach mir erkundigt und Rufus ausgefragt. Vermutlich ist es eine Jugendamtsmitarbeiterin, die uns heimlich überprüfen soll. Und die mir am Ende den Jungen wegnehmen wird.« Tränen des Entsetzens rollten mir über die Wangen.

»Das soll sie erst einmal versuchen«, verkündete Paula und tätschelte mir den Arm. »Du bist nicht allein. Glaub mir, die komplette Inselbevölkerung steht hinter dir. Wir halten zusammen.«

»Danke, Paula«, schniefte ich und ließ zu, dass sie mich umarmte und mir liebevoll über den Rücken streichelte.

»Harry!«, hörte ich Rufus vergnügt ausrufen.

Ich befreite mich von Paula und wischte mir mit den Handballen die Tränen aus den Augen. Auf der Terrasse stand tatsächlich der Mann, den ich in den letzten Tagen so sehr vermisst hatte. Groß und breitschultrig strahlte er eine Sicherheit aus, von der ich nicht einmal geahnt hatte, wie sehr ich mich danach sehnte. Er lächelte die Kinder an und legte Rufus schützend eine Hand auf die Schulter. Dann erspähte er mich durchs Fenster, und seine Miene veränderte sich. Sorge, Fragen und Sehnsucht erkannte ich in seinen Augen.

Ohne weiter nachzudenken, lief ich aus dem Haus und stürzte mich in seine Arme, als sei er der Rettungsanker, den ich kurz vorm Ertrinken verzweifelt gesucht hatte. Und vielleicht war er das ja auch. Ich wollte ihm so viel sagen, brachte aber keine Silbe hervor. Wie vor wenigen Augenblicken noch Paula strich nun Harry beruhigend über meinen Rücken, und langsam wich die Panik aus meinen Knochen.

»Mummy ist nicht traurig«, wandte sich Rufus irgendwann an Harry. »Sie freut sich nur so, weil wir einen Hund bekommen.«

»Das ist ja auch sehr toll«, entgegnete Harry amüsiert. »Was haltet ihr davon, wenn wir drei jetzt einen kleinen Ausflug machen?«

»Au ja!«, rief Rufus und sprang vom Tisch auf. »Ich hab aufgegessen«, sagte er noch zu Paula, ehe ich ihn mir schnappte und ihn auf den Arm nahm – unwillig, ihn jemals wieder loszulassen.

»Viel Spaß«, rief uns Paula mit einem Augenzwinkern hinterher. »Ach, und ich würde heute ausnahmsweise mal die Haustür abschließen.«

»Wohin fahren wir?«, wollte Rufus wissen, als wir bei unserem Haus angekommen waren und ich ihn wieder runtergelassen hatte.

»Vielleicht einfach nur zu mir?«, schlug Harry vor und warf mir einen bedeutungsvollen Blick zu. »Wir könnten mal wieder die Robben besuchen.«

»Tolle Idee.« Ich lächelte ihn dankbar an. Später, wenn Rufus schlief, würde ich ihm alle Details erzählen – und mich gründlich mit ihm aussprechen. Aber fürs Erste reichte es, dass er da war. »Ich pack rasch ein paar Sachen zusammen. Kannst du …?« Ich wollte ihn bitten, Rufus keine Sekunde lang aus den Augen zu lassen, doch darüber würde sich der Kleine möglicherweise wundern.

Harry schien mich aber auch ohne Worte zu verstehen, denn er nickte unmerklich und sagte zu Rufus: »Wir beide setzen uns jetzt mal aufs Sofa, und dann erzählst du mir, wie du zu diesen spektakulären Schrammen gekommen bist. Mir scheint, du willst mir bei meinem Piratenjob Konkurrenz machen, was?«

Ich stopfte rasch zwei Garnituren Wechselklamotten und

Schlafanzüge für Rufus und mich in meinen Rucksack. Dann packte ich in der Vorratskammer einige Gläser Marmelade, einen Laib Brot und zwei eingefrorene Portionen Gemüsesoße in einen Korb. »Ich bin so weit«, kündigte ich an, da war Rufus noch nicht einmal beim Fahrradcrash angekommen.

»Das ging schnell«, stellte Harry lächelnd fest und nahm mir galant den Rucksack und den Korb ab. »Dann wollen wir mal.« Er schloss die Terrassentür sorgfältig von innen und ging dann zur Haustür. »Hast du den Schlüssel?«, fragte er mich.

Ich nickte nur, nahm ihn aus der Schale, die auf einer Kommode im Flur neben der Eingangstür stand, und überlegte, wann ich ihn das letzte Mal in der Hand gehabt hatte. Das war Monate her. Aber wenn selbst Einheimische wie Paula der Meinung waren, dass ich heute abschließen sollte, dann würde ich genau das tun.

Rufus bekam von meinem merkwürdigen Verhalten und der Anspannung glücklicherweise nichts mit. Er plapperte ohne Punkt und Komma über seine Erlebnisse der letzten Tage, bei denen seine ausbaufähigen Fahrkünste und die Aussicht auf einen Hund eine Hauptrolle spielten. Er schien sich auch nicht darüber zu wundern, dass ihn Harry an der einen Hand hielt und ich an der anderen, während wir zum Strand gingen, wo Harry seine *Flying Walrus* liegen hatte.

Ehe ich etwas sah oder hörte, nahm ich wieder das unheimliche Prickeln in meinem Nacken wahr. Gleich darauf stand die Bügelblusen-Frau vor uns.

»Was haben Sie vor?«, fragte sie barsch.

»Wer will das wissen?«, fragte Harry ruhig zurück.

»Ich bin vom Jugendamt und habe die Anordnung, den

Jungen in Obhut zu nehmen«, entgegnete sie. »Philippa Gordon, Ihnen wurde das vorläufige Sorgerecht für Rufus Gordon entzogen. Ich werde ihn mitnehmen und ihn einer geeigneten Pflegefamilie zuführen, bis alle weiteren Fragen geklärt sind.«

»Ich will nicht weg!«, rief Rufus alarmiert, und ich war wie so oft erstaunt, wie viel er von »Erwachsenengesprächen« mitbekam. Er drängte sich instinktiv an mich und umklammerte mein Bein. Ich hob ihn hoch und hielt ihn ganz fest. »Hör nicht auf die«, raunte ich ihm ins Ohr.

Harry packte in scheinbarer Seelenruhe den Rucksack und den Proviantkorb ins Boot, dann wandte er sich der Frau zu und sagte nonchalant: »Viel Glück bei Ihrem Vorhaben.« Er legte mir eine Hand auf die Schulter und schob mich sanft, aber energisch zu seinem himmelblauen Holzboot.

»Aber … aber das geht nicht!«, fuhr die Frau empört auf. »Das ist Vereitelung einer Amtsanordnung. Damit machen Sie sich strafbar!«

»Ich denke nicht, dass es etwas Derartiges gibt«, erwiderte Harry und klang sogar eine Spur amüsiert. »Und ich wüsste nicht, wie *Sie* mich aufhalten könnten.« Er bedeutete mir und Rufus, uns zu setzen, dann warf er seine Schuhe ins Boot und rief ein paar Sonnenanbetern in der Nähe zu: »Könnt ihr mir mal helfen, das Boot ins Wasser zu schieben?«

»Tun Sie das nicht!«, schrie die Frau die jungen Männer an, die eifrig herbeieilten. »Damit machen auch Sie sich strafbar.«

»Das wäre eine spannende Abwechslung auf der Insel«, entgegnete einer der Kerle grinsend. »Aber vielleicht wussten Sie noch nicht, dass es hier gelegentlich zu rätselhaften Unfällen und spurlosem Verschwinden kommt?« Er und sein

Kumpel lachten sich halb tot und schoben zusammen mit Harry kräftig an, sodass die *Flying Walrus* bald genug Wasser unterm Kiel hatte.

»Übertreibt es nicht«, riet Harry den Jungs grinsend, dann sprang er ins Boot und ließ den Motor an, den er so laut aufheulen ließ, dass wir das Geschrei der Frau nicht mehr hörten. Er nahm nicht den direkten Weg – vermutlich damit sie nicht erkannte, dass wir nur zur gegenüberliegenden Insel fuhren –, sondern umrundete Bryher und steuerte schließlich den Robbenstrand an, von dem der Weg direkt zu seinem Cottage führte.

Rufus sprach während der gesamten Überfahrt kein Wort, sondern klammerte sich nur an mir fest, und es brach mir das Herz, dass diese grässliche Frau ihm so große Angst eingeflößt hatte. »Keine Sorge, mein Bärenkind, uns wird niemand trennen«, sagte ich wieder und wieder, um ihn zu beruhigen – und mich selbst. Ich merkte, wie ich zitterte.

»Ihr könnt jetzt übrigens wieder aufhören, euch zu fürchten«, verkündete Harry, als wir aus dem Boot stiegen. »Aber cool, dass ihr das alles geglaubt habt.« Er stieß ein betont verwegenes Lachen aus.

»Willst du damit etwa andeuten …?«, fragte ich und war mir nicht ganz sicher, ob ich den Verstand verlor oder Harry. Oder zog er nur eine Show ab, um Rufus die Angst zu nehmen?

»Genau, das war alles von mir eingefädelt. Ich wollte, dass ihr endlich merkt, dass ich ein echter Pirat bin, der seine Familie vor Schurken aller Art beschützt und sich nicht einschüchtern lässt.«

»Bist du wirklich ein Pirat?«, piepste Rufus und lockerte seinen Klammergriff ein wenig.

»Bin ich!«, bestätigte Harry. »Aber ein netter Pirat – zumindest zu den Menschen, die ich lieb habe. Alle anderen …«

»Müssen sich fürchten!« Nun klang der Kleine schon wieder recht aufgeräumt und strampelte sich frei, damit ich ihn auf den Boden stellte.

»Aber so was von. Ich würde sagen, wir bringen jetzt die Sachen ins Haus, und dann legen wir beide uns bei den Robben auf die Lauer. Was meinst du?«

Rufus' Augen glänzten vor Begeisterung. »Darf ich?«, fragte er mich.

»Natürlich, mein Bärenkind. Ich muss ein bisschen telefonieren, aber wenn ich damit fertig bin, komme ich nach.«

»Das ist die perfideste, abgeschmackteste Geschichte, die ich seit Langem gehört habe«, ereiferte sich Harry, als ich ihm nach dem Abendessen alles erzählte. Rufus war endlich eingeschlafen.

»Allerdings, und ich hätte nicht damit gerechnet, dass Menschen zu so etwas fähig sind.« Ich schüttelte den Kopf.

»Und das von einer Frau, die mit Eltern wie den deinen aufgewachsen ist. Da solltest du mit menschlichen Abgründen aller Art eigentlich vertraut sein.« Harry trank einen Schluck Wein.

»Auch wieder wahr«, gab ich zu. »Trotzdem war ich bisher der Meinung, dass Menschen wie meine Eltern die absolute Ausnahme sind. Ich bin wohl zu naiv für diese Welt.«

»Eigentlich finde ich es sehr schön, dass du so wenig misstrauisch bist. Das ist ein gutes Vorbild für Rufus, und der Kleine kann wahrlich alles an Urvertrauen brauchen, was wir ihm bieten können.«

Das »wir« sorgte dafür, dass mein Herz zu glühen begann. Die ängstlichen Eisfinger waren schon vor einem Weilchen weggeschmolzen – dank eines Anrufs bei meiner Anwältin, die mir versichert hatte, dass mir das vorläufige Sorgerecht keineswegs entzogen worden war. Zu dieser Behauptung hatte sich die Bügelblusen-Frau verstiegen, um Rufus unkompliziert in »Obhut« nehmen und, wie es die Anwältin ausgedrückt hatte, Fakten schaffen zu können. Wie sich herausstellte, war es tatsächlich Andrew Parker gewesen, der mich beim Jugendamt, konkret bei der Sachbearbeiterin Mrs. MacKenzie, angeschwärzt hatte. Rufus werde von mir misshandelt und sei in einem verheerenden körperlichen und seelischen Zustand, hatte er behauptet und Mrs. MacKenzie offensichtlich so mit seinem Charme bezirzt, dass sie ihm um jeden Preis hatte glauben wollen. Sie hatte mir ihre zugeknöpfte Kollegin auf den Hals gehetzt, die ihrerseits voreingenommen und nur zu bereit gewesen war, Rufus' Schrammen vom Fahrradfahren und sein Gewühle im Garten als Spuren von Misshandlungen und »Kinderarbeit« misszuverstehen. Derart in ihrem Vorurteil bestätigt hatte sie sich einen zweiten Blick gespart und war in Aktionismus ausgebrochen.

Über Andrew selbst hatte das Anwaltsteam von Stewart & Sons einige sehr interessante Dinge herausgefunden. Er war zwar tatsächlich Unternehmensberater, wie er mir gegenüber mehrfach betont hatte, allerdings einer, der vor einiger Zeit in eine erhebliche finanzielle Schieflage geraten war. So lebte er mit seiner Frau und den beiden Kindern – die wirklich existierten – nicht etwa in einem schicken Einfamilienhaus, sondern in einer kleinen Dreizimmerwohnung in einem eher schäbigen Viertel von Edinburgh. Das Vermögen aus den Verkäufen der Bilder, das Rufus von seiner Mutter erben würde, hätte Andrew wohl gerne für die Tilgung seiner Schulden und einen Neustart genutzt. Ob er einst überhaupt eine Affäre mit meiner Schwester gehabt hatte, war unklar. Und ob er, wenn das stimmte, tatsächlich Rufus' biologischer Vater war, würde sich demnächst zeigen – sofern er einem Vaterschaftstest zustimmte. Was nicht zwangsläufig sehr wahrscheinlich war, wie meine Anwältin vermutete. Denn so, wie sich die Aktenlage jetzt darstellte, hatte er davon kaum Vorteile zu erwarten, sondern höchstens Verpflichtungen wie etwa die zur Zahlung von Unterhalt.

Eine persönliche Überprüfung der Wohnsituation der Parkers war genauso ausgeblieben wie die seiner finanziellen Verhältnisse. Nur auf Basis seiner Worte hatten er und seine Frau Natasha den Pflegeeltern-Status bekommen. Es war wirklich ungeheuerlich, und das ganze Grauen sickerte nur langsam in mein Bewusstsein. Meine Anwältin hatte mir empfohlen, sowohl Andrew Parker als auch das Jugendamt anzuzeigen.

»Mit dir zusammen möchte ich Rufus alles bieten, was ich kann«, nahm ich den Gesprächsfaden wieder auf. »Urvertrauen und alle anderen Dinge.«

»Auch einen Hund?« Harry lachte leise, und ich seufzte.

»Auch einen Hund. Ich fürchte, dass ich aus dieser Nummer nicht mehr rauskomme. Aber wenn ich es schaffe, mich um ein Kind und einen Piraten zu kümmern, gibt es vielleicht auch für einen Hund ganz gute Chancen.«

»Dann hast du dein Trauma also überwunden?« Er lächelte.

»Vielleicht. Auf jeden Fall habe ich es durch etwas Besseres ersetzt. Dank der Liebe eines besonderen Mannes habe ich die Zuversicht gewonnen, dass ich ebenfalls lieben kann, ohne dass irgendwer Schaden nimmt.« Ich pflückte ihm sein Glas aus der Hand und stellte es auf den Couchtisch. Dann kletterte ich auf seinen Schoß. »Danke, dass du mich nicht aufgegeben hast und dass du dafür gesorgt hast, dass ich dich und vor allem Rufus nicht aufgebe.«

»Ich habe gar nichts gemacht, außer mich beleidigt zurückzuziehen.« Er lachte mir leise ins Ohr. »Das hast du mir doch unterstellt, nicht wahr?«

»Und doch hast du mir damit die Augen und vor allem die Seele geöffnet. Jetzt, wo ich klar sehe und fühle, weiß ich ganz sicher, dass ich nie mehr ohne dich und ohne Rufus sein möchte. Ich wollte nie Kinder haben. Ich wollte nie einen Ehemann oder ein klassisches Familienmodell. Ich wollte auch nie auf eine einsame Insel zu seltsamen Menschen ziehen. Aber ich glaube, dass die Dinge, die man nie wollte, oft die sind, die man am dringendsten braucht.« Dann legte ich meine Hände an seine unrasierten Wangen und besiegelte mein unausgesprochenes Versprechen mit einem langen, tiefen Kuss.

NARZISSENZAUBER

»Wo ist denn jetzt schon wieder die Bastkordel hin?« Ich sah mich seufzend um. Auf meinem Esstisch stapelten sich fertig verpackt die Narzissenseifen, die ich für das Ostergeschäft gesiedet hatte und die sich im Onlineshop der Blumenfarm von St. Martin's als Verkaufsschlager entpuppten. Ich konnte gar nicht so viel Seife produzieren, wie nachgefragt wurde, aber ich freute mich über die Extrabeschäftigung in den Wintermonaten. Sonst war es hier nämlich wirklich sehr, sehr ruhig – zumindest äußerlich.

Im *Abbey Garden* war wenig los, da konnte ich mich ganz auf meine Forschung und auf die Archivierung der alten Saatgutbestände konzentrieren. In meinem Garten wuchs derzeit nicht viel, außer ein paar wackeren Narzissen und den schottischen Disteln, die ich aus dem Abschiedsgeschenk meiner Kollegen in Edinburgh gezogen hatte, und das Gig-Boot-Training würde erst wieder Mitte April, in zwei Monaten, starten.

Ansonsten konnte ich mich wahrlich nicht über Langeweile oder Einsamkeit beklagen – meine schlimmsten Ängste in Bezug auf meine neue Heimat hatten sich also nicht bewahrheitet, aber so war das ja oft mit Ängsten.

»Die Bastkordel?«, fragte Harry und sah von seinem Laptop hoch, an dem er konzentriert arbeitete. »Keine Ahnung. Eben war sie doch noch da.«

Ich war vielleicht eine Viertelstunde weg gewesen, um ein Monster aus Rufus' Zimmer zu verjagen, das nach längerer Zeit mal wieder seine Träume heimgesucht hatte. Jetzt schlief er tief und fest, und ich wollte die restlichen Seifen verpacken, damit ich endlich aufs Sofa fallen und das prasselnde Kaminfeuer genießen konnte, doch die verdammte Kordel war wie vom Erdboden verschwunden.

»Die lag doch hier auf dem Tisch. Einen halben Meter neben dir«, sagte ich wieder.

»Ich weiß es wirklich nicht«, murmelte Harry und schrieb weiter. »Vielleicht solltest du mal Scotty fragen?« Zuckte da etwa ein verschmitztes Lächeln um seine Mundwinkel?

Scotty! Natürlich. Wo war der Kerl bloß? Ich schaute unter den Tisch. Normalerweise lag unser neuer Mitbewohner dort, wenn wir am Tisch saßen, aßen oder arbeiteten – also praktisch immer –, doch nun war nichts von ihm zu sehen. Und es war verdächtig ruhig. Was bei einem vier Monate alten Welpen ein ähnlich schlechtes Zeichen war wie bei einem vier Jahre alten kleinen Jungen – beides hatte ich auf die harte Tour lernen müssen.

»Scotty?«, rief ich mit der hohen, lockenden Stimme, die sonst ein Leckerchen oder Streicheleinheiten versprach, und prompt tauchte der lockige Terrierkopf hinter der Sofalehne auf. Aus seinem Maul hingen Bastfasern. Mit wenigen Schritten war ich bei dem Missetäter, der das Knäuel aus geschätzt fünf Metern Bastkordel in handliche Stücke geschreddert und diese dekorativ auf dem roten Cordsofa verteilt hatte. Natürlich war er sich keiner Schuld bewusst. Stattdessen klopfte er begeistert mit dem Schwanz auf ein Kissen und schaute mich mit seinen dunklen Knopfaugen vergnügt und regelrecht herausfordernd an. »Böser Hund«, schimpfte ich halbherzig, musste dann aber lachen, denn er sah einfach unfassbar putzig aus.

Mitte Dezember war der junge Airedale Terrier mit damals acht Wochen bei uns eingezogen und hielt uns seitdem gewaltig auf Trab. Er war das Hochzeitsgeschenk meines Bruders Sean für uns gewesen. Harry und ich hatten nämlich tatsächlich noch im Dezember geheiratet. Nicht weil wir beide große Fans der Institution Ehe waren, sondern weil meine Anwältin es uns geraten hatte, da es das Adoptionsverfahren für Rufus deutlich vereinfachen sollte. Und vor allem natürlich, weil wir ohnehin vorhatten, für immer zusammenzubleiben. Da tat ein offizieller Segen auch nicht weh, oder?

»Hat er wirklich die Kordel geklaut?« Harry war zu mir gekommen und sah sich das Chaos kopfschüttelnd an. »Ich hab nichts mitbekommen.«

»Ich glaub dir kein Wort, verbuche es aber zu deinen Gunsten als männlichen Tunnelblick.« Ich lachte und küsste ihn dann. Böse konnte ich meinem Herzensmann genauso wenig sein wie meinem Hund oder meinem Sohn, und ich musste wohl der Tatsache ins Auge sehen, dass die drei Jungs mich allesamt ziemlich gut im Griff hatten. »Woran arbeitest du eigentlich so konzentriert, dass du nichts mitbekommst?«, fragte ich und sammelte den geschredderten Bast ein.

»Ich habe einen Brief an Maia geschrieben«, erklärte er. »Es gibt ja schon wieder so viel zu erzählen. Magst du ihn lesen?«

»Lies ihn mir vor«, bat ich, warf den zerstörten Bast weg und holte mir ein frisches Knäuel. »Dann kann ich die restlichen Seifenpäckchen schnüren.«

Wir setzten uns wieder an den Tisch, und Harry begann zu lesen: »Liebe Maia, seit heute ist es amtlich: Du hast offiziell einen kleinen Bruder. Pippa und ich haben am Vormittag die Adoptionspapiere unterschrieben und sind nun in jeder denkbaren Hinsicht die Eltern von Rufus. Er hat diesen großen Moment übrigens eher desinteressiert zur Kenntnis genommen, denn für ihn ändert sich ja gar nichts. Ihm war es wichtiger, die Kragenechse Penny im *Abbey Garden* zu besuchen.

Davon hatte ich dir ja noch gar nichts geschrieben, oder? Penny hat bis vor zwei Wochen im *Royal Botanic Garden* in Edinburgh gelebt, wo Pippa früher gearbeitet hat. Rufus hatte damals einen echten Narren an dem kleinen Drachen gefressen und war enttäuscht, dass das Tier nicht mit auf die Inseln übersiedeln konnte. Doch weil es im Gewächshaus des *Abbey Garden* neuerdings ein paar Terrarien mit Amphibien gibt – wie es dazu kam, ist eine längere Geschichte, die dich vermutlich kein bisschen interessiert –, hat sich Pippa darum bemüht, dass auch Penny hierher umziehen konnte. Seitdem ist Rufus ständig im Park, weil er es als seine heilige Pflicht ansieht, seinen Lieblingsdrachen persönlich zu füttern.

Er ist so ein lustiger und zauberhafter kleiner Kerl, und ich genieße jede Minute mit ihm und bin stolz und glücklich, sein Vater sein zu dürfen. Gleichzeitig vermisse ich dich täglich mehr. Mein Schatz, es ist jetzt fast elf Jahre her, dass ich dich das letzte Mal im Arm gehalten habe, und es bricht mir das Herz, wenn ich daran denke. Vermutlich hättest du mit deinen inzwischen vierzehn Jahren gar keine große Lust mehr, Zeit mit mir zu verbringen. Vielleicht wäre ich dir peinlich, und ganz sicher würde ich dir gewaltig auf die Nerven fallen –

aber ich würde das alles liebend gerne in Kauf nehmen, wenn ich nur Teil deines Lebens sein dürfte.

Mit etwas Glück sind es nur noch vier Jahre, in denen ich mich nach dir sehnen muss. Ich hoffe so sehr, dass du meine Briefe lesen und dann Kontakt zu mir suchen wirst. Egal, wie viel Zeit noch vergeht, ich werde immer für dich da sein, und du wärst uns hier jederzeit herzlich willkommen.

Für heute muss ich aufhören. Der unselige Scotty hat gerade Pippas Bastkordel geklaut, mit der sie ihre Seifenpakete verschnürt. Narzissenseife – du machst dir gar keine Vorstellung davon, wie unglaublich schön die duftet. Nach Frühling und nach Hoffnung. Ich schreibe bald wieder. In Liebe, dein Dad.«

»Ach, Harry.« Ich griff nach seiner Hand und drückte sie. »Ich wünschte …«

»Ich auch«, entgegnete er. »Aber nicht alle Wünsche gehen in Erfüllung. Aber ich will nicht traurig sein, dafür ist das heute ein viel zu guter Tag gewesen. Es ist ein verdammt tolles Gefühl, dass es jetzt offiziell ist. Wir sind Rufus' Eltern, und daran wird sich auch nichts mehr ändern.«

»Das stimmt, und ich bin auch sehr glücklich darüber. Ich hoffe, er ist es in ein paar Jahren auch noch, wenn wir alt und gebrechlich sind und er sich um uns kümmern muss.«

Harry lachte leise. »Er muss sich nicht um uns kümmern, er kann uns einfach in ein schickes Pflegeheim stecken und uns einmal im Jahr besuchen. Leisten wird er es sich können.«

Das war jetzt nicht die Vision, die ich von unserer fernen Zukunft hatte, zumal ich nicht vorhatte, in absehbarer Zeit alt und gebrechlich zu sein, doch ich war froh, dass unser Sohn auf jeden Fall finanziell abgesichert sein würde, egal was passierte. Inzwischen waren die meisten von Frances' Bildern verkauft und hatten absurd hohe Preise erzielt. Die Erlöse waren in einen Treuhandfonds geflossen, der Rufus später ein solides Polster bieten würde. Ein paar Bilder hatten wir selbst behalten. Meine Brüder hatten jeweils ein Gemälde bekommen, und hier im Haus hatten wir zwei weitere an den Wänden hängen. Auf diese Weise war Frances immer noch irgendwie präsent, auch wenn Rufus kaum noch von ihr sprach. Ich bemühte mich zwar, sie für ihn – und irgendwie auch für mich selbst – lebendig zu halten, aber sie war in Rufus' Wahrnehmung nur noch seine »Bilder-Mum«, während ich Mummy war.

Vielleicht war das eine normale und gesunde Entwicklung? Ich hoffte jedenfalls, dass meine kleine Schwester froh wäre, wenn sie erleben könnte, was für ein aufgeweckter und glücklicher Junge ihr Sohn war, der im Schlaf nur noch ganz selten von Monstern heimgesucht wurde.

Auch meine eigenen Schlafmonster wurden weniger. Nach Rufus' Beinahe-Entführung durch die Jugendamtsfrau im August hatte ich wochenlang Albträume gehabt. Wieder und wieder hatte ich davon geträumt, wie Frances sterbend im Krankenhaus lag und ich es nicht schaffte, wenigstens ihr Kind zu retten. Das war unglaublich quälend gewesen – obwohl die Gefahr, dass mir Rufus doch noch weggenommen werden könnte, zu diesem Zeitpunkt fast schon gebannt gewesen war. Meine Anwältin hatte Himmel und Hölle in Bewegung gesetzt, sodass ich schon eine Woche nach diesem schrecklichen Moment das volle Sorgerecht für Rufus erhalten hatte.

Besser waren die Träume erst geworden, als der Prozess gegen Frances' mutmaßlichen Mörder vorbei gewesen war. Es hatte nicht abschließend geklärt werden können, was an dem fatalen Abend tatsächlich zwischen ihm und Frances vorgefallen war. Ob er sie im Streit vor Wut auf die Straße geschubst hatte oder ob es ein unglücklicher Unfall gewesen war. Nach dem Grundsatz »Im Zweifel für den Angeklagten« war er freigesprochen worden. Sollte er Frannies Tod verursacht haben, würde er mit der Schuld sein ganzes restliches Leben lang fertigwerden müssen. Für mich war das im Grunde Strafe genug. Denn wenn ich ehrlich war, hätte ich mich nicht gern mit den Gefühlen auseinandergesetzt, die zweifellos aufgekommen wären, hätte es sich um eine absichtliche Tötung gehandelt. Meine kleine Schwester war gestorben, und nichts und niemand konnte sie uns wieder zurückbringen, doch mit dem für viele Beobachter unbefriedigenden Ende des Prozesses hatte für mich die Heilung eingesetzt.

Auf Anraten meiner Anwältin hatte ich Andrew Parker und das Jugendamt angezeigt. Die Ermittlungen waren noch im Gange, aber es war mir fast gleichgültig, was am Ende dabei herauskommen würde – wenn es etwas bessere Kontrollen und Strukturen für die sogenannte Jugendschutzbehörde waren, würde ich das schon als Sieg werten. Zu meiner Erleichterung hatte sich herausgestellt, dass Andrew Parker und Rufus nicht verwandt waren. Vermutlich würden wir nie herausfinden, wer Rufus' leiblicher Vater war, und ich hoffte, dass das später kein Problem für ihn darstellen würde. Entscheidend war jedoch, dass er in einer liebevollen Familie aufwuchs und mit vielen Menschen, die sich um sein Wohlbefinden sorgten. Darunter zwei echte Onkel und eine unüberschaubare Menge von »Ehren«-Tanten und -Onkeln hier auf den Inseln. Paula und Gavin waren für ihn wohl das, was Großeltern am nächsten kam. Harrys Eltern waren ja leider schon lange tot, und meine würde er hoffentlich nie wieder in seinem Leben zu Gesicht bekommen müssen.

»Hui, das ist aber ein grimmiger Blick«, unterbrach Harry meine Überlegungen.

»Ich habe nur an meine Eltern gedacht«, entgegnete ich und band die letzte Bastschleife. Meine Seifenstücke waren nun alle fein säuberlich verpackt. Rasch lud ich sie in einen Karton, den ich in den nächsten Tagen zur Blumenfarm auf St. Martin's bringen wollte.

»Hör auf damit, es gibt viel schönere Dinge, über die wir nachdenken könnten.«

»Da hast du so was von recht.« Ich lächelte ihn an. »Worüber würdest du denn gerne nachdenken?«

»Darüber, was wir auf dem Sofa machen könnten. Ich finde nämlich nicht, dass wir dem Hund unsere Couch vollständig überlassen sollten.« Er zog mich in seine Arme und ließ eine Hand unter meinen Pulli gleiten.

»Ein paar kluge Menschen haben mir beigebracht, dass Taten in manchen Momenten besser sind als Gedanken«, raunte ich ihm ins Ohr und lotste ihn dann zur Couch. »Und das hier ist eindeutig so ein Moment.«

ENDE

DANKSAGUNG

Liebe Leserin,

ich schreibe diese Worte in den ersten Januartagen 2022. Gerade habe ich den ersten Lektoratsdurchgang beendet und musste wahnsinnig über die Scotty-Szene im Epilog lachen. Scotty gibt es nämlich wirklich. Er ist nicht nur Pippas neuer Mitbewohner, sondern auch meiner. Als ich die Szene vor ein paar Wochen geschrieben habe, kannte ich ihn zwar schon – aber er wohnte noch nicht bei uns, sondern tummelte sich mit seiner Mama und acht Geschwistern bei den Züchtern. »Er ist sehr verschmust«, versicherte man uns. Das stimmt, ist er. Aber auch sehr einfallsreich. So einfallsreich, dass mir die geschredderte Bastkordel wie ein harmloser Witz vorkommt. Der wahre Scotty hat sich mit nicht einmal zwölf Wochen den Spitznamen »Schrotty« schon redlich verdient … Trotzdem lieben wir den kleinen Teufelsbraten sehr, und ich freue mich, dass ich wieder einen #Autorenhund als Schreibbegleitung an meiner Seite habe. Auch wenn ich mir momentan kaum vorstellen kann, ernsthaft zu schreiben – jedenfalls nicht, wenn er wach ist. Aber auch das wird besser. Hoffentlich. Mein erstes Dankeschön gehört also dem putzigen Wirbelwind.

Ich danke meiner großartigen Agentin Eva Semitzidou dafür, dass sie sich von meiner spontanen, Corona-bedingten Begeisterung für die Scilly-Inseln (Schuld daran hatte eine TV-Doku mit dem Titel *Die Inseln der Queen*) so intensiv angeschlossen und im Handumdrehen ein gutes Zuhause für die Geschichte gefunden hat. Danke dem gesamten wundervollen Heyne-Team für die liebevolle Betreuung – allen voran meiner Lektorin Frederike Labahn, die dem Zauber des winzigen Archipels ebenfalls verfallen ist.

Es gibt wenige Menschen, mit denen ich seit so vielen Jahren so gut und ausdauernd zusammenarbeite wie mit Julia Funcke, die mich als Stilredakteurin schon bei unzähligen Projekten begleitet hat. Buchstäblich in guten wie in schlechten Zeiten. Dafür kann ich mich gar nicht genug bedanken.

Apropos gute und schlechte Zeiten: Das gilt natürlich auch für meinen Mann Jan, der bei all meinen Romanen den unerschrockenen und durchaus kritischen Erstleser gibt. Tausend Dank, mein Liebling, für alles!

An letzter Stelle hier im Text, aber an vorderster Front in meinem Herzen danke ich dir, liebe Leserin, die du dieses Buch gekauft hast und hoffentlich so liebst wie ich. Schreib mir oder dem Verlag gerne, wenn du dir weitere Scilly-Abenteuer aus meiner Feder wünschst.

Herzliche Grüße,
Charlotte McGregor

PS: Ich bin mir ganz sicher, dass ich auch diesmal wieder jemanden vergessen habe. Sei versichert – nur hier in diesen Zeilen, nicht in meinem Herzen!

PPS: Ich freue mich übrigens wahnsinnig, wenn meine LeserInnen mit mir Kontakt aufnehmen. Besucht mich doch auf meiner Website www.carinmueller.de – da findet ihr Infos zu all meinen anderen Namen, Büchern und Abenteuern und habt außerdem reichlich Gelegenheit zur Kontaktaufnahme. Per Mail oder über die diversen Social-Media-Kanäle. Wer meinen Newsletter abonniert, bleibt immer auf dem Laufenden. Auch über Scotty!